kailash

OSKAR HOLZBERG

Liebe braucht Liebe

Beziehungen auf Dauer lebendig halten

kailash

MIX
Papier | Fördert gute Waldnutzung
FSC® C014496

Penguin Random House Verlagsgruppe FSC® N001967

1. Auflage

in der Penguin Random House Verlagsgruppe GmbH,
Neumarkter Str. 28, 81673 München
Lektorat: Antje Korsmeier
Umschlaggestaltung: ki 36 Editorial Design, München, Daniela Hofner
Autorenfoto: © Christian Kerber
Satz: Satzwerk Huber, Germering
Druck und Bindung: GGP Media GmbH, Pößneck
Printed in Germany
ISBN 978-3-424-63243-9

www.kailash-verlag.de

Für Pepe und all die anderen Kleinen, die die Liebe und das Leben weitertragen

Inhalt

TEIL IV

TEIL V

Es ist die große Überraschung, die die Natur für uns in petto hat, die Liebe mit ihrer beschleunigten Pulsfrequenz und ihrer bodenlosen Überschätzung des Liebesobjekts.
Aber das war es dann auch, ein zweites Bonbon hat
uns das Leben nicht zu bieten, es sein denn,
man zählt Bridge mit und den Tod.
John Updike

Wenn dich nicht irgendetwas lieben würde, gäbe es dich nicht.
Cormac McCarthy

Die große und die kleine Liebe treffen sich in einer Bar,
um sich kennenzulernen.
Sagt die große Liebe:
»Ich dachte, du seist ein Scherz!«
Antwortet die kleine Liebe:
»Du warst schon immer einer, aber keiner hat es gemerkt!«

Einführung

Für uns bleibt nur das Ausprobieren.
Der Rest ist nicht unsere Sache.

T. S. Eliot

Niemand muss sich eine langjährige, feste Liebesbeziehung antun. Aber die meisten von uns tun genau das. Sie suchen jemanden, den sie lieben können, mit dem sie ihr Leben teilen. Zusammenziehen. Gemeinsam wirtschaften. Vielleicht Kinder bekommen. So, wie es aussieht, scheint es nicht die beste Idee zu sein. Aber sie ist die beste, die wir haben. Das ist gleichzeitig beruhigend und beunruhigend. Und so sind ja Liebesbeziehungen auch. Beruhigend, weil sie uns einen Platz im Leben geben und einen Menschen, der für uns da ist, sowie die Chance, Liebe zu leben. Beunruhigend, weil jedem klar ist, dass sich längst nicht alle unsere Sehnsüchte und Vorstellungen erfüllen werden. Und dass das Band zu unserem Lieblingsmenschen in unserer beschleunigten Moderne schneller zerreißen kann, als wir Liebe buchstabieren können.

Menschen haben grundsätzlich zwei Haltungen zu Liebesbeziehungen. Die eine Gruppe hält sie für Schicksal und ist auf der Suche nach dem richtigen, passenden Partner. Dem sie beglückenden, perfekt zu ihnen passenden Puzzleteil. Sie glauben an die *große Liebe*. Die andere Gruppe denkt, dass sich Liebe entwickeln und wachsen kann, und sucht eine Liebesbeziehung in der Hoffnung, sie zu ihrer Zufriedenheit formen zu können. Sie glauben an die *kleine Liebe*. Heillos romantische Träumerinnen gehören eindeutig zu der ersten Gruppe, hyperrationale Kopffüßler eindeutig zur zweiten. Doch abgesehen von diesen wenigen psychischen Extremsportlern gehören wir alle ganz eindeutig beiden Gruppen an – und können dieses doppelte, widersprüchliche Erleben als Fluch oder als Segen ansehen. Liebe ist dann entweder ein Projekt, von dem wir besser die Finger lassen, weil es in seiner Widersprüchlichkeit nur krachend scheitern kann. Oder wir feiern die Lebendigkeit des nicht berechenbaren Lebens und stürzen uns kopfüber ins Liebeschaos. Ich schlage vor, die kleine Liebe zu leben. Weil dann die große Liebe eine Chance hat.

Das teuerste Projekt der Deutschen Forschungsgemeinschaft ist die Pairfam-Studie, an der über 3.400 Paare teilnehmen. Ein Ergebnis davon ist, dass weitaus am meisten Menschen weiterhin eine Beziehung leben oder danach suchen und dass es keine neue »Generation Beziehungsunfähig« gibt. Aber ich finde ein anderes Ergebnis noch bemerkenswerter, obwohl es völlig unspektakulär klingt: Jede Beziehung ist anders und hat ihre eigene Dynamik. Hätten wir uns das nicht ohnehin gedacht? Aber jetzt haben wir es wissenschaftlich. Jedes Paar muss sich seinen ganz eigenen Weg durch das Unterholz der Liebe schlagen. Der Mythenforscher Joseph Campbell hat es für Individuen formuliert, doch es gilt auch für Paare: »Wenn der Weg vor dir klar und eindeutig ist, dann bist du wahrscheinlich auf dem Weg eines anderen.« Oder einfacher gesagt: auf dem Holzweg. Das ist ja gerade die Kunst: dass nicht jeder von uns beiden irgendeinem Trampelpfad folgt, sondern wir gemeinsam durch den Gefühlsdschungel wandern.

Ich lade Sie ein, statt Gewissheiten zu finden, zu lernen, mit Ungewissheit umzugehen. Statt Lösungen zu finden, das Unlösbare akzeptieren zu lernen. Statt verstehen zu wollen, um dann das Richtige zu tun, zu verstehen, dass Verstehen schon das Richtige tun ist. Statt es gut zu machen, es wiedergutzumachen. Statt es fehlerfrei hinzubekommen, es zu reparieren. Statt Erwartungen nachzugehen, zu trauern und uns von den Erwartungen zu verabschieden. Klingt das zu scheußlich?

Es soll hoffnungsvoll klingen. Denn wir können die Liebe nicht erzwingen. Aber wenn wir ihr den Boden bereiten, dann kann sie wachsen.

Ständig prasseln über die Medien neue Erkenntnisse und Untersuchungen auf uns ein. Partnerschaftstipps und Liebeserkenntnisse gehören zu den beliebtesten Rubriken und werden mit am meisten gelesen. Und Sie haben ja auch schon wieder so ein Buch in der Hand. Versuchen Sie bitte nicht, sich irgendwo einzuordnen. Bleiben Sie offen für das, was Sie erleben, was Ihnen begegnet. Falls Sie so auch diesem Buch gegenübertreten könnten, wären das Buch und sein Autor Ihnen dankbar.

Es gibt in der Liebe und in Liebesbeziehungen nur eine unumstößliche Wahrheit. Und die lautet, dass es keine unumstößliche Wahrheit *in* der Liebe und in Liebesbeziehungen gibt. Das gilt für alle Paare. Es gibt aber auch keine unumstößliche Wahrheit *über* Liebe und Liebesbeziehungen. In dem Augenblick, in dem wir Liebe und Leidenschaft so vollständig verstehen, dass wir alles richtig machen können, werden Liebe und Leidenschaft vermutlich endgültig aus unserem Leben verschwunden sein.

Wir reagieren nicht auf die Dinge selbst, sondern darauf, wie wir die Dinge verstehen. Was für ein Bild wir generell von Beziehungen haben, bestimmt, wie wir unsere eigenen Liebesbeziehungen sehen und verstehen. Und das wiederum bestimmt, wie wir unsere Beziehungen leben. Wir Menschen sind kulturelle Wesen. Wir sind durch das geprägt, was unsere Vorfahren uns hinterlassen haben. Und die Geschichte hat uns kein sauber geordnetes Verständnis von Liebe, geschweige denn von Liebesbeziehungen hinterlassen. Wir versuchen ernsthaft, mit einer Person eine befreite Sexualität zu leben (20. Jahrhundert), romantische Gefühle zu teilen (18. Jahrhundert), als Wirtschaftsgemeinschaft zu funktionieren (12. Jahrhundert), pädagogisch qualifizierte Eltern zu sein (20. Jahrhundert), ein Beziehung lebenslang aufrechtzuerhalten (5. Jahrhundert vor Christus?), gleichberechtigte Partner zu sein (20. Jahrhundert) und vielleicht noch polyamoröse Experimente zu versuchen (21. Jahrhundert). Das ist nichts, was wir uns ausdenken; das ist tief in unsere Psyche eingraviert. Die Aufgabe ist für alle gleich, aber jedes Paar muss sich in diesem Labyrinth alleine zurechtfinden.

Vielleicht führen wir ja die besten Beziehungen der Weltgeschichte. Ohne Zwänge, frei, unsere eigene Lebensform zu finden, frei, uns zu entscheiden, frei, uns auszuprobieren, bevor wir uns entscheiden. Gleichberechtigt, ohne Einmischung von Kirche, Obrigkeit oder der Familie. Sexuell frei von Moral und der Sorge, schwanger zu werden. Aufgeklärt und selbsterfahren, materiell weitestgehend unbesorgt, umgeben von Helfern und Beratern, mit Zugang zu unendlich vielen Informationen. Aber möglicherweise ist diese Freiheit auch zu viel, weil unsere Ansprüche in einem unbegrenzten Raum immer schneller wachsen, als wir sie erfüllen können. Freiheit ist ja bekanntlich die Einsicht in die Notwendigkeit. Und das müssen wir auch in der Liebe erst lernen.

Der menschengemachte Klimawandel, die Zerstörung der natürlichen Ressourcen der Erde und damit unserer Lebensgrundlage zeigen, wie unverbunden wir mit der Welt um uns herum geworden sind. Wir passen uns nicht mehr ein und leben nicht im Einklang mit der Welt. Wir versuchen, die Erde an uns anzupassen, und drohen uns selbst dabei auszulöschen. Wenn wir mehr wollen, als möglich ist, sind wir nicht die Spitze der Evolution. Dann sind wir ein Irrtum. Das gilt auch für unsere Liebesbeziehung, die ja unsere unmittelbare emotionale Umwelt ist. Wir sind aufgefordert, auch hier umzudenken. Und ökologischer zu lieben. Denn wie wollen wir den Wachstumswahn auf dem Planeten aufhalten, wenn wir den Glückswahn in unseren Liebesbeziehungen aufrechterhalten? Nachhaltigkeit, so scheint mir, könnte schon auf dem ehelichen Laken beginnen.

In psychologischen Experimenten, in denen es darum ging, eine Situation zu verbessern, fügten die Versuchspersonen immer noch etwas hinzu und machten die Situation dadurch nur noch komplizierter und schwieriger. Die beste Strategie wäre gewesen, etwas zu entfernen. Weniger ist mehr. Auch in der Liebe. Weniger Erwartungen. Weniger Falsch-und-Richtig-Denken. Weniger Ziele. Weniger Ansprüche. Weniger Mythos der großen Liebe. Mehr kleine Liebe. Denn Liebesbeziehungen lassen sich nicht optimieren. Wir bestimmen nicht, wie der Fluss des Lebens verläuft. In unserer Liebesbeziehung vereinigen sich zwei Flüsse zu einem gemeinsamen Strom, der noch weniger beherrschbar ist. Aber wir können lernen, auf unserem Beziehungsstrom gemeinsam zu driften und zu navigieren.

Glückliche Paare werden Sie deshalb in diesem Buch nicht finden. Und auch keinen Hinweis, wie Sie ein glückliches Paar werden können. Glück kann man nicht ansteuern. Glück finden wir auf unserem Lebensweg am Wegesrand. In der Ratgeber- und Paar-Literatur wird meistens zwischen glücklichen und unglücklichen Paaren unterschieden. Was nur die Illusion bestärkt, dass hinter jeder Häuserfront lauter glückliche Paare lachen und superzärtlich miteinander umgehen und nur wir mit unserem Partner im Sumpf des Paarelends stecken geblieben sind. Was ein deprimierender Gedanke ist. Und uns erst recht dazu verführt, unbedingt wissen zu wollen, was die anderen bloß so viel richtiger machen.

Meine Klientinnen haben anscheinend oft die Hoffnung, dass ich weiß, wie eine gute Beziehung geht. Sie fragen dann leicht hinterhältig: »Aber in Ihrer Beziehung gibt es solche Streitereien doch sicher gar nicht?« Vielleicht hoffen sie aber auch, dass ich genauso hilflos durch meine Beziehung rudere wie sie selbst. Und diese Hoffnung kann ich erfüllen. Auch wenn meine Frau meint, dass unsere Beziehung deutlich besser geworden sei, seitdem ich in Aus- und Fortbildungen zur Paartherapie war. Und ja, wir haben gemeinsam eine Paartherapie gemacht. Wir sind uns dabei etwas nähergekommen, weil wir beide den Paartherapeuten seltsam steif fanden. Irgendwie muss man ja wieder zueinander finden.

In einem Paartherapeuten laufen geheime Prozesse ab. Manchmal sitze ich in meinem lachsfarbenen Sessel und möchte aufgeben. »Vergesst es einfach, lasst es sein, geht beide eurer Wege!«, möchte ein Teil von mir ihnen zurufen. »Ihr versucht es nun schon so lange. Findet euch damit ab, wie es ist, oder gebt auf.« Sie sind gequält. Ich bin gequält. Aber ich bleibe sitzen und suche nach der nächsten guten Frage, versuche genauer zu verstehen, was sie erleben, wie sie sich fühlen. Kläre mit ihnen, ob sie sich von mir nachempfunden fühlen. Ich mache weiter. Und genau das ist es, was gute Paare tun: Sie machen weiter.

Eine Beziehung ist nach meinem Verständnis relativ einfach zu skizzieren. In Liebesbeziehungen suchen wir nach Bindung. Dazu kommunizieren wir miteinander, vorrangig über unsere Gefühle und unseren Körper. Und wir brauchen eine gute Beziehung zu uns selbst, um eine gute Beziehung mit anderen zu führen und uns ihnen gegenüber immer wieder zu öffnen. Damit haben wir auch schon die fünf Bereiche dieses Buches: *Bindung, Kommunikation, Körper, Selbst und Verletzlichkeit*. Die folgende Grafik gibt einen Überblick über diese Hauptbereiche und die ihnen zugehörigen Themen.

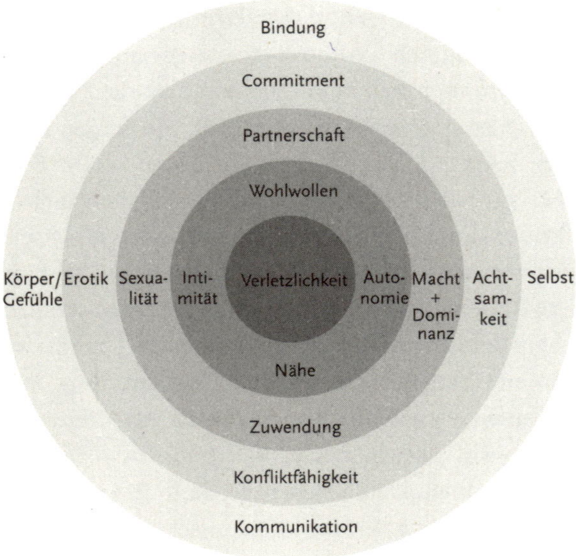

Aber es gibt noch etwas, das unbedingt dazugehört: Wir sind keine vernünftigen Wesen. Wir können vernünftig sein, logisch denken, klar analysieren, doch in erster Linie sind wir emotionale Wesen. Und in der Liebesbeziehung spüren wir das am intensivsten. Unsere Gefühle geben unserem Leben Farbe, wir lieben es zu lieben. Aber sie machen Liebesbeziehungen auch so komplex und schwierig.

Ich schreibe darüber, was sich für mich im Laufe meiner Arbeit und meiner Beziehungen als die wesentlichsten Aspekte herauskristallisiert hat. Die Dinge, von denen ich glaube, dass sie für Beziehungen notwendig und hilfreich sind, weil sie uns zweierlei erlauben: Verstehen und Handeln. Verständnis hilft, über uns und unsere Beziehung nachzudenken und eine andere Sicht zu gewinnen. Das kann uns beruhigen, toleranter machen, freier werden lassen, neue Möglichkeiten bieten. Und wo wir handeln können, haben wir die Möglichkeit, unsere Liebesbeziehungen zu beeinflussen. Zu stärken, zu festigen, zu verändern. Sie werden feststellen, dass sich in diesem Buch einige Themen und Einsichten in verschiedenen Zusammenhängen wiederfinden. Das muss so sein. Denn eine Liebesbeziehung ist ungeheuer komplex. Und je mehr Landkarten wir haben, um uns zu orientieren, desto weniger können wir uns verirren. Obwohl es sich zunächst wahrscheinlich erst mal genau umgekehrt anfühlt und Sie sich etwas überwältigt fühlen könnten. Vertrauen Sie auf Ihr Unbewusstes. Es wird herausfiltern, was für Sie gerade wichtig ist.

Das Leben ist voller Widersprüche. Und Sie halten gerade einen solchen Widerspruch in Ihrer Hand. Denn ich stimme ganz mit dem Entwicklungspsychologen Edward Tronick überein, dass Bücher mit praktischen, hilfreichen Tipps eher die Erwartung von Perfektion verstärken, zu Ängsten führen und Wachstum verhindern. Sich in einer Beziehung durch schwierige Situationen hindurchzuarbeiten, bis wir uns gehört und unterstützt fühlen, fördert Gesundheit und Wohlgefühl viel mehr als eine Liturgie von Tipps und Anweisungen.

Tatsächlich glaube ich auch nicht, dass ich irgendeinem Paar raten kann, was es tun soll. Ich gebe als Paartherapeut in meinen Sitzungen keine Ratschläge. Also tue ich es hier auch nicht. Ich kann aber Anregungen geben. Verständnis und Verstehen fördern. Ermutigen, etwas auszuprobieren. Wenn ich mich als Reisebegleiter verstehe, dann kann ich Ihnen nicht sagen, wohin Ihre Reise gehen soll. Aber weil ich mich im Gelände etwas auskenne, kann ich Ihnen sagen, wo Sie besser nicht hintreten sollten. Welcher Weg vermutlich nicht weiterführt, wo ich eine Sackgasse vermute und ob Sie gerade dabei sind, im Kreis zu laufen. Deshalb werden Sie unter einigen Überschriften vielleicht hoffen herauszufinden, wie es richtig zu machen ist. Stattdessen werden Sie dort erfahren, woran Paare scheitern und worauf Sie achten können, um eine Chance zu haben.

Wo kommt das her, was ich schreibe? Ich arbeite seit über 40 Jahren als Psychotherapeut und seit 30 Jahren als Paartherapeut. Ich hatte gute Lehrerinnen, Trainerinnen und Supervisorinnen. In der Paartherapie möchte ich nur Rosemarie Welter-Enderlin und Sue Johnson erwähnen. Ich habe die letzten zehn Jahre alle zwei Wochen eine Kolumne geschrieben und dabei zunächst Erfahrungen aus meiner Praxis und dann Fragen von Leserinnen als Ausgangspunkt genommen. Was mich immer wieder dazu gebracht hat, über Liebe und Paarsein nachzudenken; meine Erfahrungen in Worte zu fassen und Bücher zu Paarthemen zu lesen, in der Hoffnung, mehr zu erfahren und zu finden, was mir entgeht. Meinen Kolleginnen aus Supervision und Intervision sowie den Teilnehmerinnen in den Fortbildungsseminaren, die ich gegeben habe, verdanke ich Einsichten und Anregungen. Als Lehrender lernt man ja meist mehr als in der Teilnehmerrolle. Vor allem aber verdanke ich unendlich viele Einsichten meinen Paaren und allen Einzelklientinnen, die mich an ihren Beziehungsproblemen haben teilnehmen lassen. Ich bin dankbar, dass ich mit ihnen arbeiten durfte. Doch die wertvollsten Erfahrungen habe ich wohl in meiner eigenen Beziehung mit meiner Frau gemacht, mit der ich unfassbare 40 Jahre zusammen bin. Erfahrungen, die nicht über Einsicht und Verständnis gewonnen wurden, sondern erst mal durch Angst, Tränen und Wutausbrüche, durch Lachen, Intimität und tiefe Verbundenheit. Wir haben uns gefetzt und verletzt. Vertragen und wieder geliebt. In unserer Liebesbeziehung musste ich lernen, selbst wenn ich es nicht wollte, denn meine Frau ist nicht nur klug und eine Kämpferin, sie ist auch Psycho- und Paartherapeutin. Wir haben gemeinsam gelernt, die kleine Liebe zu leben. Und ich bin ihr dankbar, dass es sie gibt und dass sie unseren gemeinsamen Weg immer wieder mit mir sucht.

Natürlich stehe ich auf den Schultern von Vordenkerinnen. Aber auf Schultern steht man schlecht. Ich lehne mich lieber an. An die Einsichten von Sue Johnson, der Begründerin der Emotionsfokussierten Paartherapie, die dem Feld der Paartherapie durch ihr Verständnis der Bindungstheorie einen Boden gegeben hat. An den Forscher und Formulierer John Gottman, weil er viele hilfreiche Einsichten über Paarbeziehungen aufgedeckt hat. Und in der letzten Zeit an die Neurowissenschaftlerin Lisa Feldman Barrett und den bereits erwähnten Ed Tronick. An beiden schätze ich ihre Bescheidenheit gegenüber der komplexen Widersprüchlichkeit des menschlichen Lebens und unserer beschränkten Einsichtsfähigkeit.

Wir sind nicht allein auf der Welt. Fast jeder lebt in Liebesbeziehungen. Es wird darüber nachgedacht und geforscht, es sammeln sich Erfahrungen in den paartherapeutischen Praxen an. Es existiert ein Wissen, das uns helfen kann, uns in unseren Beziehungen zu verstehen. Wenn Sie durch das vorliegende Buch Ihre Beziehung besser verstehen, dann hat es seinen Zweck erfüllt.

Alle beschriebenen Paare sind wirkliche Paare, die ich so verfremdet habe, dass sie nicht zu erkennen sind und anonym bleiben. Einige Beispiele sind Verdichtungen aus Gesprächen mit mehreren Paaren und dienen dazu, typische Zusammenhänge oder Abläufe zu verdeutlichen.

Um die * : # zu vermeiden, wechsele ich immer wieder zwischen der männlichen und weiblichen Sprachform. Ich hoffe, es fühlen sich dadurch auch alle vertreten, die sich weder der einen noch der anderen Genderrolle zugehörig fühlen.

Die kleine Liebe und die große Liebe

Unser Paradies ist das Unvollkommene.

Wallace Stevens

Es ist schon ziemlich abgedreht, wenn man darüber nachdenkt: Jeden Tag arbeiten weltweit unendlich viele, überaus fähige Menschen daran, eine Angst zu erschaffen. Eine Angst, die uns niemals verlassen soll. Bislang wird sie nur im Feuilleton erwähnt, denn obwohl fast jeder daran leidet, ist sie als psychiatrische Diagnose nicht anerkannt. Auch unsere Liebesbeziehungen bleiben von ihr nicht verschont. Dabei scheinen Liebesbeziehungen eine Art Gegenmittel zu dieser Angst zu besitzen. Allerdings eines, das, wie alle Medikamente, Nebenwirkungen hat. In diesem Fall sogar eine fatale: Sie macht alles noch schlimmer. Und damit – willkommen in der Liebeswelt des 21. Jahrhunderts!

Die Mega-Angst ist FOMO. FOMO steht für »Fear of missing out«: die Angst, etwas zu verpassen. Unsere Konsumgesellschaft erschafft ohne Ende neue Dinge, die alle mit dem dringenden Hinweis versehen sind, sie auf keinen Fall zu verpassen. Ob Anti-Falten-Creme, die neueste Streaming-Serie, das noch klappbarere Klapprad, das ultimative Strandhotel oder das garantiert effektivste Glückscoaching. Alles verströmt die immer gleiche Botschaft: dass wir selbst schuld sind, wenn wir unser mittelmäßiges Leben weiterleben, statt das Beste aus unserem Leben zu machen. Was augenblicklich den Druck erhöht, unter dem wir ohnehin schon am meisten leiden. Den Druck der Selbstoptimierung, der uns so beständig begleitet wie das Meeresrauschen einen Strandspaziergang. Unsere Aufgabe in der alltäglichen Konkurrenzgesellschaft, das Beste aus uns zu machen, was auch immer das heißen mag. Um immer noch besser, ja, am allerbesten dazustehen. In unseren Liebesbeziehungen heißt das erprobte Gegenmittel: die große Liebe. Sie löst zuverlässig die Angst, etwas zu verpassen, und befreit vom Druck, das Beste aus uns zu machen. Denn sie ist das Größte, was uns passieren kann, und verwandelt uns als Liebende automatisch in die beste Version unserer selbst. Wer den idealen Seelenpartner gefunden hat, der verwirklicht sich dort, wo es wirklich darauf ankommt: in der Liebe. Sie ist ohnehin das größte aller Gefühle und letztlich das einzig wirklich Bedeutsame im Leben.

Die große Liebe ist der Schlussstein in der Logik des guten Lebens. Ein Haus, ein Auto sowieso, Reisen, ein Boot, ein Swimming-Pool, was immer uns für ein gutes Leben einfällt – ohne den krönenden Abschluss einer großen Liebe hantieren wir mit Trostpreisen. Die große Liebe, am besten in der Variante »Wir sind total glücklich miteinander« und der Fortsetzung »Wir haben die besten Kinder der Welt«. Es gibt drei Millionen Liebeslieder darüber, die Person seines Lebens gefunden zu haben, aber soweit ich weiß, kein einziges, in dem jemand mit gleicher Inbrunst bejubelt, dass er endlich das Ferienhaus in der Toskana gekauft hat, das er schon immer haben wollte.

Wenn ich mies gelaunt in den Tag starte, weil mich das unbarmherzige Handy aus dem Schlaf reißt und ich sofort weiß, dass im Wesentlichen Mist und anstrengende Arbeit auf mich warten, dann braucht mein Selbst einen Booster. Und der liegt direkt neben mir. Meine Liebe! Ich liebe diesen Menschen so. Und das Gefühl der Liebe ist ein dermaßen großartiges, meiner Seele Flügel verleihendes Gefühl, dass ich all den anderen Blödsinn des Lebens gar nicht brauche, nicht mal die Aussicht auf den nächsten Urlaub. Weil sich das Glück augenblicklich als Gefühl einstellt. Und das ist ja wirklich so.

Da evolutionsbiologisch keine Anlagen für einen Porsche, aber ein ganzes Bindungssystem für Liebe, Nähe und Geborgenheit in uns existieren, könnte selbst ein Sondermodell, das die Familie Porsche für uns in Handarbeit hätte herstellen lassen und das außer uns niemand besitzt und das schneller ist als alle, aber auch wirklich alle anderen Porsche dieser Welt und dessen Sitze mit Leder bespannt sind, auf dem die vier schönsten Frauen und Männer der Welt jeweils sechs Monate geschlafen haben, bis es durchtränkt ist von deren Pheromonen – selbst das könnte uns niemals so zufrieden und glücklich machen wie das Gefühl, neben der besten Partnerin der Welt aufzuwachen. Und das ist ja auch wirklich so.

Die große Liebe ist der Hauptgewinn im Partnerlotto. Jeder darf unentgeltlich mitspielen, Tag für Tag werden Millionen Hauptgewinne ausgespielt. Was uns skeptisch machen könnte, doch irgendwie gehen wir davon aus, dass jedem noch so verbeulten Topf der ideale Deckel zusteht und dass wir ihn auch finden werden. Irgendwie scheinen wir noch immer an Platons Idee der halbierten Kugelmenschen zu glauben, die versuchen, ihre andere Hälfte zu finden. Die große Liebe scheint sehr sozial und demokratisch zu sein. Sie steht jedem zu und ist nicht den Wohlhabenden vorbehalten.

Doch der persönliche Hauptgewinn löst unsere Ängste nur scheinbar. Denn die große Liebe geht mit dem Versprechen einher, unbedingt und ewig zu sein. Daran erkennen wir sie. Ewig und unbedingt sind die Garanten, dass es sich auch wirklich um die große Liebe handelt. Lebenslange Haltbarkeit ist aber ein überambitioniertes und unrealistisches Versprechen. Nur Schweizer Uhren bieten sie an. Und sind dabei wesentlich weniger komplex als die Liebe. Im Grunde glauben wir ohnehin nicht mehr an das Garantieversprechen. Wir sind ja nicht blöd. Wir kennen die Scheidungsstatistiken. Doch paradoxerweise klammern wir uns umso stärker an die große Liebe, je mehr unser Beziehungspessimismus sie infrage stellt. Frei nach dem Motto: Wir haben keine Chance, also packen wir es an! Wir müssen das tun, damit Liebesbeziehungen für uns nicht in allzu große Ferne rücken. Damit wir überhaupt noch den Schritt wagen, uns zu binden. Wir wollen ja nicht bei der wichtigsten Entscheidung unseres Lebens versagen und in irgendeiner zweitklassigen Liebesbeziehung stranden. Einen Kleinwagen oder eine Zwei-Zimmer-Wohnung an der Ausfallstraße müssen wir vielleicht hinnehmen, weil wir die ungerechten sozialen Verhältnisse, in denen wir leben, nicht im Alleingang verändern können. Aber in der Liebe ist es allein unsere persönliche Entscheidung.

Die große Liebe ist eine romantische Trotzreaktion und gleichzeitig die letzte Hoffnung, endlich jemanden gefunden zu haben, von dem wir glauben, dass er uns nicht enttäuschen wird. Der Glaube an die große Liebe ist also die einzige Absicherung, die wir haben, um uns auf das große Abenteuer einer Liebesbeziehung einzulassen. Eine befristete Garantie für die Dauer der großen Gefühle und Zweifel an ihrer Unbedingtheit wären realistisch. Aber das wäre so, als würden wir aus der Schweizer Uhr die Unruhe herausoperieren. Unsere Ahnen haben Zwangsheirat und Wirtschaftsehe hinter sich gelassen und uns die romantisch-leidenschaftliche Liebe vermacht. Die große Liebe. Sie ist eine unserer Lebensaufgaben, wenn nicht die wichtigste. Sie ist unser Liebesmythos, die kulturelle Erzählung, die unsere Liebesbeziehungen bestimmt. Sie bestimmt, wie wir Liebe leben.

Der Schatten der großen Liebe

> *Doch wir sind vermutlich die ersten Gesellschaften in der Geschichte, in denen Menschen dazu gebracht werden, unglücklich darüber zu sein, dass sie nicht glücklich sind.*
>
> Pascal Bruckner

Mit dem utopischen Versprechen der großen Liebe könnten wir ja noch ganz komfortabel leben. Denn wer an die Wirklichkeit glaubt, soll bekanntlich dazu verdammt sein, darin zu leben. Doch dummerweise boykottiert die große Liebe sich selbst. Heutzutage verlassen wir unsere Partnerinnen nicht, weil wir es nicht mehr miteinander aushalten. Wir trennen uns immer öfter, weil wir keine große Liebe mehr fühlen. Einer Untersuchung zufolge ließen sich ein Viertel aller Paare scheiden, obwohl sie sich ganz zufrieden fühlten.[1] Wir werden unsicher, wenn nach sechs Monaten die Ewigkeitsgarantie abgelaufen ist und es sich eher so anfühlt, als hätten wir uns mit dem neuen Partner die Garantie auf lebenslanges Unglück eingehandelt. Doch wir trennen uns nicht, weil wir in unseren Beziehungen unglücklich sind, sondern weil wir glauben, in einer anderen Beziehung glücklicher sein zu können. Als Selbstoptimierer schauen wir ja nicht nur furchtbar kritisch auf uns und unsere Life-Performance, sondern auch auf unsere Partnerinnen. Und stellen natürlich fest, was ihnen alles fehlt. Die Idee der großen Liebe sagt uns dann, dass das, was wir hier gerade leben, ja wohl nicht das sein kann, wonach wir suchen. Und so suchen wir weiter und treffen auf idealere, perfektere, irgendwie besser zu uns passende Menschen. Doch der Unterschied, den wir erleben, ist in Wahrheit kein Unterschied in Qualität, sondern nur ein Unterschied an Information: Unsere Partnerin kennen wir einfach zu gut, sie kommt hinter dem Bild der großen Liebe hervor. Auf Unbekannte hingegen können wir alles Mögliche projizieren, da überblendet die Fantasie noch locker die Wirklichkeit.

Warum geben wir nicht endlich zu, dass Verlieben ein Wahnsinnskick ist, der vorübergeht? Und dass danach Vertrautheit entsteht und Gewöhnung kommt und Langeweile und wir trotzdem bleiben, weil es sonst zu teuer würde – emotional und manchmal auch ökonomisch. Oder weil wir Angst haben, stur sind oder annehmen, dass wir nach zwei Jahren auch in der nächsten Beziehung nicht weiter sein werden. Wollen wir vielleicht nur nicht zugeben, dass wir das »Klassenziel große Liebe« nicht erreicht haben? Und starren auf die große Liebe wie im Märchen »Des Kaisers neue Kleider« die Untertanen auf ihren Herrscher? Sie loben dessen schöne

Kleider, obwohl er gar nichts anhat. Nur weil ein paar Gauner in die Welt gesetzt haben, dass alle, die die Kleider nicht sehen können, dumm und amtsuntauglich sind.

Wir brauchen die große Liebe. Denn sie vereint, was wir eigentlich nicht vereinigen können: unseren Zwang, nichts auszulassen, was uns irgendwie glücklicher machen könnte, und unser tiefes Bedürfnis nach Bindung, die wir brauchen wie Wasser und Brot. Ohne die Vorstellung der großen Liebe, die auf dem Mythos der Einmaligkeit aufgebaut ist, könnten wir unseren Wunsch nach grandioser Selbstverwirklichung einerseits und nach stabiler Bindung andererseits nicht einmal gedanklich vereinigen. Denn Bindung ist Abhängigkeit. Aber Abhängigkeit ist keine Selbstverwirklichung. Um nicht irre zu werden, gibt es die große Liebe unseres Lebens: Wir finden jemanden, der so gut zu uns passt, dass wir schlagartig selbstverwirklicht sind.

Die Idee der großen Liebe verändert die Wirklichkeit. Aber natürlich erfüllt sie sich nicht. Ein einziger Mensch kann unmöglich alles geben, wonach wir uns sehnen. Aber wir machen uns auf den Weg, den Partner zu finden, der uns alles bedeutet. Und wenn wir Glück haben, dann finden wir vielleicht tatsächlich die Liebe unseres Lebens. Und sie kann halten, wenn wir uns nicht der Verklärung hingeben, dass es keine Durststrecken im Beziehungsalltag geben darf, und wir erlauben, dass die Leidenschaft zeitweilig erlöschen wird. Wenn wir also fähig sind, uns von der großen Liebe zu verabschieden, um sie zu erhalten.

Das ist eine Sichtweise, die ich vertreten habe und immer noch vertrete. Aber mittlerweile glaube ich auch, dass die Idee der großen Liebe mehr Unglück erzeugt als Gutes bringt. Und dass wir sie aufgeben müssen, um uns für ganz andere Möglichkeiten von Beziehungen zu öffnen – etwa offenen Beziehungen, Polyamorie oder der Einsicht, dass wir durch unsere Liebesbeziehung viel Positives erfahren, ohne dass wir die große Liebe leben. Die veränderte Welt, in der wir durch die digitalen Medien leben, macht ein Umdenken noch notwendiger. Die neuen Medien bieten uns mehr denn je die Chance, Beziehungen schnell auszutauschen und immer wieder neue aufzunehmen. Und gerade die Idee der großen Liebe treibt uns an, diese Möglichkeit zu nutzen, weil wir durch sie unaufhörlich auf der Suche nach dem heiligen Gral der Liebesbeziehung bleiben. Der immer wieder vor uns aufscheint und sich wieder auflöst, wenn wir ihn einige Zeit in der Hand gehalten haben. Wir drohen, zu Konsumenten der Liebe zu werden. Die Lösung kann nur sein, dass wir umdenken. Dass wir uns von der Idee der großen Liebe in der gegenwärtigen Form freimachen. Die Herausforderung einer befriedigenden Liebesbeziehung beginnt mit dem richtigen Denken. Wir brauchen die Vorstellung einer anderen Liebe. Nennen wir sie die kleine Liebe.

Die große Liebe denken wir grenzenlos. Entgegen allem Wissen um die Begrenztheit der großen Liebesgefühle im Dauertest einer langjährigen Partnerschaft. So wie wir als Gesellschaft an grenzenloses Wachstum geglaubt haben und dabei die Begrenztheit der Ressourcen unseres Planeten nicht wahrhaben wollten. Unsere Wirtschaft muss ständig wachsen; in unseren Paarbeziehungen müssen wir ständig lieben. Schon lange gibt es Stimmen, die die Grenzen des Wachstums aufzeigen. Aber erst der Klimanotstand macht uns deutlich, dass wir für unser Überleben eine grüne Revolution brauchen und uns vom Gedanken unbegrenzten Wachstums verabschieden müssen. Unser Liebesnotstand zeigt sich in der ständigen Beschäftigung mit den Möglichkeiten und Grenzen der Liebe. Paare wollen wissen, wie man am besten liebt. Das Netz vibriert deshalb vor Liebesblogs, die Magazine interviewen täglich neue Experten, die Wissenschaft rückt unseren nächsten Verwandten auf den Schimpansen-Pelz, wir scannen unser Gehirn oder suchen bei indigenen Völkern nach der Antwort. Psychologie, Biologie, Evolutionsforschung – wo gibt es den rettenden Kompass, damit wir uns nicht mehr in der verwirrenden Landschaft der Liebe verirren? Die Kompassnadel kreiselt wie auf Koks, und es gibt keinerlei Anzeichen, wo der verdammte Liebes-Nordpol ist. Aber keine Antwort ist auch eine Antwort. Das sagt uns, dass wir die falsche Frage stellen. Wir scheitern, weil wir die romantische Liebesidee aufrechterhalten. So wie wir scheitern, wenn wir an der Idee einer grenzenlosen Ausbeutung der Erde und ihrer Ressourcen festhalten. Solange wir nur nach Lösungen suchen, die nicht infrage stellen, dass wir weiterhin alle Meere leer fischen und jede erdenkliche Menge CO_2 in die Atmosphäre blasen. Der Abschied von der romantischen großen Liebe fällt also auch unter Klimaschutz und nachhaltiges Denken. Denn wie wollen wir lernen, ökologisch, ressourcenorientiert, nachhaltig, langfristig, systemisch zu denken, wenn wir im privaten Kern unseres Lebens, in unseren Liebesbeziehungen, an der Unbegrenztheit festhalten und die uneingeschränkte Ausbeutung unserer romantischen Liebesressourcen weiterverfolgen? Werden wir umdenken können und Verzicht als sinnvoll und notwendig für unser Überleben auf Mutter Erde anerkennen, wenn wir in unserem intimen Leben am uneingeschränkten Recht auf unbegrenztes Dauerglück festhalten?

Die Geschichte der romantisch-leidenschaftlichen Liebe

Liebe unterliegt der Geschichte. Sie folgte und folgt in jeder Kultur den existierenden Heiratsregeln. Bei Liebesempfindungen sind Biologie und Kultur, genetisch Angelegtes und gesellschaftlich Erworbenes untrennbar ineinander verwoben. Im Licht der voranschreitenden Neurowissenschaften ergibt es keinen Sinn mehr, Vererbtes und Gelerntes strikt gegeneinanderzustellen. Unsere Sehnsucht nach der romantisch-leidenschaftlichen Dauerbeziehung ist im Laufe der Geschichte entstanden. Wir sind die Erben einer Idee, die wir gleichwohl in jeder Körperzelle spüren können.

Und solange wir diese Idee nicht infrage stellen, löffeln wir tagtäglich aus, was unsere Ahnen uns eingebrockt haben. Wie wir über die Liebe denken, bestimmt, wie wir lieben.

Die große Liebe gehört zum romantischen Diskurs. Sie ist eine idealisierte Form der Liebe und des Glücks. Schicksalhaft, überwältigend, als wirkten Himmelsmächte, an die wir nirgendwo sonst so naiv glauben wie zwischen Windeleimer, Doppelbett und Spülmaschine. Wir erfahren Liebe als schicksalhaftes Erleben, dem wir uns begeistert hingeben. Das ist eine Entscheidung, die wir nicht fällen. Wir übernehmen die romantische Liebeswahl als kulturelle Regel, die in den letzten 200 Jahren unsere intimen Beziehungen bestimmt hat.

Wir denken bei Romantik schnell an die Minnesänger des Mittelalters, doch sie schwärmten bloß und wollten nie eine reale Beziehung mit dem vergötterten Burgfräulein führen. Unsere Idee der romantisch-leidenschaftlichen Dauerbeziehung entwickelte sich im 18. Jahrhundert, einer Zeit großer geistiger Veränderungen. Die Romantik war eine Gefühlsreaktion auf die frühe Aufklärung, die Werte wie Individualität, Vernunft und Gleichheit betonte, aber eher logisch-abstrakt und kalt war. Nun wurden individuelles Glück und persönliche Entscheidungen wichtig, was sich auch auf Ehe und Liebe auswirkte. Nachdem Ehen Jahrtausende lang vor allem aus politischen oder ökonomischen Gründen geschlossen worden waren, begann die Geschichte der liebesbasierten Ehe. Wo zuvor noch große Denker wie Montaigne der Meinung waren, dass jemand, der seine Ehefrau liebt, so stumpf sei, dass niemand sonst ihn lieben könne. Seitdem arbeiten wir *an* unseren Ehen, bis dahin arbeitete man nur *in* der Ehe. Erotische Leidenschaft gab es bis dahin nur in der Literatur und für Minderheiten. Erst jetzt kam die für alle geltende Idee auf, dass man sich verlieben sollte, um legal zu heiraten. Es begann die Entwicklung des Modells der romantischen Ehe. In vielen Schritten und Pirouetten, mit Unterschieden von Land zu Land, wurde Sex aufgewertet und an die Liebe gebunden, und Liebe an die Ehe. Seither ist nur noch Liebe ein Grund zum Heiraten, und die Elternschaft wird zur Vollendung der romantischen Liebe. Das Liebesgefühl rückt ins Zentrum. Es wird als dauerhaft betrachtet und gilt nur der einen Person. Liebe entsteht durch die Magie der Begegnung und wird zum individuellen Glücksversprechen zweier Menschen. Sie ist kein einseitiges Fühlen mehr, sondern erwiderte Liebe.

Mit der industriellen Revolution beginnt die Polarisation der Geschlechter, und in der romantischen Liebe werden zunehmend der Sinn und die Stabilität gesucht, die den Menschen verloren gehen. Je mehr die moralischen Gebote der Liebe wegfallen, desto mehr wird Lieben zur herausragenden Art zu fühlen, desto stärker wird die Leidenschaft im romantischen Erleben betont. Die 50er-Jahre des letzten Jahrhunderts sind dann die Hochzeit der Ehe, in der die Frau nur Hausfrau ist. Ab den 60er-Jahren beginnt noch einmal eine dramatische Veränderung, die es Frauen erlaubt, sich langsam aus der Abhängigkeit und Ausbeutung, der sie jahrtausendelang unterlagen, zu emanzipieren. Es findet eine – nicht nur sexuelle – Revolution statt, in der Selbsterfahrung und persönliches Wachstum gefragt sind und die herrschenden Normen infrage gestellt werden. Weil dadurch keine Kriterien mehr für Richtig und Falsch, Gut und Schlecht existieren, geben fortan das Selbst und seine Gefühle Orientierung. Die richtige Handlung ist nunmehr die, welche die aufregendste Herausforderung darstellt oder das beste Gefühl vermittelt. Selbstausdruck ersetzt Autorität, aus gut Sein wird gut Fühlen. Unter jedem Pflaster liegt ein Strand.

Angesichts der Beschleunigung des Lebens, der Abkehr von den Religionen, der Globalisierung, der sprunghaften technologischen Veränderungen, der Entritualisierung unserer Lebenswelt und der immer kleiner werdenden Kleinfamilien suchen wir heute in unseren exklusiven Liebesbeziehungen Halt. »Eine glückliche Liebe wird damit zu einem wichtigen Anker in einer unvorhersehbaren Welt«, benennt es der Paarforscher Guy Bodenmann. Doch die »glückliche Liebe« gehört schon zum Konzept der großen Liebe.

Die Historikerin Stephanie Coontz, Autorin von »In schlechten wie in guten Tagen. Die Ehe – eine Liebesgeschichte«, schreibt, dass sich die Beziehungen zwischen Frau und Mann und unsere Liebesbeziehungen in den letzten 30 Jahren mehr verändert haben als in den 3000 Jahren davor. Das ist unsere Chance. Coontz schreibt: »Heute ist unsere Herausforderung, die romantisierten Vorstellungen der Vergangenheit zurückzuweisen, die uns schuldig fühlen lassen, weil wir nicht in einer Vorabendserien-Ehe leben.«[2] Erst wenn wir uns von der großen Liebe verabschiedet haben, ist der Weg frei für neue Wahrnehmungs-, Denk- und Erlebensprozesse. Wir haben verstanden, dass wir den romantischen Mythos verlassen müssen, um in langjährigen Beziehungen leben zu können. Allerdings rupfen wir bislang nur die Blätter vom romantischen Mythos, damit er nicht unser ganzes Leben überschattet, ohne am Stamm der großen Liebe zu sägen. Aber es ist Zeit. Wir brauchen eine »bunte Revolution«, um uns vom rosaroten Anspruch auf das unbegrenzte Liebesglück zu verabschieden. Eine ökologische Wende in unserem Denken über Beziehungen: weg vom Wahn der großen Liebe, hin zur kleinen Liebe.

Die große Liebe

Die Liebe beruht auf einer starken Übertreibung des Unterschieds zwischen einer und allen anderen Personen.

George Bernard Shaw

Im Grunde soll sie alles erfüllen, was uns das übrige Leben versagt. Geld macht nicht glücklich. Arbeit macht nicht glücklich. Aber die große Liebe, sie macht glücklich!

Die große Liebe existiert als Illusion jenseits der Realität. Oh, natürlich erleben wir sie. Wir sind überwältigt von den Gefühlen, die in uns aufbrechen. Die große Liebe ist die Überzeugung, dass wir endlich angekommen sind. Ein Zustand, in dem wir tatsächlich zurückgehen und an das kleine Paradies anknüpfen wollen, das wir in unserer Kindheit bewohnen durften. Dort haben wir mit etwas Glück große Liebe erlebt. Unsere Eltern waren ganz für uns da. Sie haben unsere Bedürfnisse erfüllt, aber von uns ferngehalten, wie anstrengend wir waren, wie fordernd, wie überfordernd. Es war keine Beziehung, die auf Gegenseitigkeit beruhte. Die Eltern haben für uns gesorgt, nicht wir für sie. Auch wenn es unbewusste Prozesse gibt, in denen Kinder sehr wohl die Verantwortung für das Glück ihrer Eltern übernehmen. Aber so oder so ist es eine illusionäre Form der Liebe, von der wir unbewusst erwarten, dass wir sie mit unseren Partnern wiederfinden.

Die große Liebe ist grandios und damit narzisstisch. Aller Schmerz wird abgewehrt. Und wenn sie sich nicht erfüllen lässt, dann stimmt etwas nicht mit den Menschen, die sie zu leben versuchen. Sie selbst bleibt über jeden Zweifel erhaben. Sie kann nicht infrage gestellt werden. Ihre Gedanken sind uns selbstverständlich geworden. Ihre Sprache verwundert uns nicht mehr. Danach heißt Lieben: »sich voll und ganz einlassen«, »sich voll einbringen«, »sich bedingungslos öffnen«, »mit ganzem Herzen lieben«. Geht es bitte eine Nummer kleiner?! Weniger absolut, menschlicher, nicht so fordernd, überfordernd. Wer zweifelt, so die Botschaft der großen Liebe, ist raus. Wie bei der Show »Last One Laughing«, bei der immer die Person rausfliegt, die zuerst lacht. In der großen Liebe gilt alles oder nichts. Es geht um die vollkommene Einheit. Was im Grunde völlig narzisstisch ist. Denn der Partner wird daran gemessen, ob er meinem Glücksstreben dient, was ich daran ermesse, ob ich glücklich bin. Nur dann lohnt sich die Verbindung, nur dann ist der andere ein Teil meiner Selbstverwirklichung.

In der großen Liebe leben wir unsere Konsumgesellschaft. Wir kaufen die Stiefel, die uns am besten gefallen und die wir uns leisten können. Oder auch nicht leisten können. Wenn es um Liebespartner geht, ist das nicht anders. Dann ist auch nur die oder der Beste gut genug. Fatalerweise deckt sich das mit den Gefühlen intensiver Verliebtheit. Wir haben einwandfrei das Gefühl, dass niemand sonst auf der Welt schon einmal eine so überwältigende Liebe erlebt hat. Was wahr ist, aber bloß, weil die Welt, in der wir leben, immer nur unsere kleine Welt ist.

Mit der großen Liebe ist eine Menge unrealistischer Unsinn verknüpft. Nach dem ungeschriebenen Gesetzbuch der großen Liebe muss Liebe immer wahr und aufrichtig sein. Meine Partnerin muss mich ganz und gar lieben. Sie muss meine Fehler akzeptieren und lieben, sie muss meine Wünsche erkennen und sie mir erfüllen. Streit ist ein schlechtes Zeichen, Unvereinbarkeiten sind belastend, eine Beziehung muss ewig halten, und überhaupt ist eine gute Beziehung eine endlose Romanze.

Es gibt viele Aufgaben, die wir in einer Partnerschaft bewältigen müssen, doch die große Liebe verhält sich dabei wie die strenge Erbtante, in deren Haus wir so tun müssen, als würden auch wir für die Wiedereinführung der Monarchie sein. Wo wir uns immer wieder an Veränderungen anpassen müssen, hält sie uns das Gebot der ewigen Liebe entgegen. Wo wir unsere Nähe und Distanz miteinander ausbalancieren müssen, fordert die große Liebe seelische Verschmelzung. Wo uns unsere Geschichte prägt und unsere Familien beeinflussen, verlangt sie, dass es nur uns zwei gibt. Wo wir wichtige andere Freunde und Leidenschaften brauchen, fordert sie, dass wir alle Bedürfnisse füreinander befriedigen. Wo wir stottern, stammeln und um die richtigen Worte ringen, verlangt sie wortloses Verstehen. Wo wir Partnerschaft und leidenschaftliche Gefühle unterscheiden lernen müssen, fordert sie, unterschiedsloses Zueinander-Hingezogensein. In der ständigen Bewegung unserer Empfindungen verlangt sie das unveränderte Gefühl.

Die große Liebe ist ein Monstrum, ein falscher Guru. Denn wir verehren sie und bezweifeln sie in einem Atemzug. Das zeigt sich daran, wie wir auf andere Paare schauen. Einerseits senken wir den Daumen, wenn Partner nicht wie ein Herz und eine Seele wirken, und werfen ihnen vor, sich nur aus Angst nicht zu trennen. Aber wenn sie wie ein Herz und eine Seele wirken, vermuten wir, dass sie etwas vorspielen. Denn schließlich kann es ja gar nicht sein, dass sie hinbekommen, was realistisch nicht zu schaffen ist.

Die große Liebe sucht sich endlos zu beweisen. Wissenschaftler liefern Untersuchungen und Ergebnisse, Paartherapeutinnen Rezepte und Anleitungen. Eine Nackenmassage bringt mehr Nähe als ein Problemgespräch? Also rubbeln wir doch los! Was, heute noch nicht massiert? Kein Wunder, dass die Nähe schwindet. Die große Liebe ist immun gegenüber ihren Widersprüchen und findet immer neue Gründe, warum die Menschen an ihr scheitern. Es geht immer darum, dass etwas gelöst wird, dass alle Probleme sich in Wohlgefallen auflösen.

Als Anhänger der großen Liebe sind wir wie die Menschen, die glaubten, die Erde sei eine Scheibe. Die dachten, sie müssten irgendwann an den Rand der Welt gelangen, wenn sie nur weit genug laufen würden. Doch unter falschen Voraussetzungen gibt es keine richtigen Handlungen. Sondern Qual und Zweifel. Wer glaubt, dass er Wasser durch Umrühren zum Kochen bringen kann, wird sich ständig fragen, ob er schnell genug rührt, lange genug rührt, mit dem richtigen Löffel hantiert. Und genauso fragen wir uns ständig: Liebt sie mich? Liebe ich sie wirklich? Ist es wirklich Liebe? Fragen, an denen unsere Psyche zerbröselt. Wir haben gelernt, Verliebtheit nicht mehr mit Liebe gleichzusetzen. Aber wir haben noch nicht gelernt, dass unsere große romantische Liebe viel näher am Verlieben ist als an der Liebe. Und dass wir beide unterscheiden müssen.

Die kleine Liebe

Martha: »Wahrheit und Illusion, George. Kennst du eigentlich den Unterschied?«
George: »Nein, aber wir müssen weitermachen, als ob wir ihn kennen würden.«

Edward Albee, »Wer hat Angst vor Virginia Woolf«

Die kleine Liebe tut weh. Sie bringt Abhängigkeit, Frustration, Enttäuschung, Eifersucht und Verlustangst in unser Leben. Sie aktiviert all unsere Ängste. Schmerz und Leiden sind ein Teil von ihr und kein Grund, den Scheidungsanwalt anzurufen oder ins Grübeln zu kommen. In der kleinen Liebe wissen wir, dass eine Liebesbeziehung ohne Enttäuschung und gebrochene Herzen wie ein wunderbares Gemälde ohne jeden Schatten ist. Ohne Schatten fehlt die Tiefe.

Die kleine Liebe ist weniger Schicksal, mehr Möglichkeit. Der Starjournalist Malcolm Gladwell ist einmal der Frage nachgegangen, was eigentlich Erfolg ausmacht. Und die Antwort war: zur richtigen Zeit am richtigen Ort zu sein. Oder: Talent zu haben und dann mehr zu üben als die anderen Talentierten. Üben scheint in Beziehungen nur beschränkt zu Erfolg zu führen. Wir kennen die unglücklichen Freundinnen, die nie über das Beziehungsüben hinauskommen. Und Zweitehen scheitern trotz Üben in der Erstehe noch häufiger. Bleiben Ort und Zeit. Da besitzen wir offenbar Talent. Wir befinden einfach, jemand sei richtig, und schon stimmen Zeit und Ort. Eine Untersuchung ergab, dass wir längst nicht so wählerisch sind, wie wir denken. Wir neigen dazu, uns schnell zu verlieben und dabei Eigenschaften der Partnerin in Kauf zu nehmen, die wir eigentlich ablehnen. Sobald wir verknallt sind, sind Herzlichkeit oder Finanzstärke gar nicht mehr wichtig, auch wenn wir das vorher behauptet haben.[3] Die kleine Liebe glaubt nicht an den absolut Richtigen, weshalb sich Partner auch mal falsch anfühlen dürfen, ohne dass der Beziehungsnotstand ausgerufen wird.

Die kleine Liebe will nicht perfekt sein, aber gut genug. Wünsche sind relativ, es muss sich nicht alles erfüllen. Die Gefühle dürfen schwächeln, verschwinden, eine Zeit lang unauffindbar sein. Die Lösung liegt nicht darin, *dass* etwas gelöst wird, sondern *wie* etwas gelöst wird. Die kleine Liebe ist eine ständige, sich wiederholende Entscheidung. Und eine Heirat ist nur die Entscheidung für die ständige Entscheidung. Die kleine Liebe lebt von den kleinen Gesten und Hinwendungen, die wichtiger sind als die großen romantischen Gesten.

Die kleine Liebe ist reflektiert. Sie tut nicht so, als gebe es ein Gefühl – die romantische Liebe –, dem wir, die zivilisierten und immer kontrollierten Menschen, uns blind hingeben können. Die kleine Liebe weiß um den Einfluss, den unsere Erfahrungen aus dem Elternhaus und mit anderen Partnern haben. Sie weiß, dass sie selbst eine Vorstellung ist, und sieht die unlösbaren Widersprüche, die wir in unseren Liebesbeziehungen leben. In der kleinen Liebe gibt es keinen Druck, dass sich alles erfüllen muss, und keine Schuldgefühle, wenn es nicht geschieht.

In der kleinen Liebe geht es nicht um Schuld, es geht um Verantwortung. Wir dürfen wilde, leidenschaftliche Fantasien in Bezug auf andere haben, ohne uns deswegen schlecht zu fühlen. Wenn wir uns nicht schlecht fühlen müssen, ist es leichter, verantwortungsvoll zu handeln.

Die kleine Liebe ist wehrhaft. Sie versteht, dass wir längst das Effizienzdenken der Beratergesellschaften über unsere Beziehungen gestülpt haben und Liebe zu etwas verformen, bei dem endloses Glück mit wenig Aufwand zu haben sein soll. Dagegen stellt die kleine Liebe, dass sie mühsam ist.

Die kleine Liebe ist bescheiden und demütig. Sie vertritt die »resignative Reife«, wie der Paartherapeut Arnold Retzer es genannt hat. Die wachsende Einsicht, dass wir in einer Beziehung nicht alles haben können und dass wir aufgeben, mehr vom Partner zu fordern, als er geben kann.

Die kleine Liebe unterscheidet. In einer Welt, in der die Technologie und alle Produkte immer perfekter, immer idealer werden, idealisieren wir auch unser Gefühlsleben. »Niemals in der Geschichte haben Gesellschaften gedacht, dass eine Reihe von so hohen Erwartungen an die Ehe realistisch oder gar erstrebenswert seien«, so Stephanie Coontz. Die kleine Liebe lebt nicht von der Puzzleteile-Idee, dass zusammenfindet, was zusammenpasst. Sondern dass wir uns dafür entscheiden, zueinander zu gehören. Und durch unser gemeinsames Leben zusammenfinden.

Die kleine Liebe ist emanzipativ, weil sie, wie die israelische Soziologin und Liebesforscherin Eva Illouz schreibt, »nicht berechnende Handlungsweisen wie Verzeihen oder Selbsthingabe« lebt. In einer Kultur, in der alles einen Preis hat, in der jeder seinen Vorteil sucht, lässt die kleine Liebe das Paar zunächst wie Veganer in einem Steakhaus erscheinen, weil sie verstehen, dass es nie darum geht zu siegen. Sie verweigert die kalte Rationalität der kapitalistischen Ordnung. Aber sie folgt nicht dem Romeo-und-Julia-Mythos. Wir müssen daran nicht scheitern. Wir können von dort aus wachsen.

Die kleine Liebe weiß um die Enttäuschung und den Trauerprozess, die in einer Liebesbeziehung unumgänglich sind. Mein Partner ist nicht ideal. Und ich bin nicht ideal für meinen Partner. Nicht alles an mir wird gemocht. »Wenn du einen Menschen glücklich machen willst, dann füge nichts seinem Reichtum dazu, sondern nimm ihm einige von seinen Wünschen«, sagte Epikur. Die kleine Liebe ist Epikureerin.

Die kleine Liebe erkennt den Wert an, den ein Platz in der Welt hat. Wie der US-amerikanische Entertainer Eddie Cantor unübertrefflich sagte, besteht eine Ehe darin, Probleme zu lösen, die man alleine gar nicht hätte. Aber dafür gibt sie uns einen Platz in der Welt. Den inneren Platz, den wir nur finden, wenn ihn ein anderer Mensch uns gibt. Den Platz im Herzen, in der Psyche des anderen zu haben – das ist der Platz, den wir suchen.

Die kleine Liebe erlaubt den Kompromiss. Unsere Beziehung ist nicht nur ein einziges Liebesgefühl. Wir halten auch an ihr fest, weil uns das Leben, das wir gemeinsam geschaffen haben, so viel bedeutet. Wir dürfen auch unsere Beziehung leben, weil wir das Leben lieben, das wir uns geschaffen haben: die Familie, das Leben mit den Kindern, den Wohlstand, das Haus, den Freundeskreis, unsere Urlaube, unseren Lebensstil.

Die kleine Liebe ist nicht ausschließlich. Der Partner muss uns nicht alles erfüllen, wir brauchen wichtige andere, die mit uns diskutieren, uns trösten, berühren, pflegen, bei denen wir unsere Sorgen beklagen können.

Die kleine Liebe ist unsicher. Liebe ist ihrer Natur nach nicht sicher, auch wenn wir es uns anders wünschen. Wir müssen nicht ununterbrochen lieben.

Die kleine Liebe erfüllt sich nicht. In der kleinen Liebe ist der Weg das Ziel. Das wird oft falsch verstanden, als würde der Weg das liefern, was sonst das Ziel erbringen würde. Doch wie Iris Murdoch bemerkte: »Man kommt nirgendwo hin in einer Ehe. Sie ist kein öffentliches Verkehrsmittel.«

In der kleinen Liebe kommen Paare niemals an. Eine Auseinandersetzung ist ein Schritt, und eine Einsicht bringt uns weiter. Dennoch wird immer eine unerfüllte Sehnsucht bleiben, von der wir dachten, dass sie durch die Liebe endet. Sie ist eine spirituelle Sehnsucht, die uns verrät, dass unser Leben unvollständig ist und wir Menschen Wesen sind, die aus dem Gefüge der Welt herausgefallen sind. In der kleinen Liebe verstehen wir, dass diese Sehnsucht nicht bedeutet, dass mit unserer Beziehung etwas nicht stimmt.

Die große Liebe braucht die kleine Liebe

Ist jetzt alles Illusion? Ergibt Liebe gar keinen Sinn mehr, und sollten wir von einer Liebesbeziehung nur noch Beziehung erwarten, aber keine Liebe mehr? Lieber Abstand halten, weil es ohnehin keine Erfüllung gibt? Freundschaft plus, gemeinsame Elternschaft, aber Sex lieber mit vielen anderen als auf Gedeih und Verderb alles mit einer Person? Also, adieu Zweierbeziehung?

Der Abschied von der großen Liebe ist kein Abschied von großen Liebesgefühlen. Vielleicht sogar das Gegenteil. Wenn wir akzeptieren, dass die überwältigenden Augenblicke vergänglich sind, werden wir sie dann nicht umso mehr genießen? Vielleicht bleiben sie uns sogar länger erhalten, wenn wir nicht darauf bestehen, dass sie bleiben müssen. Wenn wir aufgeben, in einer Beziehung das endlose Glück zu finden, dann endet der Kampf um unerfüllbare Vorstellungen, der direkt ins Unglück führt. Loslassen ist der befriedigendere Weg. Und im Einklang mit der Realität zu leben hat etwas ungemein Beruhigendes.

Das Problem mit der romantisch-verklärten Idee der großen leidenschaftlichen Liebe ist ja nicht, dass es sie nicht gibt. Das Problem ist, dass wir in unserer Liebesbeziehung ständig die großen Liebesgefühle verlangen. Niemand wäre so einfältig, von sich immer nur das ganz große Gefühl gegenüber seinen Eltern, Kindern oder seinem Hund zu verlangen.

Unbewusst und paradoxerweise erkennen wir die kleine Liebe immer schon an, wenn wir aus unserer seriellen Monogamie aussteigen und uns fest für eine Beziehung entscheiden. Das gestehen wir uns nur nicht ein. Aber etwas in uns hat gesagt: »Schluss mit dem Unsinn und dem ewigen Weitersuchen. Diese nächste Beste ist unser Lebensmensch.« Die tausend anderen fantasierbaren Möglichkeiten geben wir auf. So erhalten wir uns den Anspruch auf Dauer. Denn wir brauchen den festen Glauben, dass es so, wie es heute ist, immer wieder sein kann, um uns wirklich für den anderen zu interessieren und uns so zu öffnen, dass Intimität miteinander möglich wird.

Lieben bedeutet, die Liebe kennenzulernen.

Liebe ist nicht Erfüllung. Liebe ist, das Unerfüllte auszuhalten.

Und die kleine Liebe ist unsere einzige Chance, eine große Liebe am Leben zu erhalten.

TEIL I

Bindung

Ich habe jedenfalls noch nie von jemandem gehört, der auf dem Sterbebett gesagt hätte: »Das Beste an meinem Leben war, dass ich stets unabhängig war, ein eigenständiges Individuum.«

Julia Schoch

Anna setzt sich im Bett auf und schaut auf Georg, der noch vor sich hin schnorchelt. Sie denkt darüber nach, was heute alles zu tun ist und dass sie Georg unbedingt fragen will, ob er heute den Kleinen in die Kita bringen kann. Sie schaut auf die Uhr. Noch früh. Sie rutscht wieder unter die Decke und schmiegt sich an Georg, auch in der Hoffnung, dass er dabei langsam wach wird.

Vier Monate später. Anna setzt sich im Bett auf. Sie hat nicht gut geschlafen, neben ihr schnorchelt Georg vor sich hin, und sie spürt sofort, wie in ihr der Ärger über seine ständigen Vorwürfe mit erwacht. Sie schwingt die Beine aus dem Bett, und während sie aufsteht, spürt sie dieses flaue, leere Gefühl. Sie atmet tief durch, der Tag muss beginnen.

In den vier Monaten zwischen diesen beiden Szenen hat sich die Beziehung von Anna und Georg verändert. Sie haben viel mehr Streit und immer wieder die gleichen Konflikte. Sie bewältigen den Alltag wie gewohnt, aber ihre Nähe haben sie verloren. Und so hat Anna, wenn sie aufwacht, ein ganz anderes Gefühl, von dem sie sich nicht lösen, das sie nicht abschütteln kann. Sie fühlt sich nicht mehr gut, nicht mehr verbunden mit Georg. Was sich verändert hat, ist ihr Bindungsgefühl.

Für uns Menschen geht es immer um Bindung. Wir sind Bindungswesen. Unsere wichtigen Beziehungen sind Bindungsbeziehungen. Und unsere intime Zweierbeziehung ist die wichtigste Beziehung, in der wir unsere tiefen Bindungsbedürfnisse zu erfüllen suchen. Oder, falls wir polyamourös leben, in unserer Dreier- oder Viererbeziehung.

Bindung ist unser fundamentalstes Grundbedürfnis. Von der ersten Sekunde unseres Lebens an suchen wir nach Bindung. Wir werden so abgrundtief hilflos geboren. Irgendjemand muss sofort für uns da sein, muss sich so intensiv an uns gebunden fühlen, dass er bereit ist, alles zu tun, damit wir überleben. Doch unser Bedürfnis, sicher und fest mit anderen Menschen verbunden zu sein, endet nicht, sobald wir die Windeln ablegen. Und auch nicht nach dem Abitur. Wir suchen unser gesamtes Leben nach Bindung. Sie bleibt, wie der Begründer der Bindungstheorie, John Bowlby, schrieb, »von der Wiege bis zur Bahre« unser tiefes Bedürfnis und bestimmt, was wir in Beziehungen tun und wie wir uns dort fühlen.

Wir können unsere Bindung nicht direkt verändern. Achtsamkeit können wir trainieren, Sexualität initiieren, Konflikte austragen. Aber wir können nicht auf unsere Partnerin in dem Gefühl zugehen: »Hey Baby, wir binden uns jetzt mal besser aneinander.« Bindungsgefühle sind nicht so klar und eindeutig. Sie kennzeichnet weder die verzehrende Anziehung leidenschaftlicher Verliebtheit noch das öffnende Gefühl der romantischen Anziehung. Sondern es ist das beruhigende, befriedigende Gefühl der Verbundenheit, das Gefühl, dass zwischen uns alles gut ist. So wie Anna es am ersten Morgen ganz selbstverständlich empfunden hat. Weil es ein leises Gefühl ist und wir unsere Bindung nicht direkt und unmittelbar beeinflussen, erscheint uns Bindung leicht als eine Idee, eine hilfreiche Theorie. Aber Bindung ist so real wie ein Klettverschluss. Mit unseren Kindern gehen wir ganz selbstverständlich davon aus, dass Bindung wirkt. Unser Kind hat sich verletzt, es weint, ist ganz aufgelöst und kommt zu uns gelaufen. Wir nehmen es auf den

Schoß, halten es und geben ihm zu verstehen, dass wir da sind und verstehen, was es gerade erlebt. Und das Kind beruhigt sich. Sein Schmerz lässt nach, nicht eingebildet, nicht sinnbildlich, sondern es tut wirklich weniger weh.

Der US-amerikanische Neurowissenschaftler Jim Coan konnte das in einem Experiment nachweisen. Er setzte Versuchspersonen durch leichte Schmerzreize unter Stress und beobachtete die Reaktion im Gehirn mithilfe bildgebender Verfahren. Die Teilnehmerinnen lagen auf einer Liege, und auf einem Bildschirm über ihnen wurde durch ein Symbol angekündigt, dass sie gleich einen unangenehmen Stromschlag bekommen würden. Um den Stress noch ein wenig zu erhöhen, konnte es auch sein, dass kein Stromschlag erfolgte und die Anspannung vergeblich war. Dann kamen die Partner der Versuchsperson dazu und hielten ihren gestressten Partnerinnen die Hand. Würde sich die Stressreaktion verändern? Auf den MRT-Aufnahmen war sie jetzt deutlich geringer, und in einigen Fällen verschwand sie völlig. War die Beziehung des Paares allerdings belastet, dann trat sogar der gegenteilige Effekt ein, und die Stressreaktionen verstärken sich. Die Anwesenheit unserer »Bindungsfigur«, des wichtigen anderen, lässt uns die Welt also anders erleben. Wir leben in einer anderen Welt, wenn wir uns gut und sicher gebunden fühlen. Erfüllende Beziehungen geben uns seelische Stabilität.

Dass Kinder gute Bindung brauchen, war einer der wichtigsten gesellschaftlichen Lernerfolge in den letzten Jahrzehnten. Dass auch Erwachsene sichere Bindung brauchen, lernen wir gerade. Wenn die kleine Annie verzweifelt aus der Schule kommt, dann nehmen wir sie in den Arm. Wenn die große Annie gestresst aus dem Büro kommt, werden wir als Partner wahrscheinlich versuchen, ihr kluge Ratschläge zu geben. Aber wir werden nicht das Naheliegende tun und sie auch in den Arm nehmen, sie beruhigen, mit ihr fühlen und ihr so das sichere Gefühl geben, dass sie die Härten des Lebens nicht alleine bewältigen muss. Das Gefühl, das wir unseren Kindern sofort geben würden. Natürlich gibt es Unterschiede zwischen Kindern und Erwachsenen. Aber das gilt nicht für das grundsätzliche Bindungsbedürfnis. Natürlich erleben wir es mit 13+ zumeist als weniger dringend. Erwachsene plärren nicht vor Panik, wenn die Partnerin den Raum verlässt. Wir können lange Abwesenheiten unseres Lieblingsmenschen ertragen, können Bindung auch über Sexualität erleben. Fürsorglichkeit ist keine Einbahnstraße, sondern wir trösten und unterstützen uns wechselseitig. Wir können alleine leben, uns selbst versorgen. Wir leben mit wichtigen Beziehungen, die nicht mehr existieren, die wir aber als einen verinnerlichten Teil weiter in uns tragen. Doch sobald unser Bindungssystem aktiv ist und sich auf niemanden richten kann, dann erleben wir den tiefen Schmerz der Einsamkeit. Und Einsamkeit erhöht die Sterblichkeit mehr als Rauchen, Übergewicht oder Bewegungsmangel. Womit nicht gesagt sein soll, dass jeder, der länger leben will, unbedingt eine Liebesbeziehung braucht. Aber viele Untersuchungen weisen darauf hin, dass gut und sicher gebundene Menschen länger und gesünder leben. In einer seit 1938 (!) laufenden Studie über Absolventen der Harvard University wurden 700 Männer über ihr ganzes Leben hinweg wissenschaftlich begleitet. Und das Ergebnis war eindeutig: Gute Beziehungen halten uns gesund und glücklich und sind entscheidender als Erfolg, Reichtum oder andere Faktoren.

Unser Bindungssystem gehört zu den in uns angelegten Affekt- und Motivationssystemen. Das sind komplexe, angeborene Möglichkeiten des Erlebens und des Anreizes für bestimmte Verhaltensweisen, die wir durch unsere Lernerfahrung weiter ausbilden und formen. In der Paarbeziehung wirken vor allem die Systeme der Sexualität, der Zuneigung, der Identität und der Suche nach Anerkennung. Wir können in einer Liebesbeziehung ohne Sexualität leben und auf Zuneigung und sogar auf Anerkennung verzichten. Doch ohne Bindung ist die Beziehung zu Ende. Selbst wenn sie scheinbar noch besteht.

Bindung hat Vorrang. In unserem Säugetiergehirn existieren dafür eigene neuronale Netzwerke. In unserer Blutbahn zirkulieren Bindungshormone, die Bindung herstellen und festigen. Wir besitzen Spiegelneuronen, durch die wir miterleben, was unser Gegenüber erlebt. Wenn wir uns binden, belohnt uns unser Organismus, und wir werden, wie ein Junkie, mit hausgemachten Drogen überschwemmt. Und wenn wir das Radio einschalten, dann dauert es keine drei Minuten, und wir hören eine Hymne auf das Wahnsinnserleben, sich auf eine Bindung einzulassen, auf das romantische Verlieben. Das in manchen Kulturen auch tatsächlich dem Wahnsinn zugeordnet wird. Und wenn wir uns trennen, leiden wir unter schlimmsten Entzugserscheinungen, Liebeskummer und emotionalen Schmerzen, bei denen die gleichen Bereiche unseres Gehirns aktiv sind wie bei körperlichen Schmerzen. Während einer Bindungsbeziehung wissen wir stets, wie es um sie steht. Als würde ständig ein Liveticker mit dem neuesten Bindungsstand über den Bildschirm unseres Bewusstseins laufen. Wir sind von Kopf bis Fuß auf Bindung eingestellt.

Die Basis dafür ist unsere ständig unbewusst ablaufende Wahrnehmung, ob wir mit anderen sicher sind oder uns in Gefahr befinden. Diese Wahrnehmung läuft im autonomen Nervensystem ab, das wir willentlich nicht beeinflussen können. Es nimmt über Stimme, Gesichtsausdruck und Augen des Gegenübers wahr, ob wir kämpfen oder fliehen müssen. Und informiert uns, dass wir heute Abend das schwierige Thema Haushaltsgeld besser nicht ansprechen, weil unser Liebster nicht im entspanntesten Zustand aus dem Büro gekommen ist. Der Tonfall des Partners lässt uns aufhorchen, sein unruhiger Blick verunsichert uns. Diese Feinfühligkeit füreinander gehört zu unserem Wesen als Menschen. Und schützt uns nicht nur vor emotionaler Einsamkeit, sondern auch vor unserem existenziellen »In-die-Welt-geworfen-Sein«. Wir erleben uns als von der Welt getrennt.

Religionen vermitteln vielen von uns einen Sinn und Geborgenheit inmitten des überwältigenden Universums, doch für alle Menschen entsteht Sinnhaftigkeit durch wichtige Beziehungen. Sie sind Trost und Stütze in einer letztlich unverständlichen Welt. Allein ihr Dasein gibt uns Sinn, was wir mit unseren Kindern am deutlichsten erleben.

Erreichbarkeit

»Bist du für mich da?« Das ist die grundsätzliche Bindungsfrage. Eine Bindung ist sicher, wenn der andere da ist, falls wir ihn brauchen. Um uns sicher zu fühlen, müssen wir also sicher sein, dass wir ihn erreichen können. Erreichbarkeit ist das Grundthema unserer Paarbeziehungen. Zu verstehen, dass wir immer darauf achten, ob wir unseren Partner erreichen können, eröffnet uns einen anderen Blick auf unsere Liebesbeziehung.

Nirgendwo ist dies so eindrücklich zu sehen wie im Still-Face-Experiment.[4] Der Entwicklungspsychologe Edward Tronick bat Mütter, wie gewohnt mit ihren kleinen Kindern, die in einem Hochstuhl saßen, zu spielen. Auf ein Signal hin blicken die Mütter weg, und wenn sie sich den Kindern wieder zuwenden, haben sie ihre Mimik eingefroren. Sie sind weiter präsent, sitzen vor ihren Kleinen, aber sie reagieren nicht mehr. Sie blicken ihre Kinder nur mit dem »still face« an. Die Kinder bemerken das sofort. Und versuchen alles, um die Mutter wieder dazu zu bringen, dass sie reagiert. Und wenn sie merken, dass sie die Mutter nicht erreichen können, spielt sich in ihnen innerhalb von zwei Minuten, gleichsam im Zeitraffer, das Drama von Bemühen, Protest, Wut, Verzweiflung, Resignation und Zusammenbruch ab, das uns unser Leben lang begleitet.

Es ist die vierte Paarsitzung für Anna und Georg. »Das ganze Wochenende war furchtbar«, stöhnt Georg. »Wir haben uns nur gestritten.« Anna nickt: »Ja, es war blöd, irgendwie lächerlich. Aber wir haben es nicht gelöst bekommen.« Was war passiert? Am Sonnabend geht Anna auf den Markt. Sie weiß, Georg will am Wochenende kochen, und ruft ihn an, um sicherzugehen, dass sie alles besorgt, was er braucht. Wieder zu Hause packen sie die Einkäufe gemeinsam aus.

»Sag mal, wieso hast du denn kein Basilikum besorgt? Das hatte ich dir doch extra noch gesagt?!«, Georg runzelt die Stirn. »Oh, Mann«, sagt Anna, »das tut mir leid.« Aber Georg bleibt irritiert: »Echt? Ich fasse es nicht. Du rufst mich vom Markt aus an, und auf den drei Metern bis zum Kräuterstand vergisst du es dann?!« Anna zuckt mit den Achseln und sagt: »Ja, aber so schlimm ist es ja nun auch nicht!« »Was heißt schlimm? Ich begreife einfach nicht, wie es sein kann.« »Jetzt ist ja gut«, Anna wird ungeduldig, langsam nervt Georg sie. »Das kann ja wohl mal vorkommen!« Woraufhin Georg richtig wütend wird: »Ach ja, bei dir kann es natürlich mal vorkommen! Ich werde ständig dafür kritisiert, dass ich alles vergesse und meine Sachen überall rumliegen lasse. Aber du bist nicht mal in der Lage, das verdammte Basilikum mitzubringen, wenn man es dir direkt ins Ohr sagt.« Anna verlässt die Küche: »Hör auf zu nerven!« Und Georg brüllt hinter ihr her: »Nein, verdammt, es scheint dir doch scheißegal zu sein. Soll ich doch sehen, wo ich bleibe.«

Womit haben wir es hier zu tun? Mit schlechter Paarkommunikation, mit typischen Kommunikationsfehlern? Mit einem kleinkarierten Ehemann, der sich häufig kritisiert fühlt und die Gelegenheit nutzt, gleichzuziehen? Mit einer Entladung, wie sie zwischen gestressten Partnern immer mal wieder entsteht? Oder mit einer Frau, die die Ausbrüche ihres Partners schon kennt und weiß, wie sinnlos es ist, dann mit ihm zu argumentieren und sich deshalb zurückzieht? Alles irgendwie richtig. Aber durch die Bindungsbrille sehen wir noch ein anderes Bild. Georg fühlt sich von Anna nicht ernst genommen. Sie hat innerhalb weniger Augenblicke vergessen, was ihm wichtig ist. Wie wichtig nimmt sie ihn überhaupt, wenn sein Wunsch so schnell in den Falten ihres Gehirns verloren geht? Das berührt Georgs Sorge, für Anna nicht mehr wichtig zu sein.

Sexuell scheint sie nicht mehr begeistert von ihm zu sein. Sie weist seine Annäherung oft zurück. Häufig weiß er nicht, was in ihr vorgeht. Sie kritisiert ihn häufiger. Im Grunde ist er traurig, weil er sie nicht mehr zu erreichen scheint. Aber was er vor allem fühlt, ist Wut. Wut ist das sicherere Gefühl. Wenn wir wütend sind, sind wir durch den anderen nicht mehr so verletzbar. Doch vor allem schützen wir uns, wenn wir wütend sind, vor unseren eigenen, weicheren, schmerzhaften Gefühlen. Deshalb nimmt Wut in Beziehungen so viel Raum ein. Vor Georgs harter Wut schützt sich Anna schon länger, sie fühlt sich dadurch nicht respektiert und ungeliebt und zieht sich zurück, wie auch in diesem Streit. Wodurch sich Georg noch weiter zurückgewiesen fühlt. Das ganze Paket ihrer unsicherer gewordenen Bindung fliegt ihnen wegen einer im Grunde unbedeutenden Alltagssituation um die Ohren. Und lässt beide noch mehr an ihrer Beziehung zweifeln und ihre Bindung noch unsicherer werden.

In jedem Beziehungskonflikt ringen wir darum, einander zu erreichen. Wir möchten dafür gelobt werden, den Keller aufgeräumt zu haben, wollen eine andere Sexstellung als immer den knienden Hund oder sind enttäuscht, dass unser Liebster zehnmal die gleiche Bento-Box angeschleppt hat, als wir krank waren. Das sind die Inhalte. Was uns unbewusst aber stärker beunruhigt, ist die Tatsache, dass wir die Partnerin nicht erreichen. Der Paarforscher John Gottman hat Reaktionsweisen beschrieben, die das Ableben einer Partnerschaft voraussagen: Kritik, bei der wir immer den Partner infrage stellen, aber nicht uns selbst; Reaktivität, bei der wir sofort zum Gegenangriff übergehen; Verachtung, bei der wir gleich alles entwerten, was vom Partner kommt; Mauern, wenn wir schlichtweg nichts mehr an uns heranlassen und gar nicht reagieren. Was all diese Beziehungsvernichter gemeinsam haben, ist, dass unser Partner uns nicht mehr erreichen kann. Kein Anschluss unter dieser Verbindung.

Bindungsstile

Töricht ist es, ein allem zugrunde liegendes Gesetz zu suchen, und noch törichter, eines zu finden.

Vladimir Nabokov

Im Grunde ist unser Bindungssystem ein Schutzsystem. So als würde eine Überwachungskamera sofort einen Alarm auslösen, wenn der andere nicht mehr erreichbar zu sein scheint. »Unser Gehirn codiert Bindung als Sicherheit […]. Isolation und Abgetrenntsein vom anderen als Gefahr«.[5] Wie wir auf diese Gefahr reagieren, haben wir dort gelernt, wo wir zuerst gebunden waren: In unserer Beziehung zu (meistens) Mama und Papa formt sich das Modell, mit dem wir an all unsere späteren Beziehungen herangehen. Vereinfacht können wir es mit gemeinsamen Autofahrten damals vergleichen. Fuhren die Eltern vorsichtig und sicher, und wir hörten unsere Lieblingsmusik oder sangen gemeinsam, bis wir sanft eingeschlummert waren und sicher ankamen? Oder bretterte die Familie 20 Stunden lang nonstop nach Spanien, Mama schrie Papa ständig an, dass er nicht so rasen solle, Papa fluchte, weil in jedem anderen Auto nur Deppen saßen, auf der Rückbank piesackte uns unser großer Bruder, und spätestens nach zwei Stunden griffen wir zur Kotztüte, die immer schon griffbereit im Seitenfach lag? Dieses Arbeitsmodell übers Autofahren sagt uns im zweiten Fall, dass uns schlecht werden wird und alle voll aggro drauf sein werden. Es könnte uns zum fanatischen Fahrradfahrer machen.

Aufgrund unserer Bindungserfahrungen und der Beziehungen, die wir intensiv miterlebt haben, zum Beispiel die Ehe unserer Eltern, gehen wir unbewusst davon aus, dass wir uns auf wichtige Menschen verlassen können. Oder dass sie uns bestimmt verlassen werden. Unser Bindungssystem hat zwei Möglichkeiten, auf diese Erfahrungen zu reagieren: Entweder kann es hochfahren oder herunterfahren. Es kann verstärken oder hemmen. Wenn Eltern unsere kindlichen Nähebedürfnisse niemals beantworten, dann hemmen wir unbewusst unser Bindungssystem. Unsere Bindungspersonen können wir nicht verändern, aber wir können der schmerzhaften Ablehnung entgehen, indem wir das Bedürfnis nach dem aufgeben, was wir ohnehin nicht bekommen. In späteren Beziehungen haben wir dann Angst vor Nähe, weil wir befürchten, dass unsere gut unterdrückten Sehnsüchte wieder wach werden könnten. Umgekehrt aktivieren wir unsere Bindungsbemühungen, wenn unsere Eltern unsere Eigenständigkeit nicht unterstützen. Wir fühlen uns angewiesen und abhängig und tun alles, damit wir nicht allein dastehen. Und so angepasst verhalten wir uns auch in unseren späteren Liebesbeziehungen und nehmen vieles hin, nur weil wir so große Angst haben, verlassen zu werden. Die Bindungswissenschaft spricht dann davon, dass wir einen bestimmten Bindungsstil entwickelt haben und deshalb ein bestimmter Bindungstyp sind: sicher gebunden und relativ angstfrei Beziehungen aufnehmend. Oder eher unsicher gebunden und in nahen Beziehungen Nähe eher vermeidend. Oder eher unsicher gebunden, aber uns an die geliebte Person ängstlich anklammernd. Oder sehr ängstlich und chaotisch schwankend zwischen sich Anklammern und das Weite suchen. Glücklicherweise sind die meisten von uns sicher gebunden. Die weltweit führenden Forscher auf dem Gebiet der Bindung bei Erwachsenen, Mario Mikulincer und Phillip Shaver, schreiben: »Wenn wir an die romantische Liebe glauben, dass sich Liebesgefühle über lange Zeit halten können, und daran, jemanden zu finden, in den wir uns verlieben werden, dann sind wir mit aller Wahrscheinlichkeit eher sicher gebunden.«[6]

Bindungsstile und Bindungstypen sind vor allem interessant für die Forschung. Lange Zeit war die Bedeutung von Bindung umstritten und musste erst einmal bewiesen werden. Allein das Standardwerk »Attachment in Adulthood« von Mikulincer und Shaver ist ein Ziegel von fast 700 Seiten. Aber mittlerweile zweifelt niemand mehr an der Bedeutung von Bindung. Und so wertvoll ich es finde, die überragende Bedeutung von Bindung in unseren Liebesbeziehungen zu verstehen – dem Wert von ausufernden Beschreibungen der Bindungstypen, in denen wir uns selbst erkennen sollen, stehe ich skeptisch gegenüber. Niemand ist so. Die Karte ist nicht das Gebiet. Typologien suggerieren feste Grenzen, wo in der Realität fließende Übergänge sind. Wenn Sie Ihren gegenwärtigen Bindungstyp ermitteln, sollten Sie sich bewusst sein, dass ein Bindungstyp kein festes Charaktermerkmal ist. Ihr Bindungsverhalten kann sich im Laufe Ihres Lebens verändern. In einer guten Ehe werden wir sicherer, nach einer Trennung sind wir unsicherer. Nach vier Jahren haben über 30 Prozent der Befragten ihren Bindungsstil geändert.[7] Außerdem ist Bindungsverhalten ein Kontinuum. Wir können sehr vermeidend sein oder auch nur eine Tendenz dazu haben. Zum sicher gebundenen Bindungstyp zu gehören bedeutet zudem nicht, dass wir gar keine Bindungsängste haben und keine Bindungsprobleme in unserer Beziehung verursachen. »Sicher gebunden« ist kein Summa-cum-laude-Beziehungsdiplom, mit dem wir fein raus sind und jeglichen Beziehungsschlamassel unserer Partnerin in die unsicher gebundenen Schuhe schieben können. »Die Verbindung zwischen Bindungsstilen und unterschiedlichen Aspekten des Beziehungsgeschehens ist generell moderat im Ausmaß und in einigen Fällen nicht übereinstimmend zwischen den Studien«, so Mikulincer und Shaver.[8]

Mir erscheint es sinnvoller, sich die beiden Bindungsdimensionen klarzumachen: Bindungsangst, also Vermeidung von Bindung, und Verlustangst, also Anklammern an die geliebte Person; Angst vor Nähe einerseits, Angst vor Distanz andererseits. Beides bestimmt unser Erleben. Jeder hat damit zu tun. In einer Beziehung treffen Ängste aufeinander. Angenommen, ich habe wenig Bindungsangst, aber große Verlustangst und treffe auf eine Partnerin, die umgekehrt wenig Verlustangst, aber einen Horror vor zu viel Nähe in sich trägt. Dann verstärkt sich meine Verlustangst, und ich werde zum klassischen Fall eines klammernden Partners, der vor

Bindungsangst schlottert, wenn seine Liebste abends alleine ausgeht. Habe ich mich aber mit einer Partnerin verbandelt, die selbst große Verlustängste hat, kann es gut sein, dass ich mich komfortabel sicher fühle und meinerseits beginne, vor zu viel Nähe zu fliehen und mir wünsche, dass sie doch bitte mal mit ihrer Freundin ausgeht und mir meine Ruhe lässt. Grundsätzlich ist, wer seinen Bindungstyp kennt, noch nirgendwo angekommen, sondern steht gerade erst im Startblock.

Bindung stärken

Vermutlich war es früher leichter, sich gebunden zu fühlen. Die Menschen waren eingebunden in Religion, Moral, Tugendhaftigkeit und lebenslange Identität. Bindungen waren sicherer, und die Liebe wurde in ihren unstetesten Aspekten verehrt, der körperlichen Liebe und der Erotik. Doch durch Individualisierung, Urbanisierung, Beschleunigung, Mobilität und Globalisierung hat sich das Verhältnis umgekehrt. Sex und Liebe sind leichter zugänglich geworden; Geborgenheit und Sinnhaftigkeit einer Bindung sind immer schwerer zu erhalten. Bindung ist mittlerweile ein kostbares Gut. Und die wichtigste Bindung in unserer Kultur, die Liebesbeziehung, ist durch die Bedeutung, die sie bekommen hat, enorm gefordert und immer wieder überfordert. Die Zweierbeziehung ist das vorherrschende Modell, in dem wir unsere Bindungsbedürfnisse leben. Aber es ist fraglich, ob das notwendigerweise so sein muss. Anhänger der Polyamorie argumentieren mit Berechtigung, dass es auch gelingen kann, zu mehreren Menschen eine tiefe Bindung und Liebesbeziehung zu leben. Einige Forscher argumentieren, dass wir aufgrund unserer hormonellen Bedingtheit zur Monogamie neigen. Andere sagen, dass wir emotional monogam und sexuell polygam sind, und wieder andere halten die Dominanz der Zweierbeziehung für eine Form von gesellschaftlicher Herrschaft. Letztlich sind wir frei, unseren eigenen Weg zu finden, was schwierig und beängstigend ist.

Im Grunde dient alles, was in den noch folgenden Kapiteln beschrieben wird, immer unserer Bindungsbeziehung. Deshalb wird an dieser Stelle nur grundlegend dargestellt, was unserer Bindungsbeziehung in jedem Fall hilft.

Es hilft enorm, wenn wir darüber nachdenken, welche Bindungserfahrungen wir gemacht haben, und dies mit unserer Partnerin teilen. Shaver und Mikulincer beschreiben das Problem sehr präzise: »Wir haben die Tendenz, jede neue Person, [...] mit der wir möglicherweise eine Bindung eingehen, an ein in uns existierendes Modell anzupassen und auch häufig dabei zu bleiben, obwohl wir wiederholte Hinweise dafür haben, dass unser Modell unangemessen ist. Entsprechend erwarten wir auch, so wahrgenommen und behandelt zu werden, wie es unserem Modell von uns selbst entspricht.«[9] Unsere Bindungserfahrungen führen dazu, dass wir unseren Partner wie unsere ablehnende Mutter erleben und uns selbst als so wenig liebenswert, wie es uns als Kind vorgekommen ist. Je klarer und detaillierter unser Wissen über unsere Bindungsgeschichte ist, desto größer sind die Chancen, gemeinsam zu entwirren, wo sich unsere Beziehung mit unseren alten Erfahrungen vermischt.

Zwischen Herrn und Frau R. ist sein abendliches Glas Wein ein heißes Thema. Sie fürchtet seinen Absturz in den Alkoholismus. Er findet das absurd und glaubt, sie suche nur etwas, das sie ihm vorhalten könne. Bis Frau R. endlich die Verbindung zieht, dass sie ihr Leben lang angstvoll gegen die Nikotinsucht ihrer Eltern angekämpft hat und glaubt, deren früher Tod sei durchs Rauchen mitverursacht worden. Aber vergessen wir auch Oma und Opa nicht und unsere Geschwister oder alle, die für uns wichtig waren. Bert hat unglaubliche Antennen für jede Möglichkeit einer Entwertung. Und fährt den Gegenangriff selbst dort, wo es auf Lob für ihn hinauslaufen sollte. Auch Bert hatte keine sehr feinfühligen Eltern.

Aber in seiner Beziehung sitzt ihm ständig seine große Schwester gegenüber, die ihn fortwährend lächerlich machte.

Eine interessante Untersuchung ergab, dass es nicht entscheidend ist, ob unsere Eltern sicher gebunden waren. Sondern ob sie ihre eigene Bindungsgeschichte verstehen und eigene Bindungsverletzungen in ihr Leben einordnen konnten.[10] Darum geht es für uns in Beziehungen, uns für die eigene Bindungsgeschichte und die der Partnerin zu öffnen und so eine Basis zu schaffen, auf der wir die wiederkehrenden Ängste und Kämpfe unseres Beziehungsalltags begreifen können. Dann entsteht auch eine Erzählung über unsere gemeinsame Geschichte. Eine Erzählung, in der unsere Krisen und Beziehungstäler beschrieben sind und die Wege, auf denen wir wieder zueinander gefunden haben. Sie verbindet uns und stärkt unsere Bindung, wenn wir stolz auf den Weg blicken können, den wir gemeinsam gegangen sind.

Alles, was hilft, füreinander erreichbar zu sein, hilft auf unvergleichliche Art unserer Beziehung. Zuhören, Aufnehmen und aktiv Dranbleiben. Klingt einfach, ist schwer – aber lohnend. Kaum etwas verbindet so sehr wie das Gefühl, meinen Partner erreicht zu haben, bei ihm angekommen zu sein. Doch woher weiß ich das? Ich weiß es, wenn ich erlebe, dass ich im anderen vorkomme. Das kann ich nicht sehen, das muss ich erleben. Der Liebsten jeden Tag ein Blümchen hinzustellen oder ein GIF zu schicken, ist nett, aber im Grunde »sugar-coating«. Wir müssen schon sagen, wie wichtig uns der andere ist, und unsere Liebe und Zuneigung zeigen. Indem wir Anteil an seinem Leben nehmen und nachfragen, wie der Besuch bei der Mutter oder beim Zahnarzt gelaufen ist. Und – ganz wichtig – aktiv den Faden aufnehmen, der liegen geblieben ist. »Ich habe nochmal darüber nachgedacht, was dich an unserem Umgang mit Geld stört …« ist ein Satz, der einen ganzen Blumenladen aufwiegt. Wenn wir Respekt, Bewunderung und Dankbarkeit ausdrücken und generell für ein Klima von Wertschätzung und Vertrauen sorgen, dann stärkt und erhält es unsere Bindung.

Bindungssicherheit entsteht aus emotionaler Feinfühligkeit, auch im Erwachsenenalter. In der Liebe erleben wir, welch verletzliche Wesen wir sind. Feinfühligkeit macht eine Beziehung sicher. Jenes tastende Spüren, aufmerksame Forschen und fragende Einfühlen, das wir mit unseren Kindern leben. Der liebevolle Umgang, die Sanftheit und Geduld, die wir dabei aufbringen. Unser Wunsch zu verstehen, was sie uns sagen wollen, was sie bewegt. Dass das mit einem vollbärtigen 90-Kilo-Kerl nicht immer naheliegt, ist klar. Aber wir wollen ja auch nicht butzi-butzi mit ihm spielen und ihn »Hasilein« nennen. Es geht um die innere Haltung, die wir einnehmen.

Berührungen, Verlässlichkeit, Zuverlässigkeit, Commitment und Loyalität sind Wege zu einer sicheren Bindung, wie wir in den nächsten Kapiteln sehen werden. Der Neurowissenschaftler Stephen Porges sagt, es gebe zwei Bedingungen, um uns mit anderen sicher zu fühlen: dass nichts getan, erledigt oder geklärt werden muss und dass es keine Urteile übereinander gibt.[11] Beides ist als Paar nicht leicht zu erreichen, aber auch nicht unerreichbar. Zwischen ständigem Bauchgrummeln und aufrichtiger Klärung zu leben, das ist Beziehung. Von Ärger und negativen Urteilen über den Partner überflutet zu werden und immer wieder zu Zuneigung und Wohlwollen zurückzukehren, davon hängt das Überleben unserer Beziehung ab. Wir holen den anderen nah an uns heran, und wir schaffen Distanz und halten ihn von uns fern. Bindung ist kein ständiges Herstellen von Nähe, sondern eine stabile Verbindung. Durch Distanz sorgen wir für Stabilität und schaffen überhaupt erst wieder die Möglichkeit, aufeinander zuzugehen. Lebenskluge Partnerinnen wissen, dass ihr Partner seinen Rückzug braucht und auf bestimmte Themen nicht dauernd angesprochen werden möchte.

Letztlich kommt es darauf an, dass es möglichst oft eine Übereinstimmung gibt zwischen dem, was wir uns wünschen, wie unser Partner zu uns steht, und dem, wie wir glauben, dass er zu uns steht. Liebe schafft keine Bindung. Liebe ist (auch) das Gefühl einer gelungenen Bindung.

Commitment

Einen anderen zu lieben ist nicht nur ein starkes Gefühl – es ist eine Entscheidung, ein Urteil, ein Versprechen.

Erich Fromm

Irgendwann kommen die Zweifel. Unsere Traumprinzessin erweist sich als ziemlicher Frosch, unser Kaiser trägt schon länger keine schicken Kleider mehr, sondern steht verdammt nackt da. Und die, die er trägt, sehen längst nicht mehr so fabelhaft aus wie damals, als alles begann. Gehören unsere ganzen Liebesgefühle vielleicht ins Reich der Fabel, und alles war ein fetter Irrtum? Wir geraten in eine andere Beziehungsphase. Wenn wir dann unserem Bauchgefühl folgen, sind wir weg, auf und davon. Obwohl es sich irgendwie noch vertraut und verbunden anfühlt. Aber, so fragen wir uns, halten wir nicht bloß an einer Gewohnheit fest? Haben wir schlicht Angst, uns zu trennen und wieder alleine auf dem Partnermarkt herumzustehen? Unsere Liebe kriselt, keine Frage. Jetzt zu den guten Gefühlen füreinander zurückzufinden braucht Zeit. Ob das bisschen Anziehung, das noch existiert, uns so lange trägt, ist fraglich. Unsere Liebe braucht Unterstützung, einen Rahmen, ein Gerüst, etwas, das sie auch durch schwierige Phasen trägt. Wir brauchen Commitment. Das englische Wort bedeutet Hingabe, Verpflichtung, Engagement und Verbindlichkeit. Commitment heißt, zu einer Entscheidung zu stehen, dranzubleiben, durchzuhalten, weiterzumachen. Gerade dann, wenn es schwierig ist. Commitment ist der Wille in der Liebe, bringt Einsicht und Vernunft in die gefühlige Liebeswelt. Commitment ist auch die Erkenntnis, dass in der Liebe Herz und Verstand zusammenkommen müssen, damit die Liebe Bestand hat.

Im Commitment bleiben wir unserer Entscheidung füreinander treu und entscheiden uns dafür weiterzumachen. Auch gegen unsere Gefühle. In der Multi-Optionsgesellschaft, in der alles möglich scheint, ist Commitment extrem wichtig. Nicht weil wir uns dadurch fest für unsere Partnerin entscheiden. Sondern weil wir es nur so schaffen, uns gegen die überwältigende Flut anderer Möglichkeiten zu entscheiden. »PROTECT ME FROM WHAT I WANT« hieß eine Installation der Künstlerin Jenny Holzer. Schütze mich vor meinen eigenen Wünschen. Weil sie unendlich und voller Illusionen sind. Commitment ist der Glaube an den Wert einer dauerhaften Bindung. Und die Einsicht, dass wir nicht jedem emotionalen Impuls, nicht jeder unbedachten, spontanen Lust folgen sollten. Dass wir uns verlieren, wenn wir versuchen, jede Sehnsucht zu erfüllen. Wir brauchen Commitment, um unsere Liebesbeziehung zu erhalten. Unsere Bindung benötigt Verbindlichkeit. Denn unsere Beziehungen sind nicht instabil, weil wir bindungsunfähiger oder bindungsunlustiger geworden sind. Sondern weil wir hohe Ansprüche an die Qualität von Beziehungen stellen. Beziehungen sollen zu unserem persönlichen Glück beitragen. Somit ist Commitment zugleich ein Schutz vor zu hohen eigenen Erwartungen.

Entscheidung

Liebe ist auch eine Entscheidung. Von Anfang an und immer wieder. Intuitiv möchten wir dem sofort widersprechen. Ist Liebe nicht gerade etwas, das wir nicht willentlich herbeiführen können? Etwas Schicksalhaftes, das einfach geschieht? Endlich mal etwas, das wir nicht entscheiden müssen, wo unser Alltag doch schon mit Entscheidungen vollgestopft ist. Und das wir auch nicht entscheiden können, weil wir es ja mit dem knuddeligen Werner von nebenan versucht haben, aber sich trotz einer Menge Sangria einfach kein Liebesgefühl einstellen wollte. Wir verstehen Liebe als Hingabe an unsere romantischen Gefühle. Aber das stimmt nur bedingt.

Das Standardmodell von Liebesbeziehungen in unserer Kultur ist die serielle Monogamie. Zwei Jahre Karla, ein halbes Jahr Annette, dann nur kleine Affären, dann vier Jahre Regina – und jetzt du. Wir ziehen erst mal weiter, wenn die romantischen Gefühle zur Neige gehen. Aber irgendwann steigen die meisten von uns aus diesem Reigen aus. Ob wir dann nur müde vom Wandern sind oder wirklich endlich die richtige Partnerin gefunden haben, wie ließe sich das entscheiden? Und falls doch ein Teil von uns weiterziehen will, sagen wir uns, dass wir auch in der nächsten Beziehung wieder an der Ordnung im Küchenregal verzweifeln würden – und bleiben. Weil wir unser Leben nicht schon wieder umkrempeln möchten und wir einen Horror vor Trennungsschmerz, Liebeskummer und der endlosen Partner-Shopping-Tour auf Tinder und Co. haben. Außerdem kommen wir uns allmählich wie ein Ehrenmitglied der Generation Beziehungsunfähig vor, das eine Beziehung nach der anderen in den Sand setzt. Und dann ist da noch die Kinderfrage. Wir handeln, vielleicht ohne es zu bemerken, aus Einsicht. Wir geben die unendliche Jagd nach Mr und Ms Richtig auf und folgen einem ganz anderen Bedürfnis. Dem Wunsch nach Konstanz und Sicherheit.

Damit haben wir es nicht leicht in einer Zeit, die Veränderung fordert und Beschleunigung fördert. Konsumtechnisch sind Konstanz und Sicherheit höchst unerwünscht. Wie soll das Bruttosozialprodukt wachsen, wenn alle ewig in den gleichen Klamotten rumlaufen? Und wie sollen wir bestehen, wenn wir uns nicht ständig neu erfinden? Nur wer wagt, gewinnt! Sicherheit und Beständigkeit, war das nicht das graue Alltagsleben, in dem Rentner zwischen ihren Geranientöpfen versauern? Wir leben in einer Welt, in der ein drei Jahre altes Smartphone schon Schrott von vorgestern ist. In der künstliche Intelligenz unsere Liebesbriefe schreibt, kaum dass die Spracherkennung verlässlich funktioniert.

Doch unsere Psyche ist nicht von Microsoft, Google oder Apple designt. Unsere Psyche ist konservativ. Denn Vertrautes spart Energie und gibt Sicherheit. Inmitten des globalen Veränderungs-Hurrikans wächst unser Bedürfnis nach Konstanz und Sicherheit. Wir suchen Kicks und Thrills, aber auch Gewohnheit, Ruhe und Verlässlichkeit. Die 20 Minuten mit der Meditations-App in der U-Bahn reichen nicht aus. Und so suchen wir gerade in einer festen Liebesbeziehung, im Castle unseres Homes, was wir in der sich hektisch verändernden Welt immer schwerer finden. Uns selbst. Dazu brauchen wir in unserer Liebesbeziehung den beruhigenden Rahmen des Commitments. Früher war Commitment kein Thema. Es war selbstverständlich. Menschen mussten sich gegen Moral und Abhängigkeit stemmen, um sich aus einer Beziehung zu lösen. Heute kämpfen wir mit uns, um in einer Beziehung zu bleiben.

Die dunkle Seite der Liebe

Das Liebesleben ist anstrengend und quälend. All die durchwachten Nächte, die vollgeheulten Taschentücher, die zugeknallten Türen. Die Mauer, die wir füreinander sein können, an der wir mit unseren Wünschen und Bedürfnissen abprallen wie Insekten auf der Windschutzscheibe. Wir sind eifersüchtig, fürchten, den anderen zu verlieren oder gar uns selbst. Unsere Hoffnungen zerbröseln, unsere Träume platzen nirgendwo so verlässlich wie in der Liebe. Wir sind halbwegs depressiv, weil alles stagniert und es zwischen uns öde, leer und sprachlos ist. Wir drehen durch, weil wir einander nicht verstehen.

Doch Liebe ohne Leid ist schlechte Science-Fiction. Leid ist aber in unserer kuscheligen Wohlstandsgesellschaft nur noch ein Anzeichen dafür, dass etwas dringend verändert werden muss. Commitment bedeutet, in solchen Phasen durchzuhalten. Die Liebe ist ein Fluss, der manchmal versiegt. Commitment heißt, dass wir bereit sind, unser Beziehungsboot halbverdurstet durch die Wüste zu schleppen, bis wir den Fluss der Gefühle wiederfinden. Wenn das Beziehungsbarometer unveränderlich auf mies steht, dann bedeutet Commitment manchmal auch, eine Zeit lang einfach auszuhalten, bis unsere Beziehung reif für den nächsten Schritt ist. Doch oft gibt es keinen nächsten Schritt. Dann ist unser Commitment die Bereitschaft zu trauern. Ohne diese Bereitschaft ist keine Beziehung möglich. Trauern heißt loslassen. Wenn ich weiter mit dir lebe, werde ich nie einen Partner haben, der besonders fürsorglich ist. Niemals eine Partnerin, mit der ich gemeinsam Yoga machen kann, niemals die Partnerin, die so einfühlsam ist, wie ich es mir wünsche. Wir betrauern den Abschied von unseren Wünschen. Den berechtigten und den illusorischen. Mit dir werden sie sich nicht erfüllen. Und ich bleibe trotzdem bei dir. Commitment heißt dann: Unsere Beziehung ist mir wichtiger als meine Wünsche.

Commitment ist nichts Außergewöhnliches. Es ist jene Mischung aus Gewissenhaftigkeit, Verantwortungsgefühl und einem Schuss Selbstdisziplin, die unserem Leben Festigkeit gibt wie Eier im Kuchenteig. Ohne Commitment würden wir unsere Katze nicht verlässlich füttern, unsere Freundschaften nicht ausreichend pflegen und nicht einmal unsere Wohnung sauber halten. Selbst unsere Kinder würden wir nicht so hingebungsvoll durchs Leben navigieren. Sport scheint geradezu ein Trainingscamp für Commitment zu sein. Dranbleiben, weiter trainieren. Leider fördert Sport unser Beziehungs-Commitment kaum, sondern nährt eher den Optimierungswahn. Was zu überzogenen Erwartungen an uns selbst und vor allem an die Partnerin führt. Sie müsste sich eben nur mehr reinhängen, dann wären schon viele Probleme unserer Beziehung gelöst. Wären sie natürlich nicht. Eine Liebesbeziehung ist keine Tartanbahn, sondern ein aus Gefühlen gestampfter Tanzboden, auf dem es nicht um perfektionierte Bewegungsabläufe geht, sondern um die ungleich schwierigere Bewegung aufeinander zu. Die dunklen Seiten der Liebe verhindern diese Bewegung. Commitment ist unser Schutz gegen den Triumph der dunklen Seiten der Liebe. Es ist unsere Bereitschaft, sich auch den schwierigen emotionalen Prozessen und Konflikten einer Liebesbeziehung zu stellen.

Gegenseitigkeit

Der einzige Unterschied zwischen einer Laune
und der ewigen Liebe besteht darin,
dass die Laune etwas länger dauert.

Oscar Wilde

»Gehen wir jetzt zusammen?« steht schon auf den zusammengeknüllten Zetteln, die sich Erstklässler an den Kopf werfen, oder in der WhatsApp, die unter der Schulbank entsteht. Jede Beziehung ab einem Two-Nights-Stand stellt die Frage: »Was sind wir jetzt?« Freundschaft plus, eine vorübergehende Laune oder eine Beziehung? Und irgendwann fassen wir uns ein Herz und stellen einander die Frage der Fragen, die letztlich immer eine Frage nach dem Stand des Commitments ist. Wir können uns zwar alleine für eine Beziehung entscheiden, aber Commitment entfaltet seine Kraft erst, wenn es gegenseitig ist. Sobald wir es ausgesprochen und uns gegenseitig unseres Commitments versichert haben, wirken psychologische Prozesse. Wir haben das Bedürfnis, uns konsistent zu verhalten. Wir wollen nicht widersprüchlich sein. Wir halten, was wir versprochen haben. Wir sagen B, wenn wir schon A gesagt haben. Sobald wir uns zueinander bekannt haben, setzt das einen sich selbst verstärkenden Prozess in Gang. Wir sehen die Anzeichen des Commitments im anderen, und es fällt uns leichter, uns weiter einzulassen. Wenn er sich unseren Namen auf den Bizeps tätowieren lässt oder sie die Pille wirklich absetzt, dann lassen wir uns mehr ein. Und wenn wir uns mehr einlassen, dann fühlt sich unsere Partnerin sicherer und immer so weiter. Wir sind auf unser Commitment auch deshalb besonders angewiesen, weil wir zu zweit allein sind. Weder Papas Machtwort noch gesellschaftliche Moral noch religiöse Regeln sind zu befolgen. Wir sind nur noch uns selbst gegenüber verantwortlich. Und in einer Liebesbeziehung brauchen wir die beiderseitige Verantwortung für die Beziehung, damit die Liebe eine Chance hat. Schließlich können wir auch als Single ein gutes Leben führen. Und wir erleben ja, welche beschwerlichen Konflikte eine Liebesbeziehung hervorbringt.

Wir brauchen die Sicherheit des Commitments aber auch, weil wir in unser Wir investieren. Wir geben die eigene Wohnung auf, schränken uns im Job ein, sehen unsere Freunde seltener, kaufen ein gemeinsames Auto. Und ganz dringlich wird es, wenn wir schwanger sind und nicht in neun Monaten mit unserer Lust auf Familienleben allein dastehen möchten.

Das Heiratsgefühl

Wir geben also unser individuelles Leben auf und sondieren den Wohnungsmarkt, drei Zimmer mit Balkon. Die meisten Paare ziehen dann zusammen. Zusammenziehen ist wie heiraten. Aber nicht ganz. Denn, ob wir es wollen oder nicht, die ultimative Form des Commitments bleibt die Heirat oder das Gefühl, verheiratet zu sein. In der Paartherapie brauche ich eine Sprachregelung. Wie spreche ich über den Menschen, mit dem meine Klientinnen ihr Leben teilen? Freund, Freundin? Partner, Partnerin? Mann, Frau? Eine sagt dann: »Freundin!« Die andere widerspricht und sagt: »Frau.« Und schon ist klar, hier ist das Commitment noch nicht ganz eindeutig. Wir heiraten längst nicht mehr, weil Unverheiratete schief angesehen werden, und auch nicht allein, weil uns das Ehegattensplitting lockt. Wir heiraten, weil wir uns gegenseitig unserer Liebe versichern wollen. Oder den Traum zu Ende bringen wollen, der begann, als wir in der Kita den kleinen schwarzgelockten Robert heiraten wollten. Wir prüfen, ob der andere auch wirklich mitgeht. Vielleicht wollen wir uns auch nur ersparen, dass Heirat immer Thema bleibt. Denn solange es einen Schritt gibt, den wir noch nicht gegangen sind, wird die Frage im Raum stehen, wieso wir ihn nicht gehen. Mit dem Jawort machen wir den Sack zu. Und genau das finden viele unerträglich. Die Ehe halten sie für ein sinnloses bürgerliches Versprechen. Niemand könne schließlich wissen, ob die Liebe in ein paar Jahren überhaupt noch existiere. Was natürlich die Antihaltung zu Commitment ist. Die meisten Unverheirateten sind keine Gegner der Ehe. Sie erscheint ihnen nur völlig unromantisch und überflüssig. Schließlich sei man ja aus Liebe zusammen und nicht, weil man es staatlich beglaubigen lässt oder Gott mit an Bord holt. Doch eine Eheschließung geht offenbar tiefer, als wir glauben. Zumindest tiefer als eine vergleichbare gegenseitige Zusicherung.

Der Neurowissenschaftler Jim Coan hatte ja, wie wir gesehen haben, bei heterosexuellen Paaren nachgewiesen, dass Partner aus guten Beziehungen stressresistenter sind, wenn ihre Partner anwesend sind. Zur Überprüfung wiederholte er die Untersuchung mit homosexuellen Paaren. Und er und sein Forschungsteam bekamen lange Gesichter. Der Effekt war nur bei der Hälfte der Paare nachweisbar! Sollte das Experiment, das die Bindungstheorie wissenschaftlich so elegant belegt hatte, gar nicht stimmen? Sie sahen sich ihre Daten noch einmal genauer an. Und entdeckten, dass die Paare, die einander beruhigen konnten, in den Interviews angegeben hatten, dass sie sich »wie verheiratet« fühlten. Mehr war ihnen auch nicht möglich, weil die Untersuchung im US-amerikanischen Bundesstaat Virginia stattfand, in dem Homosexuelle damals noch nicht heiraten durften. Die Paare, bei denen die Anwesenheit des Partners nicht entstressend wirkte, betrachteten ihre Beziehung dagegen als nicht so fest. Allein das innere Gefühl, verheiratet zu sein, führte also bereits zu einer sichereren Bindung.

Wir heiraten, weil wir uns committen. Das Hochzeitsritual feiert nicht die flatterhaften Liebesgefühle, sondern eine Entscheidung.

»Ich will«, ausgesprochen vor Zeugen, meist den wichtigen anderen des Paares. Die Formel »in guten wie in schlechten Zeiten« spiegelt die Essenz von Commitment wider. Was kein Plädoyer für den Gang zum Standesamt ist. Denn offenbar hat ja das Gefühl, fest verbunden zu sein, den gleichen Effekt. Es ist ein Plädoyer für Commitment. Wir suchen Sicherheit, möchten wissen, dass der Partner nicht die Biege macht, falls das Schicksal zuschlägt und wir krank werden, Mist bauen oder nicht seinen Erwartungen entsprechen. Wir bilden ein »Wir«, das nicht nur auf Zuneigung gebaut ist, sondern auch auf den harten Fakten gemeinsamer Finanzen und Haushaltsführung. Wir brauchen den Schutz durch Commitment, damit wir uns fetzen können und nicht ständig Angst haben müssen, dass der Partner beim nächsten Fight aufgibt. Eine Liebesbeziehung ist eine emotionale Alpenüberquerung. Und es fällt verdammt schwer, gemeinsam die Berge zu bewältigen, wenn wir ständig damit rechnen müssen, dass der Partner plötzlich aufgeben könnte und mitsamt dem Rucksack voller Trinkflaschen umkehrt, während wir gerade an der Steilwand hängen. Es gibt Zeiten, da fühle ich nicht, dass du meine Frau bist. Aber du bist es doch. Liebe ist nicht Erfüllung. Liebe ist, das Unerfüllte auszuhalten.

Loyalität

Liebende umgeben sich, so der amerikanische Paartherapeut Stan Tatkin, mit einer unsichtbaren Paarblase. Einer schützenden Hülle der Nähe und Vertrautheit. Wir plaudern nicht aus, was unser Partner uns anvertraut hat. Wir machen seine Albträume und dass er in Hotels die Bademäntel mitgehen lässt nicht zum Partytalk. Wir machen keine Witze auf seine Kosten. Wir flirten nicht vor seiner Nase. Wir betrügen und belügen ihn nicht. Und natürlich tun wir das doch alles. Aber dann sind wir nicht mehr loyal. Loyalität ist gelebtes Commitment. Wir schützen unseren Partner und entscheiden, ob wir den Job annehmen, nicht mit Mami, sondern mit ihm. Und auch nicht mit Geschwistern, besten Freundinnen oder der Ex, die die Mutter der gemeinsamen Kinder ist. Loyal zu sein, ist eine bewusste, moralische Entscheidung, die bedeutet, auch dann zum anderen zu stehen, wenn wir nicht seiner Meinung sind. Denn Loyalität ist nicht teilbar. Das kann schwer sein, wenn die Herkunftsfamilie mit der Partnerin im Konflikt ist oder der Lieblingsmensch in geselliger Runde zum Aufschneiden neigt. Wir können das dann mit ihm unter vier Augen austragen. Aber Partner wollen fühlen, dass wir an ihrer Seite stehen. Als ich in einer Kolumne Fragen von Leserinnen zur Liebe beantwortete, kamen viele Fragen zur Loyalität. Wie wichtig dürfen Dritte in einer Beziehung werden? Was mache ich, wenn die Familie meines Partners mich ablehnt? Wie viel von der Ex muss ich in meiner Beziehung akzeptieren? Es ist immer schwierig, wenn die Loyalität des Partners unsicher ist oder wir nicht wagen, Loyalität einzufordern.

Loyalität beginnt aber schon im Alltäglichen. Geben wir unserer Partnerin das Gefühl, auf ihrer Seite zu stehen, wenn sie uns von ihrem Streit mit ihrer Kollegin erzählt? Oder finden wir die Reaktion der Kollegin völlig nachvollziehbar und verständlich und versuchen, unsere Partnerin dazu zu bewegen, sich doch mal in die Kollegin einzufühlen und zu erkennen, dass das, was sie der Kollegin gesagt hat, auch ziemlich aggressiv war. Das fühlt sich schrecklich an. Das haben wir als Kind erlebt, als wir weinend aus der Schule kamen und Papa gleich der Meinung war, wir müssten doch irgendeinen Scheiß gebaut haben, sonst wäre der Lehrer niemals so wütend auf uns. Klar, meistens gehören zwei zum Konflikttango. Aber wir möchten erst einmal verstanden, getröstet und geschützt werden. Wenn wir verletzt sind, brauchen wir unseren Partner an unserer Seite. Wir brauchen seine Loyalität.

In der Alltagsgeschäftigkeit sind Commitment und Loyalität keine großen Entscheidungen, sondern gelebte Zuverlässigkeit, Berechenbarkeit und Ehrlichkeit. Wir halten, was wir zusagen, und sagen nichts zu, was wir nicht sicher halten können. Dabei ist es nicht einfach, an das eigene Commitment zu glauben, wenn der Partner vergisst, die Kleinen von der Kita abzuholen, Tante Ernas 60. Geburtstag verdödelt und nicht erzählt, dass er 1.000 Euro in Cannabis-Aktien gesteckt hat. Schließlich ist die Kernaussage des Commitments doch immer: Du kannst mir vertrauen.

Commitment ist eine Fähigkeit. Scheidungskinder scheinen zum Beispiel als Erwachsene entweder tiefere Bindungen zu scheuen, oder aber sie zeigen hohes Commitment und wollen ihre Liebesbeziehung auf keinen Fall scheitern lassen. Je jünger Paare sind, desto häufiger trennen sie sich. Commitment hat sicherlich auch einen starken Zusammenhang mit grauen Strähnen. Wir können uns aktiv für Commitment entscheiden, aber niemand sagt, dass es einfach ist.

Bernd und Laura streiten, wie andere Paare auch. Doch sie streiten meistens sehr heftig. Und dafür gibt es einen Grund. Denn mitten im Streit wird Laura häufig ganz kühl und sagt dann: »Vielleicht sollten wir es einfach vergessen. Es ist doch jahrelang schon der gleiche Mist. Ich kann deine Vorwürfe nicht mehr hören, du meine nicht. Lass es uns doch endlich einsehen und uns trennen.« Und dann dreht sie sich um und geht. Wir kennen das Gefühl, das Bernd dann überfällt, aus unserer Kindheit. Wir spielten mit unseren Freunden, und es gab Streit. Und wir waren gerade dabei, lautstark die Regeln neu auszuhandeln, als der Freund sagte: »Ich spiele nicht mehr mit!«, das Spielfeld verließ oder den Game-Controller in die Ecke feuerte. Und uns in ohnmächtigem Zorn beschämt zurückließ. Laura könnte an der WM für Trennungsdrohungen teilnehmen. Wenn sie nicht weiterweiß, kündigt sie kurzerhand das Commitment auf und setzt ihren Liebsten unter Druck. Doch ständiges Drohen mit Trennung unterhöhlt jede Beziehung und zerstört sie auf Dauer. Wir lassen uns nicht auf Nähe ein, wenn die mögliche Trennung immer wie eine feindliche Drohne über der Beziehung schwebt. Deshalb nur mit Trennung drohen, wenn wir wirklich ernsthaft damit ringen. Kaum etwas schwächt die Liebe so, wie das Spielfeld der Liebe ständig zu verlassen.

Als Mr und Ms Commitment stehen oft nur Einsicht und Entschiedenheit auf unserer Seite. Ihnen gegenüber heulen unsere schlechten Gefühle wie die Wölfe. Es sind elende Momente, wenn wir uns einsam und verlassen fühlen. Wenn uns wehgetan wurde. Wenn wir uns gegen den Orkan der Eifersucht stemmen müssen. Wenn uns der Schmerz über Lügen und Betrug die Luft nimmt. Dann müssen wir zu dem greifen, was möglich ist, und uns an die guten Seiten, die schönen Zeiten unserer Beziehung erinnern. Auf den Platz im Leben, die Familie, den Freundeskreis, die Wohnung, das geteilte Leben schauen. Loslassen und betrauern, was uns fehlt, unsere Rituale aufrechterhalten, uns zuwenden.

Commitment – und kein Ende

In unserer Liebesbeziehung entwickeln wir die Fähigkeit, eine tiefere Beziehung zu uns und zu anderen einzugehen. Dabei wird uns aber auch klarer, wer gut in unser Leben passen würde. Und wir treffen auf Menschen, von denen wir annehmen – oder mit denen es sich verdammt so anfühlt –, dass das Leben mit ihnen realistisch befriedigender sein könnte. »Emotionale Reife ist also für das Paar keine Garantie einer konfliktfreien Stabilität«, schreibt der Psychoanalytiker Otto Kernberg.[12] Wir haben Sehnsucht nach anderen Beziehungserfahrungen, aber wir wissen, dass wir verzichten müssen, um unsere Beziehung zu erhalten. Wenn uns dies durch Commitment gelingt, dann vertiefen wir nicht nur unser Commitment, sondern unsere Beziehung. Commitment bedeutet also, dass wir an unserer Entscheidung festhalten, indem wir sie immer wieder treffen. Wir treffen sie, wie die Sprache uns verrät, weil es sie noch irgendwo gibt. Zu suchen, bis wir sie wieder treffen können, ist unser Commitment. Für unsere gemeinsame Geschichte, für die Momente der Liebe, für das kleine Glück und die kleine Liebe. Wenn ich auf meine Arbeit mit Paaren schaue, dann sind die Paare mit starkem Commitment daran zu erkennen, dass sie an keinem Punkt der Therapie ihre Beziehung grundlegend infrage stellen. Sosehr sie auch leiden, verletzt sind und zweifeln. Sie tun das nicht aus moralischen Gründen, sondern sie glauben daran, dass es einen Weg gibt. Und dass es sich lohnt, ihn zu gehen, wie schwer er auch sein mag. Dieses Commitment, diese entschiedene Verbundenheit ist die Basis, auf der emotionale Verbundenheit entsteht. Entstehen kann. Commitment ist ganz entscheidend. Aber machen wir uns nichts vor: Wir werden es aufgeben müssen, wenn unser gemeinsames Unglück zu groß ist. Allein wird es unsere Liebe nicht retten können. Aber bis dahin und ohnehin, Liebe braucht Commitment.

Partnerschaft

Es ist bedeutungslos, ob das Leben gerecht ist.

Sheldon Kopp

Liebe ist chaotisch und ungerecht. Liebe achtet nicht auf Augenhöhe, Abhängigkeit oder Ausgleich. Einsichten sind ihr gleichgültig. All das kommt erst ins Spiel, wenn die Liebe in einer Partnerschaft mündet. Dann gelten plötzlich auch andere Regeln. Und jedes Paar ist aufgefordert, seinen Weg zwischen der wilden Liebe und der vernünftigen Partnerschaft zu finden. Denn die Eine überlebt nicht ohne die Andere und die Andere nicht ohne die Eine.

Gerechtigkeit

»Das ist ungerecht!«, schreit der kleine Richard, wenn seine Eiskugel kleiner ist als die seiner Schwester. Kinder haben früh ein Empfinden für Fairness und Gerechtigkeit. Schon mit zwei Jahren verstehen sie, was Teilen heißt. Mit drei Jahren beschweren sie sich, wenn sie weniger Pommes bekommen als ihre kleinen Spielkameraden. Und mit fünf Jahren gleichen sie unfaire Zuteilungen aus. Der Sinn für Gerechtigkeit begleitet uns unser Leben lang. Und so sitzen mit 43 Jahren ein großer Richard und eine erwachsene Liane in der Paartherapie und kämpfen um Fairness, Gerechtigkeit und Ausgleich. Richard ist fremdgegangen und hat es Liane gestanden. Er bereut es und wünscht sich, dass Liane ihm verzeiht. Doch Liane hat es von den Füßen geholt. Sie findet die Tatsache, dass Richard Sex mit anderen hatte, an sich gar nicht so schlimm. Sie findet sich selbst schlimm, weil sie es über Jahre hingenommen hat, sich wie alleinerziehend zu fühlen. Weil Richard mit seinen wechselhaften Stimmungen und beruflichen Unsicherheiten nur peripher an Haushalt und Kindererziehung teilgenommen hat. Oft war er gereizt, und Liane musste schlichten, die Tochter schützen, Richard beruhigen. Irgendwie haben sie es hinbekommen. Liane war es aus ihrer zerstrittenen Familie gewohnt, Verantwortung für den Familienfrieden zu übernehmen und zu erledigen, was zu erledigen war. Es machte ihr nicht viel aus, diese Rolle auch in ihrer Beziehung zu übernehmen. Dachte sie. Sie empfand sich mit Richard trotz allem als Team, als Liebende, die gemeinsam durchs Leben gehen. Aber das ist jetzt vorbei. Sie fühlt sich verraten. Die Beziehung ging auf ihre Kosten. Der Ausgleich, die Idee von Fairness, die sie vorher für sich konstruieren konnte, gelingt ihr nicht mehr. Sie fühlt sich verarscht: »Du hast mich jahrelang mit der Kleinen alleine gelassen. Ich musste all die Auseinandersetzungen mit deiner Familie für dich führen. Und dich um jeden Scheiß bitten!« »Ich habe auch gearbeitet. Und wer macht denn morgens immer die Brote?«, verteidigt sich Richard. »Na toll, das willst du wirklich vergleichen? Wer daddelt denn endlos auf seinem Handy rum, wenn ich sie ins Bett bringe?« »Gestern habe ich sie ins Bett gebracht.« Liane wird immer gereizter. »Wow! Tatsächlich, jetzt wo du Angst bekommst, da bringst du wirklich mal deine Tochter ins Bett.« »Ja, tut mir leid, aber tu nicht so, als hätte ich nie etwas gemacht.« Richard hat schlechte Karten, denn Liane erledigt tatsächlich gut 90 Prozent der Hausarbeit und der Kinderbetreuung. Sie haben beide nicht für Gerechtigkeit in ihrer Beziehung gesorgt – und damit die Basis für eine Trennung gelegt.

Durch die industrielle Revolution trennten sich Arbeits- und Familienleben und auch die Geschlechter. Die Emanzipation, der Wunsch nach einer anderen Work-Life-Balance, die digitale Revolution und das Home-Office lösen diese strikte Trennung allmählich wieder auf. Nicht sofort und nicht für alle, aber tendenziell.

Die gute Nachricht ist, dass Konflikte darüber, wie Kinderbetreuung und Haushaltsführung gestaltet werden, ja nur deshalb auftreten, weil Väter ihren Mann zunehmend auch an Küchenblock und Windelkommode stehen.

Wir unterscheiden den privaten Raum einer Liebesbeziehung von den gesellschaftlichen Räumen der Berufswelt. Draußen geht es um Funktionen. In der privaten Welt um Gefühle. Was dazu verführen kann, Haushalt und Kinderbetreuung ungeregelt zu lassen. Und zu denken, dass unsere gegenseitige Zuneigung und unsere Gefühle füreinander schon dazu führen werden, dass wir uns beide um alles kümmern und spontan erledigen, was anliegt. Doch das haut nicht hin! Ich habe mich selbst lange Zeit gegen Pläne und eine feste Aufgabenverteilung gewehrt. Weil ich nicht auch noch im Zusammenleben funktionieren wollte. Das war ein Fehler und hat uns viele überflüssige Kämpfe gekostet. Aufgaben sollten verteilt werden. Je eindeutiger, desto besser. Denn Eindeutigkeit bedeutet Sicherheit. »Wir kümmern uns beide um die Wäsche« ist keine Lösung. Die Aufgaben sollten eindeutig voneinander abgegrenzt werden. Die Psychologin und Expertin für familiäre Arbeitsteilung Patricia Cammarata weist auf einen weiteren ganz wesentlichen Punkt hin. Festzulegen, was eine Aufgabe umfasst und wie es aussieht, wenn sie erledigt ist. Wenn eine übernommen hat, abends die Küche aufzuräumen, bedeutet das dann, dass alle Teller und Töpfe weggeräumt sind? Oder stapeln sie sich zum Trocknen auf der Ablage? Wenn einer das Bad putzt, werden dann alle Kacheln gewienert oder nur der Spiegel und die Waschbecken geputzt?

Das Gefühl der Fairness ist ganz wesentlich für die Zufriedenheit in der Partnerschaft. An Hausarbeit, der Kinderversorgung und den Aufgaben eines Paares wie Reisen buchen, Freunde einladen und die Steuererklärung machen entscheidet sich, ob ein Paar zufrieden ist. Je gleichberechtigter es sich anfühlt, desto zufriedener sind Paare. Wenn das Bedürfnis nach Ausgleich und Gerechtigkeit erfüllt ist, können sich Paare anderen Dingen zuwenden. Es gibt Untersuchungen, die einen Zusammenhang zwischen fairer Arbeitsteilung und einem lebendigen Sexleben aufweisen. Wer Sex liebt, sollte putzen helfen. Die Liebe kann mit Ungleichheit leben, die Partnerschaft nicht. Partnerschaftliche Gleichheit ist eine gute Basis für die Liebe. Die Ungleichheit der Liebe aber ist keine Basis für eine befriedigende Partnerschaft.

Money makes love go round

Gleichgültig, ob beide Partnerinnen zum Einkommen beitragen, wie es mittlerweile bei den meisten Paaren der Fall ist, oder ob das Paar von einem Einkommen lebt. Monetäre Ungleichheit und empfundene Ungerechtigkeit belasten ein Liebespaar. Geld ist Macht (siehe das Kapitel über Dominanz) und erzeugt Abhängigkeit. Wenn es dauernd Krach ums Haushaltsgeld gibt, wackelt das Fundament der Liebesbeziehung. Wer kann sich am »Ich liebe dich« erfreuen, wenn er um jeden Euro kämpfen muss und den Pleitegeier über sich kreisen sieht, falls die Liebe erlöschen sollte? Finanzieller Druck belastet Liebesbeziehungen und macht sie instabil. Aber auch ein riesiges Vermögen schafft die »Geldsorgen« nicht aus der Beziehungswelt. Ich habe mit einigen sehr vermögenden Paaren gearbeitet und gelernt, dass die Ängste nicht aufhören und neue Probleme entstehen, weil die Ungleichheit zwischen den Partnern schwer auszugleichen ist. Auch wenn ihr Ehemann zu den reichsten Männern der Stadt gehört, kann sich eine Ehefrau Sorgen über ihre Altersabsicherung machen. Was ihr irrational vorkommt und weshalb sie vielleicht geneigt ist, darüber hinwegzugehen. Doch genau das sollten wir nicht tun. Denn sonst brodeln die Gefühle über finanzielle Ungerechtigkeit und Unsicherheit im Untergrund der Beziehung. Wenn wir uns mit unserem ökonomischen Arrangement nicht wohlfühlen, ist das so grundlegend, dass wir diesen Gefühlen einen Vorrang geben sollten.

Geld ist höchst irrational. Und eine Macht, die schwer zu handhaben ist, wenn Gefühle verletzt sind oder Konflikte eskalieren. Je gerechter und besser ein Paar seinen ökonomischen Kosmos regelt, umso unbelasteter ist die Beziehung.

Es erscheint mir unumgänglich, dass beide Partnerinnen wissen, wie viel Vermögen und wie viel Einkommen sie als Paar haben. Und es unter sich aufteilen. Wenn ein bedeutendes Vermögen auf der einen Seite existiert, das zusätzlich an die Ursprungsfamilie gebunden ist, dann gilt es, eine klare Grenze zur Ursprungsfamilie zu ziehen und eine Absicherung für den nichtvermögenden Partner zu schaffen. Für alle anderen empfiehlt sich das Topfmodell: Alle gemeinsamen Ausgaben und Ansparungen werden von einem gemeinsamen Konto bezahlt, auf das sämtliche Einkünfte eingehen. Darüber hinaus hat jeder einen festgesetzten Betrag zur eigenen Verfügung, mit dem er machen kann, was er will. Wenn beide Partnerinnen ein hohes Einkommen haben, das die Ausgaben weit übersteigt, bietet es sich alternativ an, die gemeinsamen Ausgaben anteilig zu bestreiten und darüber hinausgehende Einkünfte selbst zu verwalten. Wie immer eine Aufteilung aussieht, sie sollte sich so gerecht wie möglich für beide anfühlen, transparent sein und sich immer wieder anpassen lassen.

Wir leben nun einmal in einer Gesellschaft, in der es ständig um Geld geht. Der Wunsch, wenigstens in der intimen Beziehung so wenig wie möglich damit zu tun haben, ist verständlich, aber nicht erfüllbar.

Verantwortung

Alleine gehe ich schneller. Gemeinsam kommen wir weiter.

Sprichwort

Tom hat längst anerkannt, dass Gott die Spülmaschine nicht exklusiv für Frauen erschaffen hat. Er weiß, dass Kartoffeln geschält und Waschbecken gewischt werden müssen. Er und Steffie versuchen, sich die ungeliebte Hausarbeit einigermaßen gerecht zu teilen. Was ja schon nicht einfach ist. Aber es fehlt trotzdem noch etwas. Verantwortung. Partner können die Aufgaben noch so perfekt untereinander aufteilen, es bleibt unbefriedigend, bis auch die Verantwortung geteilt wird. Erst dann ist die Partnerin vom historischen Fluch der Hausfrauenrolle befreit und hat nicht mehr das Gefühl, dass von Abfall bis Zahnpasta letztlich doch alles ihre Aufgabe sei. Verantwortung ist der Schritt vom Kind zum Erwachsenen. Verantwortung bindet. Kinder müssen vom Hort abgeholt werden. Es gibt keine Ausnahme. Wir können es nicht einfach mal nicht tun. Verantwortung braucht Zuverlässigkeit. Deshalb bleibt der Partner in der Kritik, der zwar den Müll jedes Mal rausträgt, wenn seine Partnerin ihn darum bittet. Der aber nicht selbstverantwortlich reagiert, wenn der Mülleimer überquillt.

In vielen Beziehungen konnten Frauen erreichen, dass das Einsammeln von Kindersocken und der Vorrat an Tiefkühlpizzas nicht mehr selbstverständlich als ihr Job angesehen wird. Und Männer haben eingesehen, dass es nicht ausreicht, sich am Firmenschreibtisch zu opfern, sondern dass sie zu Hause auch noch Meister Proper sein müssen. Doch unsere Absichten brauchen Worte, um sich zu artikulieren. Unser Bewusstsein braucht Begriffe, um sich zu fokussieren. Erst mit dem englischen Zauberwort beginnt das Ringen um Gleichheit im Familienchaos eine sinnvolle Richtung anzunehmen. Mental Load. Die mentale Belastung, nicht nur an die Milch zu denken, die für das Frühstück besorgt werden muss, sondern auch daran, dass die Tochter ihren Malkasten einpackt, der Babysitter für Freitag organisiert wird und jemand die Hausverwaltung wegen des Wasserflecks anruft. Und dann die Entscheidungen. Braucht Klein-Marie noch neue Winterschuhe, oder kommen wir mit diesen bis zum Frühjahr hin? Sollten wir wegen ihres Hustens noch mal zum Kinderarzt, wo sie sich im Wartezimmer gleich den nächsten Infekt holt? Oder droht so eine Lungenentzündung? Und … na ja, und so weiter. Der Familienbetrieb ist keine gut geölte Maschine, sondern eine Art ständiger Aufgaben-Flashmob, der sich unaufhörlich neu bildet.

Expertinnen empfehlen, sich die Mühe zu machen und einmal alle, aber auch wirklich alle Dinge, die es zu bedenken gibt, aufzuschreiben. Das ist jede Minute wert, die darauf verwendet wird. Vor allem, wenn dabei – hier das zweite Zauberwort – die Care-Arbeit miterfasst wird. Wer bringt Omas Rollator zur Reparatur? Wer hält den Kontakt zum überlebenswichtigen Eltern-Netzwerk, und wer tröstet den Sohn, wenn er sein Smartphone in der Toilette versenkt hat? Aufgaben verteilen und Mental Load aufteilen schafft Fairness. Fairness schafft Partnerschaftlichkeit. Partnerschaftlichkeit schafft Zufriedenheit und eine Basis für die emotionale Beziehung.

Doch so einfach ist das nicht. Denn Verantwortung übernehmen ist eine Sache. Sie abgeben eine andere. Partner gehen einander permanent auf die Nerven, weil sie einander Vorschläge machen, wie man alles besser bewältigen und organisieren könnte. Doch jeder hat seine Art, die Wäsche aufzuhängen oder aufzuräumen. Und die müssen wir unserem Partner lassen. Jeder findet andere Dinge wichtig. Kinderzimmer aufräumen oder lieber Laterne gehen? Den Getränkevorrat updaten oder abgefahren kochen? Wenn wir das Nötige abgesprochen haben, sollten wir loslassen können. Aber das ist schwer. Und es hat einen Grund. Unsere Eltern wussten immer alles besser. Wie auch nicht, denn als Babys wissen wir nichts. Als Kleinkind wissen wir wenig, als größeres Kind etwas, und als Pubertierende denken wir, wir wissen alles, aber keiner glaubt uns. Wir lernen also im Aufwachsen, wie Personen sind, die alles besser wissen. Meistens sind das unsere Eltern. »Halt das Glas nicht so schräg, sonst schwappt alles raus!« So etwas sagen wir dann zu unseren Partnern. Weil wir das schreckliche Gefühl haben, dass unsere Partnerinnen alles, alles falsch machen. Nur weil sie es anders machen als wir. Wir meinen es nicht einmal böse. Wir glauben ernsthaft, wir täten etwas Gutes. Wir helfen. Wir unterstützen. Wir helfen dem Guten und Richtigen in der Welt. Tatsächlich quatschen wir unserer Partnerin aber nur ständig rein.

Herr G. liebt seine Frau, sagt er. Und es scheint nicht so, dass er es nur behauptet. Aber er redet seiner Frau in alles rein. Was immer sie tut, er weiß, wie sie es noch effizienter machen könnte. Er nimmt ihr den Putzlappen aus der Hand und zeigt ihr, wie man den Tisch effektiv abwischt. Er korrigiert, wie viel Waschmittel sie einfüllt. Er sagt ihr, wann der Fisch gar ist und wie man ihn am besten brät. Sie ist am Durchdrehen. Ich kann sie verstehen und versuche zu begreifen, wieso er sie so kontrolliert, stets mit einem freundlichen Lächeln. Nach langen Fragen und viel Arbeit verstehe ich, dass es seine Art ist, ihr etwas geben zu wollen. Dass es das ist, wofür er sich vorstellen kann, geliebt zu werden. Um geliebt zu werden, muss er wertvoll sein. Er gibt alles. Immer. Es ist furchtbar. Wie immer, wenn ein Rat gegeben wird, den niemand haben will, den der Ratgebende aber unbedingt loswerden muss.

Die Spezialform des Besserwissens ist das »Maternal Gatekeeping«. Mama mit dem Flammenschwert ante portas. Mütter, denen es schwerfällt abzugeben. Entweder weil sie tatsächlich den allergrößten Teil der häuslichen Arbeit tragen und die Miterziehenden als Azubis betrachten, die ihre mühselig geschaffene Ordnung durcheinanderbringen. Oder weil sie durch ihre Sozialisation sehr stark mit diesen Tätigkeiten identifiziert sind. Männer beklagen, dass Frauen nicht loslassen und sie daran hindern, der Tochter rosa Sandalen zu grünen Socken anzuziehen oder den Käse in der Packung auf den Tisch zu legen. Und Frauen beklagen, dass Männer sich nicht wirklich beteiligen, weil sie genau solche Dinge tun …

Statt Machtkämpfe zu führen, gilt es, sich zur Paarkonferenz zusammenzufinden. Um zu klären, wie den Kindern begegnet werden soll. Welche Ziele es für sie gibt, was mit und für die Kinder erreicht werden soll. Wieso jeder glaubt, es auf genau seine Art erreichen zu können. Und wie die Eigenständigkeit jedes Handelnden zu erreichen ist, ohne dass die Partnerin fürchten muss, dass dadurch all ihre Abläufe durcheinanderkommen. Wenn er die Kids ins Bett bringt und dabei einen halben Band Harry Potter vorliest, ist das wunderbar. Nur sind sie am nächsten Morgen müde. Und sie hat dann eine harte Zeit, wenn sie die maulende Bande nicht aus dem Bett bekommt. Das Ziel sind grundsätzliche gemeinsame Regeln. Sobald wir uns geeinigt haben, gibt das Sicherheit, und es ist einfacher, unsere Unterschiedlichkeit zu tolerieren. Das sind keine einfachen Gespräche, denn wir müssen die unreflektierten Selbstverständlichkeiten in uns erkennen und sie infrage stellen. Aber genau das ist notwendig. Denn diese Konflikte zu haben ist kein Versagen. Wir leben in Veränderungsprozessen, die sich über Generationen hinziehen. Wir haben keine Wahl. Wir müssen bewusst daran arbeiten.

Eltern werden, Partner bleiben

Zur Geburt unseres ersten Kindes bekamen wir eine Postkarte von einer Psychoanalytikerin, bei der wir beide eine Zeit lang eine Ausbildung gemacht hatten. »Gratuliere«, schrieb sie, »ein Kind zu bekommen, ist die größte Veränderung eures Lebens!« Sie hatte recht. Doch wie recht sie hatte, wurde uns erst mit jedem weiteren Tag als Eltern deutlich.

Eltern sind plötzlich biologisch zweitrangige Wesen. Alle richten sich nach Klein-Noah. Wenn er nicht schlafen kann, kann Papa auch nicht schlafen. Aber wenn Papa die Augendeckel schon von alleine herunterklappen, dann ist das Klein-Noah schnuppe, und er klappt sie einfach wieder hoch. Partner sind plötzlich wie aneinandergekettet. Keiner von beiden ist mehr frei. Jede Handlung des einen wirkt sich auf den anderen aus. Wenn sie später nach Hause kommt, dann muss er seine Chorprobe absagen, um den Kleinen zu babysitten. Und wenn er im Internet verschwindet, muss sie sich um den Kleinen kümmern und kann weder die Wäsche machen noch im Erziehungsratgeber weiterlesen. In einem Workshop zum Übergang von Paaren in die Elternschaft bat ich die Teilnehmer, dass jeder von ihnen ein Bein an eins der Partnerin oder des Partners binden sollte. Um zu demonstrieren, was in diesem Übergang geschieht. Freiheit gibt es nur noch nach Verhandlung. Wenn Freiheit bedeutet, zu machen, wozu man gerade Lust hat.

Alle Themen der partnerschaftlichen Gerechtigkeit werden geboostert. Als würden sie durch einen gigantischen Verstärker geschickt und kämen als ohrenbetäubendes Feedback zu uns zurück. Ohne Kind war Mental Load eine Petitesse. Verantwortung ein Witz gegen die Verantwortung, die jetzt zu tragen ist. Zuverlässigkeit, Verlässlichkeit, jetzt werden sie existenziell. Abgesehen von all den psychologischen Hürden. Plötzlich ist die Geliebte eine Mutter. Und wir erleben uns als Eltern. Als Eltern haben wir keine Ausbildung. Jeder macht es nach Gutdünken und im Zweifelsfall so, wie er es selbst erlebt hat.

»Du willst doch nicht im Ernst, dass ein Zweijähriger so lange still am Tisch sitzt, bis wir fertig mit essen sind, oder?« »Er darf ›Blödis‹ zu uns sagen?!« »Nein, darf er nicht!« Aus netten Partnern brechen plötzlich autoritäre Oberlehrer, kleinliche Erbsenzähler oder ängstliche Bedenkenträger hervor. Und dann mischen auch noch die Großeltern mit, auf die das Paar plötzlich angewiesen ist. Der Krieg der Familien kann wieder ausbrechen. Die Loyalität des Paares ist gefordert. Was schwierig ist, seitdem die Neu-Mama nur noch mit dem Baby, aber nicht mehr mit dem Neu-Papa schmusen mag, weil sie einfach auch mal Raum für sich braucht. Neid und Eifersucht finden Nahrung. Bei dreien fühlt sich schnell einer draußen. Der Erste-Kind-Schock ist heftig, statistisch nimmt die Beziehungszufriedenheit rasant ab. Ein Drittel der Paare, die sich auf die Paartherapie-Couch setzen, tun dies wegen Konflikten mit den Kindern oder über die Kinder. Alle Ressourcen, die sich das Paar geschaffen hat, werden jetzt gebraucht: Rituale, Konfliktfähigkeit, Wohlwollen, alle.

Berry Brazelton, ein einflussreicher Kinderpsychiater, betreute Studierende bei ihrer Arbeit mit Neugeborenen. Einer der Studierenden berichtete von seinem ersten Besuch bei den frischgebackenen Eltern und wie beeindruckt er war, alles sehr ordentlich, gut organisiert und die Eltern in einem entspannten Miteinander anzutreffen. Brazelton war davon offenbar weniger beeindruckt und nahm es nur still zur Kenntnis. Als der Studierende eine Woche später von seinem zweiten Besuch berichtete, war er besorgt. Die Dinge schienen zu zerfallen. Die Mutter war fertig, der Vater sah aus, als habe er monatelang nicht geschlafen. Brazelton dagegen wirkte über die Veränderung erleichtert. Er sagte: »Sie haben Platz für das Baby gemacht.«

Das wichtigste Wort für das Leben mit Kindern ist *Murks*. Oh ja, wir sollten uns so gut wie möglich und so gerecht wie möglich organisieren (s.o.). Aber wenn Kinder etwas in unser Leben bringen, dann sind es Chaos und Unberechenbarkeit. In gewisser Weise sind sie die heilsame Medizin gegen den McKinsey-Wahn des qualitätsgemanagten Lebens. Und Eltern müssen sich entscheiden, ob sie bereit sind, sich auf ihre Kinder einzulassen, und sie die Unplanbarkeit und die verworrenen Wege, die das Leben ausmachen, annehmen.

Bäume wachsen nicht kerzengrade in den Himmel. Wir erfreuen uns an den bizarren Formen, die sie durch Wind, Wetter und ihre Umgebung entwickeln. Mit einem kleinen Kind zum Einkaufen zu gehen, ist ein bizarres Erleben, eine ständige Entscheidung. Packen wir es in die Karre, in der es längst nicht mehr sitzen will, und rasen zum Supermarkt? Oder entdecken wir mit ihm gemeinsam all die Blumen, Kräuter, Plastikreste, Papierschnipsel, Steinchen und Fahrradpedale, die sich auf dem Weg anbieten? Ja, ich weiß, ich musste mich auch an Zeiten halten. Und es geht auch nicht darum, unseren Kindern in allem zu folgen. Sondern darum, anzuerkennen, dass wir diese Entscheidung immer wieder treffen. Und dass es uns besser geht und wir entspannter leben, wenn wir nicht versuchen, allen *Murks* aus dem Familienleben zu verbannen.

Die wichtigen anderen

Ein Paar allein hat kaum eine Chance. Wir können nicht all unsere Bedürfnisse durch einen Menschen befriedigen. Und mit Kindern sind wir zusätzlich auf konkrete Hilfe und Unterstützung angewiesen, um die vielfältigen Aufgaben und Anforderungen des Alltags zu bewältigen. Unsere Familiensysteme werden immer kleiner. Oma lebt in Australien oder am anderen Ende der Republik, und selbst 100 Kilometer Entfernung sind schon zu viel, wenn Karlchen morgens mit 39 Grad Fieber aufwacht und das wichtigste Meeting des Jahres ansteht. Eltern brauchen Babysitter und Kitaplätze, und sie brauchen ihre Wahlverwandtschaft. Ein Netz von Menschen, an die sie sich wenden können. Die wahren und wichtigsten Wahlverwandten sind unsere lebensbegleitenden guten Freunde. Sie sind unsere Sicherheit. Sie haben uns schon durch etliche Beziehungen begleitet, sie sind unser unwiederbringlicher sozialer Schatz. Wir können keine alten Freunde finden. Die Eltern der Freundinnen unserer Kinder werden zu Wahlverwandten auf Zeit. Wir bilden mit ihnen das Dorf, das es braucht, um ein Kind aufzuziehen.

Gerd ist sehr introvertiert und verbirgt seine Menschenscheu hinter einer gewissen Arroganz. Er geht nicht zu den Elternabenden. Wenn er seine Kinder von einem Kindergeburtstag abholt, ruft er sie manchmal an und wartet im Auto, bis sie herauskommen. Ausflüge am Wochenende möchte er nicht mit anderen Familien gemeinsam machen. Das soziale Leben wird fast ausschließlich durch seine Frau organisiert. Was sie ihm nicht mal übelnimmt. Aber er. Denn sie hat soziale Kontakte und dadurch noch weniger Zeit für ihn. Die Kluft zwischen ihnen wächst. Als Paar brauchen wir wichtige andere. Menschen, die uns wahrnehmen, die uns begleiten, an die wir uns wenden können. In deren Mitte wir uns als Paar erleben können. Die uns helfen, ein Paar zu bleiben. Paare ohne Kontakte und Netzwerk überlasten ihre Partnerschaft. Es fehlt an Anregung. An Lebensfreude.

Überforderung führt zu Forderung

Arbeit macht Spaß. Aber ich vertrage keinen Spaß.

Karl Valentin

Frau M. macht sich bereit für ihre Powerpoint-Präsentation. Die Teilnehmer ihres Fortbildungsseminars setzen sich gerade auf ihre Stühle, als eine WhatsApp-Nachricht auf ihrem Handy aufploppt. Was sie sieht, nimmt ihr den Atem. Das Bild eines vertrockneten Brokkoli aus dem Bio-Fresh-Fach. An diesem Wochenende ist ihr Mann für Haushalt und Kinder zuständig. Sie geben sich oft nur die Klinke in die Hand in ihrem übervollen Leben mit drei Kindern und zwei anspruchsvollen Berufen. Und haben viele Konflikte über die Organisation des gemeinsamen Lebens. Die Brokkoli-Botschaft war klar: »Wenn du dich mehr anstrengen würdest, hätte ich weniger Arbeit. Hör auf, ständig so viel von mir zu fordern, wo du es ja selbst nicht erfüllen kannst!« Die Teilnehmer haben an diesem Vormittag eine etwas fahrige Seminarleiterin.

Was Herr M. und andere Paare nicht sehen, ist, dass ihre Forderungen zu einem endlosen Kampf führen, in dem einer der anderen

Vorhaltungen macht, sich nicht genug einzusetzen. Ein Kampf, bei dem sich beide kritisiert fühlen und in eine Spirale gegenseitiger Kritik geraten. Doch der Grund dafür liegt nicht darin, dass einer oder eine von ihnen es sich zu bequem macht, sondern dass sie sich gemeinsamen in einer überfordernden Situation befinden. Dass sie es gar nicht schaffen können, allen Ansprüchen und Vorstellungen zu genügen. Überforderung führt zu Forderung aneinander. Paare können und wollen das nicht sehen, weil sie sich Überforderung nur schwer eingestehen können. Dazu sind wir viel zu sehr auf Leistung programmiert. Wir und überfordert? Niemals! Schwäche ist nur ein Grund, sich noch mehr anzustrengen. Zuzugeben, dass uns alles zu viel wird, würde sich wie eine Niederlage anfühlen. Es würde Paaren wie dem Ehepaar M. zu viel Angst machen. Die Angst, vielleicht wirklich nicht alles zu schaffen.

Das Paarprojekt schlingert. Sie sind voneinander enttäuscht. Sie glauben wirklich, dass es am Partner liegen muss. Denn die glückliche Hausfrau lächelt unverdrossen und blütenrein aus der bunten Werbewelt. Hausarbeit ist harte Arbeit. In jeder Beziehung. Und der verlogene Mythos ist eine Art Haushaltsporno. Wir sehen Bilder, die nichts mit der Realität am Spülbecken zu tun haben. Doch die Partner haben für ihre Annahme einen emotional schlüssigen Beweis. Sie sind fertig. Sie taumeln am Rande der Erschöpfung. Sie geben alles, was sie haben, und es reicht nicht. Was doch wohl nur so ist, weil der andere nicht mitzieht. Statt sich gegenseitig weiter mit Forderungen zu bombardieren, müssten sie sich gemeinsam eingestehen, wie schrecklich überfordert sie sich fühlen. Dann ist nicht mehr der andere das Problem, sondern die Überforderung wird zum gemeinsamen Problem.

Denn es gibt eine reale Überforderung. Der Burn-out schlägt auch in der Familie zu. Heute müssen zumeist beide Partner arbeiten, um den gemeinsamen Lebensstandard halten zu können. Und das bedeutet Megastress. Doppelbelastung. Der Historiker John Gillis schreibt: »Den Haushalt in Ordnung zu halten ist eine Ganztagsbeschäftigung, um die sich der Bürger in den wenigen Stunden zwischen Schlaf und Arbeit kümmern muss.« Und der Fortschritt macht es nicht leichter. Tatsächlich wuchs durch die Technik die Arbeitsbelastung. Die Wohnung wurde zum Waschsalon, zur Bügelstube und schließlich zum Kommunikations- und Unterhaltungszentrum. Mit den elektrischen Helferlein stiegen die Ansprüche. Wäsche wird heute häufiger gewechselt, die Wohnung soll schöner sein, immer mehr Güter müssen angeschafft, verwaltet, gepflegt und erhalten werden. Selbst wenn beide ihr Bestes geben, ist es nie genug. Wir haben so viele und so hohe persönliche Ansprüche, leben mit so vielen Angeboten, Informationen und Vergleichsmöglichkeiten. Karriere machen, Super-Model, Übereltern, 5-Sterne-Köche, Sportler des Jahres und gemeinsam das Traumpaar schlechthin sein. Wir schwanken zwischen Selbstzweifeln und Zweifeln am anderen. Was uns zusätzlich erschöpft. Bis wir schließlich unsere Beziehung infrage stellen. Die amerikanische Anthropologin Helen Fisher hat festgestellt, dass sich die meisten Paare nach vier Jahren trennen. Nach der für Eltern anstrengendsten Phase mit kleinen Kindern.

Die Lösung kann nur sein, unsere Ansprüche zu reduzieren, gemeinsam überflüssigen Stress aufzuspüren und abzubauen. Müssen wir wirklich jeden Abend warm essen? Jeden Morgen die Betten machen, die Wohnung ständig aufräumen, die Legosteine sortieren und jeden Sonntag einen Ausflug machen? Müssen wir wirklich beide voll arbeiten? Die Antwort auf den überfordernden Haushalt heißt Pizzaservice, Tiefkühlkost, Kindergärten, Ganztagshorte, Einkaufsservice, Internetbestellung und, wer es sich leisten kann, Haushaltshilfen.

Wir können unsere Beziehungswelt nicht so effizient gestalten, dass wir alles bewältigen. In der Berufswelt werden Ziele aufgestellt, notwendige Maßnahmen ergriffen, Abläufe koordiniert, Ergebnisse kontrolliert und Qualitäten gemanagt. Aber eine Familie ist McKinseys Albtraum. Wir werden unsere Kinder eher abschaffen oder zumindest unsere Liebe für sie, als in qualitätsgemanagten Beziehungen mit TÜV-Zertifikat zu leben. Vorrangig Männer bezweifeln das und hoffen immer noch, dass ihre Partnerschaft irgendwann reibungslos funktioniert. Sie kommen abends nach Hause und stellen fest, was dort tagsüber alles nicht geklappt hat. Die korrigierende Empfehlung ist dann, dass sie Haushalt und Kinder für vier Wochen vollständig übernehmen. Mama macht Urlaub. Papa macht Haushalt und Kinder. Aber ohne dass er sich seine Mama oder eine Haushälterin für die Zeit ins Haus holt, damit sie den Laden für ihn schmeißen.

Ordnung

Jens kriegt die Krise, wenn drei schmutzige Gläser auf dem Couchtisch stehen. Claire findet das eher gemütlich. Sie kann auch dreckige Kinderjeans einen Nachmittag lang auf dem Flur liegen lassen, bevor sie die Waschmaschine sauber frisst. Für Jens grenzt das an Körperverletzung. Wann ist etwas ordentlich? Sind Wollmäuse akzeptable Mitbewohner? Unsere Vorstellungen von Ordnung und Sauberkeit gehören zu unseren persönlichsten Werten. Das Ausmaß von Ordnung, mit der jeder sein Leben gestaltet, ist kaum veränderbar. Das weiß jeder von sich selbst. Aus einer Haufen-Aufstaplerin wird keine Zen-Gärtnerin und umgekehrt.

Profi-Partner wissen das.

Im Paar treffen zwei Systeme zusammen, die ganz unterschiedlich, aber unumstößlich bestimmen, was wo richtig und wo falsch liegt. Wenn ihre Schuhkollektion trotz seines Flehens flächendeckend den Flur blockiert oder seine Barthaare durch ihr Badewasser glibbern, steigt der Frust. Doch weder die Schuhsammlung noch der schwimmende Dreitagebart sind das Problem. Das Problem ist Respekt, ist Achtung. In den eigenen vier Wänden überschneiden sich unsere Reviere. Und wenn die eigenen Grenzen so zuverlässig überschritten werden wie die 30 Kilometer Höchstgeschwindigkeit in der Wohnzone, dann entsteht das Gefühl, dass man es dem anderen nicht wert ist, gesehen und gehört zu werden.

Was besonders schwer zu verdauen ist, weil wir ja wissen, dass die andere weiß, was uns wichtig ist und wie sehr wir das Chaos, das sie hinterlässt, hassen. Ordnung ist in Partnerschaften ein riesiger Konfliktpunkt. Er lässt sich nicht aus der Welt schaffen. Ordnung ist einer der unlösbaren Paarkonflikte, der sich nie auflösen wird. Wir können nur klären und verstehen. Welche Geschichte hat jeder mit Ordnung? Welche Bedeutung hat sie? Was ist uns daran so wichtig? Wie wollen wir damit umgehen? Und was löst der Umgang der Partnerin mit Ordnung in uns aus? Wenn wir die Gefühlswelt unserer Partnerinnen nachvollziehen können, wird es leichter, unvollständige Lösungen zu finden und zu umarmen. Die Kruschelschubladen, in denen die Ordentlicheren den frei herumfliegenden Kram der Unordentlicheren legen können. Die ritualisierten Aufräumaktionen. Die Bereiche, und wenn es geht, Zimmer, in denen jeder seine eigene Vorstellung von Ordnung verwirklichen kann. Und die toleriert werden, auch wenn die eine das Gefühl hat, die andere lebe auf einer Müllhalde. Die aufgeteilten Regale oder die Erlaubnis, alle vier Wochen die gesamte Schuhkollektion einmal abzuräumen und dem Partner vor das Bett zu legen. Vollkommen wird die Lösung niemals sein. Aber lebensfähig.

Team sein

Angenommen, wir müssten uns entscheiden: Wollen wir die große Liebe füreinander sein oder lieber ein gutes Team miteinander? Vermutlich wählen wir die große Liebe. Nur ein Team zu sein ist der Beziehungshorror. Es klingt nach Arbeitsplatz. Haben wir nicht gerade das Teambildungs-Seminar hinter uns? Dennoch bleibt die Liebe auf Dauer nicht groß, wenn das Paar kein gutes Team ist. Ein gutes Team erkennt man daran, dass es auch dann ein gutes Team ist, wenn es gerade kein gutes Team ist.

Wir leben im ewigen Widerspruch, eine feste Liebesbeziehung zu ersehnen, aber auf keinen Fall unsere Ansprüche auf Glück, Zufriedenheit und ein erfülltes Leben dadurch einschränken zu lassen. Die Liebe, nicht das gute Team, verspricht, diesen Widerspruch auszuhalten. Sie erscheint uns als der magische Klebstoff, der uns auf unwiderstehliche Weise zusammenhält. Selbst das beste Team kommt an seine Grenzen und kann sich auflösen. Einen Schutz gegen die Zerbrechlichkeit unserer Beziehungen scheinen uns nur unsere unbeherrschbaren Liebesgefühle geben zu können. Doch die Trennungsraten und die Einsicht in die Dynamik von Paarbeziehungen sprechen dagegen. Auf Liebe ist kein Verlass. Wir können sie nicht aktiv gestalten. Ein gutes Team zu sein, aber schon. Vielleicht geht es darum, klarer anzuerkennen, wie wichtig es ist, ein gutes Team zu sein. Und mehr noch: wie sehr wir es lieben, als Team zu leben. Wenn wir diese Liebe teilen, dann sind wir nicht mehr nur ein Team, wir schaffen auch eine verbindende Liebe. Geteiltes Leid ist nicht halbes Leid. Aber geteiltes Leid ist erträgliches Leid.

Wohlwollen

Einen Menschen lieben heißt, ihn so sehen,
wie Gott ihn gemeint hat.

Fjodor Dostojewski

Wohlwollen ist die sanfte Schwester von Zuneigung und Liebe. Der annehmende liebevolle Blick auf einander, den die Nobelpreisträgerin Olga Tokarczuk »die bescheidenste Form der Liebe« genannt hat. Wir blicken freundlich auf unsere Partnerin, wir sind liebevoll, wertschätzend, annehmend und verzeihend. Wir fühlen uns entspannt und »wohlig« miteinander verbunden. Wohlwollen ist ein Zustand, aber auch eine Haltung, die wir einnehmen können. Wir können es mit unserer Atmung vergleichen. Einerseits atmen wir ohne unser bewusstes Zutun, es atmet uns. Wir denken nicht an unsere Atmung. Andererseits können wir uns aber auf unseren Atem konzentrieren und ihn bewusst beeinflussen. Auch unser Wohlwollen beschäftigt uns die meiste Zeit nicht. Solange wir uns in unserer Beziehung gut fühlen, ist unser wohlwollendes Gefühl im Hintergrund unserer Wahrnehmung. Aber wir bemerken es, wenn wir es verlieren. Wohlwollen hängt eng mit unseren Bindungsgefühlen zusammen. Über den Zustand unseres Wohlwollens wird für uns spürbar, in welcher Bewegung wir uns im endlosen Tanz um Verbundenheit gerade befinden. Wenn wir uns ständig kritisiert fühlen oder aus tausend Gründen die Hausarbeit immer wieder an uns hängen bleibt, dann trübt sich unser Wohlwollen ein. Paare, die sich in einem ungelösten Konflikt befinden und sich zutiefst unverstanden fühlen, zeigen kein oder kaum Wohlwollen mehr füreinander. Wenn eine von ihnen sagt: »Tut mir leid, aber das habe ich nicht so gemeint«, dann wird das Bedauern nicht angenommen, sondern es wird darauf bestanden, dass sie es gesagt habe und dass es ja wohl Gründe dafür gebe. Das gegenseitige Wohlwollen ist wie aufgebraucht, und stattdessen ist eine überkritische, abwertende Haltung spürbar. Doch wir können unser Wohlwollen auch wollen und es absichtlich einsetzen. Unser Partner hat vergessen, die Kinokarten zu bestellen, und wir sind enttäuscht und verärgert. Aber wir sagen uns, dass uns das genauso passieren könnte, dass er uns ja nicht absichtlich die Freude verderben wollte. Wir blicken wohlwollend auf die Situation und erhalten uns dadurch unser gutes Gefühl füreinander. Wir können ganz bewusst eine wohlwollende Sicht auf unseren Partner einnehmen. Und wir tun gut daran, weil unser Wohlwollen einen dunklen Zwilling hat. Das negative Bild, das wir von unserem Partner haben.

Ich gehe in die Küche, um mir ein Brot zu schmieren. Auf dem großen Brotschneidebrett trocknen die Überreste eines Apfels und einer Apfelsine. Daneben liegt ein klebriges Küchenmesser. Ich sehe, Claudia hat sich einen Obstteller gemacht. Und für einen Sekundenbruchteil stehe ich an einer Weggabelung. Entweder ich nehme den Weg des Wohlwollens und stecke das Messer in die Spülmaschine, fege die Schalen in den Müll und mache mir mein Brot. Oder ich lasse das Stillleben auf dem Küchentisch zum Trigger für einen altbekannten Ärger werden. Ordnung und Unordnung sind eines unserer liebsten Streitfelder. Und ich blicke gerade auf den Beweis für all meine Vorwürfe. Also latsche ich genervt den Flur entlang, stecke den Kopf in ihr Arbeitszimmer und sage: »Schatz, kannst du bitte mal dein Obstchaos in der Küche beseitigen?!« Und wenn mir gar nicht »schatzig« zumute ist, weil ich ohnehin nicht bester Stimmung bin, lege ich vielleicht sogar noch ein Stück unterirdisches Beziehungsverhalten an den Tag und hänge ein »Echt, wieso kannst du eigentlich deinen Mist nicht einmal wegräumen?!« an. Um es augenblicklich zu bereuen.

Der Paarforscher John Gottman hat die 5:1 Regel in die Welt gebracht, wonach es fünf positive Interaktionen braucht, um eine negative auszugleichen. Aber ob ich jetzt zehn positive Kontakte in den Miesen bin oder zweihundert, ich merke, dass es absolut idiotisch ist, meinem diffusen Ärger auf diese Weise Luft zu machen. Meine Frau wird dann irgendetwas sagen wie: »Du tust ja gerade so, als wenn ich nie etwas wegräume. Dabei räume ich ständig auf. Aber das merkst du ja gar nicht.« Und ich werde halbwegs einsichtig, trete »Ja ja, okay« murmelnd den Rückzug an und ärgere mich, dass ich den Weg des Wohlwollens verlassen habe.

Der dunkle Zwilling

Niemand findet seine Partnerin nur liebenswert, angenehm und bewunderungswürdig. Denn jede hat Schattenseiten. Und die perfekte Partnerin ist eben nicht nur perfekt. Maja setzt manchmal eine gekünstelte Freundlichkeit auf. Rieke ist unzuverlässig und kommt ständig zu spät. Wir resignieren akzeptierend, lernen es hinzunehmen und ordnen es wohlwollend als Teil von Majas grenzenlosem Harmoniestreben und als Ausdruck von Riekes Selbstüberforderung ein. »So ist sie halt.« »Das ist so ihre Art.«

Doch das befreiende, akzeptierende Wohlwollen lebt mit einem dunklen Zwilling, einem negativen Bild des anderen, das in uns entstanden ist. Erst stört uns etwas als Ereignis. Dann fällt es uns wieder und wieder auf, und wir beginnen darin ein durchgängiges Muster zu erkennen. »Ständig lächelst du alles weg!« »Nie bist du pünktlich!« Ein Teil unserer Unzufriedenheit, unseres Grolls, löst sich nicht auf. Wir tragen ihn weiter in uns und konstruieren daraus schließlich eine unangenehme Persönlichkeitseigenschaft. Dann ist Majas Dauerlächeln kein vordergründiger Harmonieversuch mehr, sondern dunkle Unehrlichkeit. Und Rieke ist dann nicht unpünktlich aus Selbstüberforderung, sondern eine respektlose Egoistin. Wir kreieren ein finsteres Bild von der anderen, eine ziemlich hässliche Karikatur des Menschen, den wir doch lieben. Und sind jetzt unglückliche Besitzer einer wenig schmeichelhaften Persönlichkeitstheorie über unsere Partnerin. Von der wir überdies noch möchten, dass sie dieser Theorie zustimmt und so ihre Defizite einsieht. Wir glauben, erkannt zu haben, was sie »falsch« macht und dass das der Grund ist, warum unsere Beziehung so schlecht läuft. Ist dieses Bild erst einmal entstanden, können wir jederzeit eine kritische Perspektive einnehmen und diese im Verhalten unserer Partnerin bestätigt sehen. Denn unser Gehirn speichert alles, was gefährlich und unangenehm für uns sein könnte. Sie kommt gut gelaunt nach Hause und tut so, als sei nichts, obwohl wir uns gestritten und noch nicht wieder versöhnt haben. Und schon fühlen wir uns in unserer negativen Sicht bestätigt. Heuchlerin! Wir haben sie extra daran erinnert, wie wichtig es uns ist, pünktlich zu dieser Einladung zu kommen, und sie ist trotzdem zu spät. Egozentrikerin! Unser Gewissen ist ein sehr aufmerksam reagierender, strenger Teil unserer Psyche. Es wacht darüber, dass wir uns richtig verhalten. Aber es schlägt auch wie ein Wachhund an, wenn unsere Partnerin einen »Fehler« begeht. Der dann zu den anderen Enttäuschungen addiert wird, aufgrund derer wir das negative Bild über unsere Partnerin geformt haben.

Wenn ich also in der Küche auf eintrocknende Obstschalen treffe, triggert das auch immer den dunklen Zwilling, das negativ verzerrte Bild meiner Frau. Dann sehe ich eine achtlose, schlampige Egomanin in ihr, die sich nur um ihre Belange kümmert, rücksichtslos ihren Bedürfnissen nachgeht und kein Fünkchen Einfühlungsvermögen hat. Um fair zu sein, nenne ich auch das negativ verzerrte Bild, das sie an dieser Stelle von mir hat: ein kleinkrämerischer, rechthaberischer Kontrollfreak, der ständig kritisiert, nur um sich selbst besser zu fühlen, und nicht mal weiß, wie man Wertschätzung richtig schreibt.

Wir müssen über diese dunklen Bilder in uns nicht erschrecken. Sie sind wie Abfall, der in der Küche der Liebe entsteht. Durch Wohlwollen können wir immer wieder versuchen, den »Abfall« zu entsorgen. Und unsere Partnerinnen werden auch nicht erschrecken. Aus langen Beziehungsjahren kennen wir die dunklen Zwillinge, im Streit sind sie immer mal sichtbar gewesen. Auch wenn wir uns alle Mühe geben, sie voreinander zu verbergen. Denn natürlich fragt sich meine kluge Frau, wieso ich die blöden Obstreste nicht einfach wegräume und stattdessen so ein Gewese darum mache. Und sie fragt sich dann nicht nur, was eigentlich mit mir los ist, sondern auch, was für ein Bild ich denn von ihr habe. Und ehrlich, ich frage mich das dann auch und versuche, es in mir wieder klarzubekommen. Denn im Gegenteil von Wohlwollen, im dunklen Zwilling, lauern Entwertung und Verachtung. Was schrecklich für den Partner ist, aber noch bedeutend schrecklicher für uns selbst. Mit welchem Menschen teilen wir unser Leben? Und was ist eigentlich mit uns los, dass wir so finstere Bilder kreieren? In Situationen, in denen wir unser Wohlwollen verlieren und der negative Blick überwiegt, werden wir einsam und unglücklich. Und wir können tatsächlich unsere Liebe verlieren, wenn wir im negativen Bild vom anderen wie in unserer privaten Verschwörungstheorie verloren gehen.

Das Ende des Wohlwollens

»Sie macht das mit Absicht!«, sagt Eric. »Sie will mich provozieren!« »Wenn Ihre Frau beklagt, dass Sie in Ihrer Freizeit häufig nicht zu Hause sind, dann haben Sie den Eindruck, dass Ihre Frau versucht, Ihre Freunde schlechtzumachen, um zu verhindern, dass Sie Freunde haben?«

Meine ganze Aufmerksamkeit gilt Eric, der aufgebracht seine Faust beim Reden schüttelt. Sobald ein Partner dem anderen vorwirft, ihn mit Absicht zu verletzen, werde ich hellhörig. Wenn Eric überzeugt ist, dass seine Frau absichtlich seine Freundschaften zerstören will, dann ist die Basis ihrer Beziehung zerstört. Das Vertrauen in das gegenseitige Wohlwollen. Dass wir manchmal das Gefühl haben, wir lägen mit unserem schlimmsten Feind im Bett, kann vorkommen. Wir sind dann wütend und hilflos. Doch dieser Zustand sollte nicht lange andauern, und wir sollten immer noch wissen, dass es unsere Partnerin ist, die uns gerade den Rücken zudreht und niemand, der uns ernsthaft etwas Böses will. Aber ist Eric davon noch überzeugt?

Auf meine Nachfrage hin nickt Eric: »Ja, genau. Sie wartet nur auf die nächste Gelegenheit, um meine Freunde schlechtzumachen.« Johanna hat Tränen in den Augen, aber sie kämpft gegen ihre Traurigkeit an. »Eric«, setze ich wieder an. »Ich respektiere, wie es sich für Sie anfühlt. Ich kann und will nicht entscheiden, ob es Ihre Wahrnehmung ist oder ob Johanna wirklich Ihre Freundschaften absichtlich zerstören will. Aber nehmen wir mal an, sie täte es. Sie haben doch sicher auch schon darüber nachgedacht. Wieso glauben Sie, sollte sie das tun?« Johanna guckt gespannt auf Eric. »Keine Ahnung«, sagt er. Und nach einem Zögern: »Vielleicht ist sie neidisch. Ich soll einfach so sein, wie sie es sich vorstellt.« Er zuckt leicht mit den Achseln.

»Sie wissen es nicht. Kann sein, kann nicht sein. Vielleicht stimmt ja etwas von dem, was Sie glauben, Eric. Wir können Johanna ja gleich fragen.« Ich mache in Johannas Richtung eine Geste, noch einen Moment mit ihrer Antwort zu warten.

»Eric, glauben Sie wirklich, dass Johanna Ihr Feind ist und Ihnen absichtlich wehtun will?« Eric schaut vor sich auf den Boden, dann zu Johanna. Er ringt mit sich. Für einen Augenblick scheint die Zeit stillzustehen. Ein Teil in ihm möchte »Ja« sagen. Ein anderer hält dagegen. Seine Frau als seine Feindin, die ihn wirklich fertigmachen will?

»Nein, das nicht!«, sagt er schließlich. In diesem Augenblick spüren wir drei, dass sie wieder eine Chance haben.

Wenn der Partner vollständig hinter dem dunklen Bild verschwindet, das wir von ihm haben, dann hat unser Wohlwollen keine Chance mehr, und es steht schlecht um unsere Beziehung. Denn Wohlwollen setzt voraus, dass wir eine Wahl haben, wie wir den Partner sehen »wollen«. Ob das Glas für uns halbvoll oder halbleer ist, ist unsere Entscheidung. Wenn wir aber überall nur noch absichtlich gegen uns gerichtete Aktionen sehen, dann können wir nicht mehr entscheiden, wie wir das Glas betrachten wollen. Dann fühlt es sich feindlich an, so als würde unser Partner das Glas absichtlich leeren und ausgießen.

Gute Beziehungserfahrungen und ein sicheres Bindungsgefühl führen zu Wohlwollen. Und Wohlwollen führt zu guten Beziehungserfahrungen und sicheren Bindungsgefühlen. Wohlwollen, das Wort sagt es, ist immer auch ein Wollen und die Entscheidung: warten oder starten. Darauf warten, dass alles wieder besser wird und die Partnerin sich endlich in die Prinzessin verwandelt, für die wir doch einst durch die Hecke unserer Ängste gesprungen sind. Oder damit starten, einen positiven Impuls in die Beziehung zu bringen, und die Chance auf eine positive Eskalation einleiten. Der größte Irrtum in Beziehungen, dem wir immer wieder zum Opfer fallen, ist so menschlich wie grundfalsch: Ich bin okay – du bist nicht okay. Wenn wir darüber nachdenken, ist klar, dass es nicht sein kann. Aber emotional geraten wir immer wieder in dieses Gefühl. In Situationen, in denen ich mich für mein Wohlwollen entscheide, gebe ich diese Haltung auf und mache den entscheidenden Schritt, den wir immer wieder gehen müssen: Ich gebe auf, dass ich Mr Richtig und du Ms Nichtig bist.

Glaube ich wirklich, meine Frau sei eine achtlose, schlampige Egoistin? Wenn ich wie ein wütendes Kind vor dem Schneidebrett stehe, dann will ich »Ja« sagen. Lasse ich meine Enttäuschung zu, dass sie nicht so ist, wie ich sie haben möchte, werde ich schon etwas weicher. Sie möchte doch auch, dass es mir an ihrer Seite gut geht. Aber trotz der Entscheidung, wohlwollend auf den anderen zu schauen, lösen sich Wut und Enttäuschung nicht einfach auf. Wir können sie nicht willentlich ausradieren. Doch wir können einen anderen inneren Weg gehen.

Wir können akzeptieren, dass diese Gefühle da sind, ohne ihnen folgen zu müssen. Die Idee des »Als ob« kann uns dann weiterhelfen. Denn wir können so handeln, »als ob« wir voller Wohlwollen wären. Großzügig, zugewandt, gewährend. Was würden wir tun, was würden wir sagen, wenn wir jetzt voller Wohlwollen wären? Wenn wir uns freuen würden und dankbar wären, dass es unseren Partner in unserem Leben gibt? Wir können es uns vorstellen und uns dann genauso verhalten, wie wir es im wohlwollenden Zustand tun würden. Das ist kein Fake, sondern die Entscheidung, einen überflüssigen Konflikt zu vermeiden. Wohlwollend würde ich meine Frau fragen, ob sie hungrig ist und ich ihr auch ein Brot machen soll. Und so wie Kritik zu Gegenkritik führt, führt umgekehrt Wohlwollen zu mehr Wohlwollen.

Wohlwollen erhalten wir, wenn wir uns in die Rolle der Beziehungs-Supervisorin begeben und einen Teil unseres Ichs von außen auf uns selbst schauen lassen. Was bedeutet mein Verhalten für die Beziehung? Was wird daraus folgen? Es geht nicht darum, Papi und Mami für den Partner zu spielen und seine gigantischen Erwartungen zu erfüllen. Es geht darum, die Möglichkeit zu haben, Einfluss auf mich selbst und die Beziehung zu nehmen. Sodass die positiven Gefühle und die emotionale Verbundenheit wieder eine Chance haben.

Was aber, wenn wir bemerken, wie das Wohlwollen auf der Seite unserer Partnerinnen schwindet? Wenn wir uns immer mehr als Monster gesehen fühlen, so wie Johanna von Eric? Natürlich wehren wir uns. Wir verteidigen unser Verhalten. Wir argumentieren, dass wir völlig falsch gesehen werden, weisen nach, dass wir ganz anders sind. Und wenn das nicht hilft, gehen wir zum Gegenangriff über. Wir werfen unserer Partnerin vor, dass sie immer nur das Schlechte in uns sieht. Und dass wir ganz okay sind, während wohl mit ihr irgendetwas überhaupt nicht stimmt. Doch kennen wir diese endlosen Konflikte nicht zur Genüge, um zu wissen, dass sie zu nichts führen? Wenn wir uns wehren, bestätigen wir unsere Partnerin in ihrer Sichtweise. Unser Leugnen beweist ihr dann nur, dass wir unsere schlechten Eigenschaften einfach nicht wahrhaben wollen. Statt sinnlos weiterzukämpfen, können wir einen Schritt zurücktreten. Und wohlwollend auf die Vorwürfe schauen. Uns nicht verteidigen, sondern nachgeben und mal nach dem Körnchen Wahrheit suchen, das in jeder Kritik enthalten ist. So nehmen wir dem Konflikt wohlwollend die Härte und können dann sehen, ob unsere Partnerin uns ins Land des Wohlwollens folgt.

Liebe ist auch eine Entscheidung und Wohlwollen ein Rädchen, das uns hilft, unsere Entscheidung zu leben. Beziehungen werden schwierig, wenn wir warten, bis wir Liebe spüren, um erst dann liebevoll zu handeln. Wir machen sie einfacher, wenn wir uns entscheiden, liebevoll zu handeln, damit positive Gefühle entstehen können.

TEIL II

Kommunikation

Es gibt in uns allen die Tendenz, Liebe als »völlige Versunkenheit in« statt als »in voller Kommunikation mit« misszuverstehen.

George Saunders

»Man kann nicht nicht kommunizieren«, sagte Paul Watzlawick, der Psychologe, der für seine »Anleitung zum Unglücklichsein« weltberühmt ist. Dieser Satz sollte uns immer bewusst sein. Falls er noch bewiesen werden müsste, dann wäre die Liebesbeziehung der ideale Ort dafür. Alles, was wir dort tun, aber auch alles, was wir nicht tun, hat eine Bedeutung. Irgendwie ist der Liebste heute blass, die Frau bewegt sich hektisch, er kramt in alten Bildern. Wir bemerken es und verstehen es auf unsere Art. Alles ist Kommunikation, ob ich gerade herzhaft gähne oder das Hemd anziehe, das ich sonst nie trage. Und natürlich alles, was ich sage und wie ich es sage. All das sind Informationen, auf die meine Partnerin reagiert. Und ich wiederum nehme wahr, wie sie reagiert, und reagiere meinerseits darauf. Das nimmt sie wahr, und so weiter und so weiter. Wir können gar nicht nicht reagieren, denn nicht zu reagieren ist ja auch eine Reaktion. Im Paar kreist die Kommunikation endlos. Unsere Beziehung ist das, was zwischen uns geschieht. Kommunikation und ihre Regeln, das ist unsere Beziehung.

Paare wissen das. Die meisten, die auf meiner Couch Platz nehmen, klagen: »Unsere Kommunikation ist eine Katastrophe, wir können gar nicht mehr miteinander reden.« Oder schlicht: »Wir verstehen uns überhaupt nicht mehr!« Dahinter stehen die unterschiedlichsten nicht bewältigten Konflikte. Doch um sie zu lösen, müssen wir in jedem Fall miteinander sprechen können. Sinnvoll miteinander kommunizieren zu können ist für Liebesbeziehungen fundamental, weil wir niemals sicher sein können, was im anderen vorgeht. Ein Großteil unserer Kommunikation ist unbewusst und nonverbal. Wir sehen, *dass* etwas im anderen vorgeht, aber wissen nicht, *was* in ihm vorgeht. Wir sehen Tränen, aber wieso rollen sie? Ist unser Lieblingsmensch berührt oder traurig, weint er gar vor Glück? Woran denkt er, erinnert er sich an irgendetwas? Wir sind füreinander Black Boxes. Petra ahnt, dass Micha sauer ist, weil er dann immer mit den Fingern trommelt und um die Mundwinkel blass wird. Aber was genau in ihm vorgeht, das muss er ihr sagen und sie in die undurchdringliche Box blicken lassen, die er trotz zwölf Ehejahren für sie ist und auch immer bleiben wird. Wir brauchen Kommunikation, um ein Paar zu sein und all das klären zu können, was klar sein muss, damit wir ein Paar bleiben. Als Verliebte hüpfen wir verzückt durch die Welt, weil wir das Gefühl haben, endlich jemanden gefunden zu haben, der uns versteht. Doch wortreiches Verständnis verwandelt sich in wortloses Unverständnis, wenn wir nicht lernen, miteinander zu kommunizieren.

Die besondere Rolle der Kommunikation in modernen Beziehungen

Kommunikation ist in unseren Liebesbeziehungen die Basisfähigkeit geworden. Ohne sie geht nichts mehr. Denn wir leben in der Paarkultur des Aushandelns. Wir sind gleichberechtigt, gleichgestellt, niemand hat das Sagen, keiner ist der Boss oder die Chefin. Das ist wunderbar, aber anspruchsvoll. In unseren »demokratischen« Liebesbeziehungen ist es ein ständiger Prozess zu entscheiden, wer entscheidet. Und diese Frage gemeinsam so zu beantworten, dass wir uns beide dabei wohlfühlen. Das ist weit entfernt von der Idee des wortlosen Verständnisses. Oder gar der Annahme, dass der andere wissen müsse, was in uns vorgeht und was wir uns wünschen, weil er uns doch liebt. Das ist romantischer Schwachsinn. Nein, hellseherische Fähigkeiten gehören nicht zur Liebe. Wir müssen sprechen. Dagegen stehen die oft beschworene Furcht, man könne alles zerreden, und die Panik in den Augen der Konfliktvermeider, wenn sie hören: »Schatz, wir müssen reden!« Es besteht immer die Gefahr, sinnlose Debatten zu führen. Aber in Beziehungen müssen wir auch stottern und stammeln, um zu formulieren, was uns schwerfällt. Es reicht nicht, Nähe nur nonverbal herzustellen. Heißer Sex, schöne Geschenke, tiefe Blicke oder leckeres Kochen sind keine ausreichende Alternative zum guten alten Gespräch unter vier Augen, dafür, unserer Zuneigung Worte zu geben. Die Alternative zu zermürbendem Gerede ist nicht Schweigen, sondern bessere Kommunikation und ein ehrliches Teilen unserer Gefühle. Die Sprache ist eine unserer größten menschlichen Errungenschaften. Sie ist vielschichtig und gibt uns die einmalige Chance, so gut wie möglich am inneren Leben eines anderen Menschen teilzunehmen. Sprechen können wir alle. Das lernen wir schon, wenn wir noch Windeln tragen. Miteinander zu reden, müssen wir in unseren Liebesbeziehungen lernen. Und um gut miteinander kommunizieren zu können, gibt es einige sehr hilfreiche Hinweise.

Ansprechbarkeit

Nach dem Abendbrot. Das Paar sitzt am Küchentisch, auf dem noch die Teller und der Rest der Reispfanne stehen, beide haben ihre Smartphones vor der Nase.

»Hör mal, das klingt interessant! Es gibt ein neues Wellness-Hotel. Mit balinesischen Massagen und Essen. Bali fanden wir doch so toll. Wollen wir da nicht mal hin?«, fragt sie und sucht nach der Website des Hotels.

»Hmmm«, sagt er.

»Und du, das ist auch gar nicht mal so teuer.«

»Hmmmmhh.«

»Was meinst du? Wollen wir lieber ein Zimmer mit Blick zur Anlage oder mit Waldblick? Waldblick könnte natürlich etwas dunkel sein.«

»Hmmmmh.«

»Was denn? Was wäre dir lieber?«

»Ja …« Er blickt kurz von seinem Handy auf.

»Was: ja? Du hörst mir überhaupt nicht zu!«

»Doch, doch, nur gerade war ich noch dabei, meine Mails zu checken.«

»Dann sag das doch! Außerdem wollten wir doch nach 20.00 Uhr keine Mails mehr checken. Oh, Mann, das nervt mich total …«

Ansprechbarkeit ist die erste Voraussetzung für Paarkommunikation. Es gab mal eine Zeit, da musste man nur die Glotze ausschalten oder das Radio leiser stellen. Doch das ist lange, lange her. Wenn 15 Jahre eine lange Zeit sind. Heute hat jede gesprächshungrige Partnerin einen übermächtigen Konkurrenten, der im Gegensatz zu ihr nie widerspricht und einige tausend Mal mehr Entertainment verspricht. Steve Jobs' Vermächtnis. Wem seine Beziehung lieb ist, der schaltet sein Smartphone so oft wie möglich aus. Denn Kommunikation braucht Zeit, um sich zu entwickeln. Die meisten Gespräche entstehen ungeplant. Doch wenn wir reden möchten, hilft es, beim anderen einfach anzufragen: »Kann ich dich kurz stören?« Was nun nicht gerade erstaunlich ist. Erstaunlich ist, dass sich gerade in Krisen Partnerinnen nicht einmal das trauen. Wenn uns etwas wirklich auf der Seele liegt, sollten wir unbedingt deutlich aussprechen, dass wir Redebedarf haben, und uns verabreden. Wem bei »Wir müssen reden!« grundsätzlich das Herz in die Hose rutscht, weil er die große Abrechnung oder eine quälende Auseinandersetzung fürchtet, der bekommt von seinem Gehirn gerade die Info, dass in seiner Beziehung zu wenig gesprochen wird. Natürlich können wir nicht verlangen, dass die Liebste sich augenblicklich aus ihrem Online-Chat verabschiedet. Die Lösung ist einfach: ein verbindliches »Jetzt nicht, aber dann«. Die feste Verabredung, das Gespräch, um das gebeten wird, später zu führen, ist wichtig. Weil sich unsere Partnerin durch ein bloßes »Nein, nicht jetzt« dominiert und zurückgewiesen fühlen würde. Sie könnte nicht unterscheiden, ob wir gerade keine Zeit haben oder ihr ausweichen. Wir brauchen das Gefühl, dass unsere Lieblingsperson für uns ansprechbar ist, sich uns zuwenden wird und emotional bereit ist, sich auf unsere Anliegen einzulassen. Zeit ist dafür nur eine notwendige Bedingung. Wir brauchen das Gefühl des Interesses an uns, dass sie nachfragt, sich auf unsere Themen einlässt, uns verstehen will und mit uns fühlt. Wir möchten in unserer Kommunikation fühlen, dass wir füreinander da sind.

Die doppelte Wirklichkeit

Liebe ist die äußerst schwierige Erkenntnis, dass außer der eigenen Realität noch etwas anderes real ist.

Iris Murdoch

Um uns herum tobt die reale Welt. Und wir gehen ganz selbstverständlich davon aus, dass diese Welt für alle gleich ist, nämlich genauso, wie ich sie erlebe. Doch wie ich die Welt erlebe und wie meine Partnerin sie erlebt, unterscheidet sich. Wir werden im nächsten Kapitel noch sehen, wie grundlegend dieser Unterschied ist. An dieser Stelle reicht es, darauf zu schauen, wie unterschiedlich ein Paar die gleiche Situation erleben kann.

Silke sitzt mit Kopfhörern auf dem Sofa und guckt ihre Lieblingsserie. Henning setzt sich dazu, wartet einen Augenblick und fängt dann an, auf seinem Smartphone einige Apps einzurichten. Als sie ins Bett gehen, sagt er, wie enttäuscht er sei, dass sie gar nichts mit ihm gemeinsam machen wollte. Silke hört einen Vorwurf und ist nun ihrerseits enttäuscht. Denn sie fand es gerade toll, dass sie beisammen sein konnten und jeder seinem Vergnügen nachging. Dass Henning sie weiter ihre Serie sehen ließ, war für sie ein gutes Zeichen für die entspannte Stimmung in ihrer Beziehung. Aber jetzt fällt ihr gutes Gefühl in sich zusammen. Sie könnte sich jetzt verteidigen und ihm vorhalten, dass er ja hätte sagen können, was er gern wollte. Und Henning könnte Silke vorhalten, dass sie auf ihn hätte reagieren können, als er sich neben sie setzte. Doch glücklicherweise verfallen sie nicht in den Streit darüber, wer sich anders hätte verhalten können, den ja schon Kinder mit »Hätte, hätte Fahrradkette« beenden. Sie beherzigen die Macht der doppelten Wirklichkeit und können es dabei belassen, dass sie einander verfehlt haben. Weil eben ihre Wirklichkeit nicht seine war.

Die intuitive Annahme, es gebe nur eine – die gleiche –Realität für beide Partnerinnen, geht an der Realität vorbei. Jedes Mal, wenn wir miteinander darum ringen, wie es denn nun wirklich war, kommen wir der Wahrheit nicht näher, sondern verabschieden uns noch mehr aus der Wirklichkeit. Weil es nicht nur eine Wahrheit gibt, sondern eben eine doppelte Wirklichkeit. Aber es ist der absolute Lieblingssport zerstrittener Paare, um die eine wirkliche Wirklichkeit zu ringen. Damit verbringen sie einen Großteil ihrer Zeit. Selbst im Therapieraum raufen sie darum, ob er zuerst »Du kannst mich mal!« gesagt hat und sie ihn dann »Blödmann« genannt hat. Oder ob sie ihn erst »Blödmann« genannt hat und er dann »Du kannst mich mal!« gesagt hat. Wichtig ist doch nur, wie es jeder erlebt hat und dass man in der Gegenwart klärt, wie es gemeint war. Wie es genau war, könnten wir nur über ständige Videoaufzeichnungen klären. Viel Spaß dabei! Dann würden wir darüber streiten, ob schon deine Bemerkung aggressiv war oder erst meine, und wären kein Stück weiter. Zielführender ist es, die doppelte Wirklichkeit radikal anzuerkennen. Auch wenn das der Logik widerspricht, weil ja wohl tatsächlich einer erst dies und der andere dann das gesagt haben muss. Doch Auseinandersetzungen finden immer in unserer endlos kreisenden Kommunikation statt. Und weil deshalb immer schon alles im Gang ist, macht es keinen Sinn zu streiten, wer angefangen hat. Willkommen bei den Vierjährigen, für die das noch das Wichtigste ist. Aber die glauben auch noch an den Osterhasen.

Der Impuls, mit allem, was uns zur Verfügung steht, um die eine Wahrheit zu kämpfen, ist durchaus verständlich. Denn wenn wir uns nicht mehr darauf verlassen könnten, dass unsere Wahrnehmungen stimmen, hätten wir die Kontrolle über unser Leben verloren. »So war es nicht!«, »Das stimmt nicht, das habe ich so nicht gesagt!«, sind also Signale, dass wir auf doppelte Wirklichkeit umschalten müssen. Okay, so haben wir es gehört. Aber was geschah dann in jedem von uns und dadurch mit uns? Wenn wir das klären, können wir wieder zueinander finden.

Die doppelte Wirklichkeit anzuerkennen, ist unumgänglich für eine gute, gelingende Kommunikation. Wir leben als Liebespartner an verschiedenen Ufern unseres gemeinsamen Lebensflusses. Es ist sinnlos, darüber zu streiten, von welchem Ufer aus man den richtigen Blick auf den Flusslauf hat. In der Kommunikation geht es darum zu verstehen, wie die Welt aussieht, wenn man vom anderen Ufer auf sie blickt. Es fühlt sich gut an, so verstanden zu werden, wie wir uns selbst verstehen.

Verstehen ist wichtiger als verstanden werden

Dialog bedeutet, den anderen so zu begreifen, wie er sich selbst begreift.

Rémi Brague

Wenn wir miteinander kommunizieren, dann möchten wir verstanden werden. Und wenn wir uns nicht verstanden fühlen, wie es ja häufig in Partnerschaften geschieht, dann bemühen wir uns umso mehr, verstanden zu werden. So verständlich (!) das ist, führt es doch meist nur noch tiefer in die kommunikative Sackgasse. Der bessere Weg ist, dass wir versuchen, besser zu verstehen, was wir empfangen. Denn letztlich bestimmt immer der Empfänger die Kommunikation. Was er nicht aufnimmt, kommt nicht an. Da kann sich der Sender noch so abmühen.

Jenny kommt zu spät: »Sorry, ich bin durch meine Kollegin aufgehalten worden.«

Rina hat angespannt gewartet: »Du weißt schon, dass ich jetzt meinen Arzttermin verpassen werde? Verdammt nochmal! Du wolltest pünktlich da sein und mir das Auto geben.«

Jenny: »Ja, Mist, aber morgen ist Abgabe. Und es ist noch ein Fehler aufgefallen. Den musste ich korrigieren. Ich bin so schnell gekommen, wie ich konnte.«

Rina: »Weißt du, wie lange ich jetzt warten muss, bis ich den nächsten Termin bekomme?! Wahrscheinlich bin ich bis dahin tot. Ein einziges Mal brauche ich das Auto und …«

Jenny: »Echt, ich lasse dich doch nicht aus Spaß warten. Wenn der Bericht morgen nicht vorliegt, ist die Arbeit von drei Monaten für die Katz. Ich war so unter Druck …«

Rina: »Und was ist mit meinem Druck? Ich könnte durch die Decke gehen. Einmal brauche ich etwas, und natürlich werde ich hängen gelassen!«

Klar? Es ist gründlich schiefgegangen, und jetzt sind beide angespannt. Jenny fühlt sich schuldig und möchte Rinas Verständnis, dass sie sie nicht leichtfertig hat hängen lassen. Rina ist wütend und enttäuscht und möchte, dass Jenny spürt und versteht, wie tief sie getroffen ist. Beide ringen gleichzeitig um das Verständnis und die Zuwendung der anderen. Und entweder lenkt eine von ihnen ein und schaltet auf Verstehen um, oder die Situation eskaliert und endet darin, dass beide einsam werden, weil sie sich immer unverstandener fühlen und sich gegenseitig vorwerfen, egoistisch und rücksichtslos zu sein.

Solange beide nur versuchen, verstanden zu werden, ist niemand da, der versteht. Und wenn wir den Eindruck haben, dass unser Gegenüber gar nicht bereit ist zu verstehen, dann schützen und verschließen wir uns und sind nicht mehr bereit, etwas von uns zu zeigen. Eine Zeit lang wird die Lautstärke hochgefahren, und die Argumente werden härter, weil beide versuchen, den anderen zum Verstehen zu bewegen. Doch wenn es nur zwei Sender und keinen Empfänger gibt, fühlt es sich bald sinnlos an zu senden. Dann sagen die Partnerinnen: »Es macht doch überhaupt keinen Sinn mehr, noch irgendwas zu sagen.« Und großes Schweigen legt sich mehr und mehr wie eine Bleidecke auf die Beziehung.

Wenn wir umgekehrt beide auf Verstehen schalten, dann ergibt Senden wieder Sinn. Und wenn wir das Gefühl bekommen, verstanden zu werden, sind wir auch bereit zu verstehen. Unser Gespräch kann offener und verbindender werden. Sobald wir spüren, dass wir wie verrückt darum kämpfen, verstanden zu werden, sollten wir uns besinnen, stoppen und auf Verstehen schalten. Denn sonst enden wir in Alices Wunderland und folgen dem paradoxen Rat der Königin: »Hier musst du aus Leibeskräften rennen, um auf der Stelle zu bleiben.«

Im verzweifelten Versuch, verstanden zu werden, neigen wir zu merkwürdigem Verhalten. Insbesondere Männer versuchen nicht nur, sich selbst in aller Ausführlichkeit verständlich zu machen, sondern erklären gleich die ganze Welt und am besten auch noch die Psyche der Partnerin. »Mansplaining«. Das nervt. Insbesondere Frauen wiederum neigen zum Insistieren. Sie sagen das Gleiche wieder und wieder und wieder. In leichten Variationen oder mit einem weiteren Beispiel belegt. »Womansisting«. Nervt auch. Unser verzweifelter Wunsch, uns verständlich zu machen, ist verständlich. Aber die innere Haltung einzunehmen, verstehen zu wollen, ist eindeutig der Weg, der mehr Erfolg verspricht.

Reagieren, nicht reaktiv sein

Wenn wir reagieren, nehmen wir auf, sind empfänglich für Botschaften. Wir klären ab, was wir nicht verstanden haben, und fragen nach. Wenn wir reaktiv sind, kontern wir nur. Im Reagieren denken wir nach, antworten bewusst. Reaktiv platzt nur unser Gefühl aus uns heraus. »Mit« oder »gegen«, das ist der Unterschied. Wenn wir reaktiv sind, gehen wir sofort gegen den anderen an. Als hätten wir eine Ohrfeige bekommen und würden, ohne nachzudenken, sofort zurückschlagen. Wenn wir ein Geschenk bekommen, ist eine spontane Gefühlsreaktion großartig. Aber sobald wir etwas klären wollen, brauchen wir auch Abstand zu unseren Gefühlen, um mit ihnen umgehen zu können.

Susanne und Michael versuchen, ihren Streit vom Vortag zu klären. »Du warst gleich so aufbrausend!«, sagt Susanne.

Und Michael antwortet: »Aufbrausend? Ich war überhaupt nicht aufbrausend! Ich habe dich ganz ruhig gefragt, ob du noch ein Glas Wein möchtest. Du warst heftig!« Das ist natürlich aufbrausend. Und reaktiv. Michael hört einen Vorwurf und wehrt ihn sofort ab. Er fragt nicht, was Susanne als »aufbrausend« wahrgenommen hat, und schon gar nicht, was das in ihr ausgelöst, mit ihr gemacht hat. Wenn wir reaktiv sind, ist häufig unser »inneres Kind« mit im Spiel. Oder anders ausgedrückt, es wird eine »wunde Stelle« in uns berührt. Und dann reagieren wir genauso, als würde jemand auf eine wunde Stelle an unserem Körper fassen: schnell, heftig, unkontrolliert und vor allem abwehrend. Niemand soll uns dort berühren.

Michael wurde getadelt, wenn seine Eltern ihn »aufbrausend« fanden, also vermutlich, wenn er einfach laut und emotional war. Was seine sehr angepassten Eltern nicht ertrugen. Er wehrt sich dagegen, wieder in diese Gefühle zu kommen, aber sie haben längst von ihm Besitz ergriffen. Es ist nicht zu vermeiden, dass wir alte Verletzungen als wunde Stellen fühlen. Aber wir können uns natürlich das fragen, was uns auch unsere Partnerin fragt: »Wieso gehst du denn gleich hoch? Wieso regst du dich so auf?« Nein, der Grund ist meistens nicht, dass unsere Partnerin so nervig ist. Der Grund liegt in uns. Unsere heftigen Reaktionen verraten uns das. Auch wenn wir nicht gleich dahinterkommen, was da in uns getriggert ist. Wenn wir uns bremsen, innehalten, uns unserer selbst bewusst werden und nochmal neu und langsam wieder von vorne beginnen, sind wir auf jeden Fall auf dem sinnvolleren Weg.

Je intimer und bedeutender unsere Gespräche sind, desto wichtiger ist es, dass wir Distanz zum Gesagten halten oder die Distanz wiederfinden. Erst mal anhören, was der andere sagt. Versuchen, es zu verstehen. Und Unklarheiten auflösen, statt gleich aus dem Bauch heraus loszupoltern. Nehmen wir auf, was die Partnerin gesagt hat, oder schießen wir zurück, dass sie sich doch genauso verhalte? So wie Michael es tat. »Okay, ich bin ironisch, aber wer lacht sich denn schief, wenn mir mal was misslingt? Doch du!« Das ist »Whataboutism«: das reaktive »und was ist damit? … «. In der Partnerschaft wird daraus: »Das machst du doch auch!« und »Du machst doch noch schlimmere Dinge«. Wodurch wir schnell von uns weggehen und die Partnerin attackieren, weil wir uns schmerzhaft angegriffen fühlen. Meistens schießen in solchen Situationen unsere Gefühle hoch. Das ist okay. Wichtig ist, dass wir lernen, das zu bemerken. Und wir, statt uns mitreißen zu lassen, wieder zu uns finden und nochmal auf die ganze Situation schauen. Worum ging es uns, als das Gespräch begann? Worum geht es uns jetzt? Dass wir aus dem schnellen Hin und Her, dem schnellen Reagieren aussteigen und innehalten lernen, um dann neu anzusetzen. Damit wir nicht unserem ersten emotionalen Impuls zum Opfer fallen. Wir werden diesen Punkt noch einige Male betrachten.

Verstehen heißt nicht, einverstanden zu sein

Wenn wir einverstanden sind, dann stimmen wir überein, dann sind wir uns einig. Wenn wir verstehen, vollziehen wir nach, was die andere erlebt. Wir stellen uns in ihre Schuhe und schauen aus ihrer Perspektive auf die Welt. Wir kennen es als das Gefühl: »Ah, so siehst du das?« Ein leicht verständlicher Unterschied. Doch Paare verwechseln Verstehen und Verständnis ständig. Sie vergessen, dass Verstehen nicht voraussetzt, einverstanden zu sein. Der Satz, der dann meistens fällt, lautet: »Ich verstehe nicht, wie du so sein kannst.«

Ronald schäumt, als er über ihren Restaurantbesuch spricht. Alles schien gut und lecker, aber dann fühlte er sich urplötzlich von seiner Frau angegriffen, weil sie gekränkt war, dass seine Aufmerksamkeit mehr der hübschen Frau am Nebentisch galt als ihr. Sie bekamen Streit und verbrachten den restlichen Abend höflich distanziert und zumeist schweigend. »Ich kann nicht verstehen, wieso du völlig ausflippst, nur weil ich mal die Frau am Nebentisch anschaue. Ja, sie war attraktiv! Na, wenn schon! Soll ich mir die Augen verbinden, wenn wir zum Essen gehen? Oder den Kellner bitten, alle attraktiven Frauen aus dem Restaurant zu entfernen? Ich kann einfach nicht verstehen, was dann mit dir los ist.«

Doch Ronald, das kannst du. Wenn du innerlich ein wenig Abstand nimmst und Verstehen und Einverstandensein nicht so heillos durcheinanderwirbelst. Du bist nicht damit einverstanden, wie sie dich sieht. Ihr Misstrauen kränkt dich. Das negative Bild von dir, das du aus ihrer Bemerkung heraushörst, verletzt dich. Du wehrst dich, denn du möchtest liebenswert für sie sein, oder fühlst dich schuldig und ertappt. Wenn du sagst: »Ich kann nicht verstehen, wie …«, dann hast du recht, aber anders, als du es meinst. Du bist so aufgebracht, es ist so viel in dir los, dass du gar nicht auf deine Frau eingehen kannst. Du sagst im Grunde: »Meine Gefühle sind zu stark. Ich kann mich nicht auf dein Erleben einlassen.« Doch statt ihr zu sagen, dass du sie nicht verstehen kannst, bleib doch lieber bei dir und hilf ihr – aber auch dir selbst – zu verstehen, was gerade in dir vorgeht.

»Ich will unseren Urlaub nicht wieder am Meer verbringen. Der Urlaub im letzten Jahr hat uns nicht gutgetan. Du warst den ganzen Tag auf dem Meer und bist gesurft. Und ich saß doof am Strand rum und habe auf dich gewartet. Aber das war dir ja nicht wichtig«, sagt Katja zu Oliver. Der ist weder damit einverstanden, dass Katja ihm nicht wichtig ist, noch dass er den ganzen Tag gesurft wäre, noch dass der Urlaub nicht gut war. Und schon gar nicht damit, dass Katja nicht wieder ans Meer fahren will. Doch wenn Katja nicht das Gefühl bekommt, dass er sie versteht, kann er den Urlaub am Meer knicken. Nur wenn Katja sich verstanden fühlt, ist sie möglicherweise bereit, noch einmal gemeinsam darüber nachzudenken. Weil sie dann hoffen kann, dass Oliver auch ihre Bedürfnisse stärker berücksichtigt.

Aber wir können unsere Partnerin verstehen, ohne einverstanden zu sein. Wir können die Sicht der anderen einnehmen und nachvollziehen, wieso sie so reagiert haben, wie sie reagiert haben. Wir können immer nachvollziehen, wie unsere Partnerin uns sieht oder wie sie eine Situation erlebt hat, selbst wenn ihre Wahrnehmung unserer eigenen völlig widerspricht. Denken Sie in solchen Augenblicken an die Ablage auf Ihrem Computerbildschirm. Verschieben Sie Ihre Sicht der Dinge dorthin, und speichern Sie sie dort. Sie können sie jederzeit wieder aufrufen. Aber erst nachdem Sie sich die Mühe gemacht haben, die Welt aus der Perspektive Ihrer Partnerin zu sehen. Wenn Ihre Partnerin sich verstanden fühlt, dann ist auch Raum für Ihr eigenes Erleben. Gegenseitiges Unverständnis führt zu mehr Unverständnis. Verstanden zu werden aber erhöht unsere Bereitschaft, den anderen zu verstehen. Der Konfliktforscher Anatol Rapoport hat eine Richtlinie für schwierige Verhandlungen entworfen, an der man sich gut orientieren kann: Versuche deinen Partner nicht zu überzeugen, Probleme zu lösen oder Kompromisse einzugehen, bevor du nicht in der Lage bist, die Position des anderen zu dessen Zufriedenheit zu verstehen.[13]

Verantwortung für das Gelingen der Kommunikation

Ein Gespräch, das ist wie Tennisspielen mit einem Ball aus Knetgummi, der in immer wieder veränderter Form übers Netz geflogen kommt.

David Lodge

Viele Paare sagen nach ein paar Sitzungen Paartherapie: »Hier sprechen wir, aber zu Hause reden wir gar nicht miteinander.« Was nicht daran liegt, dass ich so ein angenehmer Gesprächspartner bin. (Obwohl ich natürlich zutiefst davon überzeugt bin, es zu sein …) Es liegt daran, dass sich die meisten Paare im Therapieraum mehr Mühe geben. »Sie sollten ihn mal zu Hause erleben. Hier ist er ja ganz handzahm.« Sie lassen sich nicht so gehen. Sie achten mehr darauf, was sie sagen und wie sie es sagen. Sie vermeiden es, einander zu verletzen, und halten das Gespräch aufrecht. Kurz, sie übernehmen Verantwortung für den Gesprächsverlauf. So kommunizieren wir natürlich besser: Wenn wir darauf achten, ob sich unsere Gesprächspartnerin noch wohlfühlt oder schon Anzeichen von Desinteresse oder Betroffenheit zeigt. Sprechen wir überhaupt noch über unser ursprüngliches Anliegen, oder sind wir abgeschweift? In jeder Teams-Sitzung oder am Smartphone sorgen wir für eine stabile Verbindung. Doch unsere Paargespräche betrachten wir selbst dann noch als Selbstgänger, wenn sie schon eher Blindgänger sind, die uns unkontrolliert um die Ohren fliegen. Ein Paargespräch ist keine U-Bahn-Fahrt, auf der wir uns einfach auf den Sitz plumpsen lassen können. Wir sind die Fahrer und müssen darauf achten, nicht vom gemeinsamen Weg abzukommen.

Natürlich möchten wir nicht jedes Gespräch kontrollieren. Aber die Erfahrung zeigt, dass sich jedes harmlose Alltagsgeplänkel in einen Beziehungskiller verwandeln kann. Gerade quatschten wir noch entspannt, fröhlich, ja, sogar hitzig und überdreht miteinander, und alles war gut. Aber plötzlich steigt die Spannung. Es gibt eine Störung. Und eine sinnvolle Regel sagt: Störungen haben Vorrang. Also gehen wir darauf ein, klären es. War es nur unsere Wahrnehmung? Wir können niemals davon ausgehen, dass wir einander selbstverständlich richtig verstehen. Nein, eher im Gegenteil. Mit größerer Wahrscheinlichkeit missverstehen wir uns, also fragen wir lieber nach. Häufig sagen wir in solchen Situationen: »Ja, das verstehe ich!« Das klingt so schön verständnisvoll, sagt aber weniger als gar nichts. Weder weiß die Sprechende, ob ihre Botschaft richtig angekommen ist, noch die Zuhörende, ob sie sie tatsächlich richtig verstanden hat. *Dass* wir sie verstanden haben, ist also eine leere, sinnlose Rückmeldung. Die meisten Botschaften gehen zwischen Empfänger und Sender verloren, oder ihr Sinn wird verdreht. So wie beim Kinderspiel »Stille Post«. Deshalb ist es nur sinnvoll, wenn wir unserer Liebsten schildern, *wie* wir sie verstanden haben. Dann hat sie Gewissheit oder kann uns korrigieren.

In Paargesprächen wird sehr oft nur gehört, was erwartet wird. Howard erklärt seinem Partner, wie es dazu kam, dass er unaufmerksam war, und sagt, dass es ihm leidtut. Sein Partner hört jedoch nur die Erklärung, nicht Howards Bedauern. Das geschieht selbst in Kommunikationsübungen, wo es genau darum geht, aufmerksam zuzuhören. Wenn wir glauben, dass unser Partner rechthaberisch ist und seine Fehler nicht zugibt, überhören wir leicht, was nicht zu unserem Urteil passt. Wir überhören selbst sein Mitgefühl, nach dem wir uns doch so sehnen.

Die Verantwortung für unsere Kommunikation zu übernehmen bedeutet, im Gespräch unsere eigene Supervisorin zu sein. Mit einem Teil von uns schauen wir wie von außen auf unseren Dialog. Sind wir noch in Verbindung, sprechen wir noch über das, was wir klären wollten, geben wir einander den Raum, alles auszusprechen? Führen wir noch unser Gespräch, oder führt das Gespräch längst uns? Wir können immer mal innehalten, tief durchatmen, unseren Dialog wie von außen betrachten. Manchmal hilft es, uns körperlich zurückzulehnen oder uns anders hinzusetzen, um die Trance aufzulösen, in die wir geraten sind.

Zur kommunikativen Verantwortung gehört es aber auch, Dinge anzusprechen, wenn sie für uns auftauchen. Und sie nicht auf den Sankt-Nimmerleins-Tag zu verschieben. Fall es kein großes Problem ist, wird es sich leicht klären lassen. Wenn es ein schwieriges Thema ist, wird es durch Aufschieben garantiert nicht besser. Und machen Sie es sich zur Regel, Ihren Herzensmenschen zu fragen, bevor Sie sich fragen. Lothar kommt von der Arbeit und sagt, er wolle jetzt kochen. Michaela nickt, geht in den Garten und zupft Unkraut. Lothar fragt sich, wieso sie nicht in der Küche bleibt, und folgert messerscharf, aber falsch, dass sie wohl keinen Bock auf ihn hat. Am Esstisch ist er schweigsam, bis Michaela fragt, ob irgendetwas sei. Erst dann erfährt er, dass sie überhaupt nichts gegen ihn hatte, sondern nur die Zeit im Garten nutzen wollte, weil sie schon den ganzen Tag nicht dazu gekommen war. In jeder Beziehung ist Fragenstellen wie Goldwaschen. Als Psychotherapeut lebe ich davon. Denn natürlich haben Psychotherapeutinnen auch ständig Annahmen. Aber wir bleiben nicht bei unseren Annahmen, sondern fragen nach, um die innere Welt unserer Klientinnen angemessen verstehen zu können.

Vermeidbare Kommunikationsfehler

Es gibt einige handfeste Kommunikationsregeln, von denen ich annehme und hoffe, dass Sie sie längst beherzigen. Ich erlebe ständig Paare im Gespräch und halte die Luft an, wenn ein Partner schräg kommuniziert. Ich weiß dann, jetzt geht es schief. Und fast immer geht es schief. Kommunikationsfehler wirken zuverlässig, sind aber relativ einfach zu vermeiden. Sofern wir die Kommunikationsregeln beherzigen. Doch wir sollten nicht glauben, dass wir sie erst dann anwenden müssen, wenn wir sie im Streit brauchen. Im Streit sind alle Regeln vergessen. Dann laufen wir auf Autopilot. Sinnvolle Kommunikation müssen wir üben. Sie muss einprogrammiert sein. Die Programmiererinnen sind natürlich wir selbst.

Ich und *du*. Sprechen Sie von sich und nicht über den anderen. Hören Sie sich »ich« sagen und nicht »du«. Sagen Sie nicht »man«, wenn Sie »ich« meinen. »Man« distanziert Sie von Ihren eigenen Gefühlen. Und bewirkt, dass Ihr Gesprächspartner weniger aufmerksam ist.

Starten 1. Beschreiben Sie, was Sie erlebt haben, statt mit Vorwürfen oder Schuldzuweisungen zu starten. Durch Vorwürfe, Schuldzuweisungen und Anweisungen gerät unser Partner leicht in die Kinderrolle. Er fühlt sich klein. Dagegen wehrt er sich oder er verstummt. Die Kommunikation scheitert, bevor sie begonnen hat.

Starten 2. Beginnen Sie jedes Gespräch sanft. Wer heftig startet, verliert sein Gegenüber, bevor er es gefunden hat. »Ich habe so die Schnauze voll«, »Du bist so ein riesengroßes …« Sie könnten auch gleich sagen: »Lass uns bloß nicht reden!«

Verallgemeinern. Vermeiden Sie Verallgemeinerungen! *»Nie«* und *»immer«* stimmen nie. Damit boykottieren Sie Ihr eigenes Anliegen. Wenn wir hören, dass wir *immer* hektisch sind oder *niemals* freundlich, spüren wir sofort, dass das nicht stimmt. Und bekommen den fast unbezähmbaren Impuls, uns dagegen zu wehren. Achten Sie einmal darauf.

Konkret und *spezifisch.* Bleiben Sie immer spezifisch und konkret. Beschreiben Sie, was ein konkretes Verhalten in einer konkreten Situation in Ihnen ausgelöst hat. Interpretieren Sie nicht, was in Ihrer Partnerin vorgegangen sein könnte. Beschreiben Sie, was Sie sie haben sagen hören und machen sehen. Bleiben Sie bei einem Thema, verallgemeinern Sie nicht, und eröffnen Sie nicht gleich noch andere Beziehungsbaustellen. Versuchen Sie sich nicht als Psychoanalytikerin.

Positiv ausgleichen. Kritik zu äußern ist stets problematisch, denn unsere Liebsten fühlen sich entwertet. Wenn wir unbedingt etwas kritisch anmerken wollen, dann immer erst das Positive suchen und es nicht weglassen. »Ich mag deine zupackende Art. Doch gestern fühlte ich mich von dir überrannt.« Das verhindert, dass die Kritik als allumfassende Ablehnung erlebt wird. Weil das zuletzt Gesagte die größte Wirkung hat, ist es klug, auch mit etwas positiv Anerkennendem zu enden.

Aber. Sieht wie ein unschuldiges kleines Wort aus, hat aber vernichtende Wirkung. Meistens liegt es uns auf der Zunge, bevor unsere Partnerin überhaupt ihren Satz beendet hat. »Aber« ist eine Mauer. Wir bauen Fronten auf, wo wir Verständnis suchen.

Fragen. Stellen Sie Fragen. Fragen öffnen die Türen zueinander. Unser Gehirn will uns immer schützen, wir ordnen deshalb schnell ein, interpretieren. Das können wir nicht verhindern. Aber wir können offene, interessierte Fragen stellen, in denen unsere Annahmen nicht enthalten sind. Nicht: »Und jetzt bist du wohl voll genervt von mir!«, sondern: »Was ist gerade passiert?«

Vergleiche. Vergleiche gehen immer schief. »Ich würde mich nie so verhalten, wie du dich verhalten hast!« Schon möglich, aber tut nichts zur Sache. Wir sagen damit nur: Ich bin okay – du bist nicht okay. Und dagegen wehrt sich unsere Partnerin augenblicklich. Außerdem ist vergleichen sinnlos, auch wenn in der Leistungsgesellschaft und im Sport ständig verglichen wird. Ich bin nicht du. Ziehen Sie auch keine Vergleiche mit anderen heran. Die Partnerin des Freundes ist viel toleranter? Das baut Druck auf. Druck erzeugt nur Gegendruck. Ebenso wenn Sie mit anderen argumentieren: »Peter sagt auch …«, »Deine Schwester findet ebenfalls, dass …« oder gleich das familienvergiftende: »Die Kinder sagen auch …!« An fiktiver Übermacht scheitern Gespräche.

Einigkeit. Sie haben sich ausgetauscht, miteinander verhandelt, sich abgestimmt, etwas besprochen. Das gute Gefühl, sich verbunden zu fühlen, verführt dazu zu denken, man sei sich einig. Aber besprochen ist nicht entschieden. Klären Sie mit Ihrem Partner, bevor Sie anfangen zu bohren, ob Sie wirklich eine gemeinsame Entscheidung über die Badezimmerbeleuchtung getroffen haben.

Wir können eine Liebesbeziehung als Kommunikation verstehen, als spezifisch geregelte Kommunikationsakte oder einfach als jenes in sich kreisende Geschehen, das zwischen den Partnern geschieht. Aber eines ist nicht zu leugnen: Liebe braucht (gute) Kommunikation.

Konfliktfähigkeit

Was immer es ist, ich bin dagegen.

Groucho Marx

Am liebsten wäre es den meisten Menschen, wenn sie gar keine Konflikte hätten. Konflikte in Paaren bekommen schnell die Bedeutung, dass etwas nicht stimmt, dass die Beziehung nicht gut läuft. Aber Konflikte sind nicht nur notwendig und unumgänglich. Konflikte sind wichtig. Denn ohne Konflikte fehlen Erfahrungen, die entscheidend für unsere psychische Stabilität sind.

Reparieren

Als ich mir zum ersten Mal ein Video eines »Meisterpaares« anschaute, noch auf einer VHS-Kassette, war ich irritiert. Ich sah, wie ein mittelaltes Paar einen langen kichernden Dialog führte. Sie gluckten und lachten während des gesamten Gesprächs, wobei das, was sie besprachen, durchaus ernst war. Der Paarforscher John Gottman hatte ihr Gespräch aufgezeichnet, weil sie in seinen Untersuchungen eines der »Mastercouples« waren. Verglichen mit anderen führten diese Master-Paare deutlich bessere, befriedigendere Beziehungen. In ihren Gesprächen korrigierten sie augenblicklich jede Irritation, die sie beim anderen wahrnahmen. Sie bereinigten mögliche Missverständnisse und versicherten sich immer wieder, ob sich ihr Partner noch wohlfühlte. Oft lustig, manchmal ein wenig neckend, aber immer liebevoll oder humorvoll vorgebracht. Sie achteten nicht nur auf den Inhalt ihres Gesprächs, sondern noch mehr darauf, wie und ob es für sie beide gut lief. Sie verhielten sich wie die Bewohner eines Hauses, die dort nicht nur leben, essen, spielen, schlafen und kuscheln, sondern die darauf achten, das Haus ständig in einem guten Zustand zu halten. Indem sie kleine Schäden ausbessern, Ordnung halten, Risse sofort kitten und, wenn nötig, gleich streichen und verputzen.

Dem Entwicklungspsychologen Ed Tronick von der Harvard Medical School sind Sie als Leserin dieses Buches schon im Still-face-Experiment begegnet. Von diesen Experimenten ausgehend, erforschte Tronick die Mutter-Kind-Interaktionen weiter und kam zu einer erstaunlichen Einsicht: Konflikte sind nicht nur unvermeidbar, Konflikte sind notwendig und wichtig. Denn nur über Konflikte lernen wir Vertrauen in Beziehungen. Rund 70 Prozent der Mutter-Kind-Kommunikation scheitert zunächst. Die Mutter weiß nicht, was das Kind ihr mitteilt. Sie versteht es falsch. Sie reagiert nicht angemessen auf die kindlichen Signale. Mutter und Kind finden nicht zueinander. Und jetzt fällt die Entscheidung: Werden Nichtverstehen und Missverständnis aufgelöst oder nicht? Bleibt die Mutter dran, bis sie die fehlerhafte Kommunikation zwischen sich und ihrem Kind »repariert« und das Kind verstanden hat? Oder resigniert sie und lässt die gescheiterte Kommunikation bestehen? Oder, das ist die dritte Möglichkeit, macht sie sich ihren eigenen Reim darauf und stülpt dem Kind ihr Verständnis über? Dann bekommen Kinder, denen es auf ihrem Stühlchen zu eng und langweilig wird, nochmal etwas zu essen, obwohl sie gar keinen Hunger mehr haben.

»Wir kamen zu der Erkenntnis, dass Reparieren der entscheidende Aspekt menschlicher Interaktionen ist. Reparieren erzeugt ein Gefühl von Freude, Vertrauen und Sicherheit, das unausgesprochene Wissen, dass ich Schwierigkeiten überwinden kann. Und das ist nicht alles, durch Reparieren lernen wir eine entscheidende Lektion: Das negative Gefühl, das eine scheiternde Kommunikation erzeugt, verwandelt sich in ein positives Gefühl, wenn uns die Verständigung doch noch gelingt. Wir müssen nicht in negativen Gefühlen steckenbleiben. Die innere Überzeugung, ob wir unseren emotionalen Zustand verändern können oder nicht, entwickelt sich in den frühesten Interaktionen eines Kindes.«[14] Menschen, die als Kinder immer und immer wieder mit ihren Bezugspersonen erlebt haben, dass die Kommunikation und damit die Beziehung zueinander repariert werden konnte, sind resilienter. Sie kommen in ihrem späteren Leben und in ihren Partnerschaften besser zurecht. Denn sie tragen das unbewusste Wissen in sich, dass sich schwierige Situationen auflösen lassen. Sie leben mit der unbewussten Zuversicht, dass Probleme lösbar und Hindernisse überwindbar sind. Sie sind konfliktfähig, weil sie keine Angst vor den Auswirkungen eines Konfliktes haben. Nicht jeder von uns hat als Kind erfahren können, dass negative Gefühle auflösbar sind, dass Auseinandersetzungen zu einem guten Ende kommen können. Aber diese Erfahrung können wir in unseren Liebesbeziehungen nachholen.

Dazu brauchen wir den Express-Reparatur-Dienst für Liebesbeziehungen. Angenommen, es gibt ständig kleine Missverständnisse und Unachtsamkeiten im Miteinander. Dann können wir die Liebe stärken, indem wir gleich reparieren. Wir klären die kleinen Irritationen in unserer Verbindung, bevor daraus eine größere Störung entsteht. Wenn wir leichte Spannungen und Gereiztheit nicht ignorieren, verhindern wir, dass daraus endloser Ärger, tiefer Frust oder bodenlose Enttäuschungen erwachsen. Achten wir auf die kleinen Falten, die sich zwischen den Augenbrauen unserer Partnerin bilden, und versuchen wir, ihren Unmut gleich zu klären? Sprechen wir den Ärger sofort an, den wir in der Reaktion des Partners zu hören glauben? Und nehmen wir umgekehrt die Frage der Partnerin ernst und antworten ihr ehrlich? Sprechen wir an, dass wir glauben, falsch verstanden worden zu sein? Holen wir uns eine Rückmeldung, sobald wir unsicher sind, und fragen nach, ob es so gemeint war, wie wir es gehört haben? Je schneller wir reparieren, desto einfacher die Reparatur. Ein kleiner Riss ist leicht zu schließen. Ist das Gewebe der Beziehung erst einmal tiefer eingerissen, wird es immer schwieriger, es wiederherzustellen. Wir können so achtsam und unmittelbar auf die Signale unserer Liebsten reagieren, dass Kränkungen und Ärger in den meisten Situationen gleich wieder aufgehoben werden. »Ich glaube, du hast mich missverstanden« ist ein Reparaturversuch, »Wirklich, ich habe es nicht so gemeint« die Aufforderung, gemeinsam einen Riss zu kitten. Wir sind in unserem Leben als Paar ständig damit beschäftigt und dazu herausgefordert, reparieren zu müssen. Wie gut wir darin sind, entscheidet über unsere Beziehung. Aber wir brauchen auch Strategien und Verhaltensweisen, um bei strittigen Themen in der Klärung zu bleiben und gemeinsam einen Weg zu finden. Denn anders als in der Mutter-Kind-Interaktion sorgt ja nicht eine Seite, die Mutter, für die »Reparatur«. Sondern wir müssen uns als Paar erarbeiten, dass wir in schwierigen Situationen im Kontakt bleiben und gemeinsam aufdröseln und verstehen, was gerade geschieht.

Häufig sitze ich Paaren gegenüber, denen gerade eine große Reparatur gelungen ist. Sie haben eine alte Verletzung geheilt, konnten begreifen, in welchem Kreislauf sie stecken, oder fühlten sich vom Partner verstanden. Sie sehen sich erleichtert an. Doch dann wenden sie sich wieder mir zu und fragen: »Was müssen wir denn machen, dass es gar nicht wieder zu solchen Problemen kommt? Wie können wir verhindern, dass wir uns wieder so miteinander verhaken?« »Suchen Sie sich einen anderen Therapeuten!«, sage ich dann. »Vielleicht finden Sie jemanden, der Ihnen das beibringen kann. Ich kann es nicht. Ich glaube nicht daran, dass Paare alles richtig machen können. Ich glaube auch nicht, dass das Ihr Ziel sein sollte. Das Leben ist zu komplex, und gerade in Beziehungen geschieht viel Murks. Aber Sie können lernen, Ihre Beziehung immer wieder zu reparieren.«

Wir können keine perfekten Partnerinnen sein. Aber wir können Partnerinnen sein, die »gut genug« sind, um die berühmte Formulierung des Psychoanalytikers Donald Winnicott zu benutzen. Er sagte, dass es keine gute Mutter gebe, aber dass die meisten Mütter »gut genug« für ihre Kinder seien. Als Partner sind die meisten von uns gut genug, wenn wir Konflikte nicht vermeiden und lernen zu reparieren. Der Versuch, perfekt und konfliktfrei miteinander zu leben, ist vergebliche Liebesmüh und folgt der Illusion der großen Liebe. In Beziehungen machen wir es gut, wenn wir lernen, es wiedergutzumachen.

Konflikte sind unumgänglich

Eine friedliche Beziehung mit einer guten gleichzusetzen und eine konfliktreiche mit einer schlechten Beziehung ist großer Unsinn. Im Gegenteil. Harmoniesucht ist der Todfeind aller notwendigen Klärungen, sie lässt Beziehungen scheitern. Es gibt Paare, die zufrieden leben, obwohl sie selten oder nie streiten. Sie kehren alle Konflikte unter den Teppich. Solange sich beide darüber einig sind, kommen sie erst mal zurecht. Aber es ist auch klar, dass sie sich auf so einem Teppich nicht frei bewegen können. Andere betonen einseitig das Positive, das sie verbindet. Doch miteinander Liebsein ist keine Liebe. Und Gefühle zu unterdrücken geht meistens nicht lange gut und kann zu psychischen oder psychosomatischen Beschwerden führen. Wieder andere tragen ihre Konflikte nicht wirklich aus, weil sie sich stattdessen trennen und dann wieder versöhnen. Und manche Paare nähern sich einander nie an, sodass Dauerzwist sie auf eine ungute Art aneinander bindet.

Sobald Paare eine Paartherapie aufsuchen, stellt sich fast immer heraus, dass fehlende Konfliktfähigkeit ein wesentlicher Grund für ihre Probleme ist. »Denn wer es nicht kennt, aus dem Missverstehen zur Reparatur zu gelangen, von unverbunden zu verbunden, von allein sein zu zusammen sein, der bleibt leicht im Augenblick stecken [...]. Das Gefühl ist dann, es wird sich nie verändern. Der

Augenblick wird zur Ewigkeit, dem Kern von Hoffnungslosigkeit«, schreiben Ed Tronick und Claudia Gold.[15] Eine Paartherapie ist dann der letzte Versuch, an den mindestens ein Partner auch nicht mehr wirklich glaubt. Konflikte sind nicht nur unumgänglich, wir brauchen sie. Wenn wir Probleme in der Beziehung haben, »suchen wir nach schnellen Lösungen, um aus dem Tief herauszukommen. Aber wenn wir nicht nur kurzfristig denken, dann sollten wir das Gegenteil machen«, so Tronick und Gold.[16] Wir müssen uns auseinandersetzen und in endlos vielen kleinen Schritten neue Interaktionen lernen, einen anderen Sinn erkennen und immer wieder unser gegenseitiges Missverstehen reparieren. Und in diesem Erleben unsere Zuversicht in uns als Paar stärken. Dazu brauchen wir unsere Konflikte.

Die Konfliktkultur

Julia und Markus stecken schon ein paar Jahre in einer Beziehungskrise. Aber erst als der Auszug ihres jüngsten Sohnes bevorsteht, wird ihnen deutlich, wie tief ihre Krise ist. Julia ist häufiger krank, und sie spürt, dass sie so nicht weiterleben will. Sie fühlt sich nicht mal mehr mit ihren Freunden gut, weil sie auch dort ihre Beziehungsprobleme nicht einbringen mag. Julia kennt aus ihrer Familie den unversöhnlichen Dauerstreit zwischen den Eltern, der sich auch auf sie und ihre Geschwister übertrug. Sie ist fest entschlossen, eine harmonischere Beziehung zu führen als ihre Eltern. Eine Entscheidung, die sie seit ihrer Kindheit in sich trägt. Sie ist »Gutemiene«. Ihre Unzufriedenheit äußert sie gar nicht oder so vorsichtig, dass sie für Markus schwer zu verstehen ist. Denn Julia kritisiert sich selbst dafür, überhaupt unzufrieden zu sein. In Markus' Familie wurde dagegen nie gestritten. Man war sachlich, diskutierte, war vernünftig, und alles andere regelte der Vater durch Lob und Anerkennung oder den Entzug von Anerkennung. Markus machen Konflikte deshalb Angst. Er vermeidet es, Dinge anzusprechen. Er setzt darauf, dass sich schon alles regelt, wenn man nur freundlich und einvernehmlich miteinander bleibt. Julia und Markus nahmen über Jahre Rücksicht aufeinander und vermieden Konflikte. Aber dann hat ihre Tochter große psychische Probleme bekommen, und Julia fühlt sich damit von Markus alleingelassen. Sie ist tief enttäuscht von ihm, wagt es aber nicht, lautstark seine Unterstützung einzufordern. Stattdessen zieht sie sich noch weiter in sich zurück, und Markus leidet still darunter, dass sie emotional und sexuell zu ihm auf Distanz geht. Seine Strategie, Nähe über einen schönen Urlaub oder gemeinsame Kino- und Konzertabende herzustellen, verpufft jetzt wirkungslos. Weil sie nie eine Konfliktkultur entwickelt haben, steht ihre Ehe vor dem Aus. Tod durch Konfliktlosigkeit.

Ein Paar braucht eine Konfliktkultur. Sie ist das Sicherheitsnetz für unsere Liebesbeziehungen. Wir müssen lernen, uns aus-einander-zu-setzen, Unstimmigkeiten zu klären, für unsere Bedürfnisse einzutreten und Abmachungen auszuhandeln. Wir brauchen eine Konfliktkultur, bevor wir in wirklich schwierige Konflikte miteinander geraten. Bevor ein riesiger Streit über die Kindererziehung ausbricht oder einer von uns fremdgeht. Unsere Liebesbeziehung ist der Ort, an dem wir uns selbst am intensivsten begegnen – in der Auseinandersetzung mit unseren Partnerinnen. Wir haben Einsichten, wir lernen. Eine Liebesbeziehung ist eine Entdeckungsreise, die uns offensteht. Allerdings nur dann, wenn wir eine Konfliktkultur entwickeln, in der wir uns nicht nur endlos wehren, sondern offen bleiben für die Ansichten des anderen. Wenn wir zuversichtlich sind, gehört zu werden, bringen wir uns anders ein, als wenn wir fürchten, ohnehin zurückgewiesen oder gar angegriffen zu werden.

Wenn wir uns nur fetzen und wie zwei Vulkane voreinander hocken, ist es zu spät, um Konfliktfähigkeit zu entwickeln. Wenn unser Schiff schon sinkt, ist es zu spät, um Rettungsboote zu bauen.

Wie das Meiste im Leben, müssen wir auch Konfliktfähigkeit üben. Übung macht das Meisterpaar. Und wir üben am besten an den kleinen Unstimmigkeiten des Alltags. Indem wir sie nicht übergehen, sondern ansprechen. Wir haben ihm sein Lieblingsessen gekocht, und er ist geschafft vom Job und stopft es wortlos in sich rein. Wir erzählen Freunden von unserem Urlaub, und nach zwei Sätzen fällt unsere Liebste uns ins Wort und erzählt, was wir erzählen wollten. Fertigkeiten, die wir in solchen Alltags-Auseinandersetzungen entwickeln, ergeben eine erfolgreiche Konfliktkultur, die dann immer weiterwachsen kann.

Der erste Schritt ist immer, einen Konflikt zu riskieren. Wenn wir davor Angst haben, ist es wie ein Kopfsprung in unbekannte Gewässer. Was ja auch keine gute Idee ist. Also sollten wir lieber vorsichtig eintauchen, erst nur die Füße, dann bis zu den Knien und uns schließlich immer weiter ins Wasser vorwagen. Eine Auseinandersetzung zu riskieren, bedeutet nicht, gleich zum feuerspeienden Monster zu mutieren und mit der Faust auf den Tisch zu hauen. Sondern Dinge frühzeitig anzusprechen. Gerade solange wir es noch nicht »so schlimm« finden, aber schon Angst haben, dass der Partner ärgerlich werden könnte. Der Weg ist, genau diese Angst zu äußern. Wir werden konfliktfähig, wenn wir mit unserer Befürchtung beginnen, dass wir die Partnerin verletzen könnten. Wenn wir unsere Scham zeigen, dass uns der andere kleinlich finden könnte. Wenn wir unsere Hilflosigkeit teilen, weil wir gar nicht genau sagen können, weshalb es uns so aufregt, dass er die letzte Banane weggefuttert hat. Wir fühlen uns wie eine Rednerin, die vor einem großen Publikum sprechen soll und Angst hat, rot zu werden, sich zu verhaspeln und den Faden zu verlieren. Der Rat, den man ihr geben würde, wäre, ihre Unsicherheit nicht zu verbergen. Wir können unseren Lieblingsmenschen anschauen und sagen: »Ich habe echt Schiss, das jetzt anzusprechen.« Oder: »Ich komme mir ziemlich blöd vor und merke, wie ich verstummen will.« Aber dann haben wir den entscheidenden Schritt gemacht. Probleme werden ja nicht kleiner, wenn wir sie nicht ansprechen. Und unser Mut nicht größer, wenn wir damit warten.

Manchmal warten wir auch darauf, dass unsere Partnerin die Probleme anspricht. Weil sie es schließlich war, die gesagt hat, dass sie es nicht mehr aushält mit uns. Doch wenn wir spüren, wie sehr uns ihre Aussage beschäftigt, dann macht es keinen Sinn abzuwarten, bis sie das Thema anschneidet. Statt vergeblich zu warten, sollten wir ansprechen, was uns beschäftigt, und nicht darauf bestehen, dass wir es als ihre Aufgabe verstehen, für Klärung zu sorgen. Warten macht in Beziehungen keinen Sinn. Wie oft warten wir auf die richtige Gelegenheit, um etwas anzusprechen? Doch die Gelegenheit kommt nicht. Wir warten vergeblich. Denn Gelegenheiten schafft man. *Wir* müssen sie schaffen. Wobei es absolut sinnvoll ist, eine entspannte Stimmung zwischen uns abzuwarten, um etwas Schwieriges anzusprechen. Sofern es noch entspannte Situationen zwischen uns gibt. Wenn wir abwarten, besteht immer die Gefahr, dass wir ungeklärte Konflikte wie Beziehungsmüll anhäufen. Und schließlich auf einem riesigen Berg von Unzufriedenheit hocken.

Hinter der Angst vor Auseinandersetzungen verbirgt sich letztlich immer Trennungsangst. Angst, aus der Gunst der anderen zu fallen, Angst, zurückgewiesen zu werden, abgelehnt und allein zu enden. Wir möchten niemandem zur Last fallen. Viele Menschen, ja, auf eine gewisse Art wir alle, sind überzeugt, ein schwieriges Kind gewesen zu sein. Unsere genervten, erschöpften oder vielleicht auch aus vielerlei Gründen überforderten Eltern haben uns zu verstehen gegeben, dass wir schrecklich sind oder zumindest irgendetwas an uns anstrengend ist. Wenn wir als Erwachsene also das Kinder-Selbstbild in uns tragen, dass wir irgendwie schwierig oder gar schrecklich sind, dann möchten wir verhindern, eine Last zu sein. Und wir verhalten uns lieber still und schlucken unsere Gefühle herunter, als dass wir eine klärende Auseinandersetzung wagen.

Störungen haben Vorrang

»Störungen haben Vorrang« ist ein Kernsatz aus der Gruppentherapie. Wenn jemand einen Konflikt mit einem anderen Gruppen- oder Teammitglied hat, belasten diese Gefühle alles, was weiter in der Gruppe geschehen wird. Es stört. Und es muss geklärt werden, bevor sich die Gruppe anderen Themen widmen kann.

Ein Paar ist die kleinste Form von Gruppe. Auch im Paar haben Störungen Vorrang und müssen geklärt werden. Wenn sie den ganzen Abend mit der Freundin chattet, wenn er sich wundert, dass sie in letzter Zeit so spät aus dem Büro kommt. Solche »Störungen« sind kein Beweis, dass etwas mit der Beziehung nicht stimmt. Wir sind leicht angespannt oder fühlen uns unwohl, und diese Empfindungen stören, aber sie sind für eine Beziehung das, was Schmerz für unseren Körper ist. Nicht schön, aber notwendig. Menschen, die keinen Schmerz empfinden können, überleben meistens nicht lange. Beziehungen, die Störungen ignorieren, auch nicht. Die gut geölte Vermeidung ist der Tod jeder liebevollen Beziehung. Wir müssen uns aneinander reiben, um dann auf eine tiefere Art wieder zueinanderzufinden. Nicht die Luft anhalten, wenn dicke Luft in der Beziehung herrscht, sondern uns Luft verschaffen und sagen, was uns auf der Seele brennt.

Eine Beziehung ist immer in Bewegung. Wenn wir in einen Stillstand geraten, fühlt sich die Beziehung leer und öde an. Kein Wunder, denn weil es Konflikte gibt, die wir ausgeklammert haben, sind alle Gefühle zurückgenommen. Ihre Affäre, die wir verdrängt haben, weil der Schmerz nicht aufhörte; seine Spielsucht, der gegenüber wir nur Ohnmacht empfinden; die Körperlichkeit, die uns fehlt; das Haushaltsthema, das uns kränkt. Wir müssen im Leben Dinge hinnehmen, Gefühle schlucken. Aber eine Liebesbeziehung ist dafür ein schlechter Ort. Wir können so schwer etwas hinter uns lassen, weil wir ja ständig im Kontakt sind. Wir schlucken etwas herunter, aber im nächsten Augenblick ist es schon wieder präsent.

Unsere negativen Gefühle gegenüber dem Partner nehmen überhand. Als hätten wir eine dunkle Brille auf, durch die wir die guten, hellen Seiten unserer Partnerin nur noch undeutlich sehen können. In unzufriedenen Paaren wird die Hälft aller positiven Angebote des Partners nicht wahrgenommen.

Ein guter Konflikt ist ein gemäßigter Konflikt

Der Trostpreis des Lebens besteht darin, recht zu behalten.

Susan Page

Im Streit übernehmen die Emotionen den Chefsessel, und es geht bam–bam-bam. Wie ein Schlagabtausch. Sobald der Puls auf 100 zurast, wird es schwierig, einen Konflikt noch sinnvoll zu führen. Es ist ungerecht, was wir über uns hören, wir fühlen uns missverstanden, wir wollen so nicht beurteilt werden. Wir wehren uns, verteidigen uns und gehen auch zum Gegenangriff über. Wir sind in einem Alarmzustand. Bei zu hoher physiologischer Erregung können wir nicht mehr gut reflektieren, ruhig bleiben, einsichtig sein. Wir reagieren ungesteuert aus den tief in uns angelegten Verhaltensweisen. Wir fliehen, wir kämpfen, wir stellen uns taub. Wir wissen genau, dass wir in Konflikten über unsere Gefühle sprechen und einander ausreden lassen sollten. Doch stattdessen sind wir emotional wieder fünf Jahre alt, machen den anderen nach, beleidigen ihn und belegen ihn mit Schimpfwörtern. Wir kämpfen mit allem, was wir haben, setzen alles ein, was uns möglich ist. Wir werden unfair, wollen nur noch punkten. Wir kritisieren den anderen dort, wo er angreifbar ist. Greifen jede Schwäche auf (»Eben hast du noch gesagt ...«) Wir argumentieren nur, um recht zu behalten, nicht weil wir davon überzeugt sind. Wir werten unser Gegenüber als Person ab. Wir versuchen überall, seine Schuld zu sehen und ihm das vorzuwerfen. Kurz, wir sind hässlich zu ihm, weil wir uns verloren haben und in einen Strudel von Aggression geraten sind.

Der Psychotherapie-Forscher Leslie Greenberg schreibt: »Bei jedem Konflikt besteht die Hauptaufgabe darin, Kritik, Schuldzuweisungen und Abwertung zu reduzieren. Paarkonflikte lassen sich demnach entschärfen, indem überwiegend genau das getan wird: Kritik, Schuldzuweisungen und Abwertung reduzieren.«[17] Wir wissen das. Wir verstehen das. Aber es wird uns nur gelingen, wenn wir gar nicht erst außer uns geraten, sondern bei uns bleiben können und nicht von unseren Gefühlen überflutet werden. Selbst in der paartherapeutischen Praxis brüllen sich Partnerinnen nieder, rennen aus dem Zimmer, verlassen wutentbrannt die Praxis. Deshalb, und da sind wir wieder beim Reparieren, ist es wichtig, Konflikte zu führen, ohne sie hochkochen zu lassen. Indem wir uns rückversichern (»Habe ich dich da richtig verstanden?«), Irritationen aufgreifen (»Ich wollte dich nicht angreifen, aber irgendwie scheint es so bei dir angekommen zu sein«), Wärme und Anerkennung zeigen (»Es freut mich, dass du es so offen äußerst«) und in unserer Unzufriedenheit das Positive nicht unerwähnt lassen (»Du weißt, dass ich deine Achtsamkeit sehr schätze«). Wir sollten lernen, den Partner – und uns selbst – zu beruhigen. Regeln, die wir gemeinsam finden, helfen dabei. Zum Beispiel keine Schimpfworte zu verwenden, auch wenn wir sauer und stinkwütend aufeinander sind; niemals andere Personen im Streit anzuführen (»Dein Bruder meint auch …«, »Du bist wie deine Mutter«) oder Vergleiche anzustellen (»Sabines Mann kauft immer ein«). Solche Regeln werden zwar meistens verletzt und gebrochen, trotzdem sind sie sinnvoll. Weil wir versuchen, uns daran zu halten. Und weil wir durch sie leichter wieder dahin zurückfinden, wie wir miteinander umgehen wollen.

Sobald wir spüren, dass wir »so einen Hals bekommen«, können wir innehalten, uns auf unsere Atmung konzentrieren, vielleicht die Hand aufs Brustbein oder auf den Bauch legen und langsam tief ausatmen. Bis wir ruhiger sind. Falls es uns nicht gelingt, können wir eine Auszeit nehmen: »Ich brauche jetzt erst mal eine Pause!« So können wir verhindern, mehr Beziehungsporzellan zu zerschlagen, als wir wieder repariert bekommen. Manchmal ist es gut, den Konflikt 24 Stunden ruhen zu lassen und erst wieder zum vereinbarten Zeitpunkt darauf einzusteigen.

Ein anderes Mittel ist die Stopp-Regel. Durch eine Auszeit regulieren wir uns, durch ein verabredetes »Stopp« die Partnerin. Wir signalisieren, dass es uns jetzt zu viel wird und wir uns überflutet fühlen, dass in uns der Stresspegel steigt. Wenn unsere Partnerin abstoppen kann, können wir ihr erklären, was für uns gerade schwierig wird. Wenn wir nicht zu einer klärenden Beruhigung gelangen, gelten die gleichen Empfehlungen wie bei der Auszeit: die Fortsetzung fest verabreden und erst mal auseinandergehen und allein sein. Die Möglichkeit, ein verbindliches »Stopp« setzen zu können, entspannt im Konflikt, weil wir als Zuhörer weniger Angst haben müssen, in die Enge gedrängt zu werden, und umgekehrt sicherer sein können, dass wir ein Signal bekommen, bevor wir etwas auslösen, das wir gar nicht auslösen wollen.

Uns und den Partner zu beruhigen, bedeutet nicht, uns selbst und den anderen zu sedieren oder ruhigzustellen. Sondern uns in einem mittleren Erregungszustand zu halten. Das ist offenbar auch der Zustand, in dem unser Gehirn am flexibelsten ist und neue Verknüpfungen entstehen können, kurz, der Zustand, in dem wir am besten lernen und uns verändern können.

Auseinandersetzungen brauchen Zeit. Wir können selten alles in einem Gespräch klären. Sie brauchen Zeit, weil es wichtig ist, ruhig und langsam vorzugehen. Der Nobelpreisträger Daniel Kahneman beschreibt in seinem Hauptwerk »Schnelles Denken, langsames Denken« zwei in uns ablaufende Prozesse der inneren Verarbeitung, die er System 1 und System 2 nennt. System 1 ist unsere spontane Reaktion, unser Bauchgefühl, unsere Intuition. In den meisten Fällen ist die Antwort, die dabei in uns aufkommt, ausreichend. Doch gerade im Konflikt irrt sich das schnelle System in uns. Dann müssen wir auf das langsame System umschalten: Wir müssen nachdenken, uns einfühlen, verstehen. Wir sollten unseren Gefühlen, unserem Herzen folgen. Aber nicht, ohne das zu reflektieren. Unsere Gefühle sind absolut wichtig. Aber sie sind nicht immer richtig. Deshalb sollten wir nicht allem vorschnell folgen, was wir fühlen.

Gefühle statt Inhalte

Entscheidend für unsere Zufriedenheit als Paar scheint es zu sein, dass ein intensiver Austausch zwischen uns möglich ist und wir uns verstanden fühlen.[18] Kontakt haben wir über unsere Gefühle. Konflikte werden immer dann unlösbar, wenn wir uns als Person nicht akzeptiert fühlen. Die Themen, über die wir dann streiten, sind auswechselbar. Solange wir uns nicht grundsätzlich akzeptiert fühlen, nehmen wir vom anderen nichts an. Was bedeutet, dass wir immer unsere Gefühle zueinander klären müssen, bevor wir Inhalte klären können. Um eine gute Paarbeziehung leben zu können, müssen wir nicht nur in der Lage sein zu hören, was der andere sagt, sondern verstehen und uns darin einfühlen können, was der andere meint. Wir verstehen, was er meint, wenn wir seine Gefühle aufnehmen und verstehen.

Markus hat 30 Minuten vor der für Lisa wichtigen Paarsitzung bei ihr angefragt, ob sie heute nicht mal alleine gehen wolle, er habe noch so viel auf dem Zettel und kein richtiges Anliegen. Lisa ist empört, aber in der Sitzung kommt sie an ihr Gefühl heran, dass sie es nicht wert ist, dass ein Mann am Kontakt mit ihr interessiert ist. Sie musste sich schon als Kind bemühen, den Kontakt zum von ihr getrennt lebenden Vater zu halten, der nicht zuverlässig war und auf dessen wechselnde Gefühle sie sich immer einstellen musste. Markus, der dann doch zur Sitzung mitgekommen ist, hört aufmerksam zu. Er versteht Lisas Angst. Und sagt, dass sie keine Angst haben müsse, er wolle absolut den Kontakt zu ihr, er habe nur absagen wollen, weil … und dann folgen all seine Gründe. Lisa fängt an zu weinen. Sie hätte es sehr gebraucht, dass er bei ihren Gefühlen geblieben wäre. Gründe hat sie immer schon genug gehört.

Von der Frage E-Bikes oder nicht bis zur besten Tageszeit für Sex. Die Zahl der möglichen Konfliktthemen in Partnerschaften ist unendlich. Einige sind lösbar, aber, so sagt die Forschung, die meisten Probleme in Beziehungen sind unlösbare Probleme. Ungefähr zwei Drittel aller Konflikte lassen sich nicht lösen, wenn lösen bedeutet, dass es sie nicht mehr gibt. Allein die lösbaren von den unlösbaren Konflikten zu unterscheiden, kann viele unsinnige Streitigkeiten ersparen. Unlösbar sind im Wesentlichen die Konflikte, die auf Persönlichkeitseigenschaften beruhen.

Die großen Themen in Beziehungen lassen sich ohnehin nicht endgültig lösen, denn sie *sind* die Beziehung. Sie sind die Pole, zwischen denen jede Beziehung aufgespannt ist. Es sind die Konflikte, die in jedem von uns existieren. Und wenn wir darin unterschiedliche Positionen haben, tauchen sie eben immer wieder zwischen uns auf. Die Konflikte zwischen Freiheit und Abhängigkeit, zwischen Selbstbestimmung und Anpassung, Nähe und Distanz oder Vertrauen und Kontrolle lassen sich immer nur regeln, aber niemals lösen. Weil jede Entscheidung in unserem Liebesleben uns mit ihnen wieder in Kontakt bringt.

In unseren Konflikten geht es erst in zweiter Linie darum, sie zu lösen und Ergebnisse zu erhalten, Entscheidungen zu treffen, Differenzen aufzulösen. Denn wir werden oft erleben, dass wir kein Ergebnis finden und dass das unser Ergebnis ist. Dass wir keine Entscheidung finden und es erneut versuchen müssen oder uns ständig neu und anders entscheiden werden. Und dass wir uns nicht einig werden, sondern mit unserer Unterschiedlichkeit leben müssen.

Worum es immer geht, ist, in Verbindung zu kommen oder in Verbindung zu bleiben; nicht die schnelle Lösung zu finden, sondern die tausend kleinen Schritte miteinander zu gehen, aus denen der gemeinsame Weg wird. Konfliktfähig zu sein, bedeutet also, Gefühle klären zu können, aber Gefühle nicht auszuleben und abzureagieren und beides voneinander zu unterscheiden. Damit die Beziehung nicht zum Ort ständiger Explosionen wird, sondern wir uns so aneinander reiben, dass eine belebende Dauerwärme entsteht. Indem wir auf die kleinen Gefühlsäußerungen reagieren, sie erkunden und so zügig reparieren, dass unsere Auseinandersetzung nicht zum Streit eskaliert.

Zuwendung

Es ist nicht so, dass zuerst das Verstehen kommt und dann das Handeln. Wenn du verstehst, dann ist dieses Verstehen bereits Handeln.

Jiddu Krishnamurti

Eine Liebesbeziehung steht niemals still. Sie ist eine stete Abfolge von Begegnungen, ob wir gemeinsam in der Küche hantieren, nach dem Arbeitsalltag beide wieder zu Hause eintreffen oder uns nach einer Reise, die einer von uns alleine unternommen hat, wieder zusammenfinden. Doch entscheidend für unsere Beziehung sind unsere alltäglichen Begegnungen. Ob sie frei und unbelastet verlaufen oder durch ein Verhaltensmuster bestimmt werden, das sie zunehmend auf unerfreuliche Weise scheitern lässt.

Die positive Zuwendung

»Die Liebe lebt von liebenswürdigen Kleinigkeiten«, schrieb Theodor Fontane. Und die moderne Paarforschung gibt ihm recht. Das gute Gefühl der Zusammengehörigkeit entsteht durch liebevolle Zugewandtheit im Alltag. Durch die kleinen Gesten der Fürsorge und Nähe. Wir fragen, ob unser Lieblingsmensch auch ein Glas Saft möchte und ob er die Nacht gut geschlafen hat. Wir legen unsere Hand im Gespräch auf seine und massieren ihm ein wenig die Schultern, wenn wir gerade hinter seinem Stuhl stehen. Wir sind achtsam und fragen ihn, ob alles in Ordnung ist, weil er uns etwas blass vorkommt. Wir geben eine lustige Antwort, hinterlassen eine Notiz, schicken zwei Herzchen und ein Foto vom Blick aus unserem Hotelfenster. Wir wenden uns ihm zu, wenn er uns anspricht. Wir legen das Handy beiseite, beantworten seine Frage, fragen nach. Wir reagieren, greifen das Thema auf, das er anspricht. Und natürlich tun wir das alles nicht. Denn natürlich ist niemand von uns so ideal. Wir starren weiter auf Instagram, murmeln »Ja ja«, nehmen nur die Hälfte von dem auf, was er gesagt hat, und haben auch die gleich wieder vergessen. Aber wenn Sie es besser machen wollen: ansprechbar sein. Reagieren. Sich interessieren. Das ist der Dreiklang der Zuwendung. Dem Partner die volle Aufmerksamkeit schenken und engagiert nachfragen. Die kleine Zuwendung im Alltag ist unaufwendig und die einfachste Möglichkeit, unsere Beziehung positiv zu gestalten.

Doch immer wieder braucht es mehr als die alltägliche Zuwendung. Wir spüren, dass etwas zwischen uns steht. Ihre Antworten sind einsilbiger, der Blickkontakt fahrig. Irgendetwas ist. Dann müssen wir einen Schritt auf unsere Partnerin zugehen. Oft reicht es, einfach nachzufragen. Manchmal brauchen wir die große Aussprache, das klärende Gespräch. Wir können es beginnen oder darum bitten, wie um eine Eintrittskarte. Darf ich bitte erfahren, was in dir vorgeht? Und hat es etwas mit uns, mit mir zu tun? Wir fassen uns ein Herz und gehen auf die Partnerin zu. Und wie generell in der Kommunikation entscheidet die Empfängerin. Sie hat immer die Macht, die auf sie zukommende Anfrage abblitzen zu lassen. Deshalb müssen wir uns beeinflussen lassen, wenn unsere Partnerin ein Anliegen hat, etwas klären, erfahren oder teilen möchte. Wenn wir ablehnend reagieren, dann lehnen wir nicht das Gespräch ab, wir lehnen die Partnerin ab. Sich von seiner Partnerin beeinflussen zu lassen, also emotional erreichbar zu sein ist für die Stabilität einer Liebesbeziehung entscheidend. John Gottman fand in seinen Forschungen, dass Paare, in denen sich Männer nicht von ihren Frauen beeinflussen ließen, ein erhöhtes Trennungsrisiko haben. Jede Verweigerung zu reagieren, belastet eine Beziehung.

Wenn sie ihr Gegenüber nicht erreichen und nicht beeinflussen können, dann beschließen Partner manchmal in ihrem Frust, dass sie sich jetzt vom anderen unabhängig machen. Wenn er lieber im Fitness-Studio ist und wir gar keine Zeit mehr gemeinsam verbringen, bitte schön, dann mache ich mich davon unabhängig und mache jetzt mein Ding! Doch sich in einer nahen Liebesbeziehung unabhängig machen zu wollen, scheitert schon im Ansatz. Weil wir eben nicht unabhängig voneinander sind. Die Gefühle, die unser Partner in uns auslöst, sind entscheidend. Und von denen können wir uns nicht einfach unabhängig machen. Wenn wir beschließen, der Partner solle uns nicht mehr so wichtig sein, erreichen wir meist genau das Gegenteil. Statt uns ein Stück unabhängiger zu fühlen, beschäftigt uns unsere Beziehung noch mehr. In der positiven Abhängigkeit einer Liebesbeziehung unabhängig von unseren Bindungswünschen werden zu wollen, ist ein wenig so, als würden wir mitten im Wolkenbruch stehen und beschließen, nicht nass zu werden.

Zu Beginn einer Paartherapiesitzung frage ich häufig, wie es ihnen seit der letzten Sitzung ergangen ist. Falls das Paar sagt, dass sie sich nach der letzten Sitzung besser verstanden haben, frage ich beide Partner: »Was haben Sie anders gemacht als sonst? Was hat dazu beigetragen, dass es besser geworden ist?« Und freue mich dann schon auf eine weitere Aufführung des »Keine Ahnung«-Balletts. Denn beide Partner zucken mit den Achseln, schauen sich ratlos an und sagen dann beide: »Ich habe gar nichts anders gemacht. Aber ich fand dich viel zugewandter.« Das Wunder der Paarkommunikation! Es erklärt sich wohl einfach daraus, wie unser Gehirn arbeitet. Wir sind immer damit beschäftigt, wie wir am besten klarkommen und verhindern können, in Schwierigkeiten zu geraten. Deshalb beschäftigen wir uns intensiv mit allem, was nicht gut für uns gelaufen ist und wieder bedrohlich werden könnte. Wenn unser Sex öde war, geht das Grübeln los. Stimmt etwas nicht zwischen uns? Ist mein Job zu stressig oder ihrer? Hat sie einen anderen? Doch umgekehrt werten wir nicht groß aus, was gut gelaufen ist. Nach großartigem Sex sinken wir tief befriedigt ins postkoitale Koma. Aber wir grübeln nicht nach, ob unser Sex so befriedigend war, weil unsere letzte Yogastunde so bombig war oder weil unser nerviger Abteilungsleiter endlich weg ist. Dabei ist es extrem sinnvoll und befriedigend zu verstehen, wie und wodurch wir aus unserem Beziehungsschlamassel herauskommen. Je klarer wir es verstehen, desto mehr können wir bewirken. Halten Sie inne, wenn etwas gut gelaufen ist, und finden Sie heraus, was Sie selbst anders gemacht haben. Selbstwirksamkeit ist ein großartiges Gefühl. – Ich. Kann. Unsere. Beziehung. Positiv. Beeinflussen. – Wenn wir positive Eskalationen in Gang setzen können, verwandeln wir uns nicht in ein Traumpaar, aber wir haben deutlich mehr Chancen auf Zufriedenheit.

Die negative Eskalation

Eine Beziehung steht niemals still. Weil wir ja endlos wechselseitig aufeinander reagieren, befinden wir uns immer in einer Bewegung. Und darin liegt immer eine Steigerung, eine Eskalation. Entweder wird es etwas besser, oder es wird etwas schlechter. Wenn wir uns über das Kompliment unserer Liebsten freuen, werden wir sie bei der nächsten Gelegenheit auch eher loben. Und schon sind wir in einer positiven Eskalation. In der positiven Eskalation reagieren wir liebevoll und wohlwollend auf unseren Partner. Und er reagiert wiederum wohlwollend und liebevoll auf uns. Es sind die Zeiten, in denen es uns gut miteinander geht.

Das Problem in Partnerschaften sind die negativen Eskalationen, die zu einem festen Interaktionsmuster werden, dem eskalierenden negativen emotionalen Zyklus. Wenn wir unseren Partner nicht erreichen können, dann ist das nicht einfach ärgerlich, sondern es löst auf der Bindungsebene Angst aus (siehe das Kapitel über Bindung). Und wir werden etwas unternehmen, um das bedrohliche Gefühl aufzulösen und uns in unserer Beziehung wieder sicherer zu fühlen. Wir haben dann ein vergleichbares Gefühl, wie wir es hätten, wenn wir vor einer verschlossenen Tür ständen, hinter der unser Lieblingsmensch ist. Wir wünschen uns, dass er uns hereinlässt. Er aber fürchtet einen Vorwurf und hält es für die bessere Idee, Distanz zueinander zu halten. Weil er fürchtet, dass wir uns sonst streiten. Wir wissen, dass er da ist, also klopfen wir an. Aber er reagiert nicht. Unser Bedürfnis nach Bindungssicherheit ist uns ein wirklich dringendes Anliegen, also klopfen wir nochmals, diesmal etwas lauter. Das verunsichert ihn, und er fühlt sich darin bestärkt, sich vorzusehen. Weil er nicht reagiert, klopfen wir nochmals, diesmal schon fordernder und heftiger. Jetzt hört er, dass wir wohl schon verärgert sind, und will sich dem erst recht nicht aussetzen. Also bleibt er noch entschlossener dabei, gar nicht zu reagieren. Wir beginnen jetzt, mit der Faust gegen die Tür zu hämmern, damit er endlich aufmacht. Worauf er sich verängstigt noch weiter zurückzieht. Wir rufen und bollern gegen die Tür, dass er verflucht nochmal endlich aufmachen soll, und damit sind seine schlimmsten Befürchtungen wahr geworden. Jetzt fürchtet er unsere Wut zu Recht und wird die Tür auf keinen Fall öffnen. Er will, dass wir endlich aufgeben. Während wir mit aller Kraft an der Tür rütteln und beginnen, Drohungen auszustoßen, was passieren werde, wenn er nicht sofort die Tür öffne.

Genau so läuft ein negativer emotionaler Zyklus ab. Er steigert sich immer weiter, sobald er einmal entstanden ist. Je mehr du dies, desto mehr ich das. Je mehr ich von dir fordere, desto mehr ziehst du dich zurück. Und je mehr du dich zurückziehst, desto mehr fordere ich. Negative emotionale Zyklen entstehen in jedem Paar. Sie beginnen einfach. Ich finde, dass du zu herablassend zu deinen Freunden warst. Du verteidigst dich, dass sie dich ja gut kennen und deinen Humor schon verstanden hätten. Ich habe aber das Gefühl, mit meiner Sorge gar nicht bei dir gelandet zu sein, und zitiere noch ein paar deiner Bemerkungen, um meine Angst deutlicher zu machen. Und schon fühlst du dich noch mehr angegriffen, verteidigst dich noch mehr, und ich bekomme das Gefühl, dich gar nicht zu erreichen. Also versuche ich es noch einmal. Dir wird es zu viel, du möchtest unseren Disput beenden, wiegelst ab und sagst nichts weiter dazu. Und schon finden wir uns in einem Muster wieder. Ich werde immer mehr der Fordernde oder Verfolgende. Du wirst immer mehr zu einem Rückzügler. Verfolger-Rückzügler ist das häufigste Muster, das in Beziehungen entsteht.

Dierk hatte mit einer Arbeitskollegin auf dem Firmenfest geknutscht. Das ist Monate her. Aber er und seine Partnerin Marianne haben nicht wieder aus dem Kreislauf von Verletzung und Rechtfertigung herausgefunden. Marianne fühlt sich noch nicht wieder mit Dierk verbunden. Sie möchte reden, verstehen, was zwischen ihnen passiert ist, wissen, dass er wirklich wieder zu ihr zurückgekehrt ist. Dierk fühlt sich schuldig und von ihren vielen Fragen bedroht. Er möchte sie nicht weiter verletzt erleben. Er bleibt vorsichtig, in sich zurückgezogen.

Marianne: »Sag mal, wollen wir nicht am Wochenende irgendwo an die See fahren, uns ein Hotel nehmen? So für ein verlängertes Wochenende?« (Sie hofft, wenn sie Zeit füreinander haben, kann sie Dierk besser erreichen, sie könnten sprechen, sich nah fühlen.)

Dierk: »Oh, ich wollte mit Tom zum Fußball. Aber ja, doch, das können wir doch machen.« (Er fürchtet, dass es wieder zu endlosen Diskussionen kommt, hat aber andererseits Angst vor Mariannes Reaktion, falls er jetzt Nein sagt. Emotional ist er sofort wieder in der Defensive.)

Marianne: »Weißt du, wenn du keine Lust hast, dann sag es bitte gleich!« (Seine zögerliche Zusage enttäuscht sie, sie fühlt sich zurückgewiesen. Nach außen reagiert sie ärgerlich und gerät schon wieder in die fordernde Rolle.)

Dierk: »Nein wirklich, ist doch schön, wenn wir was gemeinsam machen.« (Er spürt ihr Drängen und ihren Ärger, es beängstigt ihn, dass sie gleich wieder Streit bekommen könnten. Also versucht er zu beruhigen.)

Marianne: »Du könntest dich wirklich etwas mehr begeistern! Schließlich bin immer ich es, die überhaupt etwas vorschlägt. Aber so, wie du reagierst, ist es vielleicht wirklich keine gute Idee.« (Seine lahme Beteuerung enttäuscht sie. Im Grunde ist sie traurig, aber sie gibt nicht auf und versucht, ihn jetzt zu erreichen, indem sie einen allgemeineren Vorwurf macht und ihn provoziert.)

Dierk: »Doch, ja, doch wirklich.« (Er gerät unter Druck und kämpft mit Angst und Scham, ihr nicht zu genügen. Auch ist er ärgerlich, weil er sich nicht gesehen fühlt. Aber die Angst, dass er damit alles noch schlimmer machen könnte, lässt ihn im Rückzug verharren.)

Marianne: »Verdammt noch mal, wir sind echt nicht in der Situation, irgendwelche Spielchen zu spielen. Jetzt komm mal aus dem Quark und gib mir eine ehrliche Antwort!« (Was sie als sein Mauern empfindet, macht sie noch ärgerlicher. Sie verliert ganz den Zugang zu ihren weichen Gefühlen. Sie lebt seine verdeckte Wut mit aus und greift ihn direkt an.)

Dierk: »Es gibt doch gar keinen Grund, jetzt wütend zu sein.« Er streckt die Hand nach ihr aus. (Ihre wütende Forderung bestätigt sein Gefühl, ihr nicht zu genügen. Er bekommt Angst und versucht, sie ungeschickt zu beruhigen.)

Marianne: »Weißt du was, vergiss es einfach. Wir fahren nirgendwo mehr hin!« (Sie fühlt sich manipuliert, weil er ihr die Berechtigung für ihre Gefühle absprechen will, und fühlt sich in die Rolle der Streitsuchenden gedrängt. Dagegen wehrt sie sich. Denn ihre Angst wächst, dass auch dieses Gespräch für sie einsam endet.)

Dierk guckt nur schweigend vor sich hin, blickt sie kurz an.

(Er weiß nicht zu reagieren, fühlt sich entwertet und hilflos, was ihn beschämt. Ihn ergreift Panik, dass sie sich trennen könnte, und er wird emotional taub, wie ein im Kampf unterlegenes Tier, das sich tot stellt.)

Marianne: »Du, du willst doch schon lange nicht mehr mit mir zusammen sein!« (Sie ist aufgebracht, traurig und ängstlich zugleich und verliert ihren inneren Halt. Sie kämpft aber immer noch darum, von ihm eine Reaktion zu bekommen, versucht, ihn durch eine Provokation zu erreichen, drückt aber gleichzeitig ihre größte Angst aus.)

Dierk schweigt, den Blick gesenkt. (In ihm toben die Gefühle, die er nicht zu fassen bekommt. Voller Angst und Scham bleibt er nach außen hin taub.)

Marianne: »Dann trennen wir uns eben! Wenn es das ist, was du willst!« (Sie wirft in hilfloser Verzweiflung in einem letzten Versuch die ganze Beziehung in die Waagschale. Sie möchte alles andere als sich trennen, aber weiß sich nicht anders zu helfen.)

Dierk: »Okay! Wenn es das ist, was du willst, okay!« Er steht plötzlich auf und verlässt die Wohnung.

(Er ist in Panik, überflutet von seiner Scham und Trennungsangst. Er flieht vor Marianne, aber im Grunde vor seinen eigenen Gefühlen. In der hilflosen Angst, alles zu zerstören, bleibt ihm nur der völlige Rückzug.)

Marianne wirft die Tasse, die auf dem Tisch steht, hinter ihm her und bricht in Tränen aus.

Eine Eskalation kann, wie in diesem Beispiel, sehr schnell gehen, weil wir als Paar nie bei null anfangen, miteinander zu interagieren, sondern weil es immer schon eine Vorgeschichte und emotionale Positionen gibt, in die wir geraten sind. Wir befürchten, angegriffen zu werden oder keine Reaktion zu bekommen. Und reagieren umso heftiger, im gleichen Muster. Je mehr Dierk sich zurückhält und versucht, die Situation zu beruhigen, desto mehr fühlt sich Marianne zurückgewiesen und versucht, Dierk zu erreichen. Und je mehr sie es versucht, desto mehr fühlt er sich kritisiert und zieht sich zurück, um sich zu schützen. Marianne ist hier die »Verfolgerin«, Dierk der »Rückzügler«.

Das typische Gefühl, das »Rückzügler« haben, ist, nie genug zu sein, nie zu genügen. Das typische Erleben von »Verfolgerinnen«

ist, zu viel zu sein. Zwischen ihnen beiden entsteht ein eingefahrenes Muster der Kommunikation, in das sie, wie hier Dierk und Marianne, immer und immer wieder geraten. Der negative Eskalationszyklus wirkt wie tiefe Spurrillen in einem ausgefahrenen Waldweg. Wenn wir mit unserem Auto in sie hineingeraten, verlieren wir die Kontrolle, wir können nicht mehr lenken, weil uns die tiefen Furchen im Boden daran hindern. Wenn wir als Paar in unseren negativen Zyklus geraten, verlieren wir die Kontrolle über unsere Kommunikation und rutschen in die immer gleichen Positionen, in den immer gleichen Kreislauf, in den immer gleichen Streit.

Der Zyklus ist ein Teufelskreis und dominiert die Kommunikation völlig. Er übernimmt die Beziehung. Die Partner reagieren schon auf das geringste Anzeichen, dass die befürchtete Entwertung, die Vorwürfe oder der Rückzug wieder eintreten könnten. Teufelskreise entstehen in jeder Beziehung, aber eskalieren nicht immer so heftig, weil es manchen Paaren rechtzeitig gelingt, zu deeskalieren und die misslingende Kommunikation zu reparieren. Doch wenn eine Eskalation sich weiter steigert, dann geht die emotionale Verbindung verloren. Die Partnerinnen fühlen sich unverstanden, angegriffen, abgelehnt, nicht beachtet, entwertet, ungeliebt. Sie werden versuchen, das aufzulösen, und dabei wieder in ihren »Spurrillen« landen.

In der negativen Eskalation geraten wir außer uns. Unsere Beziehung fühlt sich unsicher an. Wir sind alarmiert und deshalb immer wieder schnell getriggert, sodass wir uns ganz anders verhalten, als wir es von uns kennen – und definitiv anders, als wir sein wollen. Wir sind Gefangene unserer Kommunikation. Doch wir bemerken es nicht und unterstellen dem anderen negative Charakterzüge, die tatsächlich nur festgefahrene Interaktionspositionen sind.

Vincent ist ein achtsamer und fürsorglicher Partner und James ein gefühlvolles, lebendiges Gegenüber. Aber in ihren Konflikten wird Vincent ein harter und besserwisserischer Verfolger und

James ein gefühlloser und unerbittlicher Rückzügler. Uns so außer uns zu erleben, so weit entfernt vom eigenen, besten Selbst, nährt dann das Gefühl, nicht in der richtigen Beziehung zu sein. Es entstehen noch mehr Angst und Verunsicherung, die dann Konflikte noch schneller entstehen lassen. Diese negativen Kreisläufe sind ein systemisches Geschehen zwischen den Partnern und nicht die Schuld des einen oder anderen. Aber leider fühlt es sich für uns genau so an. Was die Vorwürfe und den Teufelskreis nur nochmals weiter verstärkt. »Dysfunktionale Interaktionsmuster in Beziehungen sind geschlossene Systeme. Ihre Rigidität macht es Menschen möglich, ein ihnen vertrautes Ausmaß von Komplexität und Sinnhaftigkeit zu erhalten, das ihnen das illusionäre Gefühl von Sicherheit gibt«, so Tronick und Gold.[19]

Die Kommunikation im Paar bricht mehr oder weniger zusammen. Es entsteht das verletzende Gefühl, dass unsere Partnerin mit allen anderen Menschen besser reden kann und zu ihnen freundlicher und zugewandter ist als mit uns. Und das Gefühl stimmt. Denn sobald der negative Eskalationszyklus unsere Kommunikation beherrscht, können wir uns nicht mehr gut verständigen. »Wenn es nicht zirkuläre Prozesse gäbe, verschwänden im Paar alle Probleme von alleine«, verdeutlicht es der Paartherapeut Arnold Retzer.

Das Muster auflösen

In einer gesunden Ehe ist immer nur eine Person zurzeit verrückt.

Heinz Kohut

Die dominierende Wut, die eine Verfolgerin auslebt und ein Rückzügler unterdrückt, ist meistens nur das oberflächliche Gefühl, unter dem sich Angst, Scham, Enttäuschung, Traurigkeit und Hilflosigkeit verbergen. Diese weicheren Gefühle äußern wir nicht, solange wir im Konflikt sind. Sie bleiben verdeckt unter unserer blitzschnell hochschießenden wütenden Erregung, denn es fühlt sich viel zu beängstigend an, sie zu zeigen. Aber sie sind der Weg, um den Zyklus zu stoppen. Doch das können wir nur gemeinsam, wenn wir ihn beide sehen und verstanden haben und dann gemeinsam aussteigen. Machen Sie sich klar: Was ist meine Position? In welches Gefühl gerate ich in unseren Konflikten, woran ich bemerken kann, dass ich wie automatisch zu handeln beginne und zur Angreiferin/Rückzüglerin werde? Schildern Sie einander diese Gefühle, zeichnen Sie gemeinsam Ihren Zyklus auf (Siehe den Übungsteil »Experimente«). Einigen Sie sich auf einen Namen für Ihren Zyklus, damit Sie sagen können: Jetzt habe ich das Gefühl, wir geraten gerade wieder in unseren »Wirbelsturm«, in unser »Hauen und Stechen« oder wie immer Sie es bezeichnen. Halten Sie an, machen Sie einfach erst mal nicht weiter. Besinnen Sie sich auf sich selbst und erinnern Sie sich, worum es Ihnen geht. Setzen Sie neu an. Zu begreifen, dass wir uns in einem gemeinsamen Teufelskreis befinden, verändert unser Ziel als Paar auf sinnvolle Weise. Denn jetzt geht es darum, aus dieser Eskalation herauszukommen und nicht irgendwelche Themen zu besprechen, die zu lösen unsere im Teufelskreis gefangene Kommunikation gar nicht zulässt. Wir lernen den Teufelskreis nur zu vermeiden, wenn wir ihn gemeinsam verstanden haben. Wenn wir beide darauf achten, wie unsere Kommunikation verläuft, und uns erlauben, uns gegenseitig darin zu stoppen. Letztlich gelingt es nur, wenn einer von uns damit beginnt zu sagen, dass er gerade in den Teufelskreis gerät, und unser Partner dieses Angebot annimmt, weil er versteht, dass wir jetzt unserer Auseinandersetzung noch eine konstruktive Richtung geben können. Jetzt, da wir noch nicht getriggert und emotional alarmiert sind. Solange die Gefühle noch nicht hochgeschossen sind, haben wir eine viel größere Chance, im Kontakt zu bleiben.

Gender-Stereotype

Ich habe absichtlich meistens »die Verfolgerin« und »der Rückzügler« verwendet, denn Männer sind in heteronormativen Beziehungen nach wie vor eher die, denen der Umgang mit Gefühlen schwerfällt. Tendenziell werden sie immer noch gefühlsferner erzogen. Er spricht nicht darüber? Er ist eben ein Junge! Werden Sie dann als erwachsene Männer auf Ihre Gefühle angesprochen, bekommen Sie im schlimmsten Fall »nicht mal mehr Atmen und Reden gleichzeitig hin«, wie es eine irritierte Partnerin formulierte. Sie fühlen sich emotionalen Auseinandersetzungen nicht gewachsen. Sie ziehen verbal den Kürzeren und verkriechen sich in sich selbst, wofür Sie sich gleich noch mehr Kritik einhandeln. Was immer Sie tun, es kommt Ihnen so vor, als würde es Ihrer Partnerin nie reichen. Also fühlen Sie sich mit der Zeit schrecklich ungenügend. Sie bleiben sprachlos, Gefangener Ihres emotionalen Rückzugs. Wertlosigkeitsgefühle hüllen Sie ein wie eine unsichtbare Wolke. Manchmal scheinen Sie ohne Vorwarnung aus einer Beziehung zu entschweben. Aber Sie waren schon lange vorher verschwunden. Ihr Verstummen war die Vorwarnung, die nicht zu hören war.

Eskalationsmuster

Das Verfolger-Rückzügler-Muster ist aber nur eine Möglichkeit. In einem Paar können auch beide Verfolgerinnen sein. Zwei Verfolgerinnen streiten ständig, attackieren sich für jede Verfehlung, sind ständig kritisch miteinander. Sie leben wie auf einem Pulverfass, das ständig explodiert. Das sind die hochstrittigen Paare. Ihre Kämpfe sind so hart, erscheinen so ausweglos, dass sie einander häufig mit Trennung bedrohen.

Oder beide sind Rückzügler. Dann herrscht trügerische Stille. Annette hatte eine sehr dominierende Mutter, wodurch sie als Kind artig und schweigsam war. Ihre Gefühle kommen ihr oft unangemessen vor, und sie scheut sich, sie auszusprechen. Rainers Eltern hatten hohe Erwartungen. Er fand nur ihr Wohlwollen, wenn er die Erwartungen erahnte und erfüllte. Er versucht, alles richtig zu machen, um Zuneigung zu finden. In Konflikten halten sich beide zurück. Wenn Annette sich zurückzieht, reagiert Rainer auch mit Zurückhaltung und umgekehrt. So landen sie schnell auf dem Beziehungsnullpunkt. Zwischen ihnen wird kaum etwas geklärt. Sie sind enttäuscht von sich selbst und vom anderen. Ihre Beziehung stagniert. Sie stagniert auch in Paaren, in denen eine Angreiferin resigniert hat. Wir bezeichnen diese dann als »ausgebrannte Verfolgerin«, die ihre Versuche eingestellt hat, den Partner zu erreichen. Die einst lebendige Beziehung ist dann wie verödet. Natürlich gibt es auch Beziehungen, in denen die Positionen wechseln. Bei einem Thema ist die eine die Verfolgerin, bei einem anderen die andere. Denn es sind ja nicht Charaktereigenschaften, sondern Beziehungs- und Interaktionspositionen, die wir ausleben. In vielen heteronormen Beziehungen ist der Mann in den emotionalen Interaktionen der Rückzügler und die Frau die Verfolgerin. Aber in der Sexualität sind die Rollen oft gegenläufig.

In den Ausbildungs- und Selbsterfahrungsgruppen, in denen wir die Teilnehmerinnen darum bitten, sich entsprechend zuzuordnen, wissen fast alle sofort, welche Position sie in ihrer Beziehung haben. Nur sehr wenige sind sich unsicher. Entweder wechseln in ihrer Beziehung die Positionen, was auch ein Muster ist. Oder sie sind irritiert, weil sie sich in unterschiedlichen Beziehungen in unterschiedlichen Positionen befunden haben. Es ist kein Zufall, wer in einer Beziehung in welche Position gerät, weil wir ja unterschiedlich geprägt sind. Wer als Kind ständig gehört hat, dass etwas mit ihm nicht stimme, der wird im Konflikt sicherlich eher zum Rückzug neigen. Wer aus einer Familie stammt, in der Konflikte ausgetragen wurden, und von klein auf gelernt hat zu bestehen, wird eher dazu neigen, zu fordern und anzugreifen. Aber welche Rolle man in der negativen Eskalation übernimmt, hängt auch von der jeweiligen Paarkonstellation ab sowie davon, wo in seinem Leben man sich gerade befindet. Ich musste zum Beispiel erst lernen, Konflikte auszutragen. In meinen ersten Beziehungen war ich ein vermeidender Rückzügler. In meiner jetzigen Beziehung bin ich tendenziell eher der fordernde Verfolger, der hinter seiner Partnerin herläuft und versucht, sie zu erreichen.

Trotz

Der Killer jeder Zuwendung ist Trotz. Viele Menschen schmollen. Sie sind verletzt und ziehen sich in den »Schmollwinkel« zurück. Sie leiden demonstrativ, doch wenn sich die Partnerin ihnen zuwendet, dann reagieren sie nicht darauf und lassen sie abblitzen. Trotz ist ein kindliches Verhalten. Kinder sind gegenüber Erwachsenen machtlos. Wenn die Erwachsenen Versprechungen machen, die sie nicht einhalten, Wünsche nicht erfüllen oder ungerecht handeln, sind Kinder dem ausgeliefert. Sie haben nicht die Macht, die Situation zu verändern. Sie haben nur Macht über sich selbst. Und sie können sich vor weiteren Enttäuschungen schützen, indem sie sich von ihren eigenen Wünschen lösen und nichts mehr wollen. Trotz ist für Kinder Notwehr. Bei Erwachsenen verwandelt sich Trotz in eine Mischung aus mafiareifer Erpressung und kleinkindlicher Hilflosigkeit. Ich habe eine erstaunliche Anzahl Männer schmollen sehen. Sie schmollen, als hätte ihnen das Leben etwas versprochen, was sie jetzt nicht bekommen. Sie trotzen gegen die Partnerin, aber im Grunde sind sie enttäuscht, weil sie unrealistische Erwartungen an eine Liebesbeziehung haben, die sie sich offenbar vorstellen wie bei Mami, nur viel besser. Sie sitzen dann in der eigenen Falle. Sie schaffen eine Situation, aus der sie wie magisch erlöst werden wollen, tun aber gleichzeitig alles dafür, damit es nicht passieren kann. Sie halten die Tür zu ihren Gefühlen verschlossen, die dummerweise nur sie selbst öffnen können. Weil die Tür zum Selbst außen keine Klinke hat. Wer als erwachsener Partner trotzt, versucht mit aller Macht zu vermeiden, seinen Schmerz zu spüren und sich klein zu fühlen. Und dabei wird er so klein, dass er aus der Beziehung förmlich verschwindet.

Vermeiden oder der Elefant im Raum

Der andere Killer, der liebevolle Zuwendung unmöglich macht, ist, das emotionale Erleben zu ignorieren und einfach zur Tagesordnung überzugehen. Niklas und Tina sind ein Patchwork-Paar. Letzte Woche ist es zum Streit gekommen. Tina hatte sich darauf verlassen, dass Niklas ihren Sohn betreut. Aber Niklas ist ein wichtiger Termin dazwischengekommen, und er sagt kurzfristig ab. Tina ist enttäuscht und verärgert. Niklas verteidigt sich damit, dass er nicht alles der Kinderbetreuung unterordnen könne. Sie streiten. Nach ein paar Tagen Beziehungspause schreibt Niklas eine E-Mail, wann er in der nächsten Woche die Kinderbetreuung übernehmen könne und wann er am Wochenende Zeit habe. Tina schreibt gleich zurück. Vielen Dank, aber es sei wohl besser, sich erst mal nicht zu treffen. Ihre Reaktion ist verständlich. Denn Niklas hat sich Tina zwar zugewendet, aber er hat nicht auf Tinas Gefühle reagiert. Sie muss fürchten, dass er nicht darauf eingehen wird, wenn sie ihr Befinden anspricht. Er hat das Engagement vermissen lassen, ihren Konflikt zu klären. Viele Paare tun das, weil sie die negative Eskalation fürchten. Wir möchten gerne denken, dass es doch möglich sein muss, mal ganz vernünftig und sachlich miteinander umzugehen. Nein, ist es nicht! Wer unter Liebenden seine Gefühle aus der Beziehung heraushält, der löst im anderen geradezu einen Tsunami an Gefühlen aus. Aber das wissen wir doch … und falls nicht, lesen Sie nochmal den Passus über Still-face im Kapitel »Bindung« unter »Erreichbarkeit«.

Wir können uns einander nicht wieder erfolgreich zuwenden, solange wir uns nicht dem zuwenden, was zwischen uns vorgefallen ist, was uns getrennt hat. Zuwendung ist nur erfolgreich, wenn wir uns dem sprichwörtlichen »rosa Elefanten« im Raum zuwenden. Denn wir wenden uns nur dann der Partnerin zu, wenn wir uns der Beziehung zuwenden, die wir miteinander haben.

Nähe

Was ist denn unser Leben anderes als ein beständig dummes Versäumnis der ganz kostbaren Augenblicke.

Eduard Graf von Keyserling

Herr F. empfindet Nähe, wenn Frau F. sich ganz real in seiner Nähe aufhält. Er sucht Nähe körperlich und kann ihren Wunsch, manchmal getrennt zu schlafen, kaum tolerieren. Frau F. möchte mit ihm schöne Dinge unternehmen und sich über das gemeinsame Leben austauschen. Sie hält es nicht aus, wenn er tagelang in seiner Arbeit und der Organisation des Sportvereins verschwindet. Manche Paare haben gleiche Nähebedürfnisse. Beide Partner verbringen möglichst viel Zeit miteinander. Andere leben lieber in getrennten Wohnungen und sehen sich nur am Wochenende. Wieder andere ringen dagegen um Nähe. In der wenigen Zeit, die neben Kindern, Job und Haushalt bleibt, möchte er unbedingt seinen Interessen nachgehen. Und sie bekämpft Surfbrett, Bandprobe und Mountainbike regelrecht, weil sie ihrem Bedürfnis nach gemeinsam verbrachter Zeit entgegenstehen.

Nähe ist das Erleben des emotionalen Gleichklangs, der Verbundenheit, sich angenommen, geschätzt und verstanden zu fühlen. Lautet die grundsätzliche Bindungsfrage: »Bist du für mich da?«, so lautet die Frage nach Nähe: »Bist du an meiner Seite?« Das eine ist, sich auf den anderen verlassen zu können, sich in der Beziehung sicher zu fühlen und zu wissen, dass ich ihn erreichen kann. Das andere ist, eine gute Zeit miteinander zu haben, gemeinsam etwas zu erleben und die Fürsorglichkeit des anderen zu spüren.

Nähe ist gelingende Verbundenheit. Wenn Bindung die Bass-und-Rhythmus-Gruppe ist, dann fügt Nähe die Melodie dazu. Bindung ist unser grundlegendes Bedürfnis. Nähe ist die Form, die wir unserer Verbundenheit und Zuneigung geben, die gemeinsame Kultur, in der sich unser Bedürfnis nach Geborgenheit erfüllt.

Zeit

Die Sexualität bleibt auf Dauer nur bei Paaren lebendig, die Sex wichtig nehmen und ganz oben auf ihre Prioritätenliste setzen. Und das morgendliche Joggen auch mal zugunsten der Sexualität zurückstellen. Aber auch Nähe bleibt nur erhalten, wenn wir sie oben auf unsere Prioritätenliste setzen. Dazu müssen wir Nähe mit ihrem Grundnahrungsmittel versorgen: Zeit. Nähe braucht Zeit. Zeit zu finden, ist nicht einfach in unserem beschleunigten, zeitoptimierten Lebensstil mit übervollen Terminkalendern, Zeitmanagement, Effizienzstreben, Dauererreichbarkeit, Home-Office und mindestens zwei Jobs pro Paar. Wenn sich dann noch die zeitintensivsten Wesen des Planeten dazwischenquengeln, unsere Kinder, wird Paarzeit zu einem vom Aussterben bedrohten Zustand. Doch Nähe »stellt sich her«, wie es so schön heißt. Und gemeinsame Zeit ist der Raum, in dem sie sich herstellen kann. Wir kennen die Idee der Quality time – mit der ich mich auch beruhigt habe, als ich das Gefühl hatte, zu wenig Zeit für meine Kinder aufzubringen. Hauptsache Quality time, Zeit, in der ich absolut da bin, ohne Ablenkung, voll fokussiert auf den anderen. Dagegen ist nichts einzuwenden. Aber meine Kinder brachten mir etwas anderes bei: Sie waren gar nicht immer bereit, mich den Quality-time-Daddy spielen zu lassen, wenn ich gerade mal Zeit hatte. Dann wollten sie gar nicht die Nähe-Taste drücken, sondern lieber ihre Teddys fesseln oder ihre Musik hören. Nähe entstand auch nicht dann, wenn ich zu einer intensiven Fragerunde über ihren Tag ansetzte. Nähe stellte sich plötzlich ein, überraschend. Wenn ich Geschirr wegräumte und sie noch in ihrem Kakao rührten. Dann kam plötzlich dieses »Weißt du waas …?« Und sie begannen zu erzählen. Nähe stellte sich ein, wenn ich dann Zeit hatte. Oder sie mir nahm. Als Erwachsene sind wir gewohnt, uns mit Freunden zu einer bestimmten Zeit zu treffen und uns auf Ansage aufeinander einzustimmen. Aber Nähe stellt sich auch unter Erwachsenen nicht beliebig mit dem Aperitif ein. Obwohl wir gewohnheitsmäßig Alkohol trinken, um Nähe herzustellen. Oder um wenigstens nicht so hart darunter zu leiden, dass sich keine Verbindung, keine Nähe herstellt.

Als Eltern geben wir uns alle Mühe, mehr Zeit für unsere Kinder zu haben, weil wir nicht wollen, dass sie sich ungeliebt fühlen. Dass der erwachsene Liebespartner es genauso erlebt, lassen wir oft nicht an uns heran. Wir mögen wissen, dass wir einander viel bedeuten, aber wir möchten das auch leben und erleben. Wir möchten Nähe fühlen. Dafür brauchen wir Zeit. Zeit, um herumzuwuseln, abzuhängen, auch allein zu sein, während der Liebste da ist. Bis dann eine Stimme sagt: »Sag mal, was ich schon die ganze Zeit …« Unser Nähebedürfnis entsteht nicht immer gleichzeitig, ist nicht immer gleich stark. Aber wir können uns entscheiden. Wir haben ein Gefühl für Nähe und Bindung. Wir wissen, wie viel Nähe noch in der Batterie ist und ob wir die Anfrage nach Nähe ruhig ablehnen können oder wir die Chance auf Nähe dringend brauchen.

Wir brauchen Zeit miteinander, um uns aufeinander einzustimmen, um die emotionale Verbindung zu erhalten und in Gesprächen zu vertiefen. Wir brauchen die Zeit am Küchentisch, in der wir teilen, was wir am Tag erlebt haben. Natürlich ist es effektiver, nicht gemeinsam zu kochen und abwechselnd zum Elternabend zu gehen. Aber auch der gemeinsam geschobene Einkaufswagen festigt unser Gefühl, nicht alleine durchs Leben zu gehen. Zeit für die Partnerschaft zu haben ist aber nicht nur wichtig, um gemeinsam die Welt und einander zu erleben. Zeit miteinander zu haben bedeutet auch: »Ich bin da. Unser Wir ist mir wichtig.« Selbstverständlich begreifen wir, dass unser Liebster nach dem Jobwechsel besonders gefordert ist. Aber wir verlieren die Nähe, wenn es nicht manchmal auch Zeit für uns gibt. Oder für die berechtigte Hoffnung, dass das »Gerade habe ich gar keine Zeit!« kein Dauerzustand wird. Der Philosoph Michel de Montaigne schrieb: »Wenn man mich fragte, was in der Liebe die erste Rolle spiele, würde ich antworten, ›sich Zeit nehmen zu können‹; und dies spielt auch die zweite Rolle und die dritte.«

Alltagsnähe

Nähe entsteht hauptsächlich über drei Verhaltensweisen: sich dem anderen zuwenden, füreinander da sein und durch eine positive Haltung. Wichtig sind die »kleinen Momente«, in denen der Partner um Aufmerksamkeit, Interesse, Unterhaltung, Zuwendung, Wärme, Humor, Empathie, Unterstützung – um irgendeine Form von emotionaler Verbindung – bittet, in denen Nähe entsteht. Paare, die nach sechs Jahren geschieden wurden, haben sich nur in 33 Prozent der möglichen Fälle einander zugewandt. Paare, die zusammenblieben, hatten eine »Zuwendungsrate« von 89 Prozent(!). Und natürlich ist es die Art, *wie* wir miteinander umgehen, die Nähe fördert oder verhindert. Nähe entsteht besonders leicht, wenn ein Paar einen aktiv-konstruktiven Kommunikationsstil pflegt. Wenn also eine alltägliche Mitteilung nicht nur abgenickt wird (»Cool!«), sondern wir positiv darauf reagieren und die Partnerin zusätzlich noch ermuntern und bestätigen: »Cool! Ich wusste, dass du das schaffst!« Oder: »Das verstehe ich. Eine richtig gute Entscheidung von dir!« Diese Art der Kommunikation liegt sicher nicht jedem, auch wenn Forscher festgestellt haben, dass Nähe dadurch hervorragend wächst. Wir können aber auf diese Weise lernen, dass Nähe eine positive Eskalation ist. Wir legen noch eine kleine Schippe drauf, wenn wir so konstruktiv-positiv reagieren.

Das erreicht unsere Partnerin. Und wenn sie unsere Nähe fühlt, dann ist die Chance groß, dass sie darauf eingeht und aus dem guten Gefühl heraus, das wir ihr gegeben haben, jetzt auch auf uns positiver reagieren wird. Wie bei einer Reihe von Dominosteinen muss es einen ersten Impuls geben, um die Kettenreaktion auszulösen. Wir wissen, wie es geht. Wir können freundlich, unterstützend, zugewandt, liebevoll sein. Im Alltag erleben wir unendlich viele Situationen, in denen wir uns entscheiden können, diesen Schritt aufeinander zuzugehen. Wir haben jede Menge Chancen, wir müssen sie nur nutzen.

Die Frage: »Was beschäftigt dich zurzeit am meisten?« ist die Kernfrage der Zwiegespräche, die Lukas Möller, einer der Pioniere der Paartherapie, entwickelt hat. Und der einfachste, aber wirkungsvollste Impuls, den wir geben können, wenn unsere Nähe zueinander schwächelt. Wenn wir fragen, signalisieren wir unser Interesse. Wenn wir eine Antwort bekommen, können wir am Leben des anderen teilnehmen. Wenn wir mitteilen, was uns beschäftigt, laden wir unseren Partner in unsere Welt ein. Und wir können mit dem wirklich wichtigen Gespräch beginnen: darüber, wie es uns miteinander geht. Viele Paare sprechen über alles Mögliche, aber nicht über sich. Nicht darüber, wie es ihnen in ihrer Liebesbeziehung geht. Oder sie sprechen darüber mit Freundinnen, mit der Schwester oder ihrer Therapeutin, aber nicht mit der Liebespartnerin. Nicht mit der Person, für die es am wichtigsten wäre. Nicht mit dem Menschen, mit dem darüber zu sprechen wirklich einen Unterschied machen würde. Wenn Sie bemerken, wie schwer Ihnen das fällt und Sie sich einfach nicht überwinden können, dann sprechen Sie erst mit anderen darüber und anschließend mit der Partnerin. Oder Sie schreiben ihr, was Ihnen schwerfällt. Malen Sie ein Bild, machen Sie eine Installation. Sie merken schon, ich glaube, dass Nähe diese Gespräche braucht.

Im Job sind wir längst daran gewöhnt, Feedback-Bögen auszufüllen und Perspektivgespräche zu führen. Es erscheint uns logisch und sinnvoll, über die Beziehung zueinander und die gegenseitige Wahrnehmung zu reflektieren und zu sprechen. Aber dort, wo wir es am meisten brauchen, tappen viele Partner in die Nähefalle. Wir betrachten Nähe als etwas Schicksalhaftes, als sei sie entweder da oder nicht da. Oder wir schweigen aus Angst, aus Sorge, dem anderen nicht zu genügen, zu dumm, zu uninteressant, zu viel, zu wenig, irgendwie falsch zu sein. Wir verschweigen, welche Gefühle wir über den anderen haben und wie wir uns mit ihm fühlen, weil wir Angst haben, dadurch die Zuwendung und Liebe unseres Partners zu trüben. Wir riskieren es nicht, Nähe wirklich zu leben, und verlieren sie genau dadurch.

Das gemeinsame Erleben

Nähe ist ein Ausdruck von Verbundenheit. Und Nähe erzeugt Verbundenheit. Uns zu fragen, wann wir uns nah sind, ist also nicht die dümmste Idee. Was tut uns gut? Was macht uns beiden Freude?

Die kleinen Fluchten, das gemeinsame Wochenende, an dem das Smartphone stumm bleibt. Jedes Paar hat seinen eigenen Pfad der Nähe. Paare fahren Tandem, reisen, kuscheln unter der Decke und bingewatchen Serien. Sie gehen, wann immer sie können, ins Kino. Sie fühlen sich nah beim Bewirten von Freunden, beim Tauchen, bei der Gartenarbeit. Nähe entsteht nicht zwingend aus körperlicher Nähe oder nur in der abgeschiedenen Zweisamkeit. Aber wir spüren deutlich, ob wir verbunden sind oder ob uns Nähe fehlt. Falls wir sie vermissen, dann sollten wir nicht hoffen, dass sie wieder auftaucht. Wir sollten sie suchen. So wie es uns unsere Sprache anbietet: »Ich suche deine Nähe.« Das bedeutet nicht, dass ich danach Ausschau halte, wo denn deine Nähe zu mir ist, sondern dass ich aktiv Nähe schaffe. Ich kann Karten buchen, Routen planen, kleine Geschenke machen, dich öfter umarmen, dir Komplimente machen. Ich kann Nähe anbieten oder den Babysitter bestellen und einen Abend vorbereiten, an dem sie entstehen kann. Paare, deren Beziehung kriselt, vermissen oft die gemeinsamen Interessen. Dass sie nicht die gleichen Dinge lieben und keine Leidenschaften in ihrer Freizeit teilen, machen sie verantwortlich für ihre fehlende Nähe und Entfremdung. Es macht natürlich eine Beziehung einfacher und ist schön, wenn beide begeisterte Segler oder Radfahrer sind. Aber Nähe geht nicht deshalb flöten, weil es keine gemeinsamen Hobbys gibt, sondern durch ungelöste Konflikte. Jetzt das Gemeinsame zu vermissen ist ein Symptom, keine Ursache. Wir nehmen in Krisen das Fehlende nur deutlicher wahr und vermuten dann, dass unsere Nähe deshalb fehlt. Immer, wenn wir Probleme oder schwierige Gefühle haben, suchen wir eine Erklärung dafür. Und greifen dann nach der nächstbesten Erklärung, die sich uns anbietet. Die fehlenden gemeinsamen Interessen stehen uns deutlich vor Augen, sind aber selten die Ursache. Wir müssen stattdessen herausfinden, wann und wodurch unsere Nähe abgenommen hat und in der Folge immer mehr verschwunden ist. Meistens war es ein langsamer, schleichender Prozess. Den wir nicht gestoppt haben, weil uns der Verlust an Nähe Angst gemacht hat. Wenn die Nähe nicht mehr sicher ist, wäre es logisch zu beschließen, sich gemeinsam Zeit zu nehmen. Doch wenn nur noch wenig Nähe möglich ist, haben wir Angst vor der Paarzeit. Wir vermeiden es zum Beispiel, ein Wochenende nur zu zweit zu verbringen, weil wir fürchten, dann die Leere, die fehlende Nähe zu spüren. Im Alltag sind wir abgelenkt. Wir wissen um die fehlende Nähe, spüren sie aber nicht so schmerzhaft und können sie verdrängen. Drei Tage im Hotel oder gar zwei Wochen, nur wir zwei, das macht Angst. Dann schaffen wir es nicht zu buchen, um die Nähe wieder anzustoßen. Dann müssen wir erst aufarbeiten, wieso unsere Nähe verschwunden ist.

Freundschaft

Wirklich gute Freunde sind Menschen, die uns genau kennen und trotzdem zu uns halten.

Marie von Ebner-Eschenbach

»Freundschaft plus« werden Beziehungen genannt, in denen Freunde irgendwann auch Sex miteinander haben. Und im Grunde ist eine tiefe Freundschaft plus eine ekstatisch-verbindende Sexualität die ideale Beziehung. Aber unsere Partnerwahl ist romantisch orientiert, wir glauben an die große Liebe, und deshalb verbirgt sich in unseren romantisch gewählten Partnerschaften auch ein Problem. Wir finden nicht unbedingt Mr oder Ms Richtig, sondern Mr und Ms Wichtig. Wichtig ist in unserem Erleben das, was intensiv ist, was uns aufregt und nicht kaltlässt. Und Konflikte, unerledigte Gefühle, Ängste, Herausforderungen, selbst Ärger und Schuldgefühle sind aufregend. Deshalb wählen wir einen Liebespartner, der auf der Suche nach einem guten Freund möglicherweise nicht unbedingt in die engere Wahl gekommen wäre. Andererseits erwarten wir von unserem Liebespartner viel mehr als von unseren guten Freundinnen.

Mit Freunden und Freundinnen müssen wir nicht in allem übereinstimmen, wir erwarten nicht, rundum geliebt zu werden – von unserem Liebespartner schon. Mit Freundinnen sind wir toleranter, freund-licher. Wir achten mehr darauf, dass wir eine gute Zeit miteinander haben, als uns über jede Irritation auseinanderzusetzen. Freunden gestehen wir mehr Eigenarten zu, wir haben nicht den Drang, mit ihnen zu verschmelzen. Freundschaftliche Nähe ist ruhiger. Wir bekämpfen nicht, was uns trennt, was uns fremd an unserer Freundin bleibt. Mit unseren nahen Freunden sind wir oft die angenehmeren Menschen. Wir suchen mit ihnen danach, uns gegenseitig unsere besten Seiten zuzuwenden. Wir möchten viel gemeinsam lachen. Wir vertrauen einander auch unsere Schattenseiten an, jedoch ohne zu verlangen, dass sie uns davon befreien. Wir erwarten weniger, und das macht es leichter, das anzunehmen, was sie uns anbieten. Eine andere Sicht ist, dass wir mit Freunden respektvoller umgehen. Gegenüber unserem Partner lassen wir uns gehen. Wir beschützen ihn nicht vor uns. Charmante, verständige Männer und Frauen verwandeln sich in den eigenen vier Wänden in gnadenlose Dauerkritikerinnen und wütende Besserwisser. Und zerstören so die mögliche Nähe.

Mit Freunden gehen wir gemeinsam in Clubs und auf Konzerte, spielen Tennis, spielen Karten oder gamen, treffen uns in der Sauna oder mit den Kindern auf dem Spielplatz. Wir haben unsere Rituale und feiern zusammen. Das sollten wir mit unserer Liebespartnerin auch tun. Geteilten Interessen folgen, schöne Dinge gemeinsam erleben. Wir unterstützen unsere Freundinnen. Und bestärken sie und unsere Freundschaft. Wir schätzen sie und sagen es ihnen. Wir loben sie, wir bewundern ihren Humor oder wie sie sich durchsetzen können, wir lernen von ihnen, und auch das sagen und zeigen wir ihnen. Und das sollten wir mit unserem Liebespartner tun. Eine Atmosphäre von Wertschätzung und Zuneigung zwischen uns erhalten. Wir gehen immer wieder auf unsere Freunde zu und sie auf uns. Und mit jedem sind wir auf eine andere Art verbunden. Über den Kanal, auf dem wir uns am besten verstehen. Mit der einen Freundin ist unser Kontakt ernst und nachdenklich, mit der anderen gefühlvoller und mit noch einer anderen Comedy. Wir treffen uns darin, wo wir uns am leichtesten treffen können. Und das sollten wir mit unserer Liebespartnerin auch tun. Eine gute Freundschaft ist in einer Liebesbeziehung die beste Basis für Nähe. Und sich in schwierigen Situationen mit der Partnerin die Frage zu stellen: »Was würde ich jetzt gegenüber einer Freundin tun?«, ist eine sinnvolle Selbstreflexion.

Etwas, das wir auch für unsere Freundschaften brauchen, ist in Liebesbeziehungen extrem wichtig: am Leben des anderen so teilzunehmen, dass wir wissen, wofür er sich begeistert, was ihn beschäftigt. Also an seiner Welt so teilzunehmen, dass wir eine Landkarte zeichnen könnten, auf der abgebildet ist, wie seine Welt und seine Wünsche gerade aussehen. Eine »Love-Map« nennt das John Gottman. Was ist ihr Lieblingsessen? Welche Sportart würde sie gerne mal ausprobieren? Vor welcher Krankheit aus ihrer Familie hat sie am meisten Angst? Love-Maps müssen immer wieder auf den neuesten Stand gebracht werden. Denn sie sagen uns auch, wodurch wir unserer Liebsten eine Freude machen können. Welchen Gefallen könnten wir ihr tun? Welches kleine Geschenk würde sie freuen? Und überhaupt, auf welche Weise erreiche ich sie am besten? Ist ihr eine Stunde Kuscheln mehr wert, als zehn Stunden gemeinsam den Keller aufzuräumen? Was erreicht sie mehr: Unterstützung oder Zärtlichkeit? Nähe entsteht, wenn wir uns annähern. Annähern an den Partner. Wenn wir ihn so unterstützen, wie *er* es sich wünscht, nicht wie wir gerne unterstützt werden. Wenn ich erschöpft bin, dann bedauert mich Claudia, was mich eher wütend macht; ich suche einfach ihr Verständnis oder ein Angebot, wie sie mir etwas abnehmen könnte. Wenn sie erschöpft ist, analysiere ich, woher es kommt und wie es zu verhindern wäre. Was sie eher noch mehr erschöpft. Sie möchte verstanden und betüdelt werden. Wir bieten einander immer schnell an, was uns selbst guttäte, aber nicht, was die andere sich wünscht. Umgekehrt können wir an dem, was unser Liebespartner uns anbietet, auch ablesen, was er sich wünscht und was wir ihm zu wenig anbieten.

Wenn die Partnerin etwas belastet, was wünscht sie sich dann? Mir ist noch kein besseres Bild als »Rotwein oder Blaumann« eingefallen, um die Unterscheidung zu beschreiben, die dann wesentlich ist. Rotwein – das ist die emotionale Unterstützung. Unsere Liebste ist an der Supermarktkasse wüst beschimpft worden und fühlt sich elend. Wir fühlen mit ihr, sind für sie da, wie bei einem entspannten Glas Rotwein. Wir geben den Gefühlen Raum. Mitgefühl ist eine starke Kraft. Blaumann – das ist die lösungsorientierte Unterstützung, das Mitdenken, die Ideen, die Lösungsvorschläge.

Wir überlegen, was sie hätte sagen sollen, was sie sagen kann, falls sie dem Typen noch mal begegnet. Wir erklären ihn zum Arschloch. Das ist gut gemeint, tut aber längst nicht immer gut. Weil die Gefühle unversorgt bleiben. Und unsere Partnerin leicht das Gefühl bekommt, sie hätte es nur anders machen müssen, dann wäre alles kein Problem gewesen.

Fürsorge

Der Philosoph Harry Frankfurt hat über Liebe nachgedacht und kam zu der Erkenntnis, dass Liebe letztlich »care« sei, was im Deutschen Fürsorge und Sorge entspricht. Fürsorge ist Nähe, denn Fürsorge ist sich einfühlen, achtsam beobachten, helfen und unterstützen. Fürsorge ist eine warme Decke. Sie ist der gelebte Wunsch, für den anderen da zu sein. Der Umsorgte spürt dadurch die Erleichterung, nicht ganz allein für sich sorgen zu müssen. Einseitige Fürsorge ist unbefriedigend, eine Wiederholung der Kindheit. Durch einseitige Fürsorge werden Gefühle vermieden. Wer die Rolle des »Betreuungsfalls« einnimmt, vermeidet, »groß« zu sein, für sich selbst einzustehen und vielleicht zu scheitern. Wer die Rolle der starken Helferin übernimmt, vermeidet, »klein« zu sein, die eigenen bedürftigen Gefühle zu spüren und sich angewiesen zu fühlen. Fürsorge sollte gegenseitig sein. Aber sie sollte nicht nur der Partnerin gelten, sondern auch der Beziehung, unserem Wir. Hilfreich ist dann der Blick von außen darauf, wie wir unseren Zeitkuchen aufteilen. Sorgen wir für Paarzeit? Hören wir manchmal gemeinsam unsere Musik, die, die wir gehört haben, als wir ein Paar wurden? Alleine die Idee, dass wir für unser Wir sorgen müssen und es nicht für selbstverständlich nehmen, bewirkt schon eine Veränderung, die es einfacher macht zu hören, wenn unsere Partnerin fehlende Nähe beklagt.

Entschuldigen, verzeihen, versöhnen

Verzeihen ist zweifach gesegnet.
Es segnet den, der gibt, und den, der nimmt.

William Shakespeare

An einem regnerischen Tag bittet ein Mann Passanten darum, einmal kurz ihr Handy benutzen zu dürfen. Manche bittet er einfach freundlich darum. Bei anderen beginnt er mit: »Es tut mir wirklich leid, dass es so regnet« und bittet dann erst um das Handy. Der Mann ist Schauspieler und Teil eines psychologischen Versuchs. Wenn er direkt um das Handy bittet, geben es ihm 10 Prozent der Angesprochenen. Wenn er sich zuerst entschuldigt, geben ihm 50 Prozent der so Angesprochenen ihr Phone.[20] Eine Entschuldigung verrät uns, dass sich jemand in uns hineinversetzt. Dass er versteht, welche Schmerzen oder Unannehmlichkeiten er uns bereitet hat. Wenn jemand einen Fehler zugibt, empfinden 90 Prozent aller Menschen Hochachtung für ihn.[21] Und wie in diesem Experiment zu sehen ist, gilt dies auch dann, wenn er sich für etwas entschuldigt, das er gar nicht verschuldet hat, auf das er überhaupt keinen Einfluss hat.

Wir werden einander immer wieder verletzen. Und Liebesbeziehungen, in denen wir so viel voneinander erwarten, sind der Ort, wo wir am leichtesten verletzt werden. In der Nähe sind wir wie die berühmten Stachelschweine bei Schopenhauer, die zusammenrücken, um sich gegenseitig zu wärmen, aber sich umso mehr stechen, je näher sie sich kommen. Je näher wir uns kommen, desto weniger schützen wir uns selbst, desto mehr vertrauen wir einander, und desto mehr trifft uns jede Unachtsamkeit und jeder Verrat.

Sich entschuldigen zu können, zu verzeihen und sich zu versöhnen, ergeben den Superkleber, den wir in jeder Liebe brauchen, um Nähe aufrechtzuerhalten. Wenn wir uns nicht aussöhnen, sind wir uns nicht mehr nah. Die Kränkung, die Verletzung steht zwischen uns. Der Love-Story-Spruch: »Liebe heißt, niemals um Entschuldigung bitten zu müssen« ist schlichtweg großer Schwachsinn.

Doch sich zu entschuldigen, ist nicht einfach. Wir leben in einer Schuldkultur und sind deshalb sehr anfällig für Schuldgefühle. Wenn sie zu stark werden, sind sie unerträglich. Dann wehren wir uns gegen sie oder verleugnen unsere Schuld. Wir entschuldigen uns gar nicht oder sind darauf fixiert, uns zu rechtfertigen. Daraus entstehen dann die Entschuldigungen, die wir alle kennen: »Ja, natürlich hätte ich dich nicht vor allen lächerlich machen sollen, aber ich war auch schon ziemlich angetrunken und dachte, die meisten wüssten es ohnehin …« Aber. Eine Entschuldigung kommt nur an, wenn sie für sich steht. Wenn sie nicht eingeschränkt wird. Durch unser »Aber« und unsere Rechtfertigungen fordern wir den verletzten Partner auf, uns zu verstehen. Wo *er* doch gerade unser Verständnis für sich braucht, um uns verzeihen zu können. An der Ohio State University ergab eine Untersuchung, dass eine Entschuldigung angenommen werden kann, wenn der »Schuldige« sein Verhalten bedauert. Wenn er seinen Fehler in der Entschuldigung benennt. Die Verantwortung übernimmt. Ausspricht, dass er bereut. Anbietet, es wiedergutzumachen. Um Verzeihung bittet. Aber am wichtigsten ist es, die Verantwortung zu übernehmen. Und genau das verhindert ein »Aber«.

Möglicherweise reagiert die »Verletzte« noch einmal mit allen Vorwürfen, Anklagen und ihrem geballten Frust, und wir müssen sprichwörtlich das Haupt gebeugt lassen und erlauben, dass sie alles über uns ausgießt, bis sie sich dem Verzeihen-Können angenähert hat. Sich entschuldigen und um Verzeihung bitten, ist eine Superkraft. Sofern es glaubhaft ist und ankommt. Vielen Menschen fällt beides schwer, weil sie damit nicht verbinden, dass sie die Verantwortung für ihr Handeln übernehmen, sondern dass sie Schuld auf sich laden. Sie wurden als Kinder gezwungen, sich zu entschuldigen. »Was sagt man?« »Entschuldigung!« »Na bitte, warum nicht gleich so?« Und dann durfte man wieder spielen gehen. Die Entschuldigung war eine Unterwerfung. Es ging zu wenig darum, sich in die betroffene Person hineinzuversetzen, und zu viel darum, ordentlich betroffen zu sein und sich schlecht zu fühlen. Niemand möchte wieder in diese Gefühle zurück. Das Empathisch-Mitfühlende, das eine Entschuldigung ausmacht, bleibt fremd. Doch letztlich kommt eine Entschuldigung genau deshalb an, weil ich erlebe, dass es dich verletzt, dass du mich verletzt hast. Weil es dir nicht egal ist, sondern mein Schmerz dir wehtut, dich berührt. Das ist entscheidend. Wir haben keine Sicherheit in unserem Miteinander. Meine Sicherheit für unsere Beziehung bist du. Unsere Liebe, unsere Verbundenheit, das ist meine Sicherheit. Dass es morgen noch so sein wird, wie es heute ist; dass du noch da sein wirst; dass ich dir wichtig bin. Das ist mein Schutz. Wenn ich fühlen kann, was du für mich empfindest, weiß ich, dass du die Nähe zu mir nicht verlieren willst. Ich liege dir am Herzen. Das zu fühlen macht es mir möglich, mich wieder für dich zu öffnen.

Wir tun uns auch deshalb so schwer, uns zu entschuldigen, weil keine entsprechende Kultur existiert und wir dafür kaum öffentliche Beispiele kennen. Durch die aggressiven Attacken in den sozialen Netzwerken entschuldigen sich zwar mittlerweile häufiger Menschen für ihre Äußerungen, aber es fühlt sich dann meistens wie ein letzter Rettungsversuch von jemandem an, der sich an die Wand gepresst fühlt und Angst hat, seine Follower zu verlieren. Und es bleibt unklar, wie weit derjenige wirklich das Bedürfnis hat, um Verzeihung zu bitten. Politiker erinnern sich nicht richtig, Anwälte erklären ihre prominenten Klienten für unschuldig, Firmenbosse haben von nichts gewusst. Es kommt selten vor, dass jemand öffentlich für sein Land um Vergebung bittet, so wie Willy Brandt in Polen wegen der deutschen Kriegsgräuel, was ein riesiger Schritt war, um alten Hass und Ressentiments aufzulösen. Oder dass sich jemand öffentlich entschuldigt wie die dänische Königin Margarete. Sie hatte einem Teil ihrer Familie die Titel entzogen, weil sie befand, dass es zu viele Prinzen und Prinzessinnen im Staate Dänemark gäbe. Ihr jüngster Sohn reagierte gekränkt, woraufhin sie öffentlich bekannte, unterschätzt zu haben, wie sehr er und seine Familie sich getroffen fühlten: »Das macht einen großen Eindruck auf mich und tut mir sehr leid.«[22]

Verzeihen und sich versöhnen sind die andere Seite der Entschuldigung. Kann ich die Entschuldigung annehmen und der »Täterin« vergeben? Verzeihen geschieht nicht einfach. Es beinhaltet immer eine Reihe von Entscheidungen. Ich kann meiner Partnerin endlos zeigen, wie gekränkt und verletzt ich bin. Ich kann sie auch immer wieder befragen, wie es dazu kam, dass sie in meinem Smartphone rumgeschnüffelt hat. Ich kann endlos wüten und weinen. Aber irgendwann muss ich den Schritt machen und mich dafür entscheiden, mich selbst um meinen Schmerz zu kümmern. Sie kann nichts mehr für mich tun. Ich muss damit fertigwerden. Der Schritt, ihr zu vergeben, ist kein Gnadenakt. Er dient nicht ihr, sondern mir. Verzeihen und vergeben sind notwendig. Sonst drohen alle möglichen psychosomatischen Beschwerden. Von Rückenschmerzen bis Bluthochdruck. Wenn ich vergebe, löse ich mich von meiner Opferrolle, verzichte auf Vorwürfe und Hass, aber auch auf die Macht, dass meine Partnerin noch in meiner Schuld steht. Vergeben ist loslassen. Es hinter mir lassen. Ein Neustart. Manchmal kann dabei ein Ritual helfen. Etwas vergraben, versenken, verbrennen. Oder eine Genugtuung verlangen.

Um Verzeihung zu bitten, das verletzende Verhalten tief zu bedauern, verzeihen zu können, dem zu vergeben, der uns verletzt hat, und so eine Versöhnung möglich zu machen, sind wichtige Prozesse, damit eine Liebesbeziehung weiterleben kann. Paare scheitern daran. Sie glauben, die Verletzung überwunden zu haben. Doch nach Jahren stellt sich heraus, dass sie nur verdrängt worden war, und die alte Verletzung bricht wieder auf. Deshalb ist es für ein Paar wichtig, sich mit den Gefühlen, die ausgelöst wurden, wirklich auseinanderzusetzen, statt vorschnell, um die Verbindung nicht weiter zu belasten, »Schwamm drüber« zu denken und zum Alltag zurückzukehren.

Dankbarkeit

Haben Sie Ihr Kind heute schon gelobt? Diese Frage war in den 80er-Jahren der Kernsatz einer Kampagne des Kinderschutzbundes. Immer noch eine gute Frage, wenn auch das Loben von Kindern mittlerweile zu wahren Lob-Orgien führt, was neue Probleme schafft. Aber haben Sie heute Ihren Partner schon gelobt? Ihm etwas Wertschätzendes, Anerkennendes gesagt? »Dankbarkeit und Wertschätzung sind der Schlüssel für mehr Glücksempfinden«, so ein Fazit einer Untersuchung. Es geht darum, die Aufmerksamkeit auf das zu richten, was da ist, was es schon gibt. Und nicht darauf, was noch erreicht werden kann und soll. Diese Haltung einzunehmen, macht uns zufriedener. Sie auszusprechen, schafft Nähe. In unbefriedigenden Partnerschaften gibt es ein Zuviel an Sarkasmus, Kritik, Desinteresse, Drohungen, verächtlichen Bemerkungen und Unaufmerksamkeit. Und ein Zuwenig an Zustimmung, Komplimenten, Empathie, Lob, Interesse, Aufmerksamkeit und Bekundungen von Zuneigung. Niemand sollte falsche Komplimente machen oder krampfhaft nach Lobenswertem suchen, nur weil er in einem Ratgeber gelesen hat, dass Loben wichtig ist. Aber Nähe möchte auch geäußert werden. Wenn wir aus dem Restaurant gehen und uns umarmen und verabschieden, dann sagen wir zu unseren Freunden: »Das war schön mit euch!« Sagen wir zu unserer Partnerin oft genug: »Es ist schön mit dir«? Eine Kultur der Wertschätzung entsteht, wenn wir unsere Wahrnehmung auf das lenken, was wir selbstverständlich als gut und gegeben hinnehmen. Und unser Lob nicht für uns behalten. Haben Sie heute Ihre Partnerin schon einmal dankbar angeschaut? Dafür, dass sie ihr Leben mit Ihnen teilt. Für die bereichernden Dinge, die sie in Ihr Leben trägt. Haben Sie heute Ihren Partner schon einmal liebevoll angeschaut? Weil er ist, wer er ist. Und wegen der guten Eigenschaften, die ihn ausmachen. Tun Sie es! Es gibt einen Versuch mit Babys, die auf einer Glasplatte zu ihrer Mutter krabbeln. An einer Stelle gibt es eine optische Klippe, unter der Glasplatte geht es tief hinab. Die Babys schauen auf ihre Mütter. Wenn diese ängstlich guckt, kriecht das Baby nicht weiter. Lächelt die Mutter, krabbelt das Baby zu ihr hin.[23] In Liebesbeziehungen gibt es viele Klippen, die uns daran hindern, zueinander zu krabbeln. Unser positiver Blick aufeinander ist das Lächeln, das uns hilft, Klippen zu überwinden. Zuneigung müssen wir zeigen. Nähe zu suchen ist die natürliche und erste Strategie unseres Bindungssystems, wenn wir Schutz oder Unterstützung brauchen.

Nähe ist in Beziehungen eine Kultur, die wir pflegen und entwickeln, um Geborgenheit und Verbundensein erleben zu können. Nähe lässt sich herstellen. Und falls wir sie nicht herstellen können, stehen wir vor der großen und bedrohlichen Frage, was unserer Nähe im Weg steht.

TEIL III

Gefühle

Es ist ein kurioses Phänomen, dass ich mich verändern kann, wenn ich mich so akzeptiere, wie ich bin.

Carl Rogers

Wir beginnen unsere Beziehungen, weil wir so intensive Gefühle füreinander haben. Wir beginnen eine Paartherapie, weil wir uns nicht mehr wohl miteinander fühlen. Wir trennen uns, wenn wir »nichts mehr füreinander empfinden«. Liebe ist ein Gefühl. Liebesbeziehungen sind Gefühlsbeziehungen. Das ist banal. Wir gehen keine Ehen mehr ein, um gemeinsam zu überleben, unsere Königreiche zu vereinigen oder damit der Dorfklatsch endlich ein Ende hat. Wir sind aus Liebe ein Paar. Wir wissen das, aber wenn es darauf ankommt, vergessen wir es.

Salih ist mal wieder spät dran. Hektisch betritt er die Schulaula, um den Auftritt seiner Tochter zu erleben. Seine Frau, Diana, zischt ihn an: »Typisch!« Als die Tochter später endlich im Bett ist, beginnen sie zu streiten. Dass er nicht einmal seiner Tochter zuliebe rechtzeitig da sein kann. Sie habe sich ja schon daran gewöhnt, dass er sie nicht so wichtig nehme. Aber seine Tochter!! Salih beginnt zu erklären, dass er wirklich nicht eher aus dem Büro wegkonnte und dann noch in einen Stau geraten sei. Was Diana damit kontert, dass er nicht erst seit drei Wochen in der Großstadt lebe und ja wohl wisse, dass er das mit einplanen müsse. Außerdem seien das Ausreden, er komme ja immer zu spät. Worauf Salih erklärt, dass er keinesfalls »immer« zu spät komme und sie ihm mal wieder etwas anhängen wolle. Er mache ja nie etwas richtig, und ihre zwanghafte Pünktlichkeit gehe ihm auch auf die Nerven. Worauf Diana empört zurückweist, zwanghaft zu sein, woraufhin ... es Streit vom Feinsten und eine Woche lang schlechte Stimmung gibt. Eine Gefühlsbeziehung? Keiner von beiden spricht auch nur ein einziges eigenes Gefühl an. Und für die Gefühle des anderen interessieren sie sich erst recht nicht. Dabei wäre so viel zu besprechen. Salihs Scham. Dianas Enttäuschung und Verletztheit. Salihs Ärger, sich in die Ecke gedrängt zu fühlen. Dianas Angst, nicht mehr wirklich geliebt zu werden. Doch selbst wenn Gefühle benannt und gesehen werden, gelingt es Paaren, ihnen auszuweichen. Als Diana in einer anderen Situation sagt, dass sie neidisch und unglücklich sei zu sehen, wie viel liebevoller er seine kranke Schwester umsorge als sie, antwortet Salih: »Ich höre, was du sagst, aber ich war nicht fürsorglicher zu meiner Schwester.« Fakten, Fakten, Fakten, über die man wunderbar streiten kann, weil jeder seine eigenen hat.

Wir klären Inhalte, und wir scheitern dabei an unseren emotionalen Reaktionen. Doch nur über die Brücke der Gefühle erreichen unsere Anliegen den anderen. Wenn der Partner auf unsere Gefühle eingeht, entsteht Verstehen. Wenn wir unsere Gefühle übergehen, machen wir uns das Leben schwer. Und killen unsere Paarbeziehung. Gefühle sind kein nice to have, kein Accessoire des angenehmen Lebens und auch keine üble Nebenwirkung einer schwierigen Beziehung. Gefühle *sind* die Beziehung.

Gefühl, Emotion, Affekt – was, bitte schön, ist denn nun was? »Jeder scheint zu wissen, was Emotionen sind – bis er sie definieren soll«, so der Wissenschaftsjournalist Rüdiger Vass.[24] Ich möchte sie wie folgt unterscheiden. Es gibt zunächst einen affektiven Grundzustand unseres Organismus, den wir ständig fühlen. Müde, gelangweilt, gereizt usw. Das sind unsere Affekte. Sie haben stets die beiden Dimensionen angenehm oder unangenehm, und beruhigt oder erregt. Dann haben wir Emotionen. Das sind die körperlichen und mentalen Zustände, in die wir geraten. Beispielsweise Wut, Angst, sexuelles Begehren, Zuneigung oder Dominanzstreben. Manchmal nehmen wir aber auch Emotionen wahr, die wir erst mal nicht benennen können. Gefühle wiederum sind bewusst wahrgenommene Emotionen, die mit Gedanken und Reaktionen verbunden ein komplexes Erleben ergeben. Etwas vereinfacht können wir sagen, dass wir Emotionen zeigen, aber über unsere Gefühle sprechen müssen. Wir können bei Emotionen nie ganz sicher sein, ob wir sie gegenseitig richtig wahrnehmen, wie wir gleich noch sehen werden. Wir müssen die Blackbox öffnen, die wir füreinander sind. Das ist eine alltägliche Erfahrung. Den ganzen Morgen flucht unser Liebster leise vor sich hin. »Fuck, Mist, oh nee …« Wir wissen, er ist genervt. Aber wir müssen ihn fragen, und er muss uns sagen, worüber er genervt ist, was der Auslöser für seine Stimmung, für seine Gefühle ist. Zu einem Gefühl gehört immer ein Auslöser, unsere körperliche Reaktion darauf, Gedanken darüber und eine Handlungstendenz. Denn Emotionen und Gefühle sind Handlungsanleitungen. Die hochgezogenen Augenbrauen der Liebsten lösen eine Spannung in unserem Brustkorb aus, wir denken: »Passt ihr nicht, was ich gerade gesagt habe?« Und je nachdem, was unsere Handlungstendenz ist, fragen wir entweder sofort nach, was los ist, oder wir ignorieren unsere Wahrnehmung und wechseln das Thema.

Konstruierte Gefühle

Wir sehen die Dinge nicht, wie sie sind,
wir sehen sie, wie wir sind.

Anaïs Nin

Emotionen sind schwer zu ignorieren, denn sie sind für uns wichtig. Sie enthalten das Wissen, die Einsichten und Erfahrungen, die wir brauchen, um unser Leben bestmöglich zu bewältigen. Unser Gehirn reagiert mit ihnen auf die Anforderungen der Umwelt. Sie sind ein Teil der Wirklichkeit, die unser Gehirn in jedem Augenblick für uns konstruiert. Die Neurowissenschaftlerin Lisa Feldman Barrett beschreibt es in ihrem Buch »Wie Gefühle entstehen«. Unser Gehirn ist keine Kamera, die die Welt für uns abbildet. Unser Gehirn sagt uns die Zukunft voraus. Was wir als Realität erleben, hat unser Gehirn erschaffen, wir könnten auch sagen: halluziniert. Wobei es nicht irgendwelche abgedrehten Fantasien ausbrütet. Es setzt aus allen Erfahrungen, die wir haben, die Wirklichkeit für den nächsten Augenblick zusammen, damit wir bestmöglich handeln können. »Emotionen [...] bestimmen den Kurs des Handelns von einem Moment zum nächsten, so wie sie die Segel für langfristige Ziele setzen«, sagt der Neurowissenschaftler Joseph LeDoux. »Dein Gehirn fragt sich, bildlich gesprochen, in jedem Augenblick: Das letzte Mal, als ich einer ganz ähnlichen Situation begegnet bin, als mein Körper sich in einem ganz ähnlichen Zustand befunden hat, was habe ich als Nächstes getan? Die Antwort muss nicht haargenau zu der Situation passen, nur nah genug, um unserem Gehirn einen ungefähren Handlungsplan zu geben, der dir zu überleben und dich zu entwickeln hilft«, schreibt Lisa Feldman Barrett, »[...] und als ich diese spezielle Handlung geplant habe, was habe ich als Nächstes gesehen? Was habe ich als Nächstes gefühlt? Die Antwort darauf wird zu unserer Erfahrung.«[25] Wir erfahren, erleben also die Welt so, wie unser Gehirn »meint«, uns am besten auf das vorbereiten zu können, was gerade geschieht. Dafür schickt es uns keine Textnachrichten, es verständigt sich mit uns über unsere Emotionen. Emotionen sind Instruktionen für Handlungen in Situationen. Angst bedeutet: »Pass auf! Hier kann etwas Gefährliches passieren.« Ekel: »Weg davon, das ist nicht gut für dich!« Und Freude: »Das ist, was du suchst! Nimm es an!« Und natürlich sind unsere Gefühle weitaus vielschichtiger als die Textnachrichten, die ich gerade formuliert habe.

Weil wir Gefühle konstruieren, haben wir ganz individuelle Gefühle. Wir teilen sicherlich alle, was wir als Freude, Trauer, Wut,

Angst, Verachtung und so weiter bezeichnen können. Aber jeder erlebt sie auf seine Weise. So wie es in jeder Kultur Gefühle gibt, die so nirgendwo anders erlebt werden. Denken wir an das niederländische »gezellig« oder das finnische »Sisu«. In Liebesbeziehungen bedeutet es, dass wir ausführlich über unsere Gefühle sprechen müssen, weil sich deine Neugier sicher anders anfühlt als meine Neugier.

In uns existieren also keine festgelegten Gefühle, die alle Menschen auf dem Erdball teilen. Die überall, in allen Kulturen von allen Menschen sofort wiedererkannt werden, wie es lange Zeit behauptet wurde. Und noch eine liebgewonnene Idee über unser Gehirn ist ein Mythos: Wir besitzen kein dreigeteiltes Gehirn. Es gibt keinen Krieg in unserem Gehirn, bei dem sich Gefühle und Verstand unerbittlich gegenüberstehen und zu allem Überfluss noch von unten, von den Truppen der instinktiven Triebe bestimmt werden. Auch wenn es sich für uns oft so anfühlt. Gefühle sind Teil unserer Gedanken und umgekehrt. Emotionen sind ein wichtiger Teil unserer Intelligenz. Wir haben ein einziges Gehirn, und unsere Emotionen sind an allem beteiligt, was wir erleben und wahrnehmen.

Es ist also nicht der Orang-Utan in uns, der uns das Liebesleben schwer macht. Solche Konzepte sind jedoch wirkungsvoll und mächtig. Sie sind Teil unserer sozialen Realität, in der wir uns darauf geeinigt haben, was Geld ist oder was wir unter individueller Freiheit verstehen. Wie wir uns als Menschen verstehen, beeinflusst, ja, bestimmt, wie wir uns in unseren Liebesbeziehungen verhalten. Wer das gern verbreitete Bild der drei Gehirne in sich trägt, denkt und empfindet seine inneren Konflikte anders, als wenn er von *einem* Gehirn und von individuell konstruierten Gefühlen ausgeht. Im zweiten Fall können wir nicht mehr so leicht davon überzeugt sein, wir könnten unserer Liebsten wortlos ansehen, was mit ihr los ist. Wir sind in höherem Maße verantwortlich für unsere Gefühle, sie bekommen eine stärkere und andere Bedeutung. Wir sind nicht ihr Opfer, wir gestalten sie mit. Und niemand kann seiner Partnerin noch ernsthaft vorwerfen, ihre Gefühle seien unangemessen oder sinnfrei.

Umgang mit Gefühlen

Ich freue mich, wenn es regnet. Denn wenn ich mich nicht freue, dann regnet es ja auch.

Karl Valentin

In Liebesbeziehungen sind wir emotional stark gefordert. Wir geraten häufig in besonders intensive und schwierige Gefühle. Deshalb stellt sich dort die Frage, die ohnehin im Umgang mit unseren Gefühlen entscheidend ist, noch einmal dringlicher: »Habe ich meine Emotionen oder haben meine Emotionen mich?« Werde ich einfach wütend und wüte dann? Oder bin ich wütend, aber lebe das nicht gleich aus, sondern erlebe es als einen inneren Anteil von mir? Lerne ich mit meinen Gefühlen umzugehen? Der beste Ort dafür ist unsere Beziehung. Und die beste Strategie ist, Gefühle anzuerkennen, sie zu erlauben und uns dann mit ihnen auseinanderzusetzen. Was ist los, dass ich gerade so dunkle Gedanken habe? Was drücke ich nicht aus? Mit wem, wenn ich mich nicht gleich an meinen Partner wenden möchte, kann ich darüber sprechen? Das ist fruchtbarer, als sich gegen die eigenen Gefühle zu wehren. Wenn wir im Bild bleiben, dass unser Gehirn mit uns kommuniziert, dann haben wir keine Chance, es aufzufordern, damit aufzuhören. Aber wir können unsere Gefühle erforschen; unseren inneren Stimmen begegnen, die wie innere Anteile von uns sind, und uns mit ihnen auseinandersetzen. Können wir sie hören? Glauben wir ihnen? Können wir miteinander teilen, was sie sagen?

Frau G. spricht über ihre Traurigkeit und dass sie versucht, sich »zusammenzureißen«, um ihren Mann nicht zu belasten. Der ja nichts dafür könne, dass sie traurig über ihre Schwester sei. Und dann beginnt sie zu schildern, was ihre inneren Stimmen sagen: »Reiß dich zusammen. Du bist nicht so schwach! Niemand will mit so einer Heulsuse etwas zu tun haben! Dein Selbstmitleid bringt dich sowieso nirgendwo hin!« Herr G. macht große Augen. Er weiß, dass es seiner sonst immer fröhlichen Frau gerade nicht gut geht. Aber er hatte keine Ahnung, wie es in ihr aussieht. Es ist sicher noch ein längerer Weg für Frau G., sich nicht immer zusammenzureißen, so wie sie es gelernt hat. Und wie sie es jahrelang durchgehalten hat. Mehr von ihren Gefühlen und ihren inneren Dialogen mit ihrem Mann zu teilen kann ein wichtiger Schritt dahin sein.

»Wenn wir von einem Gefühl überrannt sind und unfähig, uns zu beruhigen, verlieren wir unser Zeitgefühl. Wir können nicht mehr klar denken und sind überzeugt, dieser schreckliche Zustand werde ewig anhalten«, schreiben Tronick und Gold.[26] Um uns selbst und unsere Partnerinnen davor zu bewahren, von Gefühlen überrannt zu werden, brauchen wir eine Distanz zu unserem Erleben. Wenn wir unsere inneren Anteile fühlen und im Kontakt mit ihnen sind, sollten wir versuchen, *für* unsere Anteile zu sprechen und nicht *aus ihnen heraus*.

»Du bist ein Angeber!« ist anders als: »Ich merke immer mehr, wie irritiert ich manchmal über dein Verhalten bin, wenn du so aufdrehst.« »Unser Sex ist eine horizontale Katastrophe!« ist anders als: »Es gibt eine Unzufriedenheit in mir über unsere Sexualität, die ich nicht ignorieren will.« »Ich weiß überhaupt nicht mehr, ob ich unsere Beziehung noch will« ist anders als: »In mir gibt es immer wieder Zweifel an unserer Beziehung, die gerade lauter werden.«

Im Ernst, Herr Holzberg? Sprechen Sie so über Ihre Gefühle? Nein, nicht immer. Aber ich mache es, wenn es nötig ist. Wenn ich ein schwieriges Thema anspreche. Meistens stottere ich mich mehr durch meine Gefühle und bin dann dankbar, eine geduldige Partnerin zu haben. Aber ich hoffe, dass über solche ungewöhnlichen und etwas weltfremd klingenden Beispielsätze klar wird, worum es geht. Dass es hilft zu verstehen, was besser wäre. Um sich in diese Richtung zu bewegen. Ausprobieren. Sich dem annähern. Dranbleiben.

Denn sobald ich direkt *aus* meinem inneren Kritiker *heraus* spreche, kritisiere ich. Meine Partnerin fühlt sich kritisiert. Und statt unsere Netflix-Serie zu gucken, zu kuscheln und uns wohlzufühlen, haben wir eine weitere Folge der »Immer-kritisierst-du-mich-ich-weiß-gar-nicht-mehr-warum-wir-noch-zusammen-sind-Diskussion«. Wenn ich stattdessen *für* diesen Teil in mir spreche, ist es möglich, dass meine Partnerin hören kann, was in mir vorgeht. Dass sie überhaupt mitbekommt, *dass* etwas in mir vorgeht. Was wir oft für selbstverständlich halten. Aber woran viele Partnerinnen herbe Zweifel haben, weil sie viel zu wenig darüber erfahren, was in ihrem Partner vorgeht. Sie glauben, er mache sich gar keine Gedanken über die Beziehung. Er fühle gar nicht mit. Er gebe sich keine Mühe. Wir haben ja alle gelernt, uns nicht so wichtig zu nehmen. Hier gilt das Gegenteil. Ob ich extra in drei Läden war, um ihre Lieblings-Cookies zu finden. Innerlich schon tagelang mit mir kämpfe, ob ich ihr sage, dass ich nicht mit zur Hochzeit ihrer Freundin kommen möchte. Oder immer noch damit ringe, wie ich mich und sie in unserem letzten Streit beurteilen soll. Sobald meine Partnerin miterleben kann, wie ich mich damit auseinandersetze, kann sie, wenn alles super läuft, sogar nachvollziehen, dass mein innerer Kritiker noch jemandem das Leben schwer macht. Mir.

Gefühle sind nicht einfach nur. Und wir sind auch nicht einfach von ihnen abhängig und bestimmt. Wir bearbeiten unsere Gefühle ständig. Zum Beispiel durch Umdeuten. Ich ging unter der S-Bahn-Brücke unweit unseres Hauses hindurch, als ein Vogel, der oben auf der Brücke saß, tat, was Vögel tun. Er kackte mir auf die Hand. Vor der Haustür traf ich auf zwei Nachbarinnen, sagte: »Jetzt kacken einem die Vögel schon auf die Hand!« und zeigte ihnen den fetten grünen Fleck auf meinem Handrücken. »Ihhh, wie eklig!«, sagten beide und verzogen das Gesicht. Um dann schnell hinzuzufügen: »Aber das bringt Glück! Du musst dir jetzt ganz schnell was wünschen!«, und schon strahlten sie. Ich wünschte mir, dass sie sich etwas wünschen. Aber das wollten sie dann auch wieder nicht. Denn natürlich glaubten sie nicht daran, dass ein Vogelschiss zur Wunscherfüllung taugt. Doch darum ging es in ihrer Bemerkung ja auch gar nicht. Sie deuteten unbewusst die Situation um und veränderten ihre Gefühle von Ekel zu Freude, von Hilflosigkeit zu Hoffnung. Sie brauchten sich nicht einmal Mühe zu geben, denn dass Scheiße, der man nicht ausweichen konnte, Glück bringt, ist eine Umdeutung, die wir gelernt haben.

Um auf schwierige Gefühle im Miteinander anders zu blicken, können wir uns fragen, was das Gute an diesen Gefühlen und an denen unserer Partnerin ist. Oder was das Gute sein könnte. Die Wut unserer Partnerin sagt auch, dass wir ihr nicht gleichgültig sind. Unser Frust verrät uns unsere Sehnsüchte und signalisiert uns, sie nicht passiv zu ertragen. Wenn uns der Liebste gerade furchtbar nervt, können wir gute Gefühle zu Hilfe holen. Welche liebevollen Seiten hat er, welche guten Gefühle kann er auch in uns hervorrufen? Das macht es leichter, in die Auseinandersetzung zu gehen.

Was aber nicht bedeuten soll, dass wir versuchen, immer nur gute Gefühle füreinander zu haben. Das ist vergebliche Liebesmüh. So ist die Liebe nicht. Im Gegenteil. Wir werden dunkle Gefühle gegenüber unseren Liebsten haben. Fiese Fantasien, wo wir ihn am Kragen packen möchten, ihn scheitern sehen wollen. Wir entwerten ihn, finden ihn einfältig, egozentrisch. Er ist furchtbar. Wir haben Hassgefühle. Wie können wir nur mit ihm leben? Wir wollen solch abwertende Gedanken nicht haben, aber wir haben sie. Wenn wir uns deshalb schuldig fühlen, gewinnen sie Macht über uns. Und es kostet uns endlos Energie, diese Gedanken immer wieder wegzuschieben. Wenn wir schamvoll verbergen, dass wir so denken und fühlen, beginnt es uns daran zu hindern, unserem Partner unbelastet zu begegnen.

Wir leben besser, wenn wir im Einklang mit unseren Gefühlen leben. Und wir leben zufriedener, wenn wir mit unseren Gefühlen nicht allein bleiben. Partner, die nicht oder nur ungern über ihre Gefühle sprechen, machen Beziehungen schwierig. Wenn nicht unmöglich. Gerade Männer bestehen oft darauf, Dinge doch vernünftig zu besprechen. Aber reine Vernunft bringt uns in Beziehungen so weiter, als würden wir versuchen, mit einem Waschlappen zu paddeln. Wir können lernen, Gefühle zu beruhigen. Aber dazu müssen wir uns nicht von ihnen wegbewegen, sondern auf sie zu.

Eine Metastudie fand drei schädigende Verhaltensweisen im Umgang mit Gefühlen heraus.[27] Erstens: Grübeln. Für Liebesbeziehungen bedeutet das: Sprich es an und aus, bleib nicht allein damit, teil es mit deiner Partnerin. Zweitens: Situationen vermeiden, die Gefühle auslösen können. Für Liebesbeziehungen bedeutet das: Zieh dich nicht aus dem Kontakt zurück. Arrangiere dich nicht damit, unverbunden nebeneinanderher zu leben. Und drittens: Gefühle wegdrücken, sich ablenken. Für Liebesbeziehungen bedeutet das: »Check« immer wieder beim anderen »ein« und frag ihn: »Wie geht es dir, wie geht es dir mit uns?« Und wenn du gefragt wirst, dann beantworte diese Fragen mutig und ehrlich.

Es ist wichtig, Worte für Gefühle zu finden. Denn die Gehirnzentren, die Sprache verarbeiten, kontrollieren auch das Innere unseres Körpers. Dass Worte mächtig sind, ist also keine schöne Metapher von Literaturwissenschaftlern, die ihren Fachbereich erhalten wollen, sondern unmittelbare Realität. Wenn ich dich lobe, verändern sich dein Herzschlag, deine Atmung, die Spannung deiner Muskulatur, deine Hormone, dein Stoffwechsel. Umgekehrt zerstören wir einander durch wiederholte Angriffe, Entwertungen oder Beschimpfungen. Was die Unterschiede in Gesundheitszustand und Lebensalter von Menschen in guten oder chronisch belasteten Beziehungen deutlich aufzeigen. »Name it to tame it«, reimt es sich im Englischen. Benenne es, um es zu beruhigen. Wenn wir Gefühle benennen, beruhigen wir damit unser Gehirn – und uns selbst.

Je mehr und je unterschiedlichere Worte wir für unsere Gefühle finden, desto reicher ist unser emotionales Leben. Weil wir erleben, was wir benennen können. Es macht das Leben reicher, wenn wir nicht nur dröge »Der Film? Nö, war nicht so gut« sagen. Sondern nach Worten suchen, um zu beschreiben, was er in uns ausgelöst hat. Wir haben es also in der Hand oder besser auf der Zunge, ob wir unser Miteinander lebendig erhalten. Oder ob wir in die emotionslose Ödnis entleerter Paarbeziehungen gleiten. An jene Restauranttische, an denen sich Paare schweigend gegenübersitzen und nicht mehr wissen, was sie einander zu sagen haben. Und dabei mit schreckgeweiteten Augen von den Frischverliebten betrachtet werden, die, woran auch immer sie glauben, sich anflehen, niemals dorthin zu geraten. Außerdem, so Feldman Barrett, ersparen wir unserem Gehirn viel Anstrengung, wenn es genauere Worte für die Emotionen gibt, durch die es mit uns kommuniziert.

Wir denken, dass das, was wir erleben, beeinflusst, wie wir uns fühlen. Aber viel bestimmender für unsere Beziehung ist der umgekehrte Einfluss: Wie wir uns fühlen, beeinflusst, was wir erleben. Da wir am meisten unsere Partnerinnen erleben, machen wir sie gerne für unser Befinden verantwortlich. Wenn wir uns also gerade nicht sehr wohl in unserer Haut fühlen, machen wir das am Verhalten unserer Partnerin fest. Sie scheint der Grund für unsere Missstimmung zu sein. Sie ist schuld. Aber das ist eine Zuschreibung, die häufig nicht stimmt. Die Hauptaufgabe unseres Gehirns besteht im Body-budgeting, also darin, dafür zu sorgen, dass unser Organismus rundläuft. Und das beeinflusst, wie wir wahrnehmen und welche Schlüsse wir ziehen. Weshalb wir nur hoffen können, falls wir eine Gerichtsverhandlung haben sollten, dass sie gleich nach dem Frühstück beginnt. Oder dass wir auf eine Richterin treffen, die auf den Schokoriegel steht, den wir ihr anbieten. Denn anhand von Gerichtsurteilen haben Forscher herausgefunden, dass Richter Angeklagte, die das Pech hatten, zur falschen Zeit auf der Anklagebank zu sitzen, durchweg zu höheren Strafen verdonnerten.[28] Die falsche Zeit ist kurz vor der Mittagspause. Dann sind auch Richter hungrig und unausgeglichen. Ihr innerer unbefriedigender Zustand führt dazu, dass sie die Angeklagten kritischer und ablehnender wahrnehmen und strenger verurteilen. Was auf Beziehungen gewendet nicht heißt, uns nur noch mit einem Lolli im Mund zu unterhalten, damit wir unsere Partnerin nicht zu kritisch beurteilen. Sondern dass es auch für unsere Liebesbeziehung wichtig ist, gut für uns zu sorgen. Die einfachen, aber entscheidenden Dinge, die wir ständig gepredigt bekommen: genug schlafen, uns ausreichend bewegen, uns nicht mit ungesundem Kram vollfressen und nicht saufen, was die Leber aushält. Wenn Lisa Feldman Barrett gefragt wird, wie wir nach ihren Erkenntnissen leben sollten, sagt sie, dass sie jetzt wie eine Mutter klingen werde, und zählt genau diese einfachen Regeln für ein gesünderes Leben auf. Es lohnt sich: Wenn wir uns gut fühlen, nehmen wir auch unseren Lieblingsmenschen positiver wahr.

Als ich mit einem Paar über ihre Wahrnehmungen spreche, erzählt der Mann spontan ein Erlebnis. Er ist in der Beziehung momentan verunsichert, weil seine Frau einen Freundeskreis in der nahen Großstadt hat. Er ist davon ausgeschlossen und eifersüchtig. Eines Vormittags wollte er den Rasen um ihr Haus mähen, in dem auch das Büro seiner Frau liegt; sie hatte gerade eine Zoom-Sitzung. Da der Wagen des Nachbarn ihm im Weg stand, bat er den Nachbarn, den Wagen auf der anderen Hausseite zu parken, was dieser sofort tat. Dann mähte er fast eine Stunde lang und gelangte endlich auf die andere Hausseite. Und plötzlich raste sein Herz und er erstarrte. Vor ihm stand ein Auto mit dem Kennzeichen der Großstadt. Sie hatte Besuch von einem ihrer Freunde! Wut und Verzweiflung packten ihn. Doch einen kurzen Augenblick später atmete er auf und schüttelte innerlich den Kopf über sich selbst. Das Auto, das vor ihm stand, war der Wagen des Nachbarn, den der gerade umgeparkt hatte. Sein Gehirn hatte eine Wirklichkeit konstruiert, die von seinen Ängsten bestimmt war.

Alte Gefühle

Gefühle statten einen Organismus mit Erlebnissen des eigenen Lebens aus.

António Damásio

Was unser Gehirn zunächst für uns konstruiert, ist also nicht immer angemessen. Unsere Wahrnehmungen, unsere Gefühle können uns täuschen. Und in Liebesbeziehungen täuschen sie uns besonders leicht. Weil unser Gehirn unsere Wirklichkeit aus unseren früheren Bindungsbeziehungen hochrechnet. Da sagt unser Partner: »Du wirst schon sehen, was du davon hast!«, und statt uns über seine hilflose Drohung, mit der er die Oberhand behalten will, zu ärgern, schießen uns sofort die Tränen in die Augen. Wir rennen aus dem Zimmer und wissen gar nicht, wohin mit uns. Wir fühlen uns nur noch allein und schrecklich ungeliebt. Viel ängstlicher, als es angesichts seiner Bemerkung angemessen erscheint. Wieso, beginnen wir uns zu fragen, hat das so eine Macht über uns? Und falls wir jetzt wirklich gut in uns hineinfühlen können, stellen wir uns die Frage, woher wir dieses Gefühl kennen, wann wir uns schon so ähnlich gefühlt haben. Dann fällt uns vielleicht das Damals ein. Papa hat genau das oft zu uns gesagt. Und war tagelang ärgerlich auf uns. Unser Gehirn hat das Damals auf das Heute übertragen. Aber weil unser Gehirn es so perfekt konstruiert, erleben wir es als Jetzt. Leider liegt diesem Gefühl kein Beipackzettel bei: »Achtung, Verwechslungsgefahr! Was Sie gerade erleben, ist nur eine Konstruktion aufgrund Ihrer Vergangenheit! Es könnte sein, dass das, was Sie erleben, mit der Gegenwart nicht viel zu tun hat. Fragen Sie Ihren Partner oder Lebensgefährten.«

Weil dieser Hinweis fehlt, fühlt sich alles ganz wirklich an. Und mehrere Dinge können geschehen, wenn uns dieses Gefühl und unsere Reaktion ergriffen hat.

- Unser Liebster sagt ganz freundlich, dass er uns nicht verletzen wollte. Unser Gehirn nimmt das auf, wir machen eine neue Erfahrung und beruhigen uns.
- Unser Liebster tobt, dass wir nicht glauben sollten, mit unseren Tränen irgendetwas zu bewirken. Unser Gehirn hat recht gehabt. Wir bleiben erst mal sechs Jahre alt und schrecklich allein. Und überlegen, ob wir uns nicht besser trennen sollten.
- Wir fragen uns, was wir hier gerade machen. Uns kommt unser Gefühl irgendwie unangemessen vor. Wir gehen zum Partner zurück und versuchen zu klären.
- Wir sind irritiert über unser Verhalten und bemerken, dass wir uns gar nicht in unserem erwachsenen Gefühl befinden. Wir fühlen uns klein. Wir erkennen das Gefühl wieder, und vor unserem inneren Auge taucht unser Vater auf.
- Wir reden erst in unserer nächsten Paartherapiesitzung darüber, und die Paartherapeutin fragt uns, was in uns geschieht, wenn wir darüber sprechen.

Die Psychologie spricht hier davon, dass wir aus dem maladaptiven inneren Kind heraus reagieren. Maladaptiv bedeutet, dass wir eine emotionale Reaktion zeigen, die wenig hilfreich oder schädlich ist. Doch als Kind waren wir überfordert, und Rauslaufen war die beste Lösung, die wir hatten. Sie war damals schon eine Notlösung. Heute ist sie eine noch unangemessenere und reichlich katastrophale Reaktion. Es ist nicht leicht, das alte Muster zu erkennen, aber wir haben ein paar Hinweise. Wenn uns selbst irritiert, wie heftig und intensiv unsere Reaktion ist. Wenn wir nachdenken und feststellen, dass wir uns durch unser Verhalten selbst schaden. Wenn wir in unterschiedlichen Situationen immer wieder gleich reagieren. Wenn wir in das gleiche Gefühl geraten, so als fielen wir immer wieder in das gleiche Loch, obwohl wir wissen, dass es da ist, und es umgehen wollten. Wenn wir unserem Lieblingsmenschen gegenüber nicht zugewandt bleiben können, sondern es in uns beginnt, sich eng und drängend anzufühlen. Wenn wir uns »klein fühlen«, dann sind wir vermutlich gerade klein, und uns bestimmt ein früheres Erleben.

Jeder in einer Partnerschaft ist gefordert, mit seinen Gefühlen zu sein, sie zu steuern, mit ihnen umzugehen. Wenn es uns nicht gelingt, wird es keine schöne Beziehung bleiben. Aber wir sind ja nicht alleine. Und der Spruch der Neurowissenschaftler dazu lautet: »Das Beste für unser Nervensystem ist ein anderes Nervensystem. Aber das Schlimmste für unser Nervensystem ist auch ein anderes Nervensystem.«[29] Das Schlimmste ist es, wenn wir abgelehnt und ignoriert werden. Oder wenn wir mit jemandem zusammen sind, der uns einschüchtert, bedroht oder manipuliert, sodass wir den Zugang zu uns selbst verlieren. Das Beste ist ein anderes Nervensystem, das uns beruhigt, mit uns fühlt und uns hilft, unsere Gefühle deutlicher wahrzunehmen und sie zu verstehen. Das Beste ist jemand, mit dem ich immer wieder Zeit finde, über unsere Gefühle zu sprechen. Sie zweifeln daran? Ich lebe davon. Der wichtigste Wirkfaktor in Psychotherapien ist die therapeutische Beziehung. Es ist heilsam, wenn zwei Gehirne gut zusammenarbeiten. Wie in einer guten Liebesbeziehung.

Wenn wir dagegen unsere Gefühle unterdrücken, ist das aufwendig und kostet unser Gehirn viel Energie. Es macht uns zu einem unangenehmen, ja, einem unzureichenden Partner. Natürlich geht jeder von uns immer wieder über seine Gefühle hinweg. Aber wir sind uns nicht ausgeliefert. Wir können uns immer wieder dafür entscheiden, unsere Gefühle zu teilen. Aus Untersuchungen wissen wir, dass unsere Partnerin unbewusst ohnehin die Spannung mitbekommt, die wir aufbauen, wenn wir uns gegen unsere Gefühle stemmen und sie übergehen. Eine große Studie des National Institute for Mental Health in den USA hat ergeben, dass die Therapien, die häufiger Gefühle erforschen, die besseren Therapie-Ergebnisse haben. Sie haben ja sicher schon verstanden, dass ich denke, dass eine lebendige und achtsam geführte, liebevolle Beziehung uns ähnlich wie eine Therapie hilft, ein befriedigendes Leben zu führen. Wir sind keine Therapeutinnen füreinander, aber wir sind es doch. Ein Mangel an emotionalem Austausch sagt am besten voraus, dass eine Beziehung nicht halten wird. Und noch eine letzte Studie dazu:[30] Nicht das Ausmaß an Konflikten sagt das Ende einer Beziehung voraus, sondern die Abnahme der emotionalen Interaktionen. Fühlen wir das nicht?

Liebe, das ist klar, braucht Gefühle.

Erotik

Alles, was im Geist geschieht,
wird von Empfindungen im Körper begleitet.

Buddha

Ein Paar zu sein ist etwas zutiefst Körperliches. Unsere Körper verschmelzen zwar nicht, wie wir es uns in der Ekstase wünschen, aber sie sind trotzdem nicht mehr getrennt, sondern in einer ständigen Beziehung. Was wir einerseits täglich spüren, andererseits aber auch immer wieder unterschätzen und sogar ignorieren.

Körper

Die Menschen, die wir berühren, sind die Menschen, die uns nahe sind. Das ist so selbstverständlich, dass wir es fast übersehen. In einer Partnerschaft sind wir tief verbunden. 1 Körper + 1 Körper = 1 Körper. Mit jedem Kuss gleichen wir unsere Immunsysteme an. Wenn eine die Grippe hat, bekommt die andere sie höchstwahrscheinlich auch. Wenn sich eine den Fuß verstaucht, können sie beide nicht mehr miteinander tanzen. Wenn einer erschöpft ist, fallen Haushalt und Kinderversorgung an die andere. Wenn eine krank ist, ändern sich alle gemeinsamen Pläne. Vielleicht das gesamte Leben, weil die andere sie pflegt und versorgt. Partnerinnen von herzkranken Männern sind doppelt so häufig selbst herzkrank wie Partnerinnen von gesunden Männern. Was immer auch der Grund dafür ist, Sorgen, der gleiche Lebensstil, die Belastung durch den erkrankten Partner. Wer fordert, dass die andere endlich wegen ihres Blutdrucks zum Arzt gehen soll, ist nicht übergriffig. Er kümmert sich um den gemeinsamen Organismus. Und falls das Begehren der einen nachlässt, wirkt sich das auf die andere und ihr Begehren aus. Partner sind wie zwei Gitarren, die miteinander schwingen. Das ist die Basis. In einer Liebesbeziehung sind wir wie ein Organismus.

Der Körper ist der Kern unseres Selbst. Was immer wir erleben, wir erleben es im Körper: jede Stimmung, jedes Gefühl. Lebendigkeit ist Leiblichkeit. Unser Leib mit all seinen Empfindungen und Bedeutungen ist der Ort unseres Selbsterlebens. Körperliche Berührung war unsere erste Sprache. Die ersten und eindringlichsten Bindungserfahrungen machen wir in den Armen unserer Bezugspersonen. Unsere Körpergrenze, die Haut, empfinden wir als die Grenze unseres Selbst. Und die absolute Hauptaufgabe unseres Gehirns besteht darin, die Funktionen unseres Körpers aufrechtzuerhalten und dafür zu sorgen, dass stets genügend Nahrung, Ruhephasen, Schlaf und Bewegung zur Verfügung stehen. Müssen wir uns wirklich die Bedeutung unseres Körpers vor Augen halten, wo wir doch die unumstößliche Wahrheit längst kennen? Wenn der Körper seine Funktion einstellt, sterben wir. Dann bin ich nicht mehr. Oder du bist nicht mehr. Und dann gibt es uns nicht mehr.

Resonanz

Über körperliche Resonanz sind wir in einer stetigen Verbindung miteinander, die meistens unterhalb unserer Wahrnehmung abläuft. Herzschlag und Atmung nähern sich einander an, sie synchronisieren sich bereits, wenn beide Partner nur im gleichen Raum sind.[31] Unsere Gehirne synchronisieren sich. In einem Versuch erhielt eine Versuchsperson auf ihre Hand einen elektrischen Schock.[32] Und eine danebensitzende Person zeigte exakt die gleiche Gehirnaktivität. Wir besitzen Spiegelneuronen, über die wir uns in unser Gegenüber einfühlen und empfinden, was sie empfinden. Wir nehmen die Mimik unserer Gegenüber auf und folgen zumeist unbewusst ihren Empfindungen. Wir ahmen, auch dies wieder zumeist unbemerkt, die Körperhaltungen und die Gestik unserer Gegenüber nach und passen uns ihnen an. Wir bewegen uns in einem unbewussten Tanz miteinander, in dem unsere Körper miteinander kommunizieren und verbunden sind. Resonanz ist ein Beziehungsbooster. Denn sie führt zu mehr gemeinsamer Interaktion und stärkerer Verbundenheit. Und ständig sind wir über unseren Geruchssinn miteinander verbunden. Ob wir uns riechen können, ist mitentscheidend für unsere Partnerwahl. Unser Geruchssinn ist vermutlich unser komplexester Sinn, wir können circa eine Trillion verschiedener Gerüche wahrnehmen. Wir riechen Freude, Angst, Trauer, sexuelle Erregung und Krankheiten. Auch wenn dies unserem Bewusstsein nur teilweise zugänglich ist, befinden wir uns also mit unserem Partner in einer ständigen olfaktorischen Kommunikation. Wir sind verbundener, als wir denken. Und wenn uns der Partner tatsächlich stinkt, ist das eine Rückmeldung, der wir nicht ausweichen können.

Resonanz, verbindendes Mitschwingen suchen und erzeugen wir aber auch ganz bewusst. Wir tanzen miteinander, bewegen uns im selben Rhythmus. In unserer Kultur viel weniger als in manchen anderen Regionen wie in vielen Ländern Südamerikas oder Afrikas. Uns übers Tanzen kennenzulernen, hat eine lange Tradition. Früher gingen die jungen Menschen auf die Dorffeste, um sich beim gemeinsamen Tanz kennenzulernen. Und auch heute schauen wir, wenn wir in Clubs gehen, noch auf die Bewegungen einer möglichen Partnerin und lassen uns davon berühren. Gleichschwingen macht Freude. Viele Paare besprechen ihre Beziehungsthemen auf Spaziergängen. Der gemeinsame Rhythmus des Gehens verbindet sie, während sie Themen besprechen, die sie voneinander trennen. Einander zu halten, zu schaukeln, zu streicheln, spiegelt die Gefühle des anderen am eindeutigsten und verbindendsten wider.[33] Wir singen miteinander. Wir finden im Gespräch einen spielerischen Rhythmus. Wir teilen verbal unser subjektives Körpererleben mit und stärken dadurch Resonanz und Verbundenheit: »Wenn ich dich sehe, wird mir ganz warm ums Herz.«

Berührung

Unser Tastsinnessystem entwickelt sich vor allen anderen Sinnen. Bereits in der achten Woche reagieren wir auf Berührungen. Wir sind dann zwei Zentimeter groß. Die Haut ist unser größtes Sinnesorgan, auf der fünf Millionen feine, meist unsichtbare Härchen und 300 bis 600 Millionen Rezeptoren uns Kälte, Wärme, Schmerz, Druck, Dehnungen, Vibrationen und jede Veränderung wahrnehmen lassen. Wir sind die nackten Affen mit der einzigartigen, weichen, hochempfindsamen, lustspendenden und verletzlichen Haut. Unser »Bedürfnis nach dem Berührtwerden resultiert aus hochkomplexen, lebenswichtigen biochemischen Kaskaden, die nur durch Berührungen der Haut und des Körpers ausgelöst werden können«, schreibt Martin Grunwald, Leiter des Haptik-Forschungslabors an der Universität Leipzig. Wir kennen die Bilder der armen kleinen Rhesusäffchen, die in dem berühmten Versuch von Harry Harlow von ihren Müttern getrennt wurden. Die eine, milchspendende Attrappe suchten sie nur kurz auf. Aber im Hunger nach Berührung klammerten sie sich endlos an die andere, die stoffbespannte Attrappe und kuschelten sich an. Kinder suchen ständig Körperkontakt. Kinder, die zu wenig Berührung erfahren, verzweifeln und verkümmern. Unser gesamtes Leben wirkt unser evolutionäres Erbe in Gestalt einer nie versiegenden Sehnsucht nach der Wärme einer Hand, dem zärtlichen Streicheln und der tiefen Geborgenheit einer festen Umarmung. Frühchen entwickeln sich besser, wenn sie berührt werden, Frischoperierte heilen besser, schwere

Depressionen bessern sich durch Massagen, und im Sport sind die Teams erfolgreicher, deren Mitglieder einander häufiger berühren. Wenn wir berührt werden, sind wir berührt. Nichts vermittelt uns so unmittelbar wie eine Berührung, dass wir angenommen und geliebt werden. Bloßes Händchenhalten führt bereits dazu, dass Partner sich geliebter und besser verstanden fühlen. Sie fühlen sich weniger bedroht, die motorische und emotionale Anspannung sinkt. Jede zärtliche Begrüßung lässt unseren Blutdruck sinken. Und eine kurze Nackenmassage konnte in Untersuchungen mehr Verbindung herstellen als ein intensives Gespräch. Frischverliebte haben ihre Hände ständig auf dem Körper des Liebsten. Und glückliche Paare berühren einander öfter. Je häufiger sich Partner berühren, umso näher sind sie einander. Und je näher und verbundener sie sich fühlen, umso häufiger suchen sie die körperliche Nähe des anderen und berühren einander. Wie nah und wohl wir uns in unseren Beziehungen fühlen – wir haben es zu einem Gutteil ganz real in der Hand.

Aber nicht jede Berührung berührt gleich. Ich sehe viele Paare, die sich in den Arm nehmen, halten, trösten wollen. Und viele berühren zwar, sind dabei aber mit ihrer Aufmerksamkeit nicht in ihren Händen. Sie streicheln, aber sie könnten genauso gut Krümel vom Tisch wischen. Sie fühlen die andere nicht wirklich. Tun Sie sich und Ihren Partnerinnen den Gefallen, und üben Sie, bewusster zu berühren. Unsere Hände sind hochempfindsam, es ist nicht schwer, in unseren Händen zu sein, wenn wir berühren.

Durch Berührung werden aber auch frühe Erfahrungen berührt. Der Körper erinnert sich. Und wer schlechte oder traumatische Körpererfahrungen gemacht hat, für den können Berührungen sehr unangenehm oder unerträglich sein. Auch wer gerade für sich sein will, möchte dann nicht berührt werden. Nicht jeder mag jederzeit und überall berührt werden. Wir müssen das im Kontakt mit unserem Partner klären, denn, so groß unser Hunger nach Berührungen auch ist, wir können nicht einfach davon ausgehen, dass unsere Berührungen stets willkommen sind.

Zärtlichkeit

»Es ist alles gut!«, flüstern wir den verletzbaren kleinen Wesen, unseren Kindern, zu. Aber wir lassen es unsere Hände sagen. Zärtlichkeit ist die behütende Achtsamkeit, mit der wir die Konturen ihres Körpers mit den Fingerkuppen nachzeichnen, als wollten wir sagen: »Wie gut, dass es dich gibt, sei so, wie du bist, du bist vollkommen.« Zärtlichkeit ist eine besondere Form der Berührung. Unsere Hand wird zur Antenne unserer Zuneigung. Sie sendet, was unser Herz fühlt. Zärtlichkeit ist voller Vorsicht und Respekt. Wir berühren die Grenze eines anderen Selbst, verbannen jede Aggression aus unserem Kontakt. Zärtliche Berührungen sind leicht und langsam, denn sie bauen Vertrauen auf. In der Zärtlichkeit sprechen wir zur Verletzlichkeit der Geliebten. Sie ist Ausdruck unserer Fähigkeit, uns um die anderen zu sorgen und mit ihnen mitzufühlen. Wir begleiten unsere zärtlichen Gesten mit zärtlichen Blicken. Wir machen uns weich, wir öffnen uns und unsere Partnerin.

Zärtlichkeit hat zwischen Erwachsenen eine zweite Ebene. Auf der sich Sexualität und Bindungsgefühle treffen. Es ist die erotische Zärtlichkeit, die Erregung wecken kann und auch immer wieder wecken möchte. »Jede Hautstimulation, wenn sie nicht darauf abzielt zu verletzen, besitzt eine erotische Komponente«, schreibt der Anthropologe Ashley Montagu in seinem Klassiker »Körperkontakt«. Jede intensive Zärtlichkeit kann vom rein zärtlich Bestätigenden in erotische Spannung und sexuelle Erregung übergehen. Das macht es schwierig. Oder eben gerade nicht. Einerseits gibt es die endlose Klage, besonders von Millionen Frauen, dass ihr Partner sie doch auch einmal anfassen möge, ohne gleich an Sex zu denken. Und andererseits die vielen Paare, die auf der Schwelle der Zärtlichkeit wie eingefroren verharren und den Übergang in die erotische Erregung nicht finden. Wodurch sich Partner abgewiesen fühlen, weil sie sich immer nur wie ein Bruder oder eine Schwester berührt fühlen.

Männer müssen, anders als Frauen, den sogenannten Objektwechsel machen: weg von der Nähe und der Identifikation mit der Mutter und hin zur Identifikation mit dem Vater. Damit ihnen das gelingt, geben sie ihre zärtliche körperliche Nähe zur Mutter auf. Denn zum Bild der Männlichkeit will Zärtlichkeit immer noch nicht passen. In der Spielertraube des Torjubels tätscheln Männer einander zwar wie in der Welpenschule, aber außerhalb des heiligen Fußballgrüns klopfen sie sich beim Begrüßen immer noch den Staub aus den Jacketts, um nicht in den Verdacht zärtlicher Gefühle zu geraten. Erst in der Sexualität erleben sie wieder körperliche Nähe. Körperkontakt über Sexualität zu suchen, ist also für den Mann häufig seine einzige Möglichkeit, um berührt zu werden und sich über den Körper angenommen und verbunden zu fühlen. Die meisten Männer verstehen schon, dass nicht immer Sex das unausweichliche Ziel jeder Berührung sein soll. Aber nur liebevoll streicheln und jedes erotische Begehren unterdrücken? Frauen sind in ihrem Berührungshunger gefangen. Weil sie ihre Zärtlichkeit zurückhalten, um nicht Geilheit und Wollust im Mann zu wecken. Doch ohne Zärtlichkeit fehlen ihnen dann Verbundenheit und Nähe, um Lust auf Bindungssexualität zu empfinden. Natürlich erleben auch homosexuelle und lesbische Paare Verunsicherung. Denn Zärtlichkeit ist eben ein zartes Gewächs. Und beide Partner müssen sich sicher und selbstbewusst genug fühlen, um zärtlich zu erkunden, wohin die gemeinsame Verbindung sie führt. Sie dürfen eine Ablehnung nicht fürchten, um vorsichtig zu erforschen, ob sie sich gemeinsam in die erregende Stimulation bewegen oder in der entspannt zärtlichen Nähe verweilen. Im Grunde ist Zärtlichkeit genau der Ort dafür. Auf den gegenseitigen Atem lauschen, die kleinen Bewegungen spüren. Die eigenen Impulse in sich erwachen lassen, den inneren Bildern und eigenen Händen folgen und sich von den Händen und Lippen der Partnerin bewegen lassen. Aber wenn die Partner ihre Sicherheit im erotischen Miteinander verloren haben, dann müssen die Zungen den Weg finden. Und nein, erst mal kein Oralsex, sondern erst mal sprechen. Sicherheit entsteht auch in der Zärtlichkeit, wenn die Unsicherheiten zwischen uns ausgesprochen sind, statt in jedem von uns verschlossen zu bleiben.

Attraktivität

Schön ist eigentlich alles, was man mit Liebe betrachtet. Je mehr jemand die Welt liebt, desto schöner wird er sie finden.

Christian Morgenstern

Dem Gesellschaftsreporter, der für das Fernsehen von einem großen, alljährlich stattfindenden Ball berichtete, fiel nichts Besseres ein, als den im Frack und Cut vorbeikommenden Männern sein Mikrofon entgegenzustrecken und sie zu fragen: »Wer ist denn für Sie die schönste Frau auf diesem Ball?« Und mitten im Geplapper und Geschnatter der hereinströmenden Paare sagten alle befragten Männer nach einer winzigen Pause: »Meine Frau!« Die neben ihnen stehenden Gattinnen lächelten tapfer unter ihren aufwendigen Frisuren, während im Hintergrund strahlende Models in Designerroben vorbeirauschten. Wirklich? Fanden diese Männer ihre Frauen wirklich attraktiver als die Covergirls und Filmstars, die ein paar Meter neben ihnen vorbeischritten? Das ist für den Betrachter schwer vorstellbar. Oder war der Reporter zufällig auf den Ball der glücklichen Paare geraten? Nein, die Männer waren befangen. Hand in Hand mit der Ehefrau antworteten sie im Sinne der sozialen Erwünschtheit. Und erwünscht ist, dass die eigene Lebenspartnerin immer die attraktivste, die schönste Frau der Welt zu sein hat.

Denn wir wählen unsere Partner nach Attraktivität. Nichts sagt so gut voraus, mit wem wir ein Paar werden, wie die meistens ähnlich eingeschätzte Attraktivität. Wir verlieben uns in die Person, deren Aussehen uns anzieht. Wobei es nicht nur die Liebe durch den ersten atemberaubenden Blick gibt. Paare entdecken ihre Anziehung füreinander auch über häufigen Kontakt, ein allmähliches Kennen- und Liebenlernen. Dann entdecken sie die Attraktivität der Partnerin allmählich und sind nicht so abhängig von den Reizen, auf die sie geprägt sind. Das »bei mir bist du scheen« müssen wir aufrechterhalten, obwohl und weil wir unser Aussehen in einer Jahrzehnte dauernden Beziehung dramatisch verändern werden. Wobei uns hilft, dass wir im vertrauten Gesicht der Partnerin auch weiterhin immer das Gesicht sehen, das wir einst gestreichelt, geküsst und geliebt haben, und körperliche Vertrautheit auch dem gealterten Körper weiterhin den Reiz der Nähe gibt. Attraktivität ist nicht oberflächlich. Schon weil es niemals nur die Fassade ist, die attraktiv macht. Unser Humor, die Art, das Leben zu bewältigen, unsere Freundlichkeit, Fürsorge und das Denken über die Welt machen uns für unsere Partnerin attraktiv. Hübsch können wir nicht mehr sein, aber schön können wir bleiben, wenn wir nicht hässlich zueinander sind. Wenn die emotionale Nähe uns auffängt. Attraktivität ist nach einer Untersuchung mit 90 000 Personen auch deshalb nicht oberflächlich, weil Frauen durchschnittlich täglich vier Stunden und Männer täglich dreieinhalb Stunden für die »Pflege ihres Erscheinungsbildes« aufbringen. Wozu alles von Körperhygiene und Ernährung über Sport bis hin zur Kleidungssuche gezählt wurde.[34]

Attraktivität zieht uns in die Nähe, in die Intimität. Aber dort begegnen wir einem Gegenspieler der Attraktivität. Wir begegnen dem Wunsch, uns gehen zu lassen. In der Vertrautheit, um die wir unsere eigenen vier Wände errichtet haben, kommt das Bedürfnis auf, die polierte Fassade, die wir der Öffentlichkeit präsentieren, abzulegen. Wir wollen nicht ständig groß, stark und gut aussehend sein. Wir wollen uns auch manchmal einfach nur hängen lassen. Wer sich nicht auch gehen lassen kann, wird krank, pedantisch, zwanghaft. Der ist ständig angstvoll bemüht, sich unter Kontrolle zu halten. Wonach wir uns sehnen, wenn wir uns gehen lassen, ist, so angenommen zu werden, wie wir sind. Das Leben ist anstrengend genug. Wir möchten einfach sein können und genauso geliebt werden. Der englische Psychoanalytiker D. W. Winnicott sah ein tiefes menschliches Bedürfnis darin, dass wir für uns sein können, während jemand anderes da ist. Wir sehnen uns nach diesem genialen Zustand. Nicht allein zu sein, aber nichts wegen oder für den anderen zu tun oder zu lassen und trotzdem wohlwollend betrachtet zu werden. Doch heißt das, die Geliebte auf der Klobrille anzutreffen oder ihn jedes Wochenende in der ausgeleiertsten seiner Strickjacken abhängen zu sehen? Manchmal brauchen wir den schlabbrigsten Pullover, damit wir uns mal nicht so eingeengt fühlen, den schäbigsten, damit wir mal keine Rücksicht nehmen. Ein Ritual, das unsere Seele reinigt. Aber in den Augen unserer Partnerinnen ist es eher vorsätzliche Körperverletzung. Sich gehen zu lassen, ist ein Balanceakt auf dem schwankenden Drahtseil unserer Beziehung. Links der Abgrund der Schlampigkeit, rechts das Tal der Masken.

Attraktivität in der Liebesbeziehung ist Achtung für und vor dem anderen. Nichts ist abtörnender als ein ungepflegter, unhygienischer Körper. Aber auch ein Parfum, das unserer Partnerin missfällt, oder unerwünschte Bartstoppeln sind nicht unausweichlich. Wenn seine anschwellende Leibesverdoppelung den Partner auf unserer Attraktivitätsskala abrauschen lässt oder wir seine mittlerweile naturgrau gewordenen T-Shirts nicht mehr sehen können, dann müssen wir das nicht hinnehmen. Ja, es ist seine Sache, er entscheidet das. Aber wir entscheiden, ob wir damit leben möchten oder nicht. Jeder Zweifel an der Attraktivität, insbesondere der körperlichen, berührt einen sehr verletzlichen Bereich. Gerade Frauen, aber zunehmend auch Männer leben unter dem Diktat überzogener kultureller Ansprüche. Um das Gefühl zu haben, mithalten zu können, wird geschminkt, gelasert, gebotoxt, chirurgisch nachgebessert und trainiert.

Attraktivität ist auch eine Maske, eine Verkleidung gegenüber der Welt, durch die wir mitteilen, wer wir sein möchten, wie wir gesehen werden wollen. Sie entspringt unserem Bedürfnis, jemand zu sein. Eine Identität zu haben. Auch und besonders gegenüber dem Partner. Doch in unseren Liebesbeziehungen geht es nicht darum, attraktiver zu werden, als wir sind. Unser Partner ist der Einzige, der uns ungeschminkt kennt, der weiß, wie wir mit 40 Grad Fieber aussehen. In dem Roman »Die Schöne des Herrn« versucht ein Paar, letztlich vergeblich, seine leidenschaftliche Liebe dadurch zu erhalten, dass sie sich einander nie in einem nicht perfekt gestylten Zustand zeigen. Der Autor, Albert Cohen, weist immer wieder darauf hin, wie sehr die Liebe an unseren 32 weißen Knöchelchen hängt. Völlig zahnlos fiele es uns wohl tatsächlich schwer, Liebe füreinander zu entwickeln. Im Alltag reicht der Merksatz: »Erst die Socken, dann die Hose.« Denn die wenigsten bieten in Slip und Socken einen erhabenen erotischen Anblick. Doch es ist nicht die Aufforderung, unser abendliches Entkleidungsritual zu verändern. Sondern die Erinnerung daran, dass wir für unsere Partnerinnen attraktiv bleiben. Weil wir als Paar immer in unserem erotischen Raum leben.

Erotische Anziehung

Das absolute Sehnen des einen Körpers nach dem einen anderen Körper und seine Gleichgültigkeit gegenüber jedem anderen, ist eines der größten Mysterien des Lebens.

Iris Murdoch

Paare haben nicht ständig Zeit für Erotik und Sex, aber ihre erotische Beziehung besteht die ganze Zeit. Ob wahrgenommen oder nicht. Die erotische Beziehung ist der Boden, auf dem die sexuelle Beziehung aufblüht. Oder eben nicht. Sex beginnt deshalb mit dem gemeinsamen Frühstück. Entweder hat das Paar einen liebevollen, zugewandten Kontakt, oder beide Partner gehen sich emotional aus dem Weg. Was oft dazu führt, dass sie auch die erotische Beziehung verlieren. Oder eben auch nicht. Weil gerade die Distanz zueinander eine Anziehung erzeugen kann, ein erotisches Begehren wieder spürbar werden lässt. Es ist also nicht einfach. Es gibt kein Entweder-oder, kein Rezept. Aber trotzdem oder gerade deshalb haben wir das Bedürfnis, unsere erotische Beziehung, unser Begehren füreinander wachzuhalten. Wir haben eine Gewissheit: Erotik ist sinnlich. Wir möchten und müssen sie spüren.

Jenseits aller romantischen Verklärung begehren wir selten nur eine einzige Person. Wir können jemanden lieben und gleichzeitig scharf auf jemand anderen sein. Wir können leichter auf jemanden geil sein, den wir nicht lieben. Wir können sexuelle Fantasien haben, die gar nicht ausgelebt werden wollen. Andererseits: Wenn wir all unsere Wünsche nach Dominanz, Versautheit oder unsere sexuellen Präferenzen erleben und teilen, ist das ein Weg, um zu uns selbst zu gelangen, zu Anteilen, zu denen wir sonst wenig Zugang haben. »Die Erotik kann man bestimmen, als das Jasagen zum Leben bis zum Tod«, sagt Georges Bataille, von dem das philosophische Standardwerk zur Erotik stammt.

Das Jasagen zum Leben möchten wir ganz konkret an uns selbst erfahren. Wir mögen es, wenn wir gemocht werden. Das ist bei Flirt und Verführung der entscheidende Kick. Und bleibt erotisch. Auch nach Jahren, auch wenn es schon unzählige Male geschehen ist. Machen wir einander Komplimente? Blicken wir einander bewundernd an? Spielen wir mit Nähe und Berührung und küssen den Schenkel, der zufällig unter der Decke vorlugt, gleiten mit der Hand zwischen Stoff und Muskeln, weil der Anblick uns gerade erotisch berührt? Äußern wir unsere Zuneigung, was uns am anderen erotisch gefällt? Ich erinnere mich an eine alte Dame, die mir erzählte, dass ihr verstorbener Mann nicht ein einziges Mal zu ihr gesagt habe, dass er sie liebe. Dass sie es aber immer gewusst habe. Und dabei leuchteten ihre Augen. So geht es also auch. Aber frau muss es mögen.

Erotischer bleibt es, wenn wir unsere ganze Beziehung als erotischen Raum betrachten und dafür sorgen, dass darin genügend

Sinnlichkeit und Aufregung enthalten ist. Gucken wir immer nur »Tatort« zusammen oder manchmal auch tanzende Körper, oder besuchen wir ein Konzert? Massieren wir einander oder geben uns wenigstens manchmal einer professionelleren Berührung hin? Wellness ist wundervoll, wenn wir keinen Sport daraus machen, sondern den Genuss, das Erleben suchen. Und waren Sie in der letzten Zeit beim Hunderennen, in einer hübschen Kleinstadt, in der Sie noch nie waren, oder beim Eisstockschießen? Sinnlichkeit und Abwechslung – das stimuliert das Lustzentrum des Gehirns und hilft so, das romantisch-erotische Klima in einer Liebesbeziehung zu erhalten.

»Ungewissheit allein ist die Quelle romantischer Empfindung«, so Oscar Wilde. Wenn wir gemeinsam etwas »Neues« unternehmen, stimuliert das unsere Lust am Leben, und wenn es gut geht, auch die Lust aufeinander. Wir wissen selbst, wo unsere Komfortzone endet und es ein wenig spannender wird. Zudem gibt es körperliche Bereiche, die direkter auf unsere erotische Verbundenheit wirken.

Der französische Philosoph André Comte-Sponville schreibt: »Es geht nicht darum, unlustvolle Spannung zu verringern oder zu beseitigen, sondern ganz im Gegenteil, eine angenehme und wunderbare Spannung aufrechtzuerhalten oder zu verstärken.« Und weiter: »Die Gastronomie beginnt, wenn die Nahrung etwas anderes als die Sättigung bezweckt. Und die Erotik beginnt, wenn sich das Begehren auf andere Dinge richtet als die eigene Befriedigung.[35] Ist es ein Zufall, dass ich zu diesem Thema mehrheitlich französische Autoren gelesen habe? Oder weisen allein die banalen Stereotype schon in die erotische Richtung? Wenn wir das Savoir-vivre, also die Lebenskunst des Genießens, und das »Vive la différence!«, also die Kunst, den Unterschied zu erfassen, beherzigen, wird unser Leben vermutlich erotischer sein.

Erotik ist nicht ohne Scham denkbar. Mit Grenzen zu spielen, gehört zum Wesen der Erotik. Was trauen wir uns im Miteinander? Was lassen wir unsere Hände tun? Welche Vorstellungen und Fantasien erlauben wir uns? An welche angstbesetzten Tabus rühren wir im Miteinander? Wir müssen keine sadomasochistischen Inszenierungen durchspielen, um in uns den Impuls der Unterwerfung zu spüren und zuzulassen. Wir müssen unseren Partner nicht verachten, um den Impuls zuzulassen, ihn auf einen Körper zu reduzieren, den wir egoistisch für unsere Lust benutzen wollen. Achtsamkeit, Sanftheit, Vertrauen – sie gehören genauso zur Erotik wie die Übertretung und Freiheit von allen Regeln. Auch unter Liebenden ist nicht einfach alles erlaubt. Achtung und Vertrauen sind unerlässlich. »Es stimmt nicht, dass unter Liebenden alles erlaubt ist. Aber darüber entscheiden die Liebenden ganz allein, und das kennzeichnet die Erotik«, so Comte-Sponville.[36] Diese Freiheit ist wesentlich für unsere gemeinsame Erotik. Verführung ist immer auch ein Risiko.

Bringen wir all unsere erotischen Impulse und Fantasien in die Beziehung ein? Das könnte schon wieder nach einer Pflichtaufgabe klingen. Nein, wir wählen aus, was wir einbringen und was nicht. Aber wir müssen riskieren, unseren ungezügelten Wünschen zu folgen. Vertrautheit und Begehren geraten oft in Konflikt. Fürsorge, Schutz und Verantwortung füreinander lassen kein Begehren aufkommen, wenn uns unsere weichen, liebevollen Gefühle hemmen. Das ist dann so, schreibt die Sexualtherapeutin Esther Perel, als »würde man nicht wollen, dass der Rotlichtbezirk den eigenen vier Wänden zu nahe kommt.« Aber vielleicht ist es für unseren Partner ja ganz okay, mit unseren Wünschen umzugehen. Fred zum Beispiel sehnt sich danach zu hören, wie erotisch seine Partnerin ihre Begegnungen findet. Das entspricht nicht ihrem Bedürfnis, aber sie kann sich darauf einlassen, für ihre Fantasien und Empfindungen immer wieder Worte zu finden. Doch sie entscheidet auch, wann ihr nicht danach ist.

Begehren

Das Begehren des Menschen ist das Begehren des anderen.

Jaques Lacan

Der Psychoanalytiker Jacques Lacan hat sich immer wieder mit dem Begehren beschäftigt. Ich begehre den anderen. Aber ich begehre auch sein Begehren auf mich. Wir möchten vom anderen begehrt werden. Doch Liebespartner versuchen häufig, diesem Begehren gleichzeitig zu entgehen, weil sie nicht darauf reduziert werden wollen, nur »fuckable« zu sein. Dann sagt die eine: »Sie begehrt nur meinen Körper und nicht mich. Ich bin nur ein Objekt.« Und die andere sagt: »Sie begehrt mich nicht. Im Bett muss ich immer den ersten Schritt machen.« Doch wir geben dem Begehren keinen Raum, wenn wir versuchen, diese Widersprüche aufzuheben. Vielleicht initiiere ich häufiger unsere erotischen Begegnungen, vielleicht sucht mein Partner die Verbundenheit mit mir eher erotisch als emotional. Doch wollen wir unser erotisches Leben wirklich lieber aufgeben, als die Ungleichheit und den Mangel anzunehmen? Das sexuelle Begehren ist paradox, weil Verschmelzungswünsche, die jeden Unterschied zwischen uns aufheben wollen, auf unsere Lust treffen, die sich gerade daran entzündet, dem Fremden und dem Anderen zu begegnen. Wir möchten nicht nur lustvoll begehrt werden, und wir möchten es doch.

Begehren ist nicht dazu da, erfüllt zu werden. Es ist unendlich. Wenn wir ihm nachgehen, dann erfüllt es sich und erwacht gleichzeitig. Wir dürfen unserer Partnerin nicht vorwerfen, dass unser Begehren nie gestillt ist. Sondern ihr dankbar sein, dass wir es mit ihr in seiner Unendlichkeit leben können.

Liebe braucht Begehren, Erotik und Attraktivität, weil unsere Liebe auch immer körperlich ist.

Sexualität

Man kann einen Schwanz nicht lieben,
ohne seinen Besitzer zu mögen.

Erica Jong

Goethe hatte keinen Sex. Er lebte Leidenschaft, Wollust, Liebe und Begierden. Im 18. Jahrhundert war Sexualität noch die geschlechtliche Fortpflanzung von Pflanzen. Erst später wanderte sie aus dem Gartenbeet in das menschliche Schlafzimmer. Wo sich die Menschen zuvor begehrt und nach einander verzehrt hatten, lebten sie jetzt Sexualität. So wie wir. Wir können »Sex haben«. Wobei uns bis heute ein Verb für das fehlt, was wir da tun. Wir »sexuellen« nicht. Wir haben dieses Monstrum, das unter dem Begriff Sexualität entstanden ist. Glücklicherweise leben wir gerade im Zeitalter der Diversität, und jeder darf seine Sexualität leben. Denn Sex im Swinger-Club unterscheidet sich von Sex bei Freundschaft plus. Sex in einer Affäre unterscheidet sich von Sex in der Verliebtheit. Queerer Sex von heteronormem. »Normaler« Vanille-Sex von ausgefallenem Kinky-Sex. Sex beim One-Night-Stand unterscheidet sich von Self-Sex vor dem Porno-Screen. Es gibt nicht die Sexualität, sondern nur »Sexualitäten«. Für unsere Liebesbeziehung ist das bedeutsam, weil wir dort sonst nach etwas suchen, das nicht zu finden ist. Sex nach siebzehn Jahren Liebesbeziehung unterscheidet sich von allen anderen Arten am deutlichsten. Bindungssex ist der einzige »Geistersex«. Sex, der uns Angst einjagt, weil und wenn er nicht existiert. Und das ist in langjährigen Beziehungen häufig der Fall. Dort, wo wir ihn erwarten, macht uns sein Verschwinden ratlos. Dabei sollten wir uns nicht wundern. Denn Lust und Leidenschaft über Jahrzehnte aufrechtzuerhalten wäre vermutlich kein Ziel, das wir uns für unsere Sexualität setzen würden. Wir tun es, weil wir Sexualität untrennbar mit einer langjährigen Liebesbeziehung verbunden haben. Der Spagat zwischen hingebungsvoll füreinander da zu sein und sich lustvoll-aggressiv zu ficken, ist eine psychische Meisterleistung. Es dreißig Jahre lang zu tun eine Hammer-Aufgabe, die die gesellschaftlichen Normen an uns stellen. Wenn wir die Aufgabe nicht lösen, lautet die klinische Diagnose »sexuelle Lustlosigkeit«. Das ist mittlerweile die häufigste sexuelle Störung, während Erregungs- und Orgasmusstörungen seltener werden. Lustlosigkeit ist einerseits die richtige Beschreibung, wenn wir es mit der Lust und Leidenschaft vergleichen, mit der wir einander in unseren ersten Beziehungswochen an die Wäsche gingen. Andererseits irreführend, weil die meisten Partner durchaus Lust haben, nur nicht aufeinander. Falls sie aber doch mal wieder Sex miteinander haben, dann finden es die meisten lustvoll. Sodass sie sich fragen, wieso sie es nicht öfter miteinander treiben. Irgendwie eine erstaunliche Verwirrung. Wie der Sexologe Volkmar Sigusch sagte: »Heute wissen alle Bescheid, und keiner hat eine Ahnung.« Machen wir uns also immer klar, worüber wir sprechen, wenn wir über Sex sprechen. Und sprechen wir hier über den Bindungssex in festen Liebesbeziehungen.

Zu Beginn einer Paartherapie schildern Paare ihre Probleme. Und kurz bevor sie damit fertig sind, fällt bei vielen der Satz: »Und Sex haben wir auch schon länger nicht mehr.« Wozu dann die Partnerin traurig nickt und zaghaft einwirft: »Na ja, oder fast gar nicht mehr«. »Länger« bedeutet irgendetwas zwischen ein paar Monaten und ein paar Jahren, aber gefühlt viel zu lange. Irgendwann hatten sie weniger Sex. Und dann kaum noch und dann gar nicht mehr. Manchmal ging es nach der Schwangerschaft nicht weiter, manchmal nach einer Affäre. Aber er scheint ihnen verloren gegangen zu sein wie eine Streaming-Serie. Aus der sie irgendwann in der sechsten Staffel ausgestiegen sind, ohne es wirklich zu beschließen. In einer Untersuchung gaben 43 Prozent der befragten Paare als Hauptgrund dafür, keinen Sex mehr zu haben, an, »dass es einfach nicht dazu kam«.[37]

Ist es vielleicht einfach so? Und wir sollten es hinnehmen, dass Sex aus unserer Liebesbeziehung irgendwann verschwindet? Doch dazu sind wir Menschen zu sehr megasexuelle Wesen. Unsere Brunftzeit ist immer. Wir haben unzählbare Male Sex in unserem Leben. Unsere nackte Haut macht uns von Kopf bis Fuß für Erregung empfänglich. Sexualität ist ständig präsent und durchdringt alle Lebensbereiche. Ob wir den Präsidentschaftskandidaten schrecklich unsexy finden, im Meeting über den Knackarsch des Praktikanten fantasieren oder bei der Anprobe schauen, wie erotisch wir in der neuen Bluse aussehen. Wir haben Vorstellungen von erfüllter Sexualität und den Anspruch, sie zu leben. Ohne Sexualität fehlt uns ein Königsweg, um Lust und Freude zu erleben. Und besonders in unseren Liebesbeziehungen gestalten wir unsere Verbindung über Sex. Denn Sex ist unsere unmittelbarste Möglichkeit, uns verbunden und von unserer Partnerin angenommen zu fühlen. Sexuelles Erleben gibt uns Zuversicht, dass sich alles in einer liebevollen Beziehung auffangen lässt, schreibt der Psychoanalytiker Otto Kernberg. Wir bleiben bei uns selbst und sind gleichzeitig beim anderen. Wir können Liebe und Aggression vereinen, widerstreitende Gefühle aushalten und ausleben. Sind zärtlich und sorgsam, aber auch fordernd und benutzen den Körper des Partners, um unsere Erregung zu steigern. Sexualität ist kein Beiwerk, auf das wir leicht verzichten können. Paare können sich nicht einfach locker aus ihrer gemeinsamen Sexualität verabschieden. Zumal ja unsere Intimbeziehungen durch die sexuelle Grenze definiert sind. Unser Liebespartner ist der, mit dem wir Sex haben. Wenn wir keinen Sex mehr haben, ist unsere Beziehung bedroht, aber auch wir selbst. Denn unsere Sexualität ist ein ganz wesentliches Element unserer Identität, wer wir als Frau, als Mann oder als nicht binäres Wesen sind, wie wir uns fühlen, wie wir gesehen werden wollen, wofür wir geliebt werden wollen, worüber wir Anerkennung finden. Das alles ist bedroht, wenn der Sex im Paar schwächelt.

Die Angst vor Abweisung

Sex ist langweilig, außer man hat ihn.

Ridley Scott

Judith und Thorsten haben keinen Sex mehr. Seit der Geburt ihres zweiten Kindes hat sie seine erotische Annäherung einige Male abgelehnt, und Thorsten hat sich zurückgezogen. Er will sich nicht »wieder eine blutige Nase holen«. Er vermeidet die schmerzhafte Zurückweisung, die seinen Selbstwert als Mann infrage stellt. Er ist verunsichert und fürchtet, dass Judith ihn nicht mehr begehrt, ja, nicht mehr liebt. Judith dagegen versteht Thorstens Rückzug ganz anders. In ihrer Kennenlernphase hatte er wie ein elender Macho gesagt, dass er sie sofort verlassen würde, falls sie jemals dick werden sollte. Damals fand sie seine Bemerkung einfach nur saublöd. Er entschuldigte sich wortreich, aber sie glaubte ihm seine umständlichen Rechtfertigungen nicht wirklich. Als er nun keine Anstalten mehr macht, über ein Gute-Nacht-Küsschen hinauszugehen, ist sie fest davon überzeugt, dass er sie nicht mehr attraktiv findet. Also hält auch sie ihr Becken still. Und schützt sich davor, ihre Befürchtung schmerzhaft bestätigt zu bekommen. Sie will »keine schlafenden Hunde wecken«, wodurch Thorsten klar werden könnte, dass er eine Frau, die er nicht mehr attraktiv findet, jetzt verlassen müsse. Erst nachdem sie in der Therapie gesprochen haben, können sie ihren beidseitigen Rückzug aufgeben. So simpel es ist: Es war für beide entscheidend zu hören, dass sie noch Lust aufeinander haben. Danach reicht die einfache Übung aus, sich nackt nebeneinander zu legen und ihren Impulsen zu folgen, um das Zeitalter der Sexlosigkeit zu beenden.

Wir müssen riskieren, abgewiesen zu werden, weil die Sexualität endet, wenn keiner mehr die Hand ausstreckt. Wir müssen mit dem »Nein« in der Sexualität umgehen lernen. No risk, no fun! Es tut weh, weil es uns wichtig ist und uns bedroht. Möglicherweise werden in uns die tiefen und schmerzhaften Gefühle einer früher in unserem Leben erfahrenen Ablehnung berührt. Die Scham, uns so angewiesen, so bedürftig und so machtlos zu erleben, kann überwältigend sein. Wir werden uns nackter fühlen, als wir es beim Sex je sind. Aber es ist unsere einzige Chance, wieder zusammenzufinden, wieder ins Gespräch zu kommen, uns nahezukommen. Wenn es uns gelingt, unsere schamvollen, verletzten Gefühle zu teilen.

Das Nein in der Sexualität ist machtvoll. Zwar fühlt sich, wer sich vom Sex zurückzieht, selten machtvoll. Aber wir sollten uns der Gefühle des Ausgeliefertseins bewusst sein, die wir dadurch auslösen. Denn das Nein gewinnt. Der weniger begehrende Partner bestimmt den Sex. Wenn du nicht mit mir Ski fahren gehst oder klassische Konzerte besuchst, kann ich jemand anderen finden. Ich kann auch für Sex jemand anderen finden. Aber nicht für Sex mit dir. Sex kann unpersönlich sein, aber nicht unser Sex in unserer Liebesbeziehung. Ich bin von dir abhängig. Andererseits muss ein »Nein« möglich sein, weil wir sonst kein wirkliches »Ja« im Sex finden können. Die Grenze zwischen erregender Aggression und Gewalt wird leicht überschritten. Wir brauchen ein Nein, das sicher akzeptiert wird. Wir brauchen es, um nicht in etwas hineinzugeraten, das wir nicht wollen. Auch in der Ehe drohen Vergewaltigungen. Aber vorrangig brauchen wir unser Nein, um uns sexuell frei zu fühlen. Nein, heute habe ich keine Lust. Nein, das fühlt sich nicht gut an. Nur mit dieser Sicherheit kann Sex lustvoll sein. Letztlich brauchen wir das Nein für uns selbst, um uns nicht zu übergehen. Wenn wir für unsere Bedürfnisse nicht einstehen, verlieren wir sie. Wer beim Sex mitmacht, nur um Konflikte zu vermeiden, verliert seine Lust.

Sex geschieht nicht von alleine

»Am Ende tötet man immer, was man liebt«, lautet eine dieser vernichtenden Weisheiten von Oscar Wilde. Und in der Sexualität ist das unmittelbar wahr. Denn der Sex verschwindet ja nicht aus unserer Zweisamkeit, weil er uns gleichgültig ist. Sondern weil er uns so wichtig ist. In der Sexualität erleben wir größte Nähe und sind unglaublich kränkbar. So glücklich sie uns machen kann, so tief kann sie uns auch verletzen. Wir können versagen, abgelehnt werden und miterleben müssen, dass wir das Begehren unserer Partnerin verlieren. Und es sich ausgerechnet auf ihren säuseligen Yogalehrer richtet. Sexuelle Unzufriedenheit ist einer der wichtigsten Auslöser einer Trennungskrise und schwebt als Angst schnell über uns.

Elena und Stefan geht es mit ihrem Sex wie Ödön von Horváth laut seinem Bonmot mit sich selbst. Er sei eigentlich ganz anders, er komme nur so selten dazu. Stefan spricht nach langem Zögern seinen sexuellen Frust an. Und Elena hört das als Vorwurf, als sei der wenige Sex ihre Schuld. Wogegen sie sich vehement verwahrt. Ein Wort triggert das nächste, sodass Stefan sagt, dass er in einer Beziehung ohne Sex nicht leben wolle. Das ist für Elena so bedrohlich, sie fühlt sich so unter Druck, dass es ihre Lust völlig blockiert. Ihr Sexleben kommt zum Erliegen, bis Stefan ihr versichert, dass er keinen Augenblick ernsthaft daran denke, sie zu verlassen.

In Paartherapien spiegelt sich die Verletzlichkeit in der Sexualität. Wenn sich ein Paar wieder sicherer und verbundener miteinander fühlt, sprechen die Partner ihr Sexleben irgendwann an. Doch die Angst, dass sie daran doch wieder scheitern könnten, führt oft dazu, dass sie in der nächsten Sitzung wieder auf ganz andere Themen ausweichen. Die Sexualität verschwindet also auch in der Therapie immer wieder, wenn man nicht aktiv dabei bleibt. Als Liebespartner müssen wir gemeinsam suchen, wie unser Sex verschwunden ist. Welche Hindernisse in uns ihn verhindern. Wieso wir uns zurückgezogen haben.

Aber wie verschwindet der Sex? Das Muster scheint zu sein, dass Paare erst ihren Sex nicht mehr teilen und dann nicht mal mehr ihre Enttäuschung darüber. Worauf die gemeinsame Sexualität wortlos austrocknet wie ein versandender Fluss. Die meisten Paare durchleben eine Zeit der Verliebtheit, in der sie vor Beischlafen nicht zum Schlafen kommen. Sie fallen wie Drogensüchtige übereinander her, um mit jedem Orgasmus eine weitere Dosis rosaroter Hormone in ihre Organismen zu pumpen. Tatsächlich sehen ja die Gehirne von Verliebten wie die von Drogensüchtigen aus. Doch diese Phase endet. So hochtourig kann unser Organismus auf Dauer nicht fahren. Hormone erschöpfen sich. Sex verliert den Reiz des Neuen, den Thrill der Entdeckungen und der Unsicherheit. Wir sind angekommen. Und es geschieht, was man hübsch hässlich »die Koitusfrequenz sinkt« nennt.

Wenn wir unseren Sex lebendig halten wollen, müssen wir uns umstellen. Wir können unser Lieblingsspiel nicht mehr spielen und darauf warten, richtig heiß aufeinander zu werden. Alltagsstress ist einer der trivialen Hauptgründe für den Niedergang sexueller Ekstase. Unsere mediale Dauerberieselung tut ein Übriges. »Sexuelle Lust wird durch deren übertriebene kulturelle Inszenierung, durch beinahe lückenlose Kommerzialisierung und elektronische Zerstreuung wirksamer ausgetrieben, als es die alte Unterdrückung durch Verbote vermocht hat«, so Volkmar Sigusch.[38] Die wichtigste Maßnahme: Sex wieder oben auf die To-do-Liste setzen. Was meistens bedeutet, sich dafür Zeit zu nehmen. Und da wir ja zu zweit sind, müssen wir uns dazu verabreden. Ich denke immer wieder an das Paar, das seine Sexlosigkeit beklagte. Sie lebten in einer Fernbeziehung und sahen sich nur am Wochenende. Und dann erledigten sie ihre Aufgaben im Haushalt, gingen gemeinsam zur Fitness, trafen Freunde und gingen ins Kino. Um das alles am Wochenende zu bewältigen, machten sie sich einen Plan. Doch Sex stand dummerweise nicht darauf. Nun ist die Idee, Sex auf Verabredung zu haben, für viele erst mal abstoßend. Sollte

Sex nicht spontan sein? Sollte er. Aber dazu muss er ja erst einmal passieren.

Es geht ja auch nicht darum, einen Orgasmus für Freitag, 20.25 Uhr zu planen, sondern den Wunsch nach Sex lebendig zu halten. Und auf die gegenseitigen Einladungen zu reagieren. Darüber können Rituale entstehen, die den Sex lebendig halten. In der Hochphase unseres Elternseins hieß bei uns das Codewort: »Wir legen uns noch mal einen Moment hin.« Die Kinder verstanden das sehr bald und verzogen sich vor dem peinlichen elterlichen Fake-Mittagsschlaf in ihre Zimmer. Bei anderen heißt die Parole: »Ich kuschel mich mal an.« Aber auch fehlende Bettsocken oder Pyjama-Oberteile signalisieren: »Also ich hätte schon Lust.« Das Prinzip »Just do it!« hält Sexualität wach. Wir müssen nicht immer erst superscharf aufeinander sein, um dann übereinander herzufallen. Wir können auch streicheln und fummeln und küssen und die Lust erst dadurch wecken. Statt Lust und dann Erregung, auch: Erregung und dann erst Lust. Um es einfach zu sagen, kommt der Appetit beim Essen. Außerdem können wir auf die kleinen erotischen Momente achten. Eine sinnliche Bewegung, ein Ton in der Stimme, eine Form, die sich durch die Kleidung abzeichnet, ein Stück Haut, eine flüchtige Berührung. Alles, was einen kleinen sexuellen Impuls in uns auslöst. Vermutlich ist nicht immer die Gelegenheit da, gleich Sex mit multiplen Orgasmen zu haben. Aber genügend Möglichkeiten, um den Lustimpuls nicht einfach zu übergehen, sondern ihn durch Berührungen, Liebkosungen oder Worte zu zeigen und zu teilen. Damit halten wir den erotischen Dialog wach und versichern der Partnerin, dass wir sie noch begehren. Auch wenn sie uns zurückweist und sagt: »Du willst immer nur Sex von mir!« Nein, nicht nur, aber auch! Und dann lass uns sprechen, was dir fehlt.

Sex ist niemals nur Sex

Da Sex ein wichtiges Kriterium unserer Partnersuche ist, haben die meisten von uns ihren Partner auch danach ausgewählt, dass wir uns in der gemeinsamen Horizontalen aufgehoben und wohlfühlen. Manche Paare leben im Dauerclinch, haben aber trotzdem großartigen Sex. Andere sind inniglich verbunden, haben aber die Geschlechtsteile des Partners schon jahrelang nicht mehr berührt. Sexuelle Zufriedenheit und Paarzufriedenheit korrelieren in manchen Untersuchungen, in anderen nicht.[39] Doch einiges spricht dafür, dass Sexualität zum Symptom von Konflikt und Krise wird, wenn die Beziehung für eine der Partnerinnen zu belastet ist. Also liegt das Problem nicht in unserem Sex, sondern zeigt sich dort nur. Anders ist es, wenn Sexualität niemals, also auch zu Beginn unserer Liebe (und wir reden hier nicht vom allerersten Mal), nicht wirklich lustvoll war. Dann entwickeln Paare nach meiner Beobachtung nur äußerst selten eine befriedigende gemeinsame Sexualität. Es scheint keine gute Idee zu sein, mauen Sex beiseitezuschieben und zu hoffen, dass sich die Sexualität entwickelt und sich die sexuellen Vorlieben und Verhaltensweisen schon verändern werden.

Wenn der Sex also brachliegt, obwohl wir doch einst wunderbare Orgien zu zweit gefeiert haben, ist unsere sexuelle Unzufriedenheit die Aufforderung, uns unseren emotionalen Paarkonflikten zuzuwenden. Das ist auch die Sicht bindungsorientierter Paarforscherinnen wie Sue Johnson. Nach ihr braucht Sex Sicherheit. Sobald eine Partnerin sich nicht mehr gesehen, verstanden und emotional geborgen fühlt, zieht sie sich aus der Sexualität zurück. Sie kann sich nicht öffnen und hingeben, wenn sie sich abgelehnt, missverstanden oder emotional zurückgestoßen fühlt. So formulieren es auch immer wieder Partnerinnen. Sowenig sie ihren Partner emotional erreichen, sowenig sind sie sexuell durch ihn erreichbar. Der entschwundene Sex ist also immer auch eine Aufforderung. Welche ungelösten Konflikte gibt es zwischen mir und meinem Partner?

Manchmal sind es alte Verletzungen, die als »nicht so schlimm« übergangen wurden, aber doch schlimm genug sind, um sexuelle Lust zu killen. Beziehungsarbeit ist angesagt. Wer ficken will, muss ein offenes Ohr und Herz für die Gefühle seines Partners entwickeln. Doch stellt sich die Sexualität dadurch nicht automatisch wieder her, sondern meistens müssen wir, wie eben beschrieben, die Sexualität wieder aktiv beleben.

Dass unsere Sexualität vom Beziehungsradar verschwindet, liegt aber auch an unserem wichtigsten Sexualorgan. In jeder Generation speichern unsere Gehirne andere sexuelle Bilder, Ideale, Ziele und Ängste, die unser Denken und Erleben bestimmen. In der beschleunigten Moderne verändern sie sich rasend. Es gab Sex ohne die Pille, Sex vor Aids, Sex ohne Viagra, Sex vor Tinder, Sex ohne Internet-Pornos. Sexualität ist immer auch etwas, an dem wir nur teilnehmen und das uns häufig falschen Vorstellungen folgen lässt, die uns das (Sex-)Leben schwer machen. Wie vaginale Orgasmen oder die Annahme, dass Männer viel geiler auf Sex sind als Frauen. Dass wir heute sexuell alles dürfen und nichts müssen, wie der Sexologe Ulrich Clement anmerkt, löscht diese kulturell vorgegebenen Muster nicht aus. Eine immer wieder verwirrende Vorstellung ist, dass es in der Sexualität zu einem »Triebstau« kommen kann, der sich, wie es solche Bilder aus dem Dampfmaschinenzeitalter suggerieren, entladen muss. Der Trieb ist des Machos liebste Vorstellung. Weshalb er sich auch in vielen Gehirnen noch gehalten hat. Sex ist dann keine Frage des Wollens mehr, sondern ein Müssen. Was jeden Übergriff schon im Ansatz entschuldigt. Doch niemand muss Sex haben. Sexualität ist ein wichtiges, in uns angelegtes Verhaltenssystem, dem wir begeistert folgen, weil uns unser Organismus mit ekstatischen Wohlgefühlen belohnt. Durch Kultur und Gesellschaft übernehmen wir Bilder, Vorstellungen und scheinbare Gewissheiten, die bestimmen, wie wir über Sexualität denken, wie wir sie empfinden und in ihr handeln. Es ist Unsinn, sie auf biologisch Ererbtes zu reduzieren.

Idealerweise können wir Sexualität mit unserem anderen entscheidenden Verhaltenssystem, dem der Bindung, vereinen. Aber wenn wir starke Bindungsängste haben, dann überfrachten wir die Sexualität. Sex dient dann nicht mehr der Lust, sondern unseren Ängsten, so Sue Johnson. Wenn der anklammernde Partner in Sex einwilligt, den er gar nicht haben will, nur um die Beziehung zu erhalten. Wenn der verunsicherte Partner ständig Sex fordert, um seine Verlustangst zu beruhigen. Oder wenn verbindende Gefühle, die vermieden werden, durch intensiven körperlichen Sex ersetzt werden. Wie bei einem meiner Klienten, der jeden Tag Sex mit seiner Partnerin haben musste, um sich nicht unausgeglichen und verloren zu fühlen.

Wir tragen ein Begehren in uns, das niemals endet. Was bedeutet, dass wir niemals völlig erfüllt, völlig befriedigt sein werden. Ja, kurz nach dem Orgasmus sind wir befriedigt. Aber schon bald stellt sich wieder die bittersüße Sehnsucht der Unerfülltheit ein. Sie wird uns nie verlassen. Wir sollten das verstehen, denn sonst glauben wir, dass etwas mit unserer Beziehung, mit unserem Sexleben nicht stimmt, wenn wir dieses Sehnen spüren. Gerade in einem so empfindsamen Bereich wie der Sexualität sind wir auch mit dem »Concept Creep« konfrontiert. Das der Psychologe Daniel Gilbert so beschreibt: »Wenn Probleme seltener werden, betrachten wir automatisch mehr Umstände als problematisch.« Wir weiten also ein Konzept schleichend immer weiter aus. Was eben noch in Ordnung war, betrachten wir dann auch als unbefriedigend. Unsere Sicht auf die Dinge verändert sich auf ungünstige Weise. Der Sex ist gut, aber wir finden gleich wieder etwas, das noch besser sein könnte.

Dass wir in unserer Lust nicht eindeutig monogam sind, verstärkt unser unerfülltes Verlangen noch. Trotz bindender Liebe, dank Oxytocin, können wir dank Dopamin und Phenylethylamin gleichzeitig für unseren sexy Personal-Trainer schwärmen und dank Östrogen und Testosteron lustvoll auf den Po unter der engen Hose des Kellners starren. Wie genau die Chemie der Liebe funktioniert, wissen wir nicht. Und möglicherweise müssen wir uns für immer auf unser Gefühl verlassen, um zu wissen, ob »die Chemie stimmt«. Doch wir sind keine Opfer unserer Hormone, auch wenn wir uns manchmal so fühlen.

Bindungsbedürfnisse sind nicht das Einzige, was wir durch Sex regulieren. Beim Sex geht es sehr selten um Sex. Oscar Wilde bemerkte: »Bei allem in der Welt geht es um Sex, außer beim Sex. Beim Sex geht es um Macht.« Was im schlimmsten Fall zu gewalttätigen Übergriffen führt. Es geht um Selbstbestätigung, die wir finden, wenn wir den Partner in Ekstase versetzen. Oder Sex kann unser liebstes Freizeitvergnügen sein. Oder der einzige Erlebensraum, in dem wir noch zueinander finden. Sex kann ein Ritual der Versöhnung sein, in langjährigen Beziehungen ein Ritual der Nähe. Oder ein Erhaltungsritual, durch das wir uns in unserer Zweisamkeit beruhigend bestätigen: Wir bleiben dabei, alles geht weiter. Dass wir Sex haben, unterscheidet unsere Liebesbeziehung von allen anderen wichtigen Beziehungen. Sie ist das Zeichen, das sie auf Platz eins unter all unseren Beziehungen hebt. Das ist die uns prägende Regel. Die wir natürlich durch polyamouröse Abmachungen erweitern können oder sie unterlaufen, weil wir eine intensivere emotionale Verbindung zu anderen haben.

Sind wir so offen miteinander, dass wir wissen, welche Bedeutung Sex für jeden von uns hat?

Porno

Sex ist weniger aufregend als die Vorstellung davon.

Volkmar Sigusch

Sex bietet auch die Möglichkeit, die eigene Befindlichkeit zu steuern. Durch Sex mit und ohne Partnerin können wir uns belohnen und ablenken. Das ist die Erfolgsformel der Pornografie. Pornos sind der Kopfsprung ins Reich der sexuellen Erregung. Und dank des Internets hat jeder seinen eigenen Erregungs-Pool im Wohnzimmer. Weg vom überzogenen Girokonto, raus aus dem Grübeln über die entwertende Bemerkung des Chefs, weg von der Angst vor der Aussprache, die die Partnerin angekündigt hat. Die heftigen Reaktionen, die Porno-Konsum bei Partnerinnen auslösen kann, sind kein Zeichen von Verklemmtheit oder »viel Lärm um nichts«.

Pornografie macht Sex schwieriger. Unablässig geraten Bilder und Normen in unsere Köpfe, selbst wenn wir gar keine Porno-User sind. Rasierte und gewachste Geschlechtsorgane sind kamerataugliche Porn-Organe. Analverkehr wurde über Pornos zum neuen Must-do. Choking wird gerade die neue Norm im Schlafzimmer. Endlos rammelnde Riesenpenisse erzeugen genauso unrealistische Vorstellungen wie die dauerlutschenden und unterwürfig jede Körperöffnung anbietenden Darstellerinnen. Aber wissen wir nicht, dass das nur Schauspiel ist? Klar wissen wir das. Aber Pornografie hat gegenüber realer Sexualität viele Vorteile. Der User bestimmt, was, wie, wann und wie oft es läuft, und muss sich nicht um die Lust einer Partnerin kümmern. Und unserem Gehirn ist es relativ egal, ob wir uns etwas nur vorstellen oder es real tun. Was jeder Skifahrer nutzt, wenn er die Slalomstrecke immer wieder in Gedanken herunterrast. Aber für den Slalom unserer Sexualität ist das keine gute Idee. Die Anzahl junger Männer, die mit einer realen Person als Sexpartnerin Erektionsschwierigkeiten haben, steigt. Durch Leistungsdruck, aber stärker noch durch (Vor-)Bilder, an die kein real atmendes Wesen heranreicht. »Zu oft ›Fünf gegen Willy‹!«, so die kleinlaute Antwort eines Klienten auf die Frage, wie er seine Lustlosigkeit gegenüber seiner Partnerin verstehe. »Na ja, ich sollte mir wohl nicht so oft einen runterholen. Ich bin es halt so gewohnt«, antwortet ein anderer, der Pornos schaut, seit er 14 ist. Wir müssen lernen zu verstehen, was die digitale Unwirklichkeit mit uns macht. Paar- und Sexualtherapeutinnen fragen heute selbstverständlich nach Porno-Konsum. Paare sollten das auch tun.

Intensiver Sex

In der schönsten Form der sexuellen Vereinigung ist nicht der Körper die Hülle der Seele, es ist die Seele, die zur Haut wird und so den Körper einhüllt.

Sudhir Kakar

Unser Sexleben wird nur lebendig bleiben, wenn wir einander immer wieder damit konfrontieren, worauf wir keinen Bock mehr haben und was wir jetzt lieber täten. Wenn wir uns im evangelischen Kuschelsex auf den kleinsten gemeinsamen Nenner unserer Lust beschränken, wird unser sexueller Spielraum irgendwann so klein, dass wir dafür den Slip nicht mehr ausziehen. Wer gerne auf dem Gesicht des Partners zum Orgasmus kommen will, soll es sagen. Ablehnen kann der Partner immer noch. Wenn unser Sex festgefahren ist, dann sind Strapse und Sex zu dritt Möglichkeiten. Aber Dessous schwächt wie jeden Reiz die Gewöhnung. Und andere Partnerinnen bringen emotionale Verwicklungen. Es gibt kein finales Rezept. Wenn wir als Paar noch zärtlich sind, aber nicht in den Sex kommen, müssen wir vermutlich etwas riskieren. Wenn wir nicht mehr zärtlich sind, müssen wir erst wieder absichtslos zärtlich sein, bevor wir die Lust steigern.

Vieles spricht dafür, dass Bindungssexualität lebendig bleibt, wenn wir präsent sind, wenn wir uns einlassen und unser Fühlen, Spüren und Handeln gemeinsam vertiefen. Das gelingt am besten langsam, vorsichtig und zart. Stichworte: Tantra und Slowsex. Also Sex, der das Erleben und nicht den Orgasmus zum Ziel hat. Bei dem wir unser Spüren vertiefen, unser Miteinander in aller Intensität und Entspanntheit erleben. Wir haben Sex von niemandem gelernt. Wir bringen es uns selbst bei. Jedes Paar lernt, seine eigene Sexualität zu entwickeln. Lernen ist ein lebenslanger Prozess, auch in der Sexualität. Wer langsamer fährt, erlebt mehr von der Landschaft, durch die er sich bewegt. Wer sich beim Sex Zeit lässt und die Erregung immer wieder herunterfährt, kann Neues entdecken und Altes neu erleben. Wer erst mal zärtlich in der Annäherung ist, öffnet seine Sinne. Weniger intensiv ist intensiver. Zwei Gramm können wir von fünf Gramm unterscheiden, ein Kilo von 1003 Gramm niemals. Das war im Übrigen der Beginn der Psychologie als Wissenschaft. Aber das ist eine andere Story …

Liebe braucht Sex, wenn wir lustvoll gemeinsam durchs Leben tanzen wollen.

Intimität

Sie wissen natürlich, dass die Tasmanier,
die nie fremdgegangen sind, heute ausgestorben sind.

Somerset Maugham

»Why don't we do it in the road?« Wieso treiben wir es nicht auf der Straße? Ein sehr kurzer Beatles-Song von Paul McCartney. Mit einem noch kürzeren Text. »No one will be watching us.« Niemand wird uns beobachten. Wie McCartney erzählte, saß er auf einem Flachdach beim Meditieren in Indien und sah eine vorüberziehende Affenhorde. Ein männlicher Affe kopulierte dabei kurz mit einer Äffin und schaute sich danach in alle Richtungen um. Das habe ihn inspiriert. Und sicher wollte Paul McCartney damals, 1968, damit auch etwas provozieren. Doch die Frage ist ja berechtigt. Was ist diese Intimität, die wir kennen und beschützen? Wieso treiben wir es nicht auf der Straße, sondern ziehen die Schlafzimmertür sorgfältig hinter uns zu?

Das Wort Intimität leitet sich vom lateinischen »intimus« ab, was so viel wie das Innerste bedeutet. Und so können wir Intimität auch in der Paarbeziehung verstehen. Als innersten Raum. Als besonderen Raum der Vertrautheit, der Wärme und der offenen Gefühle. Als Raum, der für alle anderen unzugänglich ist. In diesem intimen Raum gelten nur die eigenen Regeln des Paares. In der Intimität sind wir unverstellt. Wir halten uns nicht an gesellschaftliche Regeln. Wenn wir intim miteinander sind, halten wir uns nicht zurück, machen keine Show. In unserem intimen Zusammensein begegnen wir einander unverstellt. Mit nackter Psyche.

Aus der Geschichte können wir ablesen, dass unsere Idee und Form von Intimität nicht immer existiert hat. Die Kleinfamilie gibt es noch nicht so lange. In früheren Zeiten lebten Ehepaare mit Kindern, Verwandten und Bediensteten nicht nur unter einem Dach, sondern meistens im gleichen Raum. Adlige hatten zwar ihre eigenen Räumlichkeiten, betrachteten Dienstboten aber nicht als Wesen, vor denen man irgendeine Scham haben musste. Wenn sich Ludwig der XIII. ankleiden ließ, ging unterdessen der halbe Hofstaat in seinem Zimmer ein und aus. Erst mit den größeren Wohnungen und der Möglichkeit des Rückzugs sowie der Aufwertung der romantischen Gefühle verschwand die Liebe immer mehr aus der Öffentlichkeit, sie wurde »unsozial«, wie der Soziologe Richard Sennett in »Die Tyrannei der Intimität« schrieb. Die Öffentlichkeit verschwindet, und das Leben zieht sich immer mehr ins Private zurück. Das Private wird aufgewertet. Und damit der Anspruch auf Authentizität und Echtheit. Alles muss jetzt persönlich sein, nur das zählt.

Suzy und Knut sind schon länger in Paartherapie. Sie sprechen über ihre Sexualität. Dabei kommen sie auf das Thema Vertrauen und Sich-fallen-lassen. Suzy gesteht, dass es ihr schwerfällt, sich Knut wirklich anzuvertrauen. Dass sie immer versucht, die Kontrolle zu behalten. Sie ist misstrauisch, ob Knut wirklich für sie da wäre, wenn sie es bräuchte. Aber sie erkennt auch, dass ihr Misstrauen nicht Knut alleine gilt. Dass es Wurzeln in ihrer Kindheit und Vergangenheit hat. Ihr unzugänglicher Vater kommt ihr in den Sinn. Und ihr Exmann, der sie finanziell und emotional ausbeutete und betrog. Ich schlage ihr eine Körperübung vor: Knut steht hinter ihr, und sie lässt sich nach hinten in seine Arme fallen. Suzy hat zunächst etwas Angst, aber dann ist sie bereit. Sie steht eine ganze Weile da, spürt ihre Angst und lässt sich dann fallen. Und Knut fängt sie auf. Suzy zittert am ganzen Leib. Knut setzt sich auf den Boden und hält Suzy jetzt in den Armen. Später wird sie sagen, dass es mit das Schwierigste war, was sie je gemacht hat. Jetzt liegt sie nur und lässt sich halten. Und ich, der Paartherapeut, verlasse den Raum und sage, dass ich in ein paar Minuten wiederkomme.

Intimität, so könnte ich sie auch definieren, ist, wenn der Paartherapeut den Therapieraum verlässt und das Paar eine Weile allein lässt. Weil in manchen Momenten zwischen den Partnern eine Nähe und Verbundenheit entsteht, die Intimität spürbar macht. Als würden sie emotional immer näher zueinander hingezogen und suchten dieses Gefühl auch in ihrer körperlichen Nähe und Zärtlichkeit auszudrücken. Ich könnte dann im Raum bleiben, aber ich möchte nicht, dass sich das Paar bremst oder zurückhält. Ich könnte auch sagen: Es fühlt sich zu intim an. Deshalb ziehe ich mich zurück. Viele Paare beginnen eine Paartherapie, weil sie ihre Intimität vermissen. Die sie, wenn alles gut läuft, zurückgewinnen. Da sie sich emotional wieder annähern und das gegenseitige Vertrauen wiederherstellen können.

Intimität ist angstfreie Vertrautheit. Hingabe. In intimen Momenten fühlen wir uns aufgehoben, nah, sicher, vertraut und angenommen. Es ist ein fast utopischer Zustand der lebendigen gemeinsamen Selbstvergessenheit und Geborgenheit. Augenblicke, in denen unsere existenzielle Isolation überwunden scheint. Intimität hat auch immer etwas Regressives, da es auf kindliches Erleben zurückgreift. Zu unseren Kindern haben wir ein intimes Verhältnis. Wir tragen sie, sie kuscheln sich an uns. Sie schmiegen sich im Schlaf an uns an, wir wickeln sie, toben mit ihnen. Wir beschützen sie und achten ihre Grenzen, aber innerhalb dieses Rahmens fühlen wir uns frei und selbstverständlich mit ihnen. Menschen, die eine intime Beziehung haben, greifen das auf. Sie necken sich häufig, spielen miteinander, mit dem Körper des anderen. Sie sammeln ungefragt die Flusen von seinem Pullover, bewegen sich selbstverständlich im persönlichen Raum des Partners. Wir sprechen von intimen Berührungen und meinen damit nicht (nur) Berührungen an den Genitalien, sondern Berührungen, die gefühlvoll und nicht oberflächlich sind. Die zum anderen vordringen, die keiner Kontrolle unterliegen. Zur Intimität gehören auch die intimen Gespräche, das Flüstern und das Teilen von Geheimnissen, die wir sonst mit niemandem teilen.

Deshalb braucht es für Intimität, die so nah, fast verschmelzend sein kann, zwei eigenständige, autonome Partnerinnen. Denn erotische, intellektuelle oder spielerische Intimität lebt von der freien Begegnung, vom kreativen Dialog. Vertrauensvolle Offenheit wagt nur, wer selbstsicher genug ist und nicht auf die Anerkennung des Partners angewiesen ist. Intimität ist kein Verschmelzen. Es ist ein Tanz zwischen Ich und Wir. In der Intimität kommunizieren wir Gemeinsamkeit, ohne unsere Unterschiedlichkeit aufzugeben. Und Unterschiedlichkeit, ohne unsere Gemeinsamkeit aufzugeben. Wir brauchen ein starkes Selbst, müssen in der Lage sein, unsere Gefühle zu regulieren und uns mit uns selbst gut zu fühlen. Intimität ist eine Begegnung. »Wenn wir akzeptieren, dass wir niemals völlig mit einem anderen Menschen übereinstimmen werden, dann öffnen wir uns für Intimität«, schreiben Tronick und Gold.[40] Die intime Begegnung lebt von unserem Interesse, alles vom anderen sinnlich und kognitiv zu erfahren und zu spüren. In der gelungenen Intimität fühlen wir uns warm und nah und völlig angenommen. Wenn wir annehmen, dass wir angenommen sind, können wir »heilen«. Vielleicht bin ich ja gar nicht so dumm, wenn ich erlebe, wie du meine Gedanken annimmst; vielleicht bin ich ja gar nicht zu empfindlich, wenn du meine Sensibilität so genießt. Sich mit sich selbst gut zu fühlen und offen für Intimität zu sein sind eng miteinander verbunden.

Intimität ist etwas, »wonach wir uns alle sehnen, wenn wir ehrlich mit uns sind. Die Berührung durch menschliche Verbindung, die heilt, die erfüllt, ist das Einzige im Leben, das uns wirklich glücklich machen kann. Intimität ist nichts, was wir haben, es ist etwas, was wir tun.«[41]

Intimität ist auch ein Schutzraum. Alle anderen, außer uns, müssen draußen bleiben. Intim sind wir nur mit wenigen Menschen.

Abgesehen von unseren Kindern sind das meistens nur unsere Partnerin oder unser Partner. Nur ihnen gestehen wir körperliche Nähe zu, nur mit ihnen teilen wir die sexuelle und emotionale Hingabe. Wir können auch eine spirituelle, eine ästhetische oder eine intellektuelle Intimität miteinander leben, wenn wir in diesen Lebensbereichen eine intensive Gefühlsnähe haben und uns aufeinander bezogen, einig und vertrauensvoll vertraut miteinander fühlen. Doch das erweitert das Verständnis von Intimität sehr. Entscheidend sind die emotionale Intimität, unsere Ängste davor und unsere tiefe Sehnsucht, sie zu erleben.

Die sexuelle Grenze

In unserer Kultur ist die Sexualität in der Vorstellung der romantischen Liebe mit der Liebe verschmolzen. Wodurch wir in der Sexualität Liebe und Verbundenheit auf einzigartige Weise ausleben und sinnlich erleben können. Intimität ist im Wesentlichen emotionale Intimität. Und die ist nicht notwendigerweise an Sex gebunden. Doch wenn unsere Liebesgefühle mit der Sexualität verschmelzen, kann jene verbindende Intimität entstehen, nach der wir uns sehnen. Der kolumbianische Schriftsteller Gabriel García Márquez lässt eine seiner Figuren sagen: »Stirb ja nicht, bevor du das Wunder erlebt hast, aus Liebe zu vögeln.« Doch je höher wir fliegen, desto tiefer können wir auch fallen. Nirgendwo sonst sind wir deshalb so verletzbar wie in der intimen Sexualität. Wenn unser Liebster eine andere liebt oder fickt, stürzen wir, je nach Charakter, in eine intensive Mixtur aus Angst, Wut, Eifersucht, Trauer, Rache. Sexuelle Kontakte bilden die rote Linie, die wir um unsere Liebesbeziehungen ziehen. Diese sexuelle Grenze schützt, wie jede Grenze. Sie schließt ein, und sie schließt aus. Die sexuelle Grenze grenzt uns als Paar ab. Mit anderen Menschen sind wir vertraut, nah, wir haben intensive Gefühle füreinander. Aber wir haben keinen Sex miteinander. Meistens. Denn die sexuelle Grenze wird auch immer wieder überschritten. Zumeist geheim, gegen die Vereinbarung. In offenen oder polyamourösen Liebesbeziehungen bewusst und in Absprache; dort wird sie durch eine emotionale Grenze ersetzt. Für die meisten Paare ist Intimität aber sexuell exklusiv. Was auch bedeutet, dass wir für intimes Erleben an unsere Partner gebunden sind. Wenn wir intimes Erleben suchen, wenden wir uns ihnen zu. Unsere emotionale Intimität ist zu eng mit der körperlich-erotischen verbunden, als dass wir uns auf emotionale Intimität mit anderen einlassen könnten. Auch unsere emotionale Intimität ist eine, wenn auch diffusere, Grenze, die uns als Paar definiert.

Als Paar fällt es uns leicht, intim miteinander zu sein, solange unsere Liebesbeziehung relativ konfliktfrei ist. Ist sie aber belastet, lassen sich Enttäuschungen und Frustrationen nicht mehr beiseiteschieben. Dann wird es schwierig, ja unmöglich, in den intimen Raum zu gelangen. Der Alltag wird weiterhin gut bewältigt, die Beziehung ist vertraut, worin eine gewisse Geborgenheit liegt. Aber Sex ist selten oder wurde aufgegeben. Und falls er stattfindet, ist er weniger erfüllend. Uns fehlt die Intimität. Und wir beginnen, sie mit anderen Menschen zu suchen und auch zu finden. Die Treue ist aufgegeben. Das Vertrauen gebrochen. Und entweder ist die Affäre das Ende der Beziehung und damit logischerweise auch das Ende der Intimität. Oder sie ist der Beginn einer Krise, aus der neue Intimität entsteht.

Vertrauen

Es gibt keinen Ersatz für das Wohlgefühl, das uns eine völlig für selbstverständlich gehaltene Beziehung gibt.

Iris Murdoch

Am meisten schmerzt der Verlust des Vertrauens. Vertrauen ist der Stoff, aus dem jede Beziehung gewebt ist. Wir könnten nicht miteinander leben, kein gemeinsames Konto haben, nicht friedlich nebeneinander einschlafen, nicht offen sprechen, den anderen nicht alleine verreisen lassen, einander nicht unsere Geheimnisse anvertrauen und uns nicht unseren Schmerz zeigen, wenn wir einander nicht vertrauen würden. Vertrauen beruht darauf, dass wir bereit sind, unser eigenes Verhalten zugunsten unserer Partnerinnen zu verändern. Das erfordert Treue. Ich vertraue darauf, dass du mir treu bleibst. Dass du unsere Beziehung, und damit auch meine Gefühle, über alles andere stellst. Dass du dich an das hältst, was zwischen uns gilt. Dass du dich auch gegen deine erotischen Impulse entscheidest, um mir nicht wehzutun, um uns nicht zu gefährden.

Nun sind wir der großen Liebe hoffnungslos verfallen. Deshalb ist Treue die unscheinbare kleine Schwester, die im Schatten ihrer atemberaubenden Verwandten steht. Wir glauben an die Liebe. Die Treue halten wir für erstrebenswert. An der Liebe verzweifeln wir. Mit der Treue nehmen wir es nicht zu ernst. Dabei möchten wir, was alle Sales-Manager dieser Welt anstreben: Markentreue. Nur dass wir in der Liebe mit Rabattmarken, Bonuspunkten, Kundenkarten, Clubausweisen und Treueprämien nicht weit kommen. In der Liebe bedeutet eine Liebe wenig, wenn viele andere Lieben möglich sind. Im Handel ist ein Produkt austauschbar, weil es viele andere vergleichbare gibt und der Käufer einem neuen Produkt – oder der Liebste einem anderen Menschen – treulos sein

Herz schenken kann. Wir folgen dem romantischen Ideal der Liebe, und unsere Treue gilt der körperlichen Liebe, nicht der Bindung. Wir bemühen uns, sexuell treu zu sein. Und scheitern regelmäßig. Ewige Liebe scheint unmöglich, aber wir versuchen sie. Ewige Treue scheint möglich, aber wir binden sie ausgerechnet an die unberechenbare Sexualität. Wir befinden uns gesellschaftlich bereits in einer Bewegung. In ihr sind wir nicht mehr *in* unseren intimen Beziehungen treu, sondern bleiben unseren intimen Beziehungen treu. Treu sein ist dann Bindungstreue an einen Partner. Und wir werden herausfinden, wie viel sexuelle Treue wir dann noch brauchen. Alle Experimente mit Polyamorie und vor allem mit offenen Beziehungen sind Versuche, dem treu zu bleiben, was uns wichtig ist. Ohne es durch das unstete, ständig neu aufflackernde erotische Begehren, das andere Menschen in uns auslösen und dem wir auch folgen wollen, immer wieder zu gefährden.

Affären, die Bindungsverletzung

Sex mit Liebe ist das Beste im Leben.
Aber Sex ohne Liebe ist auch nicht so schlecht.

Mae West

Doch noch gilt für die meisten Beziehungen die ausgesprochene oder unausgesprochene Regel der sexuellen Grenze. Plus der Affären, Seitensprünge und One-Night-Stands, die sich daraus ergeben. Und die sind eher die Regel als die Ausnahme. Der Kulturanthropologe George Murdock stellte fest, dass in den von ihm untersuchten 849 menschlichen Gesellschaften über 90 Prozent eine lebenslange monogame Form des Zusammenlebens präferieren.[42] Aber andererseits gibt es jenseits der Monogamie eine geheime, oder sollte man besser sagen: verschwiegene und übergangene, Non-Monogamie. Die Zahlen dazu sind unzuverlässig. In den

USA scheinen 30 bis 60 Prozent der verheirateten Männer außerehelichen Sex zu haben und 20 bis 50 Prozent der verheirateten Frauen.[43] Allein 2,5 Millionen Deutsche treffen sich zum unverbindlichen, gelegentlichen Sex über Dating-Apps.[44] Und wir können nicht davon ausgehen, dass sie alle gerade Singles sind.

Wir leben diese krude Mischung. Wir wissen, dass fast alle irgendwann fremdgehen. Aber wir tun so, als wüssten wir es nicht. Allem Anschein nach ist das die beste auffindbare Lösung für unser Dilemma als sexuell nicht eindeutige Tiere. Unser angeborenes Motivationssystem der Sexualität ist offen. Der nackte Affe Mensch ist nicht eindeutig monogam oder polygam. Heute sind polyamouröse Liebesverhältnisse Versuche, aus dem verlogenen Affärenchaos auszusteigen. Bei dem die Lügen und der Betrug meistens viel schwerer wiegen als die Tat selbst. Wenn der Partner fremdfickt, dann verletzt das unsere Gefühle. Wir werden rasend eifersüchtig oder wenden uns kühl ab. Was uns so trifft, ist der Betrug. Und der Verlust des Vertrauens. Der Verlust der exklusiven Intimität. Der Verlust des emotionalen Raums, den nur unsere Partnerin und wir betreten durften. Wir wurden aus dem Paradies der Intimität vertrieben. Unsere Liebesbeziehung hat ihre Einzigartigkeit verloren.

Die sexuelle Affäre ist die häufigste, aber nicht die einzige Bindungsverletzung, die Vertrauen und Intimität zerstört. Jede Form von Betrug zerstört die Bindungssicherheit. Wie auch jede Droge, weil sie im Zweifel wichtiger ist als wir. Oder wenn wir bei wichtigen Lebensereignissen alleingelassen werden. Oder wenn Versprechen nicht gehalten werden. Denn das entscheidende Vertrauen ist das Vertrauen, dass der Partner wirklich zu uns steht. Dass er für uns da sein wird, sobald wir ihn brauchen. Wenn unser Vertrauen getrübt ist, werden wir unsicher. Wenn unser Vertrauen gebrochen wurde, wird unsere gesamte Beziehung unsicher. Das geschieht nicht durch Kleinigkeiten. Nicht, wenn er nicht zurückruft, obwohl er versprochen hatte zu sagen, wann er nach Hause kommt.

Das Vertrauen verlieren wir, wenn wir ihn gebeten haben, für uns da zu sein, weil wir auf das Ergebnis unseres Krebsabstrichs warten. Und er dann nicht erreichbar ist. Bindungsverletzungen wirken lange nach. Der Mann, der eine Stunde zu spät zu seiner Hochzeit kam, ist immer wieder mit dem Vorwurf und der Verunsicherung, die er damals geschaffen hat, konfrontiert. Die Frau, die fremdging, als ihr Mann im Krankenhaus lag. Der Mann, der sich mit dem autoritären und entwertenden Schwiegervater verbündete und damit die Loyalität zu seiner Frau erschütterte. Oder der, der seine Frau drei Wochen vor dem Geburtstermin ein Wochenende allein ließ, um seine Schwester zu besuchen, obwohl er wusste, mit welcher Angst seine Frau der Geburt entgegenfieberte. Der finanzielle Betrug, wenn er das gemeinsame Geld zur Spielbank trägt. Seine Kinder, die er selbst dann noch verschwieg, als aus dem Dating und Kennenlernen schon eine Beziehung geworden war. In all diesen Fällen mussten die Paare lange ringen, um die Bindungsverletzung zu heilen und ihre Intimität zurückzugewinnen.

Um die intime Beziehung wiederherzustellen, muss das Vertrauen wiederhergestellt werden. Ich muss verstehen, nachvollziehen und letztlich verzeihen können, was meine Partnerin getan hat. Dafür muss sie alle Karten auf den Tisch legen und bereit sein, sich auch neuen Regeln und Kontrollen zu beugen. Regeln, die ich brauche, um mich mit ihr wieder sicher zu fühlen (siehe das Kapitel über Nähe).

Absolutes Vertrauen werde ich vermutlich nicht wiedergewinnen. Und das ist gut so. Denn absolutes oder blindes Vertrauen klingt zwar erstrebenswert, ist aber unrealistisch. Verträge werden gebrochen, Meinungen und Gefühle ändern sich. Wir überschätzen unsere Charaktereigenschaften und unterschätzen die situativen Kräfte. Der Partner mag treu und ergeben sein. Aber ein beruflicher Misserfolg, zwei Whiskey und eine Linie Koks von einem nicht allzu guten Freund, und schon findet er sich nach der Betriebsfeier mit der Assistentin im Hotelbett wieder. Misstrauen ist ein unangenehmes Gefühl. Wir möchten schnell davon weg und uns wieder in die warme Badewanne des Vertrauens legen. Aber als erhöhte Achtsamkeit ist es durchaus sinnvoll, wenn es einen einschneidenden Vertrauensbruch gegeben hat. Gerade Eros ist ein mächtiger und unberechenbarer Bursche. Ich habe es schon einige Male erlebt, dass Affären für beendet erklärt worden waren, in der Paartherapie wurde an der Versöhnung gearbeitet. Doch die Affäre lief die ganze Zeit weiter.

Affären sind »nur etwas, was eben passiert ist, ein Spiel, das wir gespielt haben, um die Langeweile zu vertreiben, die Langeweile des Lebens in einer Stadt wie dieser, und die Enttäuschung darüber, die zu sein, zu denen wir geworden sind«, schreibt John Burnside. In Affären geht es nicht vorrangig um Sexualität. Es geht um Freundschaft, um Hoffnung auf Intimität. Um jemanden, der zuhört, der Interesse hat. Es geht darum, sich selbst wiederzufinden. Um ein anderer zu sein, sich wieder deutlicher zu spüren, am Leben zu sein.

Untreue entsteht in einem Prozess, in dem wir uns der eigenen Partnerin gegenüber immer mehr verschließen und einer anderen Person gegenüber öffnen. Wir verlagern den Ort der Intimität. Bei Umfragen geben 70 Prozent der Befragten an, regelmäßig romantische oder sexuelle Fantasien über andere Personen als den eigenen Partner zu haben. Schlimm finden es die wenigsten, wenn sie selbst die Fantasien haben. Wenn ihre Partnerinnen dagegen solche Fantasien hegen, wird es von den allermeisten als Untreue empfunden. Über das Internet können wir jetzt mit denen chatten, die ebenfalls Zuneigung vermissen. Es entstehen neue Formen möglicher Untreue. Denn untreu zu werden ist längst kein moralisches Vergehen mehr. Es ist eine emotionale Abwendung vom Partner. Wir können fast sagen, dass es gar keine Untreue mehr gibt. Wir wollen Intimität und Nähe. Wenn wir sie nicht mehr mit unserer Partnerin finden, sind wir nur konsequent, wenn wir uns abwenden und woanders suchen. Dabei muss unsere Beziehung nicht mal so schlecht sein. Es reicht, auf jemanden zu treffen, dessen emotionale und erotische Attraktion verspricht, dass es uns mit diesem Menschen besser gehen wird. Treue bekommt dadurch eine neue Dimension. Sie dient noch immer unserer Partnerin und der Beziehung, aber sie dient zuallererst uns selbst.

Unsere Kultur kennt wenig Beschränkung. Das ist Freiheit, das ist zu begrüßen. Aber gleichzeitig konfrontiert sie uns ständig mit einem Überangebot. Um darin nicht unterzugehen, sind wir gefordert, uns zu beschränken. Es gibt ein derartiges Überangebot an Essen, dass Übergewicht weltweit schon ein größeres Problem ist als Hunger. Sich gesund zu ernähren ist die Aufgabe jeder Einzelnen. Wir müssen dafür unendlich viele Angebote zurückweisen. Brauchen wir auch eine Selbstbegrenzung in unseren intimen Beziehungen? Ja. Nicht, weil Untreue schlecht oder moralisch zu verurteilen wäre. Und nicht einmal, weil wir damit einen geliebten Menschen sehr verletzen. Sondern weil es ein Selbstschutz ist, der uns davor bewahrt, in all den möglichen Beziehungen verloren zu gehen. Und auf der unendlichen Suche nach Intimität die Möglichkeit zur Intimität immer mehr zu verlieren. Oder können wir unsere romantisch geprägte Charakterstruktur überwinden? Und ohne Eifersucht und Verlustangst, ohne das Bedürfnis, die Nummer eins im Leben eines anderen zu sein, Intimität auf eine neue, andere Art finden und leben? Können wir so unsere Langzeitorientierung aufgeben, die heute unsere intimen Zweierbeziehungen bestimmt und stabilisiert?

Zwei Fragen gilt es nach einer Affäre zu klären: Wofür bist du wieder da? Und: Warum warst du weg? Affären sind überstehbar. Aber es ist nicht einfach. Es dauert, bis beide Partner wieder in der gleichen Zeit leben. Denn der »Betrogene« braucht eine gewisse Zeit, um nach all den Täuschungen wieder den Boden der Realität zu finden. Zudem gibt es einen psychologischen Mechanismus, der es für die »Betrügerin« schwer macht. Die Affäre und die Abwendung vom Partner sind leichter zu rechtfertigen, wenn wir auch nach der Affäre dessen schwierige Seiten sehen. Betrachten wir vor allem seine guten Seiten, können wir dagegen unser eigenes Handeln viel schwerer rechtfertigen. Um diese Spannung aufzulösen, verharren wir eher bei einem negativen Bild des Partners und der Beziehung. Doch auch das kann überwunden werden, die Verletzung kann heilen. Aber sie wird manchmal auch nach Jahren noch wie eine Narbe schmerzen, und wir müssen sie dann als Paar gut versorgen. Wer immer in der Rolle des »Betrügenden« war, muss bereit sein, auch nach langer Zeit, auch nach mehreren Jahren, immer mal wieder die Wunde zu versorgen, die er verursacht hat. Es braucht Intimität, also große Offenheit, um wieder zueinanderzufinden.

Wenn wir das Vertrauen und die Intimität wiederherstellen, finden wir unseren emotionalen Platz wieder. Unser Bedürfnis nach einem Platz existiert auf verschiedenen Ebenen. Zunächst ist es eines unserer ersten Bedürfnisse. Wir verlassen bei der Geburt unseren sicheren Ort und brauchen einen Platz in der Welt, an dem wir versorgt werden. Wir haben ein Revierempfinden. Wir haben einen persönlichen Raum um unseren Körper. Und als Paar finden wir unsere ökologische Nische, den Platz in der Gesellschaft, in unseren sozialen Beziehungen, beruflich, in der Gesellschaft. Und ganz konkret räumlich dort, wo wir wohnen und leben. In Vietnam ist der Kosename für den Liebespartner »mein Zuhause«. Und das Herdfeuer, das das Zuhause wärmt und wohnlich macht, ist die Intimität. Wenn es ausgeht, ist unser Zuhause bedroht oder verloren.

TEIL IV

Selbst

Wir verlangen zu viel vom Leben, zu wenig von uns selbst.

Christopher Lasch

Eine kleine Vorwarnung: Dies ist ein etwas anderes, vielleicht seltsames Kapitel. Denn es kann sich selbst nicht ganz gerecht werden. Unsere Beziehung zu uns selbst hat enormen Einfluss auf unsere Liebesbeziehungen. Deswegen ist es wichtig, sich damit auseinanderzusetzen. Andererseits ist dies nicht der Ort, um ein umfassendes Lehrbuch zum Umgang mit unserem Selbst zu verfassen. Also können hier nur Hinweise gegeben werden, das Gebiet ansatzweise vermessen werden. In der Hoffnung, dass die in anderen Teilen der Welt geläufige Vorstellung auch an dieser Stelle wirkt: dass die Energie der Aufmerksamkeit folgt.

»Wir sind innerhalb einer Partnerschaft völlig abhängig von der Beziehung, die unser Partner zu sich selbst hat«, schrieb Lukas Moeller, der »Vater« der bekannten Zwiegespräche und einer der ersten Psychotherapeuten, die sich intensiv mit Paarbeziehungen auseinandersetzten. Womit schon alles gesagt ist. Doch das macht das Liebesleben nicht einfacher. Denn es stellt an jeden von uns, der seine Liebesbeziehung ernst nimmt, den Anspruch: »Hallo, kümmere dich bitte um dich selbst!« Was das weite Feld des Selbst eröffnet: Selbstwahrnehmung, Selbstbewusstsein, Selbstwertgefühl, Selbsterkenntnis, Selbstreflexion, Selbstfreundlichkeit, Selbstdisziplin. Wir empfinden ein Selbst und haben auch ganz »selbstverständlich« eine Beziehung zu diesem Selbst.

Wer bei jedem schwierigen Gefühl zum guten Rotwein greift, was können wir von ihm erwarten, wenn es um die Gefühle seiner Partnerin geht? Wer ein Körperbewusstsein wie ein Kieselstein hat, in welch einfühlsame Hände begeben wir uns dann beim Sex? Wessen Selbstwertgefühl schon beim Hauch einer Kritik in den Gefühlskeller rauscht, wie gut werden wir uns mit ihm auseinandersetzen können? Wie wir mit uns selbst umgehen, so gehen wir auch mit anderen um. Und wie wir mit anderen umgehen, spiegelt unsere Beziehung zu uns selbst. Wobei wir von unseren Partnerinnen häufig gerade ein Verhalten verlangen, das uns selbst schwerfällt. Sie sollen stellvertretend für uns lösen, was wir selbst nicht gelöst bekommen. Womit wir unbewusst beschäftigt sind, was wir aber bewusst nicht aufgreifen. Wir fordern den Partner auf, dem hinterhältigen Kollegen die Meinung zu blasen. Während wir selbst schon drei Monate einer Aussprache ausweichen. Oder wir kritisieren, dass sie ihre Freundinnen vernachlässigt. Obwohl wir selbst scheu und unzuverlässig mit unseren Freunden und Bekannten sind. Was in uns selbst geschieht oder nicht geschieht, prägt unsere Beziehung mit.

Selbstreflexion

Partnerinnen flehen ihre Partner an, zum Arzt zu gehen und die verbreitete männliche Neigung aufzugeben, so lange zu warten, bis es zu spät ist. Sie wünschen sich auch, dass sie sich für ihre Probleme einen Coach oder eine Therapeutin suchen. Weil sie spüren, dass die Ausraster ihrer Partner wenig oder gar nichts mit ihnen zu tun haben. Karin und James sind bester Dinge. Sie verbringen ihr Wochenende auf einem alternativen Festival mit Musik, Tanz und Ausstellungen. Jeder hilft mit, die Mahlzeiten vorzubereiten. Karin schleppt gerade eine Ladung Croissants an dem Tisch vorbei, an dem James hockt. Im Vorbeigehen sagt sie, damit er schnell zugreift: »Sie sind noch warm!« James liest gerade und versteht sie nicht: »Was meinst du?« Karin sagt noch einmal: »Die Croissants, sie sind noch warm.« James begreift nicht, was das bedeuten soll: »Aber was meinst du?« Karin versteht nur, dass James sie nicht verstanden hat. Sie denkt, vielleicht habe sie zu leise gesprochen. Sie geht also noch einmal zwei Schritte auf ihn zu und ruft sehr laut: »Hallo, die Croissants sind noch warm!« James schaut sie wütend an. Er knallt das Buch, das er gerade liest, auf den Tisch und sagt gepresst: »Leck mich doch am Arsch!« Die nächsten Stunden ist er verschwunden. Als er wieder auftaucht, spricht er kein Wort mit Karin. Sie ist verzweifelt. Stürzt ihrerseits in alte Mama-Gefühle ab. Dass sie schwierig sei und niemand es mit ihr aushalten könne. Aber sie ist sich trotzdem sicher, dass die Reaktion von James nichts mit ihr zu tun hat. Sie brauchen die halbe Nacht, um aufzudröseln, wie ungeschützt sich James in seiner Familie gefühlt hatte. Wie stark er reagiert, wenn er sich nicht respektiert fühlt. Dann kann er wieder annehmen und fühlen, dass Karin ihn respektiert. Aber sie ist nicht bereit, einen Partner zu akzeptieren, bei dem sie ständig Angst haben muss, dass er in seine innere Dunkelkammer abtaucht, statt auszusprechen, was ihn verletzt. James verspricht, seinen Gefühlen auf den Grund zu gehen. Er spricht es in der nächsten Paarsitzung an. Und lässt sich zusätzlich Adressen von Einzeltherapeutinnen geben.

Dass man keine Chance auf eine befriedigende Beziehung hat, wenn die Partnerin eine schwierige Persönlichkeitsstruktur hat und sich damit nicht auseinandersetzt, hat zu dem Begriff der toxischen Beziehung geführt. In der sich eine unglückliche Formulierung und eine verkürzte Sicht auf Beziehungen treffen. Giftig, also schädlich, beschreibt das Ergebnis, nicht den Prozess oder die Bedingungen, die dazu führen, dass jemand in seiner Beziehung zugrunde geht wie ein verwelkender Blumenstrauß. Giftig wird es, wenn ein Partner seine gesammelten Probleme auf den anderen abwälzt. Und alles, was ihm zur Verfügung steht, nutzt, um den anderen kleinzuhalten und zu schwächen, um nicht mit eigenen Ängsten konfrontiert zu sein. Zur toxischen Beziehung gehört aber auch immer der Partner, der sich nicht zu wehren weiß. Und schon gar nicht in der Lage ist, sich abzugrenzen oder seine Sachen zu packen und die Giftküche zu verlassen. Dann entsteht eine Beziehung, die für ihn tatsächlich giftig ist. Weil er immer mehr von den Anfeindungen, Entwertungen und Manipulationen schluckt, die ihm seine Eigenständigkeit und sein Selbstwertgefühl nehmen. Wie ein Boxer in der Ringecke, der mit jedem Punch, den er einsteckt, noch unfähiger wird, sich zu schützen. Mir sind solche Paare durchaus begegnet, bei denen ich Position bezogen und die »vergiftete« Partnerin aufgefordert habe, sich zu trennen. Aber solche Paare sind eher die Ausnahme.

Okay. Augen auf bei der Partnerwahl! Aber sollen wir Beziehungen nur noch mit zertifizierten Partnern eingehen, die mindestens elf Jahre Psychoanalyse und drei Aufstellungswochenenden hinter sich haben? Wohl kaum. Dahinter stände auch nur wieder die Idee der perfekten Beziehung, nach der wir schon so lange vergeblich suchen. Vor allem sollten wir nicht auf unsere Partnerin schauen, sondern auf uns. *Wir* sind das Selbst, um das es geht. *Wir* sind die Partner, von deren Selbstreflexion unsere Liebsten abhängig sind. Wir sind es selbst.

Unsere heutigen Partnerschaften sind ungeregelt. Niemand hat selbstverständlich den Hut auf. Es gibt keinen Boss, keine Chefin. Alles, was wir haben, sind widersprüchliche soziale Vereinbarungen. Liebesmythen darüber, was Liebesbeziehungen ausmacht. Paarexperten wie mich, die versuchen, das wunderliche Chaos zu beschreiben, das unsere Liebesbeziehungen sind. Wir haben die unglaubliche Freiheit, alles miteinander aushandeln zu können. Und leben gleichzeitig mit dem Fluch, vom Handtuchmuster bis zur Dildogröße alles aushandeln zu müssen. Doch was handeln wir letztlich aus? Doch nicht die Marke des Wasserkochers, sondern uns. Unser »Wir«. Das aber findet seine Grenzen in unser beider

Selbst. Interessanterweise gibt es davon in unserer Sprache keinen Plural. Wie sehr uns unsere Liebesbeziehung auch am Herzen liegt, wenn wir die Beziehung zu uns selbst vernachlässigen, boykottieren wir einen Teil unserer Liebe.

Selbsterkenntnis

Irgendwie sind wir geworden, wer wir sind, und werden es noch immer weiter. Wir sind mit der Welt um uns herum untrennbar verbunden. Dennoch erleben wir den Teil, den wir Selbst nennen, als getrennt von allem anderen. Wir empfinden eine Kontinuität, obwohl unser zwanzigjähriges Fashionista-Selbst nicht mehr allzu viel mit der Mama von heute im breiverklebten T-Shirt zu tun hat. Unser Selbst ist eine Konstruktion. Unterschiedliche Kulturen geben ihm mal mehr, mal weniger Bedeutung. Die buddhistische Psychologie betrachtet das Selbst als eine große Illusion. Die viel Leid mit sich bringt. Und es gibt gute Gründe, Buddha zu vertrauen. Aber bis wir ausreichend meditiert haben, um die Eintrittskarte zum Nirvana zu erhalten, erleben wir unser Selbst verdammt deutlich. Es ist eine unserer Lebensaufgaben, unserem Selbst auf die Spur zu kommen und mit ihm Frieden zu schließen. Wer bräsig behauptet, das müsse er nicht, er sei eben so, wie er sei, der akzeptiert sich nicht, der ignoriert sich. Wie will er akzeptieren, was er gar nicht kennt? Weil er sich nie gefragt hat, wer er eigentlich ist. Und warum er die Dinge tut, die er tut. Wieso regen wir uns so auf, wenn sich der Partner schlampig kleidet, obwohl wir doch so tolerant sind? Was fehlt uns, um uns zu trauen, was wir uns gerne trauen würden? Wieso halten wir uns für einen Versager, wenn wir gerade ein Dinner für sechs zufrieden seufzende Freunde gezaubert haben? Uns wirklich akzeptieren können wir erst, nachdem wir uns der Frage »Wer bin ich?« gestellt haben. Und die Antwort darauf nicht einfach »Uwe« ist. Sein Selbst alleine zu entdecken, ist schwierig, wenn nicht unmöglich. Wir brauchen Bücher, Filme und Podcasts, die Einsichten anderer. Wir brauchen die Rückmeldungen unserer Freunde. Und vor allem die Auseinandersetzungen in unserer Partnerschaft.

Selbstwahrnehmung

In Liebesbeziehungen möchten wir unsere Vereinzelung überwinden. Doch der Weg zu gegenseitiger Offenheit und hingebungsvoller Verschmelzung ist mit Auseinandersetzungen gepflastert und von Konflikten gesäumt. Uns auseinanderzusetzen fällt leichter, wenn wir möglichst viel von dem, worüber wir uns auseinandersetzen, schon auseinanderhalten können. Was sind meine Anteile? Was triggert mich? Um nicht durch unsere Beziehungen zu taumeln wie ein Tourist durch eine antike Stätte, der die griechischen Bauten nicht von den byzantinischen unterscheiden kann. Wer seine Ängste kennt, projiziert sie nicht auf andere. Und behauptet nicht, dass kein Geld in Aktien investiert sei, weil der Partner so risikoscheu sei. Obwohl es die eigene Angst, etwas falsch zu machen, ist, die das verhindert. Er behauptet nicht, gehasst zu werden. Wo er tatsächlich seinen eigenen Hass verleugnet. Sein Selbst zu kennen beginnt damit, es wahrzunehmen. Durch Körperwahrnehmung, Gefühlsdifferenzierung, Verhaltensbeobachtung und Nachdenken über das eigene Denken. Durch Erforschen der eigenen Zustände. Wir lernen uns kennen, wenn wir uns beobachten. Hat dieses Selbst wirklich gerade die Straßenseite gewechselt, weil es da vorne seinen Ex gesichtet hat? Selbstbewusstsein hat in der deutschen Sprache zwei Bedeutungen. Einmal ist damit ein stabiles Selbstwertgefühl gemeint. Die andere Bedeutung ist, sich seines Selbst bewusst zu sein. Es zu fühlen, zu spüren und Unterschiede wahrzunehmen. Wie bin ich drauf? Und was hat das mit dem Telefonat mit dem Bankberater zu tun? Was braucht mein Selbst, damit ich am liebsten ich selbst bin? Schlafe ich genug, bewege ich mich genug, sorge ich für mein Wohlgefühl? Wir haben das im Kapitel über Gefühle schon angeschaut. Jetzt geht es darum, die Verantwortung dafür zu übernehmen. Weil jeder weiß, dass er sich nach einer durchsoffenen Nacht nicht gerade in Bestform befindet.

Gefühle differenzieren

Wir leben fast alle in der seriellen Monogamie. Was uns zu hervorragender Second-hand-Ware mit leichten Gebrauchsspuren macht. Unsere Partnerin liebte schon die wilde Helga, die genialische, aber sozial unbrauchbare Sylvie, die dröge Karla und noch ein paar andere Vorgängerinnen, die weiter keine Bedeutung zu haben scheinen. Und wir erfahren, woran diese Lieben gescheitert sind. Wir beschließen dann mehr oder weniger bewusst, dass das geliebte Wesen an unserer Seite niemals so herbe Streitereien wie mit der egoistischen Helga erleben muss. Die Schatten der Ex verdunkeln Liebesbeziehungen. Häufig stärker, als es die Partner bemerken. Welche »Verbote« haben wir uns durch die Storys über die Ex selbst auferlegt? Wie sehr schränken wir uns deswegen ein? Haben wir ein Bewusstsein davon? Fällt es uns auf?

Je besser wir im emotionalen Dschungel der Zweisamkeit dich und mich, Vorstellung und Realität, Denken und Erleben auseinanderhalten können, desto weniger verirren wir uns. In der Psychologie wird diese Fähigkeit als Mentalisieren bezeichnet. In der einfachsten Form bedeutet es, dass ich mich auch von außen und die andere auch von innen vorstellen und nachfühlen kann. Ist mir klar, wie mein Verhalten und meine Stimmung dich beeinflussen? Kann ich mir vorstellen, was du über mich denkst? Oder sogar, was du denkst, was ich über dich denke? Beherzige ich wirklich, dass andere sich nicht so fühlen müssen, wie ich glaube? Und dass meine Innenwelt nichts ist, was andere kennen können. Kann ich unterscheiden, ob wir nur theoretisch über etwas sprechen oder auch innerlich damit verbunden sind? Das sind bei Weitem nicht alle Fragen, die wir uns stellen können. Vieles davon ist für die meisten Menschen selbstverständlich. Aber immer wieder haben wir Defizite. Und sind doch verärgert, weil der Liebste nicht das richtige Geschenk bringt. Wo wir doch überzeugt waren, er müsse es auf jeden Fall wissen.

Wir haben in unserer Kultur Möglichkeiten geschaffen, uns auf ungeahnte Weise mit uns selbst auseinanderzusetzen. Viele Menschen nehmen diese Chance wahr. Sigmund Freuds Nachfahren haben alle Couchs voll zu tun. Yoga und Meditation sind für viele so selbstverständlich wie morgens duschen. Coaching-Angebote, jahrhundertealte spirituelle Praktiken und selbsternannte Heilige zeigen Wege zum Selbst. Oder auch ins teure Nirgendwo. Wir suchen. Und das ist gut so. Aber natürlich lenken wir uns dadurch auch ab, vernachlässigen wichtige soziale, gesellschaftliche und globale Fragen. Die Nabelschau ist kein Muss, um eine solide Beziehung zu führen. Mir geht es nur darum, dass wir in Beziehungen unumgänglich mit uns selbst konfrontiert sind. Und Beziehungen scheitern, wenn wir nicht bereit sind, auch uns selbst zu reflektieren. Es ist immer schwierig, mit etwas erst zu beginnen, wenn wir es dringend brauchen. Es ist einfach hilfreich, wenn ich nicht erst in der dicken Beziehungskrise beginne, über mich nachzudenken. Sondern eine Beziehung zum eigenen Selbst aufbaue, bevor meine frustrierte Partnerin die Beziehung zu mir mitsamt meinem unreflektierten Selbst aufgibt.

Selbstfreundlichkeit

Selbstfreundlichkeit oder auch Selbstmitgefühl, Sie ahnen es schon, sind hilfreich, um mitfühlend und freundlich-annehmend mit unseren Partnern umzugehen. Sie sind aber auch bei allen psychischen Problemen ein wichtiger Faktor. Wir befinden uns alle mehr oder weniger ständig in inneren Dialogen. Teile oder Aspekte unseres Selbst kommunizieren miteinander.

Ein Beispiel: Ich nehme mir ein Glas aus dem Schrank, gieße Wasser hinein und will es auf den Tisch stellen. Aber es rutscht mir aus der Hand und zersplittert in tausend Stücke. Vielleicht hatte ich mir vorher die Hände eingecremt, bin gegen irgendwas gestoßen oder war mit meinen Gedanken bei der Mieterhöhung. Was auch immer, es ist passiert. Und jetzt wird es interessant. Denn was geht jetzt in mir vor? Mache ich mir herbe Vorwürfe, was für ein Depp ich sei, und beschimpfe mich? Oder spreche ich mich frei, tröste mich und sage mir, dass es zwar total nervig ist, aber ich nicht von mir verlangen kann, perfekt wie eine Kalender-App zu funktionieren? Wie klingen die inneren Stimmen, die mich entwerten und mir sagen, dass das ja mal wieder typisch für mich sei? Wie die, die mich entlasten und mich unterstützen? Selbstfreundlichkeit bedeutet, nicht in die Selbstentwertung zu gehen, sondern zugewandt und freundlich mit mir zu bleiben. So wie ich mit meiner allerbesten Freundin umgehen würde, wenn sie meine Hilfe braucht.

Und wie steht es um mein Selbstwertgefühl? Finde ich mich damit ab, keines zu haben? Oder damit, dass ich mich immer wieder grundsätzlich infrage stelle? Ein Selbstwertgefühl ist nicht einfach gegeben. Es ist ein fortlaufender innerer Prozess, und an dieser Stelle geht es nur um die Aufforderung, uns nicht damit zufriedenzugeben, wenn wir bemerken, dass wir keine gute Meinung von uns selbst haben.

Wieder geht es darum, dass es uns leichter fällt, das Selbst unseres Partners zu unterstützen, wenn wir auch mit unserem eigenen Selbst unterstützend umgehen. Unsere Partnerin wird es schätzen, wenn sie uns sagen kann, dass wir blass aussehen, ohne befürchten zu müssen, dass wir deshalb drei Tage mies gelaunt sind.

Selbstwirksamkeit

Ich kann nicht sagen, ob es besser werden wird, wenn es anders wird; aber so viel kann ich sagen, es muss anders werden, wenn es gut werden soll.

Georg Christoph Lichtenberg

Es braucht immer zwei für den Beziehungstango. Doch die falschen Bewegungen eines Tanzpartners reichen aus, damit das Paar das Gleichgewicht verliert. Und sich auf die Nase legt. Zu jedem Konflikt gehören immer zwei. Aber nicht zu gleichen Teilen. Häufig hat die eine gar keinen anderen Anteil am Beziehungsschlamassel, als dass sie den Murks des Partners erträgt. Ihm keine rote Karte zeigt oder das Spielfeld verlässt. Die gute Nachricht ist: Wenn einer alleine die Beziehung vor die Wand fahren kann, kann auch einer alleine die Beziehung verbessern. Eine Top-Nachricht. Die aber den meisten Paaren fremd ist. Beziehungskonflikte bestimmen wie kaum etwas anderes unser Leben. Wir nehmen deswegen Antidepressiva und schlafen schlecht. Aber wir haben selten die Idee, dass wir alleine die Situation verändern könnten. Stattdessen grübeln wir über den Partner nach und versuchen, einen Stoffel dazu zu bewegen, sich in einen Prinzen zu verwandeln. In jeder Paarsitzung ist die paarige Schicksalsergebenheit zu erleben. Im Gerangel darum, wer beginnt. Wobei ich noch nie Partner erlebt habe, die sich darum gefetzt haben, wer beginnen darf. Sie rangeln immer nur darum, *nicht* anzufangen. »Fang du mal an, letztes Mal habe ich angefangen!« »Ich möchte nicht immer beginnen.« Dabei kann doch derjenige, der die Sitzung beginnt, sein Anliegen zum Thema der Sitzung machen. Natürlich gibt es Gründe, wieso sich Paare wie Pferde vor dem Wassergraben verweigern. Sie haben Angst, sich zu zeigen. Angst vor den eigenen Gefühlen, die auftauchen könnten. Oder Angst, etwas anzusprechen, was die Beziehung noch unsicherer macht. Sie fühlen sich sicherer, wenn sie erfahren, was im anderen vorgeht, bevor sie sich selbst äußern. Doch häufig ist es das Gefühl: »Wieso immer ich? Wieso soll immer ich mich um unsere Beziehung kümmern, es ist genauso gut deine Beziehung!« Es fühlt sich ungleich und ungerecht an, wenn ich in unserer Beziehung jede Klärung anschieben muss. Jede notwendige Auseinandersetzung beginnen muss. Verführerinnen möchten auch mal verführt werden. Versorgerinnen sich an den gedeckten Tisch setzen. Verständlich. Doch angesichts der realistischen Alternativen erscheint die aktive Lösung die bessere. Statt weiter frustriert zu warten, ist es hilfreicher, den Beziehungsverlauf selbst in die Hand zu nehmen.

Viele Einzeltherapien sind verdeckte Paartherapien. Frau K. stammt aus einem sehr christlich geprägten Elternhaus, in dem Selbstlosigkeit und Anpassung gefordert waren. In ihrer Einzeltherapie spricht sie immer wieder über Konflikte in ihrer Paarbeziehung. Es wird klar, dass sie lernen muss, sich abzugrenzen, Bedingungen zu stellen und konsequent zu sein. Wenn niemand außer ihr einkauft, sich nicht aufopferungsvoll in den Supermarkt zu stürzen. Und anschließend alle damit zu nerven, wie allein sie sich gelassen fühlt. Sondern den Kühlschrank leer zu lassen und alleine essen zu gehen. Sich nicht über die nasse Wäsche zu ärgern und sie dann doch seufzend aufzuhängen. Sondern sie in der Maschine vor sich hinrotten zu lassen. Solche Dinge. Es wirkt jedes Mal. Sie ist zufriedener mit ihrer Ehe, und die Stimmung zwischen ihr und ihrem Mann verbessert sich.

»Themroc« ist ein Film aus den siebziger Jahren mit Michel Piccoli. Es gibt darin eine Szene, die für mich den Mechanismus des Zusammenspiels in der Partnerschaft auf groteske Weise illustriert. Jeden Morgen radeln der Hauptdarsteller und sein Freund gemeinsam zur Arbeit. Einer kommt von links aus einer Einfahrt, der andere von rechts. Auf der Straße treffen sie sich punktgenau und fahren dann nebeneinanderher. Irgendwann steigt Piccoli aus seinem normalen Leben aus und fährt nicht mehr zur Arbeit. Am nächsten Morgen fährt sein Arbeitskollege wie gewohnt schwungvoll auf die Straße. Doch niemand kommt von der anderen Seite auf ihn zu. Und er fällt wie vom Blitz getroffen um. Sobald wir uns anders verhalten als gewohnt, verstören wir das System. Wir können uns entscheiden, uns anders als gewohnt zu verhalten. Die gewohnte Bahn verlassen. Etwas anderes, etwas Neues versuchen. Dadurch verändern wir die gesamte Beziehung.

Frau F. ist schnell deprimiert, wenn ihr etwas misslingt. Sie hat hohe Selbstansprüche. Und neigt dazu, sich ihr Versagen endlos vorzuwerfen. Herr F. weiß darum. Ihm fällt es leichter, das Positive im Blick zu behalten. Was er seiner Frau auch immer wieder anbietet, in der Hoffnung, sie auf diese Weise aufzumuntern. Doch sie fühlt sich dadurch im Gegenteil noch schlechter. Weil sie jetzt zusätzlich daran scheitert, so optimistisch denken zu können wie ihr Ehemann. Herr F. erkennt, dass seine immer gleichen Versuche vergeblich sind, und hört damit auf. Stattdessen begleitet er sie in ihren negativen Gefühlen. Er schwenkt von Blaumann auf Rotwein um. Mit dem Erfolg, dass sich Frau F. jetzt schneller von ihren Selbstvorwürfen lösen kann.

Wir haben einen Handlungsspielraum. Wir können experimentieren. Denn sobald wir immer wieder gemeinsam auf die gleiche Art scheitern, ist eines klar: Es macht keinen Sinn, genau so weiterzumachen. Wir vermissen Aufmerksamkeit von unserer Partnerin? Dann können wir ihr mehr Aufmerksamkeit widmen. Wir fühlen uns ständig kritisiert? Dann können wir aus dem Spiel aussteigen und jede Kritik gegenüber dem Partner unterlassen. Überhaupt ist dies eine sehr effektive Art, etwas zu verändern: einfach eine Zeit lang auf alle negativen, kritischen oder vorwurfsvollen Bemerkungen verzichten. Wenn wir nicht mehr ständig unzufrieden sind, sondern loben, was zu loben möglich ist, setzen wir ganz andere Verstärker. Wir unterbrechen die Teufelskreise, in denen wir gefangen sind. Wir können auch jederzeit positive Impulse setzen: kleine Geschenke, ein altmodischer Liebesbrief, der anderen einen Gefallen tun, eine überraschende Einladung, gemeinsame Zeit planen.

Wir nehmen Stress aus der Beziehung, wenn wir uns weniger abhängig machen. Und statt uns zu beklagen, dass er nie mit uns ins Kino geht, jemanden finden, der mit uns geht.

Selbstverantwortung

Die Auseinandersetzung mit unserem Selbst kreist letztlich darum, Verantwortung für uns selbst zu übernehmen. Das tut sonst niemand. Wir *sind* nicht einfach. Wir sind auch immer das, was wir aus uns machen. Zu mehr Selbstgefühl gelangen wir, wenn wir aufhören, vor uns selbst zu fliehen. Was auch immer eine Flucht aus der Beziehung ist. Denn jeder kann arbeiten, bis der Arzt kommen muss. Sport treiben, bis ihm die Endorphine ausgehen. Pornos gucken, bis das Handgelenk lahmt. Dann gibt es keine Fragen. Ein überbeschäftigtes Selbst hat keine Zeit für sich selbst. Natürlich ist das irgendwann keine Ablenkung mehr, sondern jene Art von Sucht, die wir an unseren Pubertieren so hassen. Wenn sie beim endlosen Gamen in ihrer Pizzaschachtel-Einöde festwachsen. Sucht lauert überall. Alkohol ist frei verkäuflich und so ziemlich jede andere Droge auch. Auch wer lügt und vermeidet, belügt und vermeidet zuallererst sich selbst. Jede Partnerin, die eine ernsthafte Beziehung führen möchte, bekämpft diese Fluchtwege. Denn sie möchte das Selbst erreichen können, das hinter zwei Promille und dem nächsten Ironman verschwindet.

Unsere Beziehung zu uns selbst. Von ihr ist unser Partner wirklich völlig abhängig. Die Liebe braucht Selbstbewusstsein.

Achtsamkeit

*Wann immer ich nicht weiß, was ich tun soll,
beobachte ich, was ich tue.*

Elizabeth Strout

Der Meditationslehrer Stephen Levine war frisch verliebt und unsicher, ob seine Liebe seine Achtsamkeitspraxis stören könnte. Also fragte er seinen Meister, wie denn die Liebe seine Achtsamkeitspraxis berühren würde. Sein Meister schaute ihn nur erstaunt an: »Wie sie deine Praxis berührt? Sie *ist* deine Praxis. Denke daran, deine Partnerin ist deine Praxis!« Nun meditiert längst nicht jeder, aber es ist doch eine schöne Idee, dass unsere Partnerin die Möglichkeit ist, achtsamer zu leben. Außerdem haben wir alle eine »Achtsamkeitspraxis«. Denn unser Gehirn kann nicht *nicht* lernen. Wenn wir nicht achtsam sind, dann üben wir, unachtsam zu sein. Wie der Achtsamkeitsexperte Jon Kabat-Zinn schreibt: »Wir üben dann, nicht im gegenwärtigen Augenblick zu leben. Wir üben, uns durch Gedanken und Gefühle, unser Mögen und nicht Mögen aus unserem Zentrum – von unserer Souveränität, von unserer Verbundenheit mit allen und allem – wegreißen zu lassen.« Unsere Liebesbeziehungen bieten uns gleichzeitig die Möglichkeit, achtsamer zu werden und unsere Liebe durch unsere Achtsamkeit lebendig zu halten.

Joseph Goldstein, einer der bekanntesten westlichen Meditationslehrer, beschreibt Achtsamkeit als »Qualität des Geistes, mit der er gewahr nimmt, was eben geschieht, ohne zu bewerten oder gar einzugreifen«. Es ist die Kunst, im vielzitierten »Hier und Jetzt«

zu sein. Daraus erwächst dann die Möglichkeit, zur Achtsamkeit des Herzens zu gelangen, zum Mitgefühl. Klingt einfach. Ist aber tatsächlich das anspruchsvollste Programm der Welt. Buddhistische Mönche verbringen Jahrzehnte in tiefer Meditation, bevor sie zum Meister werden. Doch angenommen, wir könnten nur ein klein wenig davon verwirklichen, eine Prise, einen Hauch?

Seit einiger Zeit scheint Achtsamkeit die Antwort auf alle Fragen zu sein. Banker kaufen sich plötzlich Meditationskissen. Krisengebeutelte haben ihre Meditations-App immer griffbereit. Und der Achtsamkeitskurs MBSR wird zur Zahnreinigung der Seele. Achtsamkeit als Wundermittel. Geist und Psyche werden topfit meditiert. Die Werte und Ideen des Buddhismus, in dessen Tradition Meditation entwickelt wurde, geraten unter die Räder der Effizienz. Achtsamkeit wird zu einem weiteren Puzzlestück unserer Leistungsgesellschaft. Um erfolgreich darin zu sein, erfolgreich zu sein, meditieren wir jetzt. Und schützen uns im Kampf um Reichtum, Macht und Ansehen durch ein langgezogenes »OM« vor dem Burn-out. Aber so ist das eigentlich nicht gemeint, sagt Kabat-Zinn: »Wir meditieren nicht, um Schmerzen, Krankheit oder Probleme zu beseitigen. Der Wunsch nach innerer Ruhe und körperlicher Entspannung beinhaltet, dass wir ab einem gewissen Punkt bereit sein müssen, alle Ziele, die wir zu erreichen hoffen, loszulassen.« Auch gegen Beziehungskrisen ist Achtsamkeit keine Wunderwaffe. Aber Achtsamkeit ist wichtig, weil wir sie üben können, weil wir uns immer wieder entscheiden können, achtsamer zu sein. Und sie fördert und verbessert Fähigkeiten, die wir im Beziehungsalltag dringend benötigen.

Auf dem Sitzkissen die auftauchenden Sinneseindrücke und Gedanken zu beobachten; zu üben, sich aus dem Herzen mit allen Wesen verbunden zu fühlen; im Achtsamkeitskurs die Aufmerksamkeit durch alle Körperteile zu führen, sind Übungen im Fitnesscenter des Geistes. Im Grunde geht es aber immer darum, nicht in Gedanken zu versinken. Sondern uns ganz dem zu widmen, was wir gerade tun, und aufmerksam für das zu sein, was gerade in uns und um uns geschieht. Wir können achtsam essen, achtsam gehen, achtsam Gemüse schnippeln und achtsam staubsaugen. Und wir können unserer Partnerin achtsam zuhören, sie achtsam betrachten und achtsam küssen. Alles, was wir tun, können wir unachtsamer oder achtsamer tun. Der buddhistische Lehrer Thich Nhat Hanh sagte: »Das wertvollste Geschenk, das wir geben können, ist unsere Gegenwart.« Und er meinte damit nicht, dass wir im Zimmer herumdödeln, in dem auch unser Partner ist. Sondern dass wir einander immer wieder unsere ungeteilte Aufmerksamkeit schenken.

Meditieren, das zeigen Untersuchungen, bringt viele Vorteile. Meditierende können leichter entspannen und in belastenden Situationen Ruhe und Gelassenheit bewahren. Sie bewältigen emotional belastende Erinnerungen leichter. Wer meditiert, kann eigene Emotionen genauer unterscheiden, die Gefühle anderer klarer erkennen und hat einen besseren Zugang zu seiner Intuition. Stress wird schneller verarbeitet. Und die Effekte lassen sich bis in die Gene nachweisen.[45] Zusätzlich, und das hat die Psychotherapeuten dann wohl endgültig überzeugt, machen Patienten von meditierenden Therapeuten größere Fortschritte.

Doch auch wenn das alles ganz wunderbar klingt, ist ein meditierender Partner nicht automatisch der Jackpot. Im Gegenteil ist vor den Schein-Heiligen zu warnen, die aber genau das glauben.

Achtsamkeit für die Beziehung

Jedes Ding hat drei Seiten. Eine, die du siehst.
Eine, die ich sehe. Und eine, die wir beide nicht sehen.

Chinesisches Sprichwort

Paare, die an einem speziellen Achtsamkeitskurs zur partnerschaftlichen Beziehung teilgenommen hatten, stellten eine Verbesserung ihrer täglichen Beziehungszufriedenheit fest. Und scheinbar brauchen wir unsere Partnerin nicht vom Meditieren zu überzeugen, denn die eigene Achtsamkeitspraxis erhöht auch die Beziehungszufriedenheit der Partnerin. Paare beschreiben, dass sie leichter die Perspektive des anderen annehmen, den eigenen Ärger kontrollieren und sich selbst beruhigen können.[46] Also doch das Beziehungs-Allheilmittel? Brechen wir es etwas herunter und betrachten wir Meditation als Training. Wir trainieren ganz selbstverständlich unseren Körper, unsere Muskeln im Fitness-Center. Durch Achtsamkeit trainieren wir unsere »psychischen Muskeln«. Muskeltraining ist ein Basistraining, durch das wir bessere Voraussetzungen haben. Aber wir sind dadurch nicht automatisch die bessere Tennisspielerin. Genauso wenig macht uns Meditation zu einer besseren Liebespartnerin. Aber Achtsamkeitstraining kann bessere Voraussetzungen schaffen. Und es kommt dann darauf an, wie wir unsere »Achtsamkeitsmuskel« einsetzen.

Wenn wir achtsam wahrnehmen, werden wir zur Beobachterin von uns selbst. Gerade in Beziehungen erleben wir, dass ein Satz unseres Liebsten ausreicht und wir sofort emotional durch die Decke gehen. Ein einziges »Nie« (»… beginnst du mal ein Gespräch über unsere Beziehung«) oder »Schon wieder« (»… kommst du zu spät«), und wir sind sofort getriggert. Ärger schießt in uns hoch, und wir reagieren, ohne auch nur einen Moment nachzudenken. Wenn aber ein Teil unseres Ichs Zeuge bleibt, dann wird dieser Teil nicht gleich von unseren Gefühlen mitgerissen. Wir haben die Chance, uns für eine Reaktion zu entscheiden. Wie wir gesehen haben, entstehen unsere starken emotionalen Reaktionen genau dann, wenn unsere wunden Stellen berührt werden. Wenn unser verletztes inneres Kind reagiert. Sind wir jedoch geübter darin, auch unsere unangenehmen Gefühle einfach nur wahrzunehmen, können wir uns besser steuern. Wir steigen leichter aus den Paar-Teufelskreisen aus. »Beziehungspraxis heißt zu lernen, bei den Menschen, die uns etwas bedeuten, neben unseren unausgereiften Anteilen unsere erwachsenen Anteile mit in die Beziehung zu bringen«, schreibt der Paartherapeut Terry Real. Aber das gelingt uns nur, wenn wir wahrnehmen, wie unsere »unausgereiften Anteile« sich in uns bemerkbar machen. Und wir sie fühlen, ohne diese Gefühle sofort auszuleben. Eine beobachtende Distanz zu unseren Gefühlen zu entwickeln ist etwas ganz anderes, als unsere Gefühle zu unterdrücken. Es geht immer wieder darum, ob ich meine Gefühle habe oder meine Gefühle mich haben. Wenn ich sie fühlend annehmen kann, dann habe ich sie. Wenn ich sie sofort ausleben muss, dann haben sie mich. Dann treibe ich wie die berühmte Nussschale auf dem Ozean meiner Emotionen.

Damit Auseinandersetzungen nicht eskalieren, müssen wir uns selbst beruhigen können. Was uns leichter fällt, wenn wir darin geübt sind, uns auf unsere Körperwahrnehmung zu fokussieren und unsere Atmung bewusst wahrzunehmen. Außerdem lernen wir loszulassen. Loslassen zu können ist eine Superpower, gerade in Beziehungen. Als Paar sind wir immer in Gefahr, uns in Themen zu verbeißen und endlos in Konflikten festzufahren. Weil wir jeweils an unserer Position festhalten. Wenn wir unserem Bewusstseinsstrom folgen, dann lassen wir die auftauchenden Wahrnehmungen gehen, sobald die nächste auftaucht. Wir üben loszulassen. Achtsamkeit kann uns zu einem angenehmeren Partner werden lassen. Daniel Siegel, der an der University of California ein Zentrum zur Erforschung von Achtsamkeit leitet, sagt: »Im Mittelpunkt des Prozesses steht meiner Ansicht nach eine innere ›Einstimmung‹ auf sich selbst, die es erlaubt, dass jemand ›sein eigener bester Freund‹ wird.« Und wenn wir uns freundschaftlich betrachten, dann ist es auch leichter, unsere Partnerin so zu betrachten.

Achtsamer zu werden, ist ein konkreter Weg. Etwas, das wir lernen und üben können. Wir können in jedem Augenblick, wann immer wir es brauchen, versuchen, achtsamer zu sein. Wir können es entscheiden, so wie wir eine Schreibtischlampe anknipsen können. Und plötzlich achtsamer zu werden ist etwas, das wir im Ansatz ständig machen: wenn wir mit heißen Töpfen hantieren, uns konzentrieren, weil wir etwas suchen, oder ein ungewöhnliches Geräusch uns aufmerken lässt.

Achtsamkeit im Miteinander

Vor der Erleuchtung, Holz hacken und Wasser holen.
Nach der Erleuchtung, Holz hacken und Wasser holen.

Zen-Weisheit

Wir alle wissen, wie es ist, ein achtsames Paar zu sein. Verliebtheit ist ein Zustand erhöhter Achtsamkeit, in dem wir jede Regung des anderen ganz aufmerksam verfolgen. Auch jenseits der Verliebtheitsphase kann uns Achtsamkeit für verbindende, liebevolle Gefühle öffnen. Ich habe einige längere Meditationsretreats mitgemacht. Tagelanges Schweigen, achtsam sein und meditieren. Danach war die Welt eine große, sanfte Liebesaffäre, und ich fühlte mich mit meinen nahen Menschen unfassbar liebevoll und wertschätzend verbunden. Achtsamkeit ist ein Zustand erhöhter Liebe.

In Liebesbeziehungen droht mit der Zeit der Abstieg in die achtlose Paarhölle. Die liebevollen kleinen Nachrichten aneinander verschwinden. Wir vergessen unseren Jahrestag und das Versprechen, den Küchenschrank aufzuräumen. Wir werden unaufmerksam und wissen nicht mehr, was wir einander zum Geburtstag schenken sollen. »Du hörst mir ja gar nicht zu!« wird zum partnerschaftlichen Dauerkommentar. Statt mitfühlend mit unseren Partnern zu sein, sind wir voller Urteile, statt einander in die Augen zu schauen, starren wir aufs Smartphone. Im Extrem wird die Ehefrau an der Autobahnraststätte vergessen. Achtsamkeit hilft auch, unsere »Love-Map« (siehe das Kapitel über Nähe) stets aktuell zu halten. Jene Partnerlandkarte in unserem Gehirn, auf der verzeichnet ist, welcher Netflix-Serie er entgegenfiebert, mit wem er im Job gerade Stress hat und wer sein zweitbester Freund ist. Wenn wir die Wünsche und Vorlieben unserer Partner kennen, spüren sie, dass sie in uns vorkommen. Sie fühlen sich gesehen. Ein Band, das eine Beziehung zusammenhält. Achtsamkeit, das ist auch jene »freischwebende Aufmerksamkeit«, die schon Sigmund Freud Psychoanalytikern empfahl, um ihre Patienten verstehen zu können. Wenn wir die leichte Anspannung unseres Lieblingsmenschen bereits bemerken, bevor sie sich in eine bedrückte Stimmung verwandelt, dann schaffen wir einen teilnahmsvollen Raum der Geborgenheit.

»Alles verändert sich immer unaufhörlich«, lehrt Joseph Goldstein. Auch wir, auch unsere Liebsten, auch unsere Partnerschaft. Doch in einer längeren Bindung drohen wir abzustumpfen. »In einer älteren Partnerschaft kennen die Paare einander oft nicht viel besser als in der jungen. Im Unterschied zu den taufrischen Beziehungen glauben aber langjährige Partner sehr viel eher, sie wüssten über den anderen Bescheid«, fasst der Psychologe Georg Felser die Befunde der Paarforschung zusammen.[47] Unsere Psyche ist träge. Wenn wir erst mal eine Meinung haben, ändern wir sie nicht leicht. Unser Gehirn schafft Kategorien, auf die es immer wieder zurückgreift. Es vereinfacht die Wirklichkeit, damit wir darin zurechtkommen. Wie zum Beispiel: »Peter liest nicht gerne« oder »Jenny mag keine muskulösen Typen.« Mag sein, dass Peter sich nicht durch 600 Seiten Knausgård frisst. Aber er verschlingt jedes Comic-Heft. Mag sein, dass Jenny Chris Hemsworth aufgeblasen findet. Aber den rothaarigen Fitnesstrainer findet sie ausgesprochen sexy. Unachtsamkeit bindet uns an die Vergangenheit, an gewohnte Denkmuster, an Routinen. Die Veränderung des Partners entgeht uns. »Seit wann magst du Oralverkehr?« Wir leben nicht mit unserem Partner zusammen. Wir leben mit dem Bild, das wir uns von ihm gemacht haben. Wir fallen der Konsensillusion zum Opfer, überschätzen unsere Übereinstimmung und denken, der andere sei auch der Meinung, dass Norwegen das ideale Ferienland ist. Bis wir von ihm hören, dass er nie wieder Urlaub in Skandinavien machen möchte. Und, so Felser: »Wir tendieren zu der Annahme, dass uns die anderen im Wesentlichen so sehen, wie wir uns selbst sehen.«[48] Geronnene Bilder machen Liebesbeziehungen langweilig. Zudem machen sie Veränderungen schwerer, weil unsere Bemühungen von der Partnerin gar nicht wahrgenommen werden. Die wirklich fiese Paarklippe aber türmt sich vor uns auf, sobald wir die Charakterzüge unseres Partners festlegen: etwa »Thomas ist ein Chaot« oder »Elvira nimmt immer alles persönlich«. »Wenn einer sagt, ich kenne dich, dann hört er auf zu lieben«, schrieb dazu Max Frisch. Besser, wir lassen es erst gar nicht so weit kommen.

Wir brauchen dann das »Mindset«, um unserem Lieblingsmenschen so zu begegnen, als würden wir ihn gerade zum allerersten Mal erleben. Was wir schon erreichen, wenn wir ihn für einige Augenblicke aufmerksam, wie neugierig betrachten und einfach auf uns wirken lassen, ohne die uns vertrauten Gedanken dazwischenkommen zu lassen. Ohnehin ist die triviale, aber immer wieder nötige Einsicht hilfreich, dass alles, was wir haben, die unmittelbare Gegenwart ist. Nur jetzt können wir irgendetwas verändern. Nur im Jetzt lassen sich Konflikte klären, gleichgültig, wie lange sie schon schwelen. Wer im Augenblick lebt, hält seine Partnerschaft lebendiger. Wenn wir nicht zur Ausstellung rasen, sondern schon die Fahrt dorthin gemeinsam genießen. Wenn wir uns auf die erotischen Momente einlassen und nicht schon in der Zukunft leben und versuchen, möglichst effizient auf den Orgasmus hinzuarbeiten. »Be here now!« Wir können uns gar nicht oft genug daran erinnern. Und jedes Mal, wenn wir es tun, ist es eine Chance, einen Moment lang achtsamer zu sein.

Wir werden den alltäglichen Missverständnissen und Zurückweisungen nicht entgehen. Der Unterschied liegt darin, wie bewusst wir ihnen begegnen. Wie bewusst wir auch einander begegnen. Ob wir uns im alltäglichen Ozean der Zerstreuung Inseln schaffen. Zeiten, die nur uns gehören, aus denen wir alle Aufgaben und Zerstreuungen, die wir sonst übereinanderschichten, fernhalten. Und einfach nur uns erleben. Wir müssen nicht endlos meditieren. Nur immer mal wieder die Welt anhalten. Ein paar Minuten nichts tun, nur da sein. Selbst die Zeit, von der wir nie genug füreinander haben, dehnt sich, wenn wir sie intensiver erleben.

Es dämmert, das Smartphone fiept, vorsichtige Sonnenstrahlen drängeln sich durch die Spalten der Jalousie, und neben uns schlägt unser Partner langsam die Augen auf. Na? Wir kuscheln uns noch einen Moment schlaftrunken aneinander, warm und geborgen. Wir riechen einander, spüren die Haut, die Atembewegung des uns so vertrauten Körpers. Wir sind nicht allein auf der Welt, ein neuer Tag bricht an. Es könnte ein Moment von Glück und Liebe sein. Wenn wir ihn bemerken, wenn wir achtsam sind. Dann können wir der Weisheit näherkommen, mit dem zufrieden zu sein, was wir sind, ohne dadurch aufzugeben, dass alles besser sein könnte. Das japanische Wort für Krankheit bedeutet »Geistesabwesenheit«.

Respekt

Auch Respekt ist eine Form von Achtsamkeit. Wir respektieren einander, wenn wir die Grenzen des anderen beachten, ohne dass er dafür sorgen muss. Durch Respekt sagen wir: »Ich sehe dich, und ich wertschätze deine Bedürfnisse, indem ich sie beachte«. Im Alltag halten wir dem anderen die Tür auf, wenn er keine Hand frei hat. Wir bedanken uns und anerkennen, dass der andere etwas für uns getan hat, etwa wenn die Kellnerin den Teller vor uns hinstellt. Wir sind auch gegenüber unserem Partner aufmerksam und höflich. Aber Respekt ist in der Liebesbeziehung immer bedroht. Weil unsere Liebesbeziehung zugleich der Ort ist, an dem wir die sozialen Konventionen über Bord werfen. Wir wollen den Businessdress zu Hause ausziehen, die vorsichtige Konversation mit den Kollegen aufgeben und uns frei fühlen. Wir möchten die soziale Höflichkeit und Freundlichkeit der Dienstleistungsgesellschaft (»Einen schönen Tag noch!«) ablegen und loslassen. Und der Wunsch, uns möglichst uneingeschränkt frei zu verhalten, kollidiert mit dem Bedürfnis, dass unsere Grenzen beachtet und geschützt werden. Wenn wir als Paar in die Niederungen der lauen Alltagsachtsamkeit geraten, bedanken wir uns nicht mehr fürs Kochen. Wir fragen nicht nach, wie der Tag war, bemerken nicht, dass er das Bad geputzt hat, vergessen, das Auto aufzutanken. Wir sind nicht mehr achtsam, und der Partner fühlt sich nicht gesehen, nicht beachtet, nicht mehr von uns wertgeschätzt. Aber selbst wenn wir die Alltagsachtsamkeit nicht ganz vernachlässigen, lassen wir doch den gemeinsamen Kinobesuch leichter platzen als mit anderen Freunden. Lassen die Socken unter dem Couchtisch liegen und die Küche unaufgeräumt, weil wir heute einfach mal keine Lust haben. Wir sind froh, dass wir in unserer Zweisamkeit oder in unserer Familie nicht ständig performen müssen, sondern mehr Freiheit haben, uns gehen zu lassen. Aber wir müssen uns bewusst bleiben, dass wir dabei immer auf dem schmalen Grat zwischen Lockerheit und Verletzung balancieren. Sonst grüßt aus der Ferne schon der rülpsende Liebeskiller im ausgeleierten Feinripp-Slip. Wir brauchen die achtsame Rücksicht aufeinander. In der wir gegenseitig die Grenzen des anderen achten. Respekt in einer Partnerschaft ist die ständige Bereitschaft, die Verletzbarkeit des Partners ernst zu nehmen. Respekt bedeutet, den anderen genauso wichtig zu nehmen wie sich selbst. Wir mögen uns viel Mühe geben, unseren Partner zu verstehen. Doch auch unser Verstehen ist begrenzt. Wir brauchen in der Liebe unser Verständnis für das, was wir verstehen können. Und unseren Respekt für das, was wir am anderen nicht verstehen können.

Rituale

Wenn Herr L. jeden Morgen den Tisch für das gemeinsame Frühstück deckt, denkt er vermutlich nicht, dass er gerade ein Ritual ausführt. Aber falls er nur noch für sich allein decken würde, geschähe mehr, als dass er nur eine seiner Aufgaben im Haushalt verändert hätte. Denn ein Ritual unterscheidet sich von einer Alltagshandlung darin, dass es gleichzeitig auch eine symbolische Bedeutung hat. Wenn keine Tasse für ihn auf dem Tisch stünde, würde der Partner von Herrn L. vermutlich sofort fragen: »Sag mal, bist du sauer auf mich?« Denn das sich wiederholende Tischdecken ist für beide mehr als nur die Notwendigkeit, Porzellan für die Nahrungsaufnahme auf den Küchentisch zu stellen. Es ist die Bestärkung ihrer Gemeinschaft, der gegenseitigen Fürsorge und Zugehörigkeit.

Jedes Paar muss für sich Regeln des Zusammenlebens finden. Rituale und Gewohnheiten sind ein wichtiger Bestandteil des Alltags, weil sie festgelegte Handlungen und Regeln sind, auf die wir uns unbewusst geeinigt haben. »Beziehungen brauchen die Kontinuität sich wiederholender Handlungen und eines vertrauten Raumes fast so sehr, wie menschliche Wesen Nahrung und Schutz benötigen.«[49] Aber es ist kein einfacher Prozess, eine solche gemeinsame Kultur zu entwickeln. »Denn die Kultur unserer Ursprungsfamilie«, schreiben Tronick und Gold, »ist in unseren Körper eingeschrieben, nicht nur in unsere bewussten Gedanken.«[50] Jedes Paar ringt um seine Rituale. Jede Familie schmückt den Weihnachtsbaum anders. Jede hat eine andere Tradition, Geburtstage zu feiern. Im Paar treffen unterschiedliche Familientraditionen aufeinander, und wir tun gut daran, in den gemeinsamen Ritualen, die wir finden, beide Traditionen zu würdigen.

Rituale strukturieren unsere Psyche. Sie geben unserem Leben einen Rhythmus, sie nehmen uns Entscheidungen ab, weil sie uns sagen, was zu tun ist. Rituale sind weder unwichtig noch irrational. Sie sprechen nur auf der symbolischen Ebene. Rituale sind ein existentieller Bestandteil jeder Kultur. Ohne verbindende Rituale zerfallen Gesellschaften, genau wie Beziehungen. Nach zehn Jahren, so eine Untersuchung, waren noch die Paare zusammen, die die meisten Rituale aufrechterhielten. Die Anthropologin Mary Douglas schrieb: »Wer Rituale verachtet, hängt in Wirklichkeit im Namen der Vernunft einem höchst irrationalen Kommunikationsbegriff an.«

Rituale und Achtsamkeit bedingen sich in unseren Liebesbeziehungen wechselseitig. Achtsamkeit hält die Rituale aufrecht, und Rituale halten die Achtsamkeit aufrecht. Rituale stabilisieren unsere Beziehung. Jedoch nur, wenn wir darauf achten, sie einzuhalten. Rituale sind andererseits aufbewahrte Aufmerksamkeit. In ihnen ist wie in einem Schutzraum gespeichert, was uns wichtig ist. Der Alltag droht ständig, unsere Achtsamkeit füreinander wegzuspülen, unsere kleinen und großen Rituale erhalten sie. Sie bieten uns immer wieder einen Raum, in dem wir innehalten und uns besinnen. Das Abschieds- und Wiederannäherungsritual ist das beste Beispiel dafür. Ständig trennen wir uns und treffen dann wieder aufeinander. Und jedes Mal verabschieden wir uns und begrüßen einander wieder. Jedes Paar hat da seinen ganz eigenen Ritualstil. Manche sagen nur »Tschüß!« und »Hallo!«. Andere geben sich ein spitzmündiges Küsschen, wie von Loriot gezeichnet. Wieder andere umarmen sich ausgiebig. Aber allen fällt sofort auf, wenn das kleine Gewohnheitsritual nicht eingehalten wird oder das Loriot-Küsschen nur einen Hauch flüchtiger ist. Dann erwacht unsere Achtsamkeit, die sonst im Ritual ruht. Und wir fragen uns oder besser noch den Partner, was gerade geschieht, ob sich zwischen uns etwas verändert hat. Rituale sind aber auch ein geschützter Rahmen, in dem wir Wünsche zeigen können, ohne uns zu verletzbar zu machen. Wir grüßen nicht nur flüchtig in die Küche hinein, sondern umarmen unseren Lieblingsmenschen dann länger und intensiver. Im Übergang von der Arbeitswelt ins Familien- oder Paarleben droht immer, dass sich der Stress aus dem Job ins Wohnzimmer ergießt. Ein Übergangsritual ist da hilfreich. Erst mal eine Runde mit dem Hund oder auf dem Rennrad drehen. Sich in ein Zimmer zurückziehen und erst mal zehn Minuten gar nichts tun. Sich für ein paar Minuten über den Tag austauschen. Oder, oder, oder …

Paarrituale sind häufig gute Gewohnheiten, die wir beibehalten haben. Als Löffelchen einschlafen, den Espresso nach dem Wochenendeinkauf, einmal im Monat ins Wellnesshotel. Untersuchungen weisen darauf hin, und es ist ja auch einleuchtend, dass die Zufriedenheit in Partnerschaften größer ist, wenn die Partner mehr Zeit gemeinsam verbringen, mit Essen, Spielen, Sich-Unterhalten. Wir »ritualisieren« diese wichtigen Zeiten und schützen sie, wenn daraus der Spieleabend, ein Theaterabo mit dem anschließenden Glas Wein oder das an jedem Wochenende fest eingeplante gemeinsame Kochen werden.

Wir haben tägliche Rituale, Familientraditionen, offizielle Festtage und Lebenszyklus-Rituale. Wir feiern zusammen. Wir begehen Rituale, die heilen, wie Beerdigungen. Manche verändern, wie Hochzeiten, in manchen festigen wir unseren Glauben oder unsere Überzeugungen. Durch andere festigen wir unsere Liebesbeziehung. Wenn wir jedes Jahr an unserem Kennenlerntag mit der U-Bahn fahren, in der wir uns zum ersten Mal geküsst haben. Oder unseren Hochzeitstag begehen. Als Paar haben wir, anders als Familien, keine Tradition. Wir haben nur die mythische Geschichte, warum gerade wir ein Paar wurden. Wie wir uns am Kaffee-Automaten trafen und es »zoom« machte. Wie wir diese Hände den Hund kraulen sahen und wussten, wie diese Hände uns streicheln würden. Wie wir uns innerhalb von Sekunden im gemeinsamen Lachen verbanden. Diese inneren Bilder rufen das magische Gefühl der Verbundenheit hervor. Es bildet die tiefere Wahrheit des Paares, den Gründungsmythos. Auf den wir uns als Paar immer wieder beziehen können und wodurch wir uns versichern können, miteinander auf dem richtigen Weg zu sein, weil sich damals offenbarte, dass wir zusammengehören. Durch unsere Paarrituale halten wir die Magie und Kraft unserer »mystischen Hochzeit« wach. Denn, so Robert Neuburger, »weder Sex noch Liebe, weder der gesetzliche Status noch der Kinderwunsch sind paarspezifische Elemente«.[51] Was uns als Paar ausmacht, ist die Einzigartigkeit unserer Verbindung, die wir im Mythos unserer Zusammengehörigkeit bewahren.

Rituale enden, weil einer von uns nicht mehr an den Dorffesten teilnehmen mag. Oder die Kinder, die großen Ritual-Liebhaber, aus dem Haus sind. Weshalb der ausgedehnte Sonntagsbrunch nicht mehr stattfindet. Aber wir können und sollten uns neue Rituale schaffen, durch die wir verbunden sind. Oder ganz spontan rituell handeln. Anna-Lena und Boris haben auf ihrem Spaziergang einen heftigen Streit, bei dem seine Sonnenbrille herunterfällt. Und sie wütend darauftritt. Die Stimmung ist im Keller. Bis Anna-Lena am nächsten Tag vorschlägt, noch einmal an den Ort zurückzugehen und sich dort in den Arm zu nehmen. Und von dort neu zu starten.

Wir sollten die Bedeutung von Ritualen nicht unterschätzen. Der Psychiater und Paartherapeut Robert Neuburger schreibt dazu: »Wenn die gemeinsamen Rituale nicht mehr praktiziert werden oder ihren Sinn verloren haben, wenn der gemeinsame Mythos wertlos geworden ist und mit Füßen getreten wird, löst sich die Gemeinschaft auf.«

Macht und Dominanz

Gute Vorsätze sind das Letzte,
was in einer Beziehung verschwindet.

Anne Michaels

Die Anmeldung des Paares zur Therapie dauert lange. Termine werden ausgemacht, dann wieder verschoben. Frau A. schreibt, ihr Mann sei von einer Therapie nicht überzeugt. Sie wolle sich vielleicht erst mal alleine mit mir treffen. Ich lehne das ab. Ich möchte generell keine Ungleichheit entstehen lassen. Und der Wunsch verrät auch meist, dass einer der Partner davon ausgeht, dass die Probleme nicht in der Beziehung liegen, sondern dass der Partner das Problem ist.

Dann sitzen sie vor mir. Er breitbeinig und entspannt. Sie schmal, nach vorne gebeugt, mit verknoteten Händen, ständig reibt sie sich das Gesicht. Sie sind beide Ende dreißig, haben zwei kleine Kinder. Er leitet eine Firma, die er selbst aufgebaut hat. Die Arbeit beansprucht ihn. Er könne sich nicht so um die Kinder kümmern, wie er möchte. Sie hätten eine schwere Zeit gehabt. Ihre Tochter sei lange krank gewesen, und seine Frau sei darüber immer wieder zusammengebrochen. Er verzweifle daran, dass sie ihren Teil der Arbeitsteilung nicht richtig hinbekomme. Sie nehme sich immer zu viel vor und sei so unstrukturiert. Immer wenn er nach Hause komme, gerate er ins absolute Chaos und versuche, erst mal Ordnung zu machen. Er sei eher der Macher, der Lösungen suche. Sie sei offener und flexibler. Ich frage sie dann nach ihrer Sicht. Sie sagt, ja, es ginge ihr nicht gut. Sie sei zu weich, passe sich an, äußere ihre Meinung nicht. Sie wolle immer weglaufen, wenn es schwierig werde. Ihren Mann habe sie als zu hart mit der Tochter empfunden und immer versucht, sie zu schützen. Sie habe nie Hausfrau sein wollen. Sie bekomme es einfach nicht so hin, wie er es sich vorstelle. Sie lebe nicht in ihrer, sondern in seiner Welt, in seinem Haus. Sie fühle sich von ihm herablassend behandelt. Es habe Verletzungen zwischen ihnen gegeben. Er sagt, er sei bereit, die alten Verletzungen anzuschauen. Wir klären noch ein paar Fragen. Sie verabreden einen neuen Termin.

Beide wollen nur das Beste. Aber er dominiert die Beziehung, weil seine Frau ökonomisch von ihm abhängig ist und in seiner Welt lebt. Sein Beruf, sein Haus, sein Leben bestimmen ihr Leben. Er sieht sie verzweifeln und bietet ihr Lösungen an. Aber seine durchstrukturierte Effizienz ist ihr fremd. Sie scheitert jedes Mal, wenn sie versucht, sie umzusetzen. Dann fühlt sie sich noch schlechter, und er versucht noch vehementer, seine Lösungen anzubieten. Sie findet sich in einer Rolle wieder, die sie nie haben wollte, und fühlt sich immer mehr als Versagerin. Sie ist das Problem. Er der wenig erfolgreiche Retter. Er möchte wahrscheinlich wirklich eine gleichberechtigte Partnerschaft. Aber er dominiert sie und ihr Leben. Und sie kann sich nicht wehren. Ich verstehe jetzt, dass Frau A. erst einmal alleine zu mir kommen wollte.

Als Partner suchen wir Gleichberechtigung, ein Leben auf Augenhöhe. Die Liebe aber kommt auch mit Ungleichheit und Abhängigkeit zurecht. Deshalb sind Liebende nicht automatisch gleichberechtigte Partner. Denn Menschen sind nicht nur fürsorglich und liebevoll, immer auf das Wohlergehen des anderen bedacht. Sie wollen auch ihre Interessen durchsetzen, ihre Bedürfnisse erfüllt haben. Sie sind auf ihren Vorteil bedacht und beuten einander aus. Menschen sind nicht nur freundliche Bindungswesen. Sie möchten nicht nur mit anderen verbunden sein, sondern versuchen gleichzeitig, ihren Rang in der Hierarchie zu sichern. Der hilfsbereite Kollege ist auch derjenige, der uns, wenn es nötig ist, von der Karriereleiter kickt. Wir begrüßen einander mit einem Lächeln, um zu zeigen, dass wir ungefährlich sind. Aber an unseren Handgelenken baumelt die Rolex, die unseren Status und unsere Überlegenheit signalisiert. Nur, weil wir ein Liebespaar sind, bleiben Konkurrenz, der Wille, sich durchzusetzen, und Machtkämpfe nicht aus der Beziehung verbannt. Schon wenn die Partner nicht aus der gleichen gesellschaftlichen Schicht kommen, wirken über Statussymbole, Bildungsunterschiede, Wertvorstellungen und Verhaltensweisen subtile Mechanismen der Ungleichheit. Irgendwo zwischen Selbstbehauptung und Unterdrückung bewegt sich die Machtfrage in jedem Paar. Wenn es gut ist, wird die Macht in der Beziehung geteilt. Ungerechtigkeiten werden aufgelöst, Ungleichheit wird ausgeglichen, einseitige Dominanz wird nicht geduldet. Wenn es schlimm ist, dann lebt eine Person in Angst vor einem dominierenden Partner.

Macht aus Persönlichkeitsmotiven

Psychische Gesundheit heißt, sich dafür zu entscheiden, mit Menschen zu leben, die uns nicht krank machen.

John Bowlby

Es gibt Menschen, die andere unterdrücken. Psychopathen, die sich an Macht berauschen, die kein Mitgefühl empfinden können. Oder narzisstisch geprägte Menschen, die sich durch alles, was sie als eigene Schwäche erleben, bedroht fühlen. Sie dominieren und entwerten die anderen, um sich selbst nicht schwach und hilflos zu fühlen. Sie müssen immer die Oberhand behalten, immer gewinnen. Sie ertragen es nicht, zu verlieren oder eigene Fehler einzugestehen. Das macht Beziehungen schwierig. Und in extremer Ausprägung sind solche Menschen wahre Tyrannen. Mit ihnen eine gleichberechtigte Beziehung führen zu wollen ist vergeblich.

In eine unterdrückte, abhängige Situation in einer Liebesbeziehung zu geraten ist meistens ein schleichender Prozess. Vielleicht gibt es schon frühe Anzeichen. Der Partner reagiert manchmal sehr aggressiv und beleidigend. Es muss immer alles so geschehen, wie er es sich vorstellt. Er macht lautstark ungerechtfertigte Vorwürfe. Wenn er verbal oder körperlich verletzt hat, beteuert er seine Liebe. Doch so, wie er argumentiert, trägt die Partnerin immer eine Mitschuld an seiner Reaktion. Amanda äußert in der Sitzung weinend, dass Hubertus sie im letzten Streit geschubst habe und dass ihr das Angst mache. Dann fasst sie Mut und sagt, sie wolle das nicht, und er dürfe das nicht. Es dürfe nie wieder vorkommen. Und Hubertus antwortet: »Es tut mir leid. Ich liebe dich. Aber bitte versteh, dass es echt nicht leicht ist, mit dir umzugehen.« Hubertus übernimmt die Verantwortung nicht. Damit bleibt die Beziehung für Amanda unsicher.

Natürlich werden wir in jeder Beziehung Auseinandersetzungen haben. Sie können heftig und lautstark sein. Mit knallenden Türen, wutverzerrten Gesichtern und fliegenden Tassen. Entscheidend ist, ob sich Hubertus' übergriffiges Verhalten trotz aller Beteuerungen wiederholt. Das wiederum hängt davon ab, ob er bereit ist, die gesamte Verantwortung für sein Verhalten zu übernehmen. Ohne jedes Wenn und Aber. Es kann nur dann wieder eine sichere Beziehung entstehen, wenn sich die gewalttätig gewordenen Partner emotional erreichen lassen. Wenn sie wirklich davon betroffen sind, dass ihre Partnerinnen Angst vor ihnen haben. Wenn sie deren Angst ernst nehmen und ihnen nicht vorwerfen, sie trügen eine Mitschuld. Doch falls sie die Ängste vom Tisch wischen, müssen die bedrohten Partnerinnen eine Grenze setzen. Und bereit sein, sich notfalls aus der Beziehung zu lösen. Denn die Unsicherheit macht sie unfrei. Sie sind eingeschüchtert, der Partner hat Macht über sie. Sie fühlen sich nicht geschützt. Und zwar genau dort, wo wir uns frei, unbeschwert und geborgen fühlen wollen – in der Liebesbeziehung. Mit Liebe, einem lebenswerten Leben und einer guten Beziehung hat so ein Szenario nichts mehr zu tun. Oder wie es der Psychoanalytiker Paul Verhaeghe formulierte: »Es gibt keinen dominierenden anderen mehr, der noch glaubwürdig wäre.«

Der Kipppunkt ist die Angst vor dem eigenen Partner, der mit Gewalt droht oder sie ausübt. Falls die Gewaltgrenze körperlich überschritten wird, ist es leichter, Konsequenzen zu ziehen. Wir spüren eindeutig, dass eine Grenze überschritten wird, die nicht überschritten werden darf. Bei verbaler Gewalt sind wir unsicher. Aber verbale Gewalt ist nicht weniger dominant, und wir dürfen uns auch ihr nicht aussetzen. Sie schädigt unser Selbstwertgefühl, führt zu Depression, belastet unseren gesamten Organismus. Ob mit Worten oder gar körperlich – niemand darf uns mittels Angst dominieren. Sobald wir Angst vor unserem Partner haben, stimmt etwas nicht in der Beziehung. Das sollte unsere Leitlinie sein. Eine respektvolle Liebesbeziehung ist mit Angst vor dem Partner nicht vereinbar. Dann geht es nur noch darum, ob wir diese Angst wieder ablegen können oder fliehen müssen.

Das Schreckliche ist, dass jemand, der länger in einer destruktiven Beziehung lebt und dominiert wird, seine Kraft verliert. Stets entwertet, ständig kleingemacht zu werden, zerstört das Selbstbewusstsein. Jeder Versuch sich zu wehren, wird sofort unterbunden. Wenn der dominierte Partner äußert, dass er so nicht behandelt werden wolle, wird ihm entgegengehalten, er sei selbst schuld an den Reaktionen. Menschen, die sich aus einer für sie schädlichen Beziehung nicht lösen können, trauen ihren eigenen Wahrnehmungen nicht mehr. Wir sprechen heute von toxischen Beziehungen (siehe auch das Kapitel »Selbstreflexion«).

Wer in so einer einseitigen Beziehung zu sich sagt: »Aber ich liebe ihn doch!«, macht sich etwas vor. Genau wie diejenigen, die sagen: »Aber ich weiß doch, dass er mich liebt. Er meint es nicht so!« Dabei wird Unterwerfung als Hingabe verklärt. Und sich unterordnen als Liebe. Falls Sie nicht betroffen sind, werden Sie diese Sätze möglicherweise lesen, ohne sich angesprochen zu fühlen. Falls Sie sich aber darin wiederfinden, dann holen Sie sich Unterstützung. Jede Beratungsstelle, jede Psychotherapeutin kann hilfreich sein. Alleine werden Sie es nicht schaffen, sich aus dieser Beziehung zu befreien. Allein der Gedanke, sich vielleicht trennen zu müssen, wird Ihnen so viel Angst machen, dass Sie möglicherweise davor zurückschrecken, sich unterstützen zu lassen. Aber holen Sie sich Hilfe!

Von der US-amerikanischen Regisseurin und Drehbuchautorin Nora Ephron stammt der kluge Satz: »Man sollte niemals einen Mann heiraten, den man nicht gern zum Exmann hätte.« Denn wenn eine Beziehung auf der Dominanz des einen über den anderen beruht, dann bedeutet das immer Krieg. Während der Beziehung, weil uns nicht erlaubt ist, wir selbst mit anderen Bedürfnissen als die des Partners zu sein. Und nach der Trennung, weil sie nicht akzeptiert wird. Weil versucht wird, die Macht über uns aufrechtzuerhalten. Stalking, Psychoterror, Drohungen und der Versuch, der Expartnerin die gemeinsamen Kinder zu entziehen, bis hin zum Femizid sind die Folgen. 14 000 registrierte häusliche Gewalttaten pro Jahr sprechen eine klare Sprache. Selten, dass ein Mann das Opfer ist.

Machtverhältnisse

Reale und tradierte Machtverhältnisse verdrängen wir gerne, weil sie nicht zu unseren romantisch geprägten Liebesvorstellungen passen. Es geht um ökonomische und gesellschaftliche Macht. Noch immer liegt sie mehr in den Händen von Männern. Viele Männer empfinden ihre männlichen Privilegien als selbstverständlich. Oder es fällt ihnen schwer, sie sich einzugestehen. Die ökonomische Abhängigkeit spielt die entscheidende Rolle. Immer wieder berichten Partnerinnen von emotionalen Auseinandersetzungen, in denen ihnen plötzlich ihre ökonomische Abhängigkeit vorgehalten wurde. »Du weißt schon, dass du in meinem Haus lebst!« »Vergiss nicht, wer das hier alles bezahlt.« Um im Konflikt die Oberhand zu behalten, wird die Machtkarte ausgespielt. Liebe, Fairness und Fürsorglichkeit werden wie eine Plane weggerissen. Unter der die Fakten der Macht zum Vorschein kommen. Aus vorhandener Macht wird Dominanz. Und es wird deutlich, was die ganze Zeit verdeckt gewirkt hat: die Besitzverhältnisse, die Einkommensunterschiede, die einseitige Abhängigkeit. Wovon wir ja wussten, aber nichts wissen wollten.

Macht und Dominanz sind aus unseren Beziehungen nicht verschwunden, aber sie sind nicht mehr so offensichtlich. Die Gleichberechtigung ist vorangekommen. Papi bestimmt nicht mehr, wann Mami ausgehen darf. Er legt ihr nicht mehr das Haushaltsgeld auf den Frühstückstisch, um ihr ihre Abhängigkeit unter die Nase zu reiben. Doch es gibt immer noch Männer, die bestimmen, dass die Familie im Urlaub wandern geht. Weil sie es so lieben. Und weil sich alle anderen anpassen. Sie dackeln mit, da sie eine Auseinandersetzung befürchten, die nie zur Ruhe kommen wird. Die Maske der Partnerschaftlichkeit fällt leicht. Bei manch halbaufgeklärtem Mann des 21. Jahrhunderts bereits, sobald er auf dem Fahrersitz Platz nimmt. Autofahren bildet Dominanz wunderbar deutlich ab. Wer am Lenkrad sitzt, hat die Macht. Also gibt er Vollgas. Knallt mit 210 Stundenkilometer über die Autobahn und ignoriert die Angst seiner Frau auf dem Beifahrersitz, die er als unzulässige Einmischung betrachtet. »Fahre ich oder du? Oder vertraust du mir etwa nicht?« Der Tyrann von heute will keiner mehr sein. Aber er ignoriert die Gefühle seiner Partnerin oldschool-mäßig, wenn er nicht den Fuß vom Gaspedal nimmt. Er dominiert nicht, indem er droht. Sondern indem er beschämt, entwertet, ignoriert, moralisiert und Schuld erzeugt. Die Machtkämpfe haben sich verschoben. Sie drehen sich um Licht, das nicht ausgeschaltet wird. Um Ordnung, die nicht eingehalten wird. Darum, wer ausreden darf, und um die Verteilung der Aufgaben im gemeinsamen Leben. Durch den Effizienz- und Optimierungswahn unserer Gesellschaft entsteht eine neue Form der Dominanz. Wer besser funktioniert, hat recht und bestimmt den Kurs der Partnerschaft. Denn gegen die optimale Lösung und das effizienteste Vorgehen ist wenig einzuwenden. Außer der schlichten Tatsache, dass das Leben so nicht ist. Gerade junge erfolgreiche Männer scheinen ihre qualitätsgemanagte Vorstellungswelt auf das chaotische Familienleben zu übertragen. Und setzen ihre Partnerinnen unter Druck. Wer das richtige Leben – was heute oft das optimierte Leben ist – auf seiner Seite hat, dominiert über Werte und Erfolg. Papi bekommt nicht mehr das größte Stück Fleisch, weil es ihm zusteht. Das passt ohnehin nicht zu seiner Diät, denn er trainiert täglich für den Marathon und dominiert damit das Zusammenleben. Doch wer kann schon etwas gegen Fitness, Selbstverwirklichung und einen healthorientierten Lifestyle sagen? Doch eine Partnerin muss auch diese Werte infrage stellen können, sonst ist sie einer unhinterfragbaren Macht ausgeliefert.

Macht im Diskurs

Nichts ist verlustreicher als ein Sieg über den Partner.

Jürg Willi

Wer den Partner dominiert, killt dabei die Partnerschaft. Wer gewinnt, verliert. Denn der unterlegene Partner ist schmerzhaft besiegt und verletzt. Jeder Sieg kostet Nähe. Demokratie ist auch in der Liebe ein mühsames Geschäft. Dominanz, und somit Macht, entsteht in der Kommunikation. Durch Verhalten, das häufig gar nicht als Dominanz wahrgenommen wird, aber ein ungutes Gefühl hinterlässt. Es ist keine Einschüchterung oder Gewaltandrohung, aber wir verlieren unsere sichere, vertrauensvolle Bindung, weil einer von uns die Deutungshoheit übernommen hat. Durch scheinbar alltägliche Bemerkungen. Wir spüren nur, dass wir emotional darauf reagieren. Wütend, verletzt, angespannt, frustriert. Wir können oft nicht benennen, dass unser emotionales Anliegen gerade logisch zerpflückt, unsere Intelligenz subtil infrage gestellt und unser Argument nicht gelten gelassen wurde. Dass wir gar nicht ernst genommen und unsere Gefühle ignoriert wurden. Doch unbewusste oder verleugnete Dominanz zerstört Liebesbeziehungen genauso wie absichtsvolle Machtdemonstrationen.

Herr und Frau M. diskutieren, wie stark jeder von ihnen durch Haushalt und Arbeit belastet ist. Und schließlich sagt er: »Ich verstehe schon, dass du dich durch die Kinder so belastet fühlst wie ich mich durch den Job. Aber objektiv arbeite ich einfach mehr.« Und Frau M. geht durch die Decke und findet tausend Argumente dafür, dass sie mindestens genauso viel tut wie er. Doch die eigentliche Dominanz überhört sie. Die verbirgt sich in dem Wort »objektiv«. Es gibt in der Paarwirklichkeit keine objektive Realität. Wer eine objektive Sicht für sich beansprucht, übernimmt gerade die Führung in der Beziehung. Er bestimmt, wie die Realität aussieht. Das Gleiche gilt für den Vorwurf, dass »es nicht normal« sei, wie sich die Partnerin verhalte. Wer, bitte, bestimmt, was normal ist? Es gibt keine Normalität. Keine Norm, an der sich messen lässt, was unbedingt richtig oder falsch ist. Von »normal« zu sprechen, ist ein Versuch, zu dominieren und die Partnerin einzuschüchtern. Etwas stimmt nicht mit dir, du bist irgendwie daneben. Und sie steht plötzlich ganz allein der gesamten normalen Menschheit gegenüber. Streichen Sie Worte wie »normal« und »objektiv« aus allen Beziehungsgesprächen. Denn sie beantworten einseitig die Frage, die ständig über unseren egalitären Partnerschaften schwebt: »Wer entscheidet, wer entscheidet?« Da wir beide gleichberechtigt sind, kann nicht einer von uns entscheiden. Selbst wenn wir die Entscheidung dem Partner überlassen, haben wir entschieden, dass er entscheidet. Der einzige Ausweg ist die gemeinsam gefundene und loyal getragene Entscheidung. Eine schwere Übung. Aber etwas, worum wir immer wieder ringen müssen.

Herbert ist wahrlich kein Machtmensch. Aber er verkündet seinem Freund Will, dass er heute Abend verabredet ist und deshalb nichts aus ihrer Idee wird, gemeinsam zu kochen. Herbert hat dies entschieden, ohne es mit Will abzusprechen, und so ist Will Herberts Entscheidung ausgeliefert. Herbert stellt ihn vor vollendete Tatsachen. Will hat überhaupt nichts dagegen, dass Herbert ausgeht. Aber ihre Beziehungsebene ist verletzt. Selbst wenn Will protestieren und Herbert seine Verabredung aufgeben würde, ließe sich dadurch nicht aufheben, dass Herbert nicht partnerschaftlich gehandelt hat. Es geht nicht darum, um Erlaubnis zu fragen. Sondern darum, Partnerschaftlichkeit ernst zu nehmen und sich gegenseitig einzubeziehen. Als Herbert in der dann entstehenden Diskussion anmerkt, dass er schon verstehe, dass er die gleichwertige Beziehung nicht beachtet habe, aber letztlich sei es doch eine Kleinigkeit, über die sie jetzt diskutierten, dominiert er schon wieder. Diesmal ignoriert er elegant Wills Empfindungen und spricht ihnen Wichtigkeit ab. Abgesehen davon, dass es in Beziehungen keine Kleinigkeiten gibt. Denn selbst ein Konflikt um ein nicht fest genug zugeschraubtes Marmeladenglas kann an den Rand einer Trennung führen. Eine andere Form subtiler Dominanz läge vor, wenn Herbert sagen würde: »Will, so hast du mich doch kennengelernt. Ich bin so, wie ich bin. Du musst mich schon so nehmen, wie ich bin!« So eine Aussage blockiert den Partner. Und es ist nötig, aber nicht einfach, dem entgegenzuhalten, dass ich das keinesfalls muss. Ich kann zwar das Verhalten meines Partners nicht verändern, aber er selbst kann es schon.

Dominanz entsteht durch jeden Alleingang. Wer die Partnerin vor vollendete Tatsachen stellt, macht sie hilflos. Wer ein Auto bestellt, ohne es mit dem Partner abzustimmen, oder gar das gemeinsame Haus verkauft, ohne es vorher zu besprechen, übt Macht aus. Zugegeben, das sind extreme Beispiele, aber ich habe sie nicht erfunden. Doch auch ständige Drohungen, die Beziehung zu beenden oder sich zu suizidieren – selbst wenn der Grund dafür Hilflosigkeit ist –, dominieren eine Beziehung. Wie alles, womit ich dem Partner keine Chance lasse.

Unsere Partnerschaften beruhen auf unserer Verhandlungskultur. Wir verhandeln, wer wie viel Geld ausgibt. Wer die Spülmaschine ausräumt. Wer am Wochenende mit den Kindern zu Oma fährt. In welcher Stellung wir Sex haben. Ob wir Sex haben. Wer sich diesen Verhandlungen entzieht, wer die Diskussion verweigert, bringt Ungleichheit in die Beziehung. Er übt Macht aus. Wenn ich nicht antworte, nicht zuhöre oder Informationen für mich behalte, dominiere ich. Wenn ich die Themen bestimme, über bestimmte Dinge nicht sprechen will und allen Forderungen ausweiche, dominiere ich. Wer den Partner zuschwallt und den Großteil der Redezeit für sich beansprucht, dominiert. Wer daran festhält, dass es in der Beziehung nichts zu klären gibt, und seiner Partnerin die Auseinandersetzung verweigert, dominiert. Das beliebte »Wenn du mir in diesem Ton kommst, rede ich nicht mit dir« oder das »Du musst nicht so aggressiv sein. Wir können gerne vernünftig reden, aber nicht so emotional und aufgebracht« verbietet dem Partner seine Gefühle und bestimmt einseitig die Regeln der Verständigung. Wer schmollt und mit Liebesentzug reagiert, führt einen Machtkampf. Genauso wie die Partnerin, die fremdgeht, weil ihr Partner zuvor fremdgegangen ist. Rache, Vergeltung und Verweigerung sind Mittel im Machtkampf, wobei sie häufig aus dem Gefühl der Ohnmacht entstehen. Wir müssen keine Macht haben, um zu dominieren. Im Gegenteil, wir dominieren oft gerade dann, wenn wir uns machtlos fühlen. Weil sich ohnmächtig zu fühlen ein bedrohliches Gefühl ist. Tatjana bemerkt bei ihrem Partner Jens erstmals, dass er Gesprächsrunden dominiert, nachdem ihm gekündigt worden ist. Und dann fällt ihr auch auf, dass er sich seitdem ihr gegenüber dominant und ablehnend verhält. Sobald sie sich deutlich wehrt, stellt er sein Dominanzverhalten ein. Denn wirkliche Macht hat er nicht. Es ist meistens gar nicht unser Ziel, dominieren zu wollen. Wir möchten uns nur beachtet, gesehen und anerkannt fühlen.

Bei Männern kommt hinzu, dass sie schneller in Hierarchien und Macht empfinden und denken.

Judith und Adrian hatten eine Auseinandersetzung. Und sie schildern sie so: Sie haben einen Film geschaut, und danach liefen die Nachrichten. Adrian geht auf die Toilette. Judith schaltet den Fernseher aus. Und Adrian reagiert genervt, als er zurückkommt: »Was soll denn der Mist? Wieso schaltest du einfach aus?« »Ich dachte, wir gehen ins Bett? Es ist ja schon spät.« »Ja, das ist doch kein Grund, einfach zu entscheiden abzuschalten!« »Okay«, sagt Judith, »ich dachte, du wolltest auch nicht mehr gucken. Aber du könntest ja auch freundlicher sein. Du könntest auch sagen: ›Hey Schatz, ich wollte gerne noch weiterschauen, machst du den Fernseher bitte wieder an?‹« »Jawohl, wie die Gnädigste wünschen, ganz genau immer so, wie du es dir vorstellst.« Adrian ist immer noch genervt, wenn er über die Situation spricht. Er empfindet Judiths Äußerung als totale Dominanz. Als solle er so werden, wie Judith es sich vorstellt. Beide möchten im Grunde nur geachtet, respektiert und als Person anerkannt werden. Sie wollen beide nicht dominieren, sie möchten sich nur nicht ausgeliefert und ohnmächtig fühlen. Doch wie die meisten Männer reagiert Adrian sehr stark auf empfundene Dominanz. Da reicht schon ein Satz wie »Wenn du das andere Messer nimmst, schneidet es sich leichter!«, um die Reaktion »Sag du mir nicht, was ich tun soll!« auszulösen. Unbewusst kann hier auch Konkurrenz eine Rolle spielen. Wenn »große Schwestern« in Beziehungen mit »großen Brüdern« leben, ist das spannungsreicher. Die Beziehung ist weniger stabil, als wenn die Geschwisterkonstellationen in der Beziehung wiederholt werden und eine »kleine Schwester« mit einem »großen Bruder« zusammenlebt und das auch beider Rollen in der Kindheit war.

Wenn wir darum streiten, recht zu haben, befinden wir uns augenblicklich in einem Machtkampf. Wir können aus dem Machtkampf aussteigen, wenn wir unsere Positionen miteinander klären. Also beide gelten lassen. Sonst können wir nur entweder recht haben oder verheiratet sein. Schon wenn ich darauf bestehe, etwas, das meine Partnerin als Vorwurf gehört hat, bloß sachlich festgestellt zu haben, dominiere ich. Weil ich die Gefühle, die meine Bemerkung in ihr ausgelöst hat, einfach ignoriere. Auch wer den anderen damit konfrontiert, er sei genau wie seine Mutter oder sein Vater, versucht zu dominieren. Er stellt in den Raum, der Partner wiederhole lediglich schlechte Verhaltensmuster; er spricht ihm ab, wirkliche Bedürfnisse anzusprechen. Und versucht auf diese Weise, ihn zu stoppen und die eigene Position durchzusetzen. Das sind alles keine Machtdemonstrationen. Wir wollen die Partnerinnen nicht unterdrücken. Aber wir senden in all diesen Fällen eine One-up-Botschaft. Wir bleiben nicht auf der gleichen Ebene des Kontakts, sondern setzen uns darüber. Wir dominieren, indem wir bestimmen, was läuft oder wie das, was unsere Partnerin sagt, einzuschätzen ist. Selbst wenn wir selbst es nicht bemerken. Unsere Partnerin bemerkt es oder reagiert unbewusst sofort. Und wir werden eine handfeste Auseinandersetzung haben. Möglicherweise ohne dass uns tatsächlich deutlich wird, warum wir so heftig aufeinander reagieren.

Viele Machtkämpfe sind also schwer erkennbar, aber deshalb nicht weniger heftig. Welche von all den dominanten Verhaltensweisen kennen Sie? Völlige Gleichheit lässt sich auch in der besten Liebesbeziehung nicht erreichen. Weil immer einer etwas cleverer, strategischer, selbstbewusster oder kräftiger ist oder besser kochen, singen oder mit Farben umgehen kann. Entscheidend ist, ob wir uns fortwährend darum bemühen, nicht zu dominieren. Ob wir stets Fairness und Gleichheit in unserer Beziehung wahren und den Partner in unsere Entscheidungsprozesse miteinbeziehen. Wir können Macht und Dominanz im Umgang miteinander aufspüren. Und uns für das verdeckte Dominanzgebaren sensibilisieren, das in der alltäglichen Kommunikation enthalten ist. Ich selbst bin sicherlich wie jeder andere anfällig für unbewusste Dominanz. Doch durch die Arbeit mit Paaren bin ich aufmerksam für die verdeckte

Dominanz geworden. Ich weiß dann, dass der dominierte Partner emotional reagieren wird. Meist erfolgt ein Gegenvorwurf, eine Rechtfertigung. Selten wird bemerkt, wodurch dominiert wurde. Es ist aber nötig, aufzudecken und sich direkt dagegen zu wehren, dass der Partner die Deutungshoheit übernommen hat. Wir können uns sensibilisieren für die Manipulationen und die kleinen und großen Fouls, die angewandt werden, um sich durchzusetzen. So wie es gesellschaftlich in der Diskussion über Gender, Rasse und Diversität gerade geschieht. Auch dort geht es ja um Sensibilität gegenüber den in die Sprache eingewebten Machtstrukturen.

Wir sollten uns nicht vormachen, dass Dominanz und Macht in unserer Liebe keine Rolle spielen. Wir erkennen Dominanz oder Machtübernahme, weil wir uns nicht ernst genommen fühlen. Weil wir uns in die Enge getrieben, nicht gehört oder ungerecht und unfair behandelt fühlen. Schon kleinste Kinder haben ein ausgeprägtes Empfinden für Recht und Unrecht, für Gleichbehandlung und Fairness. Trauen wir also unseren Gefühlen, und decken wir die dominanten Verhaltensweisen auf. Verwahren wir uns dagegen! Recht zu haben, ist der Trostpreis in der Liebe, sich einseitig durchzusetzen die Verliererstraße.

Autonomie

Es ist nicht so wichtig, wie sehr man jemanden liebt, sondern wer man ist, wenn man mit dem anderen zusammen ist.

Anne Tyler

Die Schriftstellerin Helga Schubert, die die Erfahrung einer fast sechzigjährigen Ehe hat, erzählte in einem Interview, dass sie als junge Frau ein Sprichwort gelesen habe. Sie erinnere sich nur daran, weil sie es überhaupt nicht verstanden habe. »Wahre Liebende trinken nicht aus einem Glas.« Damals habe sie gedacht, das könne nicht sein. Liebende teilen doch alles miteinander und möchten verschmelzen. Doch mittlerweile verstehe sie es. Man müsse »auch in der Liebe ein eigenständiger Mensch bleiben. Es mag sich auf den ersten Blick widersprüchlich anhören, aber man muss sich abgrenzen, obwohl man sich voll einlässt. Heute würde ich sagen, zur Liebe gehören Verantwortung, Loyalität, Integrität. Liebe ist kein Zustand, sondern eine Aufgabe.«[52]

Wir haben das Bedürfnis, uns zu entwickeln und im Laufe unseres Lebens immer mehr wir selbst zu sein. Differenzierung ist die Fähigkeit, dieses Bedürfnis auch in einer nahen, intimen Beziehung aufrechtzuerhalten. Uns nicht abhängig zu machen, nicht nur harmonisch und verständnisvoll zu sein, sondern uns auch zuzumuten und uns um uns selbst zu kümmern. Uns nicht von der Anerkennung unseres Partners abhängig zu machen, sondern Selbstbewusstsein zu entwickeln. Unterschiedlichkeit nicht verdrängen, sondern für unsere Eigenarten eintreten.

Eine Liebesbeziehung ist eine positive, weil gewünschte Abhängigkeit. Weil ich mein kleines Herz ja einem anderen Menschen geschenkt habe. Und nun davon abhängig bin, dass er gut damit umgeht. Und mir auch sein Herz schenkt. Es kann also in einer Liebe niemals um radikale Unabhängigkeit gehen. Die existiert nur in einem schrägen männlichen Ideal à la Lucky Luke. Es geht um Autonomie. Die Fähigkeit, unabhängig in der Abhängigkeit zu sein. Autonomie bedeutet nicht, dass ich einfach mein Ding durchziehe oder versuche, vollständig unabhängig zu werden. Lucky Luke ist nicht frei, sondern auf der Flucht. Doch an dem Ort, wo ich Nähe und Intimität finde, kann ich nicht ausweichen und einfach meinen Bedürfnissen nachgehen. Autonomie bedeutet auch, immer wieder auszuhandeln, dass ich zum Yoga-Kurs gehen will, auch wenn deine Vorstellung von unserem Wochenende eine andere ist.

Als Kinder mussten wir uns an den Bedürfnissen unserer Eltern orientieren. Kindheit ist immer ein eingeschränkter Ort, wenn es darum geht herauszufinden, wer wir sind. In unseren Liebesbeziehungen drohen wir unsere kindliche Abhängigkeit oder den Trotz dagegen, der ebenfalls eine abhängige Reaktion ist, zu wiederholen. Und uns am anderen zu orientieren. Wir glauben dann, wir handelten aus Liebe, wenn wir uns selbst nicht wichtig nehmen und stattdessen versuchen, unsere Partnerin glücklich zu machen. Doch andererseits können wir ihr ihr Anderssein nicht gestatten. Weil wir Angst haben, dass sie uns bestimmt. Also verweigern wir uns, sind mürrisch, halsstarrig und bekämpfen ihr Anderssein. Vielen von uns fehlt das innere Bild, wie zwei Menschen unabhängig voneinander und gleichzeitig miteinander verbunden sein können. Doch ein Wir entsteht erst, wenn unser Ich sich zeigen darf. Für den Prozess, der dahin führt, gibt es im Deutschen das schöne Wort Auseinander-setzung. Ich bin ich, und du bist du. Ich habe meine Interessen. Du hast deine Interessen. Ich erfülle deine Bedürfnisse nicht, wenn ich mich dabei unwohl fühle. Und du meine nicht, wenn du dich dabei unwohl fühlst. Aber gerade deshalb bleibe ich doch bei dir. Und von dir hoffe ich, dass du auch bei mir bleibst. Und zusammen tanzen wir den Engtanz um Abgrenzung und Eigenständigkeit.

Peter, ein höchst erfolgreicher Mediziner, hat es in seinem Beruf zu allem gebracht, was er sich vorgenommen hatte. In seinem Elternhaus wurden christliche Werte der Nächstenliebe und Selbstlosigkeit hochgehalten. Er hat dort gelernt, dass man zusammenhält, aber Konflikte mit sich selbst ausmacht. Streit war verpönt. Der erwachsene Peter war stets für alle da. Für seine Patienten, seine Kinder, die Frauen in seinem Leben. Momentan macht er eine sehr schwierige Zeit durch. Er hat sich getrennt und verlor unter sehr belastenden Anfeindungen seine Stelle. Seine Beziehung zu seinen Kindern ist getrübt, seit Marion seine neue Partnerin ist. Gerade kommt Peter von einem anstrengenden Kongress zurück. Marion sind während seiner Abwesenheit einige Projekte geplatzt, und sie ist deprimiert. So treffen sie aufeinander. Peter erzählt von seinem Kongress, aber merkt schon, dass er sich blockiert und unverbunden fühlt. Marion spürt es auch. Es folgt eine schlaflose Nacht, in der ihre gesamte Beziehung infrage steht. Was ist passiert? Peter wollte wie gewohnt für Marion da sein. Seine eigene Bedürftigkeit war allerdings zu groß, als dass er problemlos in seine gewohnte Rolle des emotionalen Versorgers schlüpfen konnte. Doch der Weg, selbst bedürftig zu sein, ist ihm verstellt. Peter muss erst lernen, autonom zu sein. Indem er sich mit seinen Gefühlen, die er als Schwäche abwertet, an Marion wendet.

Autonom sind wir, wenn wir für unsere Bedürfnisse eintreten. Dann wird unsere Liebesbeziehung ein Ort, an dem wir wachsen können. Nicht, wenn wir die Muskeln spielen lassen oder Wonderwoman sind. Der US-amerikanische Paartherapeut David Schnarch bezeichnete Beziehungen als »people-growth-machines«. Was ganz furchtbar nach Fließband klingt. Wir geraten in keinen Prozess, in dem wir notwendigerweise miteinander wachsen. Viele Paare entwickeln sich kein Stück. Gute Freunde sehen dann besorgt, dass die Freundin noch unselbstständiger wird, als sie ohnehin schon war. Irgendwie hat sie einen Partner gefunden, der sie auf Händen trägt. Aber dummerweise bestimmt er auch, wohin. Sie muss sich nicht fragen, warum sie sich nichts zutraut. Und er kann der heldenhafte Helfer sein, dessen eigene Probleme niemals Thema werden. Dahinter stehen unbewusste Vereinbarungen: sogenannte Kollusionen. Das sind Illusionen, die ein Paar gemeinsam aufrechterhält. Weil sie beiden Partnern erlauben, eine Rolle zu spielen, in der sie sich nicht mit ihren Ängsten auseinandersetzen müssen. Paare spielen dann Mr und Ms Perfekt. Man bewundert den anderen für seine Einzigartigkeit und poliert dessen Ego nochmal ordentlich auf. Um sich dann in diesem selbstgeschaffenen Glanz zu sonnen. Schließlich muss ja, wer so einen großartigen Partner hat, auch selbst ganz großartig sein. Und so leben sie Händchen haltend eine beeindruckende Fassade, hinter die sie nicht mal selber schauen dürfen. Die »Wachstumsmaschine« ist ausgeschaltet. Zu viel Harmonie in unserer Beziehung kann uns also auch skeptisch machen. Denn möglicherweise vermeiden wir es, uns voneinander abzugrenzen.

Abgrenzen

Maria möchte nicht, dass ihr Fred einfach so an ihre Brüste fasst. Uli möchte nicht, dass seine Frau alles, was er ihr anvertraut, sofort an ihre Freundin weitergibt. Gerd will die Ferienwohnung vermieten, was Simones Privatsphäre bedroht. Wenn unsere Beziehung ein guter, sicherer Ort sein soll, dann müssen wir uns deutlich vertreten. Sobald wir uns klar abgrenzen, fühlen wir uns weniger ausgeliefert und sind entspannter. Wer sich zu wehren weiß, hat weniger Angst. Grenzen, bei denen unsere Würde und Selbstbestimmung angegriffen werden, wenn sie überschritten werden, müssen wir rigoros verteidigen. Über andere Grenzen können wir verhandeln, doch erst, nachdem wir sie klar gezogen haben. Wobei nur Tyrannen erwarten, dass ausgehandelte Grenzen ein für alle Mal festgelegt sind. Abgrenzung ist in der Partnerschaft ein ständiger Prozess. Wir handeln unsere Grenzen konstant aus. Um uns abzugrenzen, müssen wir bereit sein, Konflikte zu führen. Manchmal gelingt eine friedvolle Auseinandersetzung, aber meistens müssen wir den Schritt in die Konfrontation wagen (siehe das Kapitel über Konfliktfähigkeit).

Doch allein der Mut, sich abzugrenzen, reicht nicht aus, wenn wir uns nicht richtig abgrenzen. Susanne ist darin echt kein Profi. Sie war in der Beziehung zu Markus die mütterliche Macherin. Jetzt haben sie sich getrennt. Doch Markus bombardiert Susanne weiter mit WhatsApp-Nachrichten. Er macht ihr Vorwürfe, lässt sie an seinem Trennungsschmerz teilhaben und berichtet sogar von den Schwierigkeiten in seiner neuen Beziehung. Auf eine Art führt er ihre Beziehung als »Sohn« weiter. Susanne will das alles gar nicht wissen. Sie schreibt ihm, dass er seine Nachrichten auf den Umgang mit den Kindern beschränken soll. Natürlich tut er das nicht. Susanne ist ratlos. Und schaut mich noch ratloser an, als ich sage, dass sie sich nicht abgrenzen kann, solange sie sich dabei von ihm abhängig macht. Dass sie sich ausliefert, wenn sie an ihn appelliert, damit er die Grenze für sie einhält. Wenn wir eine Grenze ziehen, müssen wir die Kontrolle darüber haben, dass wir sie selbst verteidigen können. Susanne kann Markus zum Beispiel ganz einfach schreiben, dass von jetzt an Betroffenheitsmails sofort gelöscht werden.

Oder ein anderes Beispiel. Renate ist genervt, weil Gudrun im gemeinsamen Bad immer alles mit ihren Tuben, Fläschchen und Töpfchen vollstellt. Immer wieder bittet sie Gudrun, einige wegzuräumen und ihr Platz zu lassen. Gudrun sagt »Jaja«, und dann steht doch wieder alles voll. Renate könnte zum Beispiel ankündigen, dass sie, falls Gudrun ihren Wunsch weiter ignoriert, die Hälfte der ganzen Schönheitsutensilien in eine Box tun und sie unter Gudruns Bett schieben wird. Abgrenzung müssen wir in Handlung umsetzen können, für die wir nicht das Einverständnis und die Einsicht unseres Partners brauchen, sondern für die wir selbst sorgen können. Dabei gilt für Grenzen in der Paarbeziehung das Gleiche wie in der Erziehung von Kindern. Gute Grenzen sind flexibel. Starre Grenzen stellen leicht das grundsätzliche Wohlwollen und die Liebe infrage. Wir können die Kosmetik-Kollektion auch mal ausufern lassen, weil wir wissen, dass unsere Partnerin gerade an einem stressigen Workshop teilnimmt und sich jeden Tag aufwendig schminkt. Wenn wir für Beziehungsklärungen die 22-Uhr-Grenze vereinbart haben, geben wir sie auf, wenn die Verzweiflung des Partners zu groß ist. Und dürfen sie auch selbst infrage stellen, wenn uns Verzweiflung überwältigt.

Der Beziehungsraum

Sabine ist mit Kopfschmerzen aufgewacht, als Herbert sie wie jeden Morgen mit einer Tasse Kaffee geweckt hat. Im Grunde will sie nur eines: weiterschlafen. Aber sie möchte ihn nicht zurückweisen, wo er doch den Kaffee extra für sie zubereitet hat. Sie setzt sich auf und hört aufmerksam zu, als er beginnt, seinen Traum zu erzählen. Sabine gibt ihr Bedürfnis auf, um die Beziehung zu schützen, um Herbert nicht zu kränken. Autonom zu handeln fällt ihr schwer. In der Therapie erzählt sie, dass sie bei Herbert, wie bei ihrem hochkränkbaren Vater, alles vermeidet, was ihn enttäuschen könnte. Worauf Herbert sich empört: »Aber so empfindlich bin ich überhaupt nicht! Wieso glaubst du denn von mir, dass ich so eine Mimose bin? Als müsstest du immer Rücksicht auf mich nehmen!« »Aber Herbert«, sage ich, »es geht gar nicht um dich. Sabine teilt dir nur etwas aus ihrer Gefühlswelt mit, was sie bewegt. Sie möchte, dass du sie hörst, verstehen lernst. Sie möchte einen Raum bei dir finden, in dem sie mit ihren Gefühlen sein kann.« Es ist passiert, was so oft in Beziehungen geschieht. Der »Raum«, den eine Beziehung braucht, verschwindet. Er schließt sich. Der Raum, in dem ich meine Gefühle teilen möchte, ohne dass du sofort darauf reagierst. Weil du verstehst, dass es meine Gefühle sind. Die du zwar irgendwie ausgelöst hast, aber die nicht deine Schuld sind. Du bist nur deren Auslöser. Nicht der Grund und die Ursache, die in mir liegen.

Als Paar brauchen wir diesen Raum. In dessen Weite ich mich öffnen kann. In dem du nicht so reagierst, als wärst du es, der meine Gefühle zu verantworten hat. Ein Raum, in dem wir beide sind, aber nicht vermischt, verknotet, sondern getrennt. Differenziert als du und ich. Meistens bleibt jedoch die Distanz zwischen den Partnerinnen nicht gewahrt. So wie gerade bei Sabine und Herbert. Er strampelt sich frei, als seien Sabines Gefühle ein Pullover, den sie ihm einfach übergezogen hätte. Und aus dem er sich augenblicklich befreien muss, weil er ihm überhaupt nicht passt. Viel zu eng, falsche Farbe, kratzt, müffelt, hat Löcher. Sabine ist gerade dabei, ihre innere Welt, ihr Leben zu erforschen und Herbert daran teilhaben zu lassen. Aber Herbert bezieht es sofort auf sich. Er nimmt es augenblicklich persönlich und zieht es sich an, wie den unmöglichen Pullover. Er zieht das Gespräch an sich, die Aufmerksamkeit auf sich, macht einen Zug nach nirgendwo daraus. Ohne böse Absicht. Einfach weil er reagiert und die Distanz zu seinem eigenen Erleben in Sekundenbruchteilen verloren hat.

Der Raum, in dem wir uns äußern können, ohne dass der Partner sofort reagiert. Das klingt einfach. Und ist doch verdammt schwer. Aber wir brauchen diesen Raum für unsere Entwicklung, für unsere Beziehung. Ich kann dir zuhören, was du mit mir erlebst, und bei dir bleiben. Ich zieh mir nicht an, dass du Rücksicht auf mich nehmen musst. Ich distanziere mich aber auch nicht innerlich und lass dich damit allein. Das ist der Raum, in dem wir differenzieren und so Autonomie schaffen. Und genau den brauchen wir in unseren Beziehungen so notwendig. Denn die meisten und intensivsten Gefühle werden durch unsere Liebespartnerinnen ausgelöst. Kein anderer kommt so nahe an mich heran. Aber was ich mit meiner Partnerin erlebe, ist nicht meine Partnerin, sondern es sind die Gefühle, das Erleben, das sie in mir weckt. Wenn wir diese emotionale Klarheit miteinander erreichen, dann können wir einander auch leichter den ganz realen Raum geben, um den in Beziehungen so oft gekämpft wird. Den Raum, die Zeiten nur für mich. Wenn wir das Beziehungshickhack hinter uns lassen können, dann fällt es uns leichter, der Partnerin ihre Wochenenden mit den Freundinnen zu lassen. Oder ihm seine tägliche Stunde im Fitness-Club. Andererseits brauchen wir diesen äußeren Abstand auch nicht mehr so dringend, wenn wir den inneren Abstand aufrechterhalten. Wir fühlen uns dann nicht so eingeengt und in unserer Freiheit beschnitten. Wenn wir uns klarer voneinander abgrenzen, sind wir uns näher.

Unterschiede

Unsere Liebesbeziehungen wünschen wir uns harmonisch. Wir suchen den Gleichklang der Herzen, einen Partner mit den gleichen Vorlieben und den gleichen Zielen im Leben. Doch Menschen sind wie Schneeflocken. Alle ähnlich, aber doch jede unterschiedlich. Deshalb können wir bald nicht mehr übersehen, dass er schwere Rotweine und wir Aperol-Spritz lieben. Dass unser Liebster jede Farbe trägt, solange sie schwarz ist. Während wir bunte Stoffe und grelle Muster mögen. Wenn für die eine Urlaub immer drei Wochen Braten am Strand bedeutet, während der andere sich nur beim Drachenfliegen richtig erholen kann, ist es schon schwierig. Aber für Unterschiede können wir Lösungen finden. Wenn Introvertierte, die Kontakte anstrengend finden, auf extrovertierte Partylöwen stoßen. Oder »Lerchen«, die morgens um 5.15 Uhr putzmunter sind, auf »Eulen« treffen, die dann erst ins Bett gehen. Wenn Ordnungsfanatiker auf Chaoten, Geizige auf Konsumgeile, Ästheten auf Funktionalisten treffen, dann ist das schwierig, aber meistens noch leicht zu erkennen. Frustrierend wird es, wenn wir die

Unterschiede nicht verstehen und es sich nach einer unlösbaren Unverträglichkeit anfühlt. Genau wie bei Nahrungsmitteln muss dann auch in der Partnerschaft die Unverträglichkeit erst einmal verstanden werden.

Frau M. ist von ihrem Mann enttäuscht. Sie wünscht sich mehr Initiative von ihm. Gerade hat er sich bemüht und ein Hotel für eine Auszeit gebucht. Aber dann musste sie feststellen, dass es doch nicht geeignet war, und hat umgebucht. Das enttäuscht sie. Herr S. verteidigt sich. Er habe doch alles organisiert. Dass sie immer andere Vorstellungen habe, dafür könne er ja nichts. Doch Frau M. bleibt enttäuscht. Nach all den Jahren müsse er sie doch kennen. Sie empfindet es als Zeichen seiner mangelnden Zuneigung. Wieder verteidigt sich Herr S., er habe doch an alles gedacht. Dass sie unbedingt eine Bio-Sauna haben wolle, habe er ja nicht wissen können. Frau M. bleibt enttäuscht. Es sei immer so, dass sie bei gemeinsamen Unternehmungen nochmal nachbessern müsse. Und sie zählt eine Reihe von Urlauben auf. Herr S. wehrt sich weiter. Sie könne doch daraus nicht ableiten, dass er sich nicht für sie interessiere. Doch, sagt Frau M., denn es komme ja immer wieder vor.

Ich schlage den beiden vor, auf ihre Unterschiedlichkeit zu schauen. Denn es wird deutlich, dass Herr S. ein Satisficer und Frau M. eine Maximiererin ist. Satisficer suchen die gerade bestmögliche Lösung, die sie keinen weiteren Aufwand kostet. Sie streben direkt nach Zufriedenheit. Maximierer suchen immer nach der allerbesten Lösung. Sie ruhen nicht, bis sie glauben, die perfekte Lösung gefunden zu haben. Für einen Satisficer wie Herrn S. ist es kränkend, wenn alles, was er vorschlägt, der Maximiererin nicht reicht und ihm vorgeworfen wird, sich keine Mühe zu geben. Maximierer fühlen sich dagegen im Stich gelassen, wenn ein Satisficer sie nicht darin unterstützt, das Allerbeste zu finden.

Wir unterscheiden uns in unseren Persönlichkeitsmerkmalen. Unterschiedliche Charakterzüge gehören zu den beunruhigenden, nicht lösbaren Problemen in einer Partnerschaft. 70 Prozent aller

Probleme lassen sich nicht lösen, wenn lösen bedeutet, dass das Problem aufgelöst wird und dann nicht mehr existiert. Mit mehr als zwei Dritteln aller Konfliktpunkte müssen wir leben und lernen, mit ihnen umzugehen. Besonders fordernd ist es, mit Unterschiedlichkeiten umzugehen, die sich gegenseitig behindern. Wie zum Beispiel beim Umgang mit Ängsten.

Angststrategien

Angst, Sorge und Unsicherheit sind unsere lebenslangen Begleiter. Wir müssen sie ständig bewältigen. Wenn einer von uns wesentlich ängstlicher ist, kann ihn der andere, weniger Ängstliche, vorsichtig fördern. Aber grundsätzlich ist die Ängstlichkeit erst mal anzuerkennen. Paare scheitern, wenn jemand, der keine Hochgebirgstouren machen möchte, als Bedenkenträger ignoriert wird. Und wenn jemand, der sich eine Vespa kauft, als unverantwortlich gilt. Tatsächlich hat jeder von uns Strategien entwickelt, wie er mit Ängsten umgeht. Eine geht mutig darauf zu, eine andere zieht sich die Decke über den Kopf. Einige planen alles akribisch, um sicher zu sein, andere suchen sich sofort Unterstützung. Konflikte entstehen, wenn sich unsere Bewältigungsstrategien gegenseitig stören. Martin hat gerade seinen wichtigsten Kunden verloren. Seine berufliche Zukunft ist unklar. Seine Angststrategie besteht darin, der Angst nicht nachzugeben, sondern abzuwarten und erst zu handeln, wenn es nötig ist. Seine Partnerin Helche setzt dagegen sofort alles in Bewegung, was sie in Bewegung setzen kann. Ihre Strategie ist, alles Bedrohliche aktiv zu beseitigen. Also drängt sie Martin, mehr zu unternehmen, und verzweifelt an seinem, wie sie es nennt, »Sich-Wegducken«. Sie will Pläne machen, Möglichkeiten besprechen. Er wird wütend. Ihr Druck nervt ihn. Er will in Ruhe gelassen werden und beschimpft sie schließlich als hysterisch. Helche weiß nicht mehr, ob sie mit so einem passiven Weichei leben kann.

Denn aus ihrer Perspektive ist er gelähmt vor Angst, sonst würde er ja, wie sie, aktiv werden. Der unfruchtbare Streit, wer richtig und wer falsch ist, wird weiter eskalieren, wenn die beiden nicht lernen, ihre Unterschiedlichkeit zu verstehen und zu akzeptieren. Wobei allein die Einsicht, dass man sich grundsätzlich unterscheidet und durch die unterschiedlichen Herangehensweisen gegenseitig stört, schon enorm entlastend wirkt.

Zeiterleben

Unsere Unterschiedlichkeit im Umgang mit Zeit bemerken wir zwar, aber interpretieren sie oft falsch. Unpünktlichkeit empfinden wir als Missachtung, nicht als einen Unterschied im Zeiterleben. Der Psychologe Peter Fraenkel hat sich intensiv mit Paaren und Zeit beschäftigt. Er sieht in der fehlenden Synchronisation unseres Umgangs mit Zeit die Basis für viele Konflikte. Wir sind einfach unterschiedlich schnell, haben unterschiedliche Tagesrhythmen, brauchen unterschiedlich viel Zeit, bis wir uns nah und intim miteinander fühlen können. Oder wir haben unterschiedliche Zeitperspektiven. Jemand, der mehr auf die Gegenwart schaut, geht anders mit Geld um als jemand, dessen Hauptaugenmerk die Zukunft ist. Es lohnt sich, über unser Zeiterleben und die Bedürfnisse, die dadurch jeder hat, gemeinsam nachzudenken. Damit wir nicht ständig an der Partnerin verzweifeln, die sich auf keine Vereinbarung einlassen will. Und genervt sind, weil wir ewig warten, uns verplant fühlen oder fassungslos von plötzlich gefällten Entscheidungen überrumpelt werden. Im Teil mit den Übungen finden Sie dazu einige Fragen.

Mann und Frau

Frauen und Männer sind unterschiedlich, keine Frage. Und ein dermaßen deutlich wahrnehmbarer Unterschied bietet sich an, um darin den Grund für all unsere Schwierigkeiten miteinander zu finden. Es gibt endlos viele Vorurteile über typisch Mann und typisch Frau. Zwischen 2000 und 2015 erschienen 30.000 wissenschaftliche Artikel zu diesem Thema.[53] Doch sie stehen uns eher im Weg als uns zu helfen, und treiben seltsam gefährliche Blüten. Mitten im Paar-Gespräch wendet sich die Partnerin mir zu und sagt über ihren neben ihr sitzenden Mann: »Also ich glaube, er als Mann kann so was einfach nicht verstehen!« »Schön, dann lassen Sie uns doch mal so von Frau zu Frau sprechen!« Die Diskussion um Gender, also das soziale Geschlecht, zeigt doch, wie willkürlich unsere Vorstellungen von Männlichkeit und Weiblichkeit sind. Und wie stark sie von gesellschaftlichen Bedingungen und Machtverhältnissen geprägt sind. Die Frage, ob unser Verhalten genetisch bedingt oder erlernt ist, ist so sinnvoll wie die Frage, ob der Trommler oder die Trommel die Musik macht.[54]

Bevor die Frauen durch die Industrialisierung an Haus und Herd gefesselt wurden, galten die Männer als das sensible Geschlecht. Erst ab diesem Zeitpunkt wurden die Unterschiede zwischen den Geschlechtern so stark betont, und die Vorstellung darüber polarisierte sich immer weiter. Wir erziehen kleine Jungen unbewusst immer noch anders als kleine Mädchen. Und die meisten sogenannten biologisch und evolutionär bedingten Geschlechtsunterschiede lösen sich in Luft auf, sobald wir genauer hinschauen. Steinzeitmenschen scheinen in Felle gekleidete Mittelschichtsfamilien gewesen zu sein, weil wir jeden Knochen aus unserer heutigen Sicht interpretieren. Und daraus machen wir dann im Umkehrschluss, dass wir Steinzeitmenschen im Businessdress sind. »Die Soziobiologen könnten der Glaubwürdigkeit ihrer Theorien erheblich auf die Beine helfen, wenn sie bei Abendgesellschaften ihre Notdurft vor aller Augen im Garten verrichten würden«, ätzte die Kulturkritikerin Laura Kipnis zu Recht. Statt weiter Loriots ironische Bemerkung, dass Frauen und Männer einfach nicht zueinander passen, zu einer Weisheit zu verklären, sollten wir lieber auf die jüngste Generation schauen. Die sich berechtigterweise gegen die binäre Entscheidung wehrt, in ihrem Leben entweder dem Bild des Mannes oder dem der Frau entsprechen zu müssen. Grundsätzlich ist mir keine einzige psychische Fähigkeit bekannt, die nur Frauen oder nur Männer beherrschen. Der Fokus darauf, inwiefern Männer anders sind als Frauen, verstellt uns nur den Blick darauf, inwiefern unser Liebster anders ist als wir. Wenn wir Genderstereotypen betrachten, dann sollten wir sie nie als Fakt für das nehmen, was zwischen uns geschieht. Sondern höchstens als Anregung, um bestimmte Aspekte unserer speziellen Unterschiedlichkeit zu reflektieren. Am besten ignorieren wir schlichtweg, inwiefern Männlein anders sein sollen als Weiblein, und schauen uns unsere einzigartige Unterschiedlichkeit an. Allein sie ist entscheidend, allein sie ist interessant.

Unterschiede, Unterschiede

Denn es gibt Unterschiede, wie Menschen an Aufgaben herangehen. Manche suchen erst mal alle Fakten zusammen, andere stürzen sich sofort rein. Oder wie wir Aufgaben erledigen. Manche schieben auf und reagieren erst auf wachsenden Druck, andere erledigen alles fast zwanghaft immer sofort. Manche erlauben sich aufzugeben, andere ziehen alles bis zum Ende durch. Wenn Claudia und ich gemeinsam Seminare planen, verzweifle ich daran, dass sie es erst am letzten Tag plant. Und ich nerve sie, weil ich jeden Plan immer wieder verwerfe und ihn verbessern will. Selbst wenn zwei »Ich liebe dich!« sagen, meinen sie nicht das Gleiche. Wer der Leidenschaft die größte Bedeutung gibt, für den sind die gemeinsamen

Hausputzorgien des Partners nicht die Art von Orgie, die er sich ersehnt. Und wer in der Liebe vor allem Intimität sucht, ist wenig begeistert, wenn auf dem Programm der Partnerin jedes Wochenende ein Familienbesuch steht. Wissen Sie, auf welchem Kanal Ihre Liebesbekundungen Ihre Partnerin überhaupt erreichen? Wenn Sie es ihr ins Ohr flüstern, weil sie es hören muss? Erreichen Sie sie über den Körper, und sucht sie nach einer innigen Umarmung? Oder braucht sie ein Geschenk, das sie sich immer wieder ansehen kann, weil bei ihr Liebe durch die Augen geht? Und wie ist es mit den Unterschieden, wenn Sie sich gemeinsam ein Sofa anschaffen. Hintern und Augen sind sich da oft nicht einig.

Jedes Verhalten hat Vor- und Nachteile. Es hilft zu überlegen, was die Vorteile am Verhalten der Partnerin sind, was daran positiv ist. Auch und gerade, wenn wir es völlig unangemessen, falsch und furchtbar finden. Wenn wir verstehen, welche Persönlichkeitszüge sich nicht miteinander vertragen, verstehen wir, dass unser Lieblingsmensch nicht gegen uns ist. Er reagiert nur ganz anders auf die Welt. Wenn wir das anerkennen, werden aus Unverträglichkeiten Unterschiede. Und mit denen können wir lernen zu leben. Das Leben ist nicht leicht. Aber wer hat eigentlich versprochen, dass es das sein soll?

Trauern

Liebe ist die Fähigkeit, Ähnliches im Unähnlichen wahrnehmen zu können.

Theodor W. Adorno

Zu Beginn unserer Liebe übertreiben wir unsere Übereinstimmung maßlos. Denn unbewusst haben wir eine tiefe Sehnsucht, dass unser wichtiger Anderer eine Art innerer Zwilling sein soll, der so denkt wie wir, so fühlt wie wir. Dann wären wir nie mehr allein. Doch die symbiotische Beziehungsillusion geht immer zu Ende. Die Realität sagt »Hallo!!«, und unser Geliebter tut befremdliche Dinge. Er hasst Bahnfahrten und will wirklich, dass wir mit dem Auto nach Paris fahren. Er will morgens Sex, wenn alles, was wir wollen, ein Espresso ist. Er sagt höchstens einmal im Jahrzehnt »Ich liebe dich«, kauft Dinge für den Haushalt, ohne es abzusprechen, und kommt absolut verlässlich immer zu spät. Und wir protestieren. Doch damit kommen wir nicht weit, weil wir damit nur verdrängen, wie enttäuscht wir sind. Jede Liebesbeziehung fordert von uns zu trauern. Selbst als Schönheitschirurg werden wir aus der Liebsten nicht den Menschen schnitzen, der uns vorschwebt. Wir finden uns nicht im anderen, wie es gerne poetisch behauptet wird. Da suchen wir lange und lange vergeblich. Wir finden uns durch den anderen wieder. Wir finden uns, weil wir unterschiedlich sind. Wir spüren uns, weil wir uns aneinander reiben.

Wir müssen den Weg der Unvollkommenheit gehen. Meine Partnerin in meinem Leben zu haben ist erfüllend. Aber wer meint, dass erfüllend bedeutet, dass sich alles erfüllt, was er sich wünscht, ist auf dem Holzweg. Manchmal können schon ein paar Fotos, die nicht aufgenommen werden, die Liebe trüben. Herr P., ist ein begeisterter Hobbyfotograf. Als er mit Petra zusammenkam, wäre ihre Liebe fast daran gescheitert. Petra wollte weder ständig in ein Kamera-Objektiv schauen, noch mitten in der Nacht aufstehen, um das wunderbare morgendliche Künstlerlicht zu nutzen. Petra wollte am Wochenende ausschlafen. Und Herr P. fühlte sich ungeliebt. Ein Blick in seine Vergangenheit ließ deutlich werden, was ihm fehlte. Seine Mutter hatte ihn verhätschelt und ihm seine Wünsche erfüllt, bevor er sie selbst kannte. Sein autoritärer Vater hatte Anpassung, Dankbarkeit und keine Widerreden von ihm erwartet. Ihm fehlte somit jene ungeheuer wichtige Erfahrung für eine nahe menschliche Beziehung: das kleine Wunder zu erleben, wie es gehen kann, dass zwei Menschen zusammen sind und trotzdem jeder seine ganz eigenen Bedürfnisse leben kann. Autonomie musste er erst mühsam erlernen.

Meistens haben wir uns ja als zwei Ähnliche gefunden. Gleich und Gleich gesellt sich gern. Aber es haben sich auch zwei innere Kinder getroffen. Und die haben mit ihren Eltern gelernt, wie Beziehung geht. Allerdings nur, wie Beziehung mit diesem Papa und dieser Mama am besten gelingt. Nun sind Kinder großartig, aber gerade in ihren ersten Lebensjahren gibt es für sie nur falsch oder richtig. Also geraten zwei Kinder aneinander, die zutiefst davon überzeugt sind, recht zu haben. Und die ihre Unterschiedlichkeit bekämpfen. Wenn wir die Unterschiede erlauben, dann müssen wir uns von der kindlichen Illusion verabschieden, wir wüssten, wie es richtig ist. Wir wüssten, wie Liebe, wie Beziehung geht. Das ist ungeheuer schmerzhaft. Wir wehren uns dagegen und starren stattdessen wütend auf das, was uns die Partnerin nicht erfüllt, das, was sie nicht ist. Aber wir kommen nicht umhin, uns von unseren Vorstellungen zu verabschieden. Und diesen Abschied zu betrauern. Wenn wir daran festhalten, dass das Universum uns die Seelenverwandte ins ungemachte Nest legt, dann halten wir an der Idee der großen Liebe fest. Und statt zu trauern, sind wir wütend, empört und glauben weiter, dass es die totale Erfüllung gibt. Weil wir sie doch damals gespürt haben, als wir uns kennenlernten und uns auf Charlys Geburtstag den letzten Burger geteilt haben.

Ähnlich sind wir, weil wir beide einander erreichen und Intimität finden möchten. Doch dort, wo wir verschieden sind, müssen wir hinter die Wünsche und Enttäuschungen, den Schmerz und die Sehnsüchte blicken. Bei Kindern geben wir uns diese Mühe. Die Kleinsten schreien, die Größeren weinen, die Pubertiere verschließen sich und beschimpfen uns. Aber wir finden heraus, was sie uns sagen wollen. Der Schritt, den auch unser Partner braucht.

Die Liebe braucht Autonomie, unsere, für die wir uns einsetzen, und die unseres Partners, die wir anerkennen.

TEIL V

Verletzlichkeit

Deine Aufgabe ist es nicht, nach Liebe zu suchen, sondern lediglich in dir all die Hürden zu suchen und zu finden, die du gegen sie errichtet hast.

Rumi

Janek besitzt eine Tonne, von der niemand etwas weiß. Eine Enttäuschungstonne. Dahinein stopft er jede Enttäuschung, die er erlebt. Manchmal läuft die Tonne über, dann ist er verzweifelt. Er fühlt sich von der ganzen, ungerechten Welt verlassen. Aber das zeigt er nie. Er wird dann still. Seine Enttäuschungstonne hat er eingerichtet, weil seine Mutter sehr leicht gekränkt war. Enttäuscht zu sein war damals gefährlich für Janek. Seine Mutter empfand seine Enttäuschung als Kritik an sich und zog sich zurück und war für ihn nicht mehr ansprechbar. Wie wir alle hatte Janek also übernommen, worunter er gelitten hatte. Den Rückzug. Aber ihm kam seiner viel sinnvoller vor. Außerdem war er unter seinen Geschwistern der Einzige, der einen anderen Vater hatte. Einen Franzosen, den er nie kennengelernt hatte. In seiner Familie, vor allem gegenüber seinem Stiefvater, war er unsicher und dankbar, dort sein zu dürfen. Seine Mutter und seine Situation beantwortete er, indem er versuchte, alle Erwartungen zu erfüllen. Jetzt lebt er mit Asja. Und versucht, ihre Erwartungen zu erfüllen. Wenn Asja im Gegenzug seine Erwartungen nicht auch erfüllt, verschließt er sich und schweigt. Manchmal fährt er dann für mehrere Tage alleine an die See und surft. Asja ist vorsichtig geworden, weil sie seinen Rückzug fürchtet. Sie möchte gar nicht, dass er sich um alles kümmert. Dass er sofort den Balkon streicht, nur weil sie eine Bemerkung gemacht hat, dass das Gitter schon etwa angerostet sei. Sie sehnt sich regelrecht danach, dass Janek mal »Nein« sagt. Sie möchte sich mit ihm auseinandersetzen können. Es vergehen einige Sitzungen, bis Janek zum ersten Mal seine Enttäuschung beschreibt. Dass er sich wie ein Sklave fühlt, klein, gedemütigt. Wie er immer hofft, für seine Anstrengungen belohnt zu werden. Wie verzweifelt er ist, wenn Asja ihm dann nicht seine »Freiheit gibt« und alles tut, um seine Erwartungen zu erfüllen. Und wie er dann an Asja zweifelt. Wie er wegwill und glaubt, sie seien nicht gut füreinander. Er spricht leise, seine Augen werden feucht. Es ist nicht leicht für ihn, er schämt sich, so schwach zu sein. Aber es erreicht ihn, dass auch Asja berührt ist. Er findet den Begriff »Enttäuschungstonne« für seine Innenwelt und lässt Anja hineinschauen. Janek öffnet sich, er findet Worte für das, was im Verborgenen in ihm vorgeht. Janek macht sich verletzlich. In dieser Art zum ersten Mal, aber nicht zum letzten Mal. Und wenn sie nicht gestorben sind ... Nein, es beginnt kein Märchen, dass sie bis ans Ende ihrer Tage glücklich sind. Aber sie kommen sich näher, fühlen sich verbundener und wagen sich bald an ihren großen Wunsch. Sie bekommen ein Baby.

Wir Menschen sind verletzbare Wesen. Deshalb haben wir uns einen Schutzring aus Technologie und sozialen Strukturen geschaffen, in dem wir uns sicher und geschützt fühlen können. Unsere Wohnungen sind beheizt, wir sind eher zu satt als hungrig, wir haben eine Krankenversicherung. Wir vertrauen bei aller Kritik auf unser Gemeinwohl, auf den Staat und die Ordnung, die wir durch ihn erhalten. Doch Klimawandel, Kriege, weltweite Spannungen, autoritäre Regime, globale ökonomische Krisen und Pandemien machen uns unsere Verletzbarkeit gerade wieder eindringlich bewusst. Sie machen uns bewusst, wie zerbrechlich wir mittelgroßen, nackten Affen sind. Und wie sehr wir aufeinander angewiesen sind. Doch Verletzlichkeit meint nicht, dass wir um die Gefahren wissen, denen wir tagtäglich ausgesetzt sind, sondern dass wir uns schutzlos zeigen.

Verletz*bar*keit sind wir ausgesetzt, Verletz*lich*keit setzen wir uns aus. Die Sozialforscherin Brené Brown, durch deren Arbeit vielen Menschen die Bedeutung von Verletzlichkeit bewusst geworden ist, definiert Verletzlichkeit als das Zusammenfinden von Ungewissheit, Risikobereitschaft und emotionaler Öffnung. Verletzlichkeit ist ein emotionales Wagnis. Brown fand in ihren Studien einen Zusammenhang zwischen guten nahen Beziehungen und der Fähigkeit, sich verletzlich zu zeigen. Die Menschen, die sich selbst als liebenswert empfinden und sich mit anderen verbunden und zugehörig fühlen, sind auch die, die sich in ihren Beziehungen verletzlich machen. »Verletzlichkeit ist das Letzte, was der andere von mir zu Gesicht bekommt, aber das Erste, wonach ich im anderen Ausschau halte«, erklärt Brown. Die Evolution hat uns verletzlich gemacht. Mit unseren haarlosen Gesichtern zeigen wir anderen unsere Verletzlichkeit, die uns mehr verbindet als jedes andere Erleben.

Wir schützen uns vor Verletzlichkeit

Unsere Kultur macht es uns allerdings nicht gerade leicht, verletzlich zu leben. Denn sie suggeriert uns, dass wir Mängelwesen sind. Wesen, die nie genug Erfolg haben, nie genug Geld, Sex, gutes Aussehen, Einfluss, Charisma, Freunde, Verbindungen. Wir haben nicht genug, weil wir fantasieren, dass andere so viel mehr davon haben. Und wir glauben, das im Internet ständig zu sehen. Wir reichen nicht aus, wir können nicht mithalten. Dagegen setzen wir den Optimierungswahn, als unbewusste Abwehr unserer Verletzlichkeit. Täglich 10.000 Schritte in der App, 30 Minuten meditieren und die Kinder perfekt loben. Alles richtig machen. Perfektionismus macht unverletzlich. Perfektionismus ist nicht der Versuch, etwas besonders exzellent zu machen. Es ist der Versuch, unangreifbar zu werden. Wer makellos ist, ist der Verletzlichkeit entkommen. Aber leider auch sich selbst. Denn wir sind nun einmal keine perfekten Wesen. Perfektion macht krank. Wie die Entwickler von »Perfektionismus-Skalen« in ihrer jahrzehntelangen Forschung herausgefunden haben. »Perfektionismus geht mit Depression, Angst, Essstörungen und anderen emotionalen Problemen einher«, erläutern Tronick und Gold.[55]

Gegen unsere Verletzlichkeit betäuben wir uns. Wir nehmen Psychopharmaka. Wir essen mehr, als gesund ist, oder halten uns mit Sport im Dauer-High. Wir sind lieber von einem schweren Bordeaux abhängig als von anderen Menschen. Das Red-Bull-Universum extremer körperlicher Erfahrungen, der Kampf gegen die eigenen Grenzen, bietet eine andere Möglichkeit, sich unverletzlich zu fühlen. Die eigene Verletzbarkeit wird herausgefordert und besiegt. Die sicherste Strategie, unserer Verletzlichkeit zu entgehen, liegt darin, nichts in unserem Leben bedeutsam werden zu lassen. Sondern cool und zynisch auf alles zu schauen. Wer freudig auf die Liebste zugeht, kann enttäuscht, kann verletzt werden. Wer nichts erwartet, bleibt unverletzt. Wir wenden uns von unseren Schmerzen ab. Dabei sind sie da, damit wir aufmerken sind und uns ihnen zuwenden. Das gilt für den Körper. Und für unsere Psyche.

Verletzlichkeit hat viele Facetten. Sie ist schon der Mut, mit der Freundin zu teilen, wie viel Angst uns der Krebstest macht. Das Herzklopfen, unserem Liebsten unsere angstgetriebene Eifersucht auf seine Kollegin zu gestehen. Die Herausforderung, nicht scheinbar unberührt über die kritische Bemerkung unserer Kollegin hinwegzugehen, sondern sie zu fragen, wie sie uns sieht. Unsere Liebesbeziehung ist ein besonderer Ort für unsere Verletzlichkeit. Einerseits ist sie unser sicherer Hafen, in dessen Schutz und Vertrautheit wir die größte Geborgenheit finden, um uns überhaupt verletzlich zeigen zu können. Andererseits sind unsere Liebespartner so wichtig für uns, dass wir die größte Angst haben, gerade von ihnen abgelehnt oder abgewiesen zu werden. Ihnen gegenüber beginnt Verletzlichkeit schon dann, wenn ich meine selbstkreierte

Pasta kredenze. Wenn wir kreativ sind, machen wir uns immer verletzlich. Weil andere unsere dürren Sätze lesen, unsere schiefen Töne hören, unsere krakeligen Striche sehen können. Zuerst werden wir all das wohl mit unserem Partner teilen. Und bangen, wie er reagiert. Wenn wir uns emotional verletzlich zeigen, legen wir die Rüstung ab. Wir werden weich. Wir verlassen die sichere Komfortzone unserer eingespielten Alltagsrituale und den Bereich freundlich-harmloser Gefühle, die wir gewöhnlich teilen. In der Verletzlichkeit gehe ich ganz zu mir. Es geht nicht darum, dass du mich verletzt hast. Es geht darum, dass ich dir meine wunden Stellen, meine verletzlichen Gefühle zeige.

Die Scham

Scham ist ein sozialer Affekt. In der Scham blicke ich mit den Augen der anderen auf mich. Schuld bezieht sich auf meine Handlungen, auf das, was ich falsch gemacht habe. Scham richtet sich auf mich, auf mein Selbst. In der Scham habe ich Angst, dass ich etwas getan habe oder versäumt habe zu tun. Dass ich irgendeinem Anspruch nicht genüge. Was mich in den Augen der anderen disqualifiziert, weswegen sie mich ablehnen, verurteilen. Scham ist die Angst, aus der Gemeinschaft der anderen ausgeschlossen zu werden. Das war in Zeiten, als unsere Vorfahren in Horden lebten, vermutlich ein Todesurteil. Deshalb ist Scham ein starkes Gefühl. Es kann uns völlig lähmen und unfähig machen zu handeln. Über Scham haben wir keine Kontrolle. Wut oder Traurigkeit können wir unterdrücken. Scham höchstens überspielen. Scham verliert ihre Macht über uns nur, wenn wir sie erlauben. Wenn wir sie zeigen. »Scham ist eine Pflanze, die nur im Verborgenen blüht«, so Brown. Wir bringen sie zum Verwelken, wenn wir nicht vertuschen, dass wir doch wieder zwei Stunden online waren, obwohl wir uns fest vorgenommen haben, mit dem Spielen aufzuhören. Wenn wir uns nicht auf die Lippen beißen, sondern bekennen, wie sehr es uns verletzt hat, dass unser Liebster an unserem Hochzeitstag ein Turnier gespielt hat. Und wenn wir über unsere Scham sprechen, unsere Tochter anrufen zu müssen, weil wir kein Geld mehr haben, das wir ihr überweisen können. Wir besiegen unsere Scham immer schon, wenn wir uns bedürftig zeigen, wenn wir bitten und uns etwas wünschen. Männer, so sagen Forscher, bewältigen ihre Scham häufig durch Ärger. Und je gestresster sie sind, umso schneller werden sie ärgerlich. Die meisten spüren ihre Scham, nur wenden sie sich ihr nicht zu. Was für Beziehungen schwierig, aber nicht hoffnungslos ist.

Bei Karl gewinnt die Scham fast immer. Seine Mutter war überfordert und schenkte ihm wenig Aufmerksamkeit. Sein Vater lebte sein Leben außerhalb der Familie und war verächtlich. Sein schlechtes Zeugnis war kein Anlass, ihn zu unterstützen, sondern ihn lächerlich zu machen. Er werde schon mal im Supermarkt anrufen, sei sich aber nicht sicher, ob sie ihn mit diesem Zeugnis selbst als Hilfskraft annehmen würden, war alles, was sein Vater sagte. Als Jugendlicher war Karl laut und aggressiv, er machte jetzt die anderen lächerlich. Dahinter verbarg er seine Angst, nicht zu genügen. Heute dröhnt er nicht mehr. Aber seine Scham hindert ihn daran, mit Gesine zusammenzuziehen. Er hat Angst, dann nicht bestehen zu können, Angst, sich nur anzupassen. Denn seine Schamangst verhindert jetzt schon, dass er etwas Gemeinsames plant oder vorschlägt. Aus Angst, es könnte ihr nicht gefallen. Er mag ihr nicht sagen, in welchem Kleid sie ihm besser gefällt, falls sie ein anderes favorisiert. Beim Sex achtet er wie hypnotisiert auf ihre Bedürfnisse. Was ihm Gesine als Passivität vorwirft. Gesine traut sich nur noch in der Therapie, ihren Wunsch, mit Karl zusammenzuleben, anzusprechen. Karl sagt daraufhin scherzhaft, dass Gesine ja jetzt schon seine Wohnung am liebsten umräumen würde. Sie sei eben sehr anspruchsvoll. Und sie sei ja auch immer in Aktion, könne nie abschalten. Das sei ja schon in ihrer vorherigen Ehe ein Problem gewesen. Das Gespräch dreht sich. Gesine wird zum Problem. Karl wehrt sich gegen Gesine. Ein typisches Verhalten. Es ist weniger riskant, uns gegen das Verhalten unseres Partners zu stellen, als für unsere Gefühle einzustehen. Wenn wir Vorwürfe machen, sind wir geschützt. Der Kampfmodus ist unsere Rüstung. Der Angriff unsere Verteidigung. Hinter unserer Kritik bleiben unsere weichen Gefühle und Bedürfnisse verborgen. Falls wir dann noch indirekt vorwurfsvoll sind, so wie Karl, verbergen wir sogar unseren Ärger, um uns keinerlei Blöße zu geben.

Wir haben alle eine Zeit durchlebt, in der wir für die Erfüllung unserer Wünsche ganz auf andere angewiesen waren. Als Kinder. In Liebesbeziehungen fühlen wir uns wieder genauso. Wie wurde auf unsere Bedürfnisse reagiert? Hatten unsere Wünsche eine Chance? Wurden sie ernst genommen? Oder geht unser inneres Kind, wie der innere kleine Karl, davon aus, dass Offenheit gar keinen Sinn macht, weil wir wieder genauso zurückgestoßen, ignoriert, vielleicht lächerlich gemacht und beschämt werden wie damals. Eine Liebesbeziehung bietet eine ziemlich einzigartige Chance, uns für unsere Gefühle zu entscheiden, statt uns gegen die Bedürfnisse des anderen zu wenden. In der Paartherapie können Partner wie Karl wieder zu ihren ängstlicheren, schamhaften, verletzlichen Gefühlen zurückfinden. Als Therapeutinnen schlagen wir dem Paar dann vor, sich anzuschauen. Sich vielleicht sogar eine Hand zu reichen. Und einander die eigenen Gefühle direkt zu sagen. Karl fühlt sich schwach, als er es tut. Klein und allein, wie damals, als er seine Tränen hinunterschlucken musste, um nicht noch mehr beschämt zu werden. Und auch jetzt schluckt er. Gesine ist gerührt. Sie fühlt seinen Kampf mit sich selbst. Was Karl wiederum berührt. Gesine nimmt Karl ganz vorsichtig in den Arm.

Karls Scham, wie jede Scham, ist das schreckliche Gefühl, dass er fehlerhaft ist und deshalb keine Zuneigung, keine Liebe verdient. Also muss er alle seine vorgeblichen und möglichen Fehler verbergen. Ein anderer Klient beschrieb es mal zynisch als »Wer auspackt, kann einpacken«-Gefühl. Je weniger wir uns zeigen, so die Logik der Scham, umso weniger angreifbar sind wir. Wenn Karl sich verletzlich macht, dann heilen die Verletzungen aus seiner Kindheit. Unvollkommenheit ist keine Unzulänglichkeit. Sondern unser menschliches Wesen. Ein Kennzeichen alles Lebendigen. Aber wir müssen es erst wieder lernen.

Angenommen, wir fürchten, dass unsere Partnerin uns nicht mehr wirklich begehrt. Was können wir tun? Ein Set Hanteln bestellen? Viagra? Siri fragen: »Wie werde ich wieder begehrenswert?« Wieder mit der Steinzeit-Diät beginnen, die wir ohnehin nicht durchhalten? Oder schaffen wir es in einer ruhigen Situation, sie anzuschauen und ihr zu sagen, wie wir uns fühlen? »Ich habe Angst, dass du mich nicht mehr begehrenswert findest.« Vielleicht werden wir uns dabei entsetzlich fühlen. Aber der Boden, in den wir ja vor Scham gerne versinken würden, wird sich nicht auftun. Stattdessen werden wir uns durch diesen Schritt verändern. Unser emotionales Erleben ist intensiv, die neuronale Aktivierung in unserem Gehirn hoch. In dieser Erregung sind unsere neuronalen Verschaltungen veränderbar. Wir machen das, was die Psychologie eine »emotional korrigierende Erfahrung« nennt. Selbst wenn das Schlimmste eintritt und unsere Partnerin unsere Befürchtung bestätigt – den Teil unserer Angst, der uns gefangen hält, unsere Scham, den haben wir überwunden.

Laura und Jasper, ein anderes Paar, hätte es fast getrennt, dass sich Laura schamvoll verbirgt. Laura ist Schauspielerin und kann sich in ihren Rollen zeigen. Aber seitdem sie mit Jasper zusammengezogen ist, wird sie stiller und stiller. Jasper, ein humorvoller Landschaftsarchitekt, ist der erste Mann, von dem sie sich wirklich angenommen fühlt. Aber gerade das ist das Problem. Denn Laura kann sich selbst nicht annehmen. Sie passt sich Jaspers Meinungen an und hält ihr Gefühlsleben unter Verschluss. Sie ist wie ein kleines Kind, das auf die Frage, wie es ihm gehe, monoton »gut« murmelt. Jasper ist besorgt, dass die lebendige, witzige Frau, die er kennengelernt hat, immer mehr verschwindet. Schließlich konfrontiert er sie damit, dass sie irgendetwas tun müsse. Sein »So geht das nicht mit uns!« erschüttert sie. Laura beginnt, über ihre Gefühle zu sprechen. Eine Psychotherapie hilft ihr, von ihrer Vorstellung abzurücken, sie müsse jetzt präzise mitteilen können, was sie empfinde und wolle. Denn Verletzlichkeit bedeutet, gerade unsere Zerrissenheit und Unklarheit, unser inneres Sowohl-als-auch zu teilen. Unsere Zweifel, den Chor unserer inneren Stimmen. Gerade in unserer Liebesbeziehung entstehen immer wieder widersprüchliche, schwankende Gefühle. Ich liebe sie nicht. Ich lieb sie doch. Dadada. Wir lehnen bestimmte Züge an unserer Partnerin ab, wir fühlen uns fremd mit ihr und gleichzeitig vertraut. Wir möchten mehr Nähe, aber wir spüren auch Abneigung. Wir wollen alles auf den Tisch bringen, aber es erscheint uns auch wie Beziehungsharakiri.

Selbstöffnung und Verletzlichkeit wagen

Unsere innere Welt transparent zu machen ist Selbstöffnung. Es ist nicht leicht, aber erleichternd. Das gilt allerdings nur, wenn ich, wie man so schön sagt, »mein Herz ausschütte«. Und es dir nicht, wie man es auch so treffend sagt, »vor die Füße kotze«. Sich hinzustellen und in der »Hier stehe ich, ich kann nicht anders«-Haltung rauszuhauen, dass ich ständig davon tagträume, getrennt zu leben und die rothaarige Nachbarin zu vögeln, sieht aus wie Offenheit, ist aber passive Aggression. Es ist »unverfrorene Offenheit«, wie es eine Klientin nannte. Es ist keine Selbstöffnung, wenn ich nur meine Gedanken, Gefühle und Fantasien ausschütte, aber nicht sage, was in mir geschieht. Quälen mich diese Gedanken? Bin ich irritiert über sie? Was bedeuten sie mir? Beschäftigen sie mich schon lange? Und wie gehe ich damit um? Was möchte ich dir zeigen, wenn ich sie mit dir teile? Selbstöffnung bedeutet, dass ich mein Selbst öffne. Ich frage mich, wer ich bin und wie meine

Gedanken und mein Handeln zu verstehen sind. Ich überlasse das nicht meiner Partnerin. Wenn ich alles nur rauslasse, bürde ich meiner Partnerin auf, mich zu verstehen.

Im Bemühen, verständlich für unsere Lieblingspartnerin zu werden, verstehen wir uns selbst besser. Wir spüren unseren Impulsen, unseren Wahrnehmungen nach und versuchen, Worte für sie zu finden. Wir fühlen uns verbundener. Forscher konnten beobachten, dass sich durch Selbstoffenbarung unsere Resonanz verstärkt, unsere Körperhaltungen und -bewegungen synchronisieren sich.[56] So entsteht Halt in unserer Liebesbeziehung. Verletzlichkeit gibt keinen Halt wie trösten, jemanden unterstützen oder beruhigend aufeinander eingehen. Durch Verletzlichkeit geben wir keinen Halt, wir werden Halt. Partnerinnen können sich »an uns halten«. Weil wir sichtbar und berechenbarer werden. Selbstoffenbarung ist ein Akt des Vertrauens und schafft Vertrauen. Ich weiß, woran ich mit dir bin.

Verletzlichkeit ist ein Wagnis. Wagnisse sollten uns vorsichtig machen. Emotional sind wir vorsichtig, wenn wir etwas Distanz zu unseren Gefühlen und Impulsen halten. Wenn wir, wie schon an anderer Stelle vorgeschlagen, nicht aus unseren Gefühlen, sondern für sie sprechen. Brown nutzt die Formulierung »Ich möchte mit dir teilen, welche Geschichte ich mir erzähle«, um darüber zu sprechen, »was in mir vorgeht«. Solche Formulierungen machen es leichter, die Scham zu überwinden. Wir sprechen keine ultimative Wahrheit aus, sondern beschreiben den inneren Fluss unserer Empfindungen, unsere Gedanken, womit wir beschäftigt sind und wie wir versuchen, einen Sinn darin zu finden. Gerade wenn wir gedanklich und emotional um unsere Partnerin kreisen, wird es auch für sie einfacher, wenn sie die reflektierende Distanz spürt, die wir zu unserem Erleben einnehmen. Du kommst in meinen Gefühlen vor, aber es geht nicht um dich. Es geht um die Bilder, die ich von dir habe. Dass ich mich verstehen will und mir wünsche, dass du mich dabei begleitest. »Was in mir vorgeht« betont den

Prozess. Es ist nicht mein letztes Wort. Keine unumstößliche Überzeugung. Verletzlichkeit ist ein Geschenk, das eine Partnerin auch ablehnen darf. Es ist wie eine Hand, die wir ausstrecken. Wir leben unsere Verletzlichkeit anders als unsere Säugetierverwandten. Wir legen uns nicht flach auf den Rücken und präsentieren unsere ungeschützte Vorderseite. Wir machen uns verwundbar, indem wir uns ungeschönt zeigen.

Die Liebesbeziehung ist der Schutzraum, der sichere Ort, an dem ich diesen Schritt wagen kann. Wenn sie das denn ist. Wenn sie so respekt- und liebevoll und fürsorglich ist, dass ich mutig sein kann. Weil ich weiß, dass du das, was du von mir erfährst, nicht gegen mich benutzen wirst. Weil ich weiß, dass du meinen Gefühlen eine Bedeutung gibst. Ich kann es nur riskieren, weil ich dir vertraue. Verletzlichkeit sollten wir nur mit denen teilen, die es verdient haben. Die sich auch uns gegenüber verletzlich zeigen. Und es anerkennen, wenn wir uns verletzlich zeigen. Dann wird unsere Verletzlichkeit zu unserem besten Schutz davor, noch weiter verletzt zu werden. Denn das ist auf Dauer das Kriterium. Wenn wir uns öffnen und die Rüstung ablegen, hören wir manchmal auch die Rüstung des Partners am Boden klirren? Gibt es Situationen, in denen er sich verletzlich macht? Geht er achtsam mit unserer Selbstöffnung um?

Wenn unsere Liebe gerade unsicher ist, unsere Begeisterung füreinander und unser Vertrauen ineinander getrübt sind, dann ist meine Verletzlichkeit ein Schritt auf dich zu. Vielleicht ist es auch ein Schritt, der uns letztlich trennt, weil wir entdecken, dass wir uns beide voneinander wegbewegen. Doch in jedem Fall bringt Verletzlichkeit mehr Klarheit. Wir sehen uns deutlicher. Wo keine Verletzlichkeit möglich ist, da ist Nähe schwer und Intimität unmöglich. Ohne Verletzlichkeit stirbt die Liebe. Doch auch das ist nicht schwarz-weiß. Manchmal brauchen wir einen langen Atem und kleinste Schritte, bis wir es wieder wagen, uns verletzlich zu machen. Und wir werden nicht immer radikal authentisch miteinander sein. Wir werden, auch wenn wir uns öffnen, Dinge für uns behalten, auswählen, zurückhalten. Manches Geheimnis steht uns nicht im Weg, manch dunkler Gedanke ist in uns besser aufgehoben. Frust färbt unsere Wahrnehmung, und der Lieblingsmensch trägt plötzlich hässliche Züge im Gesicht. Unsere Wahrnehmung vergeht, aber unsere Ablehnung wirkt in ihm weiter. Wut macht uns kritisch, und wir finden den Lebensbegleiter plötzlich flach und dumm. Unsere Wut verraucht, aber unser Urteil bleibt für ihn bestehen. Unsere spontane Entwertung kann im anderen so viel mehr auslösen, als es uns bedeutet. Auch Selbstöffnung sollten wir mit einem reflektierten Herzen betreiben.

Verletzlichkeit macht uns lebendig

Jeden Tag fragen wir: »Wie geht's?« Jeden Tag ist das unsere Chance. Einmal fragte mich eine Nachbarin: »Willst du es wirklich wissen?« Ich fand es eine hinreißende Frage, so im Vorbeigehen. Ich wollte. Verletzlichkeit belebt. Mich, wenn ich sie wage. Unsere Beziehung, wenn sie auch dich erreicht. Es ist die freudige Energie, die in uns entsteht, wenn wir etwas erreicht haben. Wenn wir uns durch etwas durchgearbeitet, durchgewuselt haben. Die Freude an der Ent-Wicklung, wenn wir unsere Verstrickungen auseinandergewickelt haben. Die Freude am Wachstum, wenn wir unsere Möglichkeiten vergrößert haben, unsere Komfortzone erweitert haben. Wenn Paare berichten, wie sie nach einer Zeit großer Distanz wieder zueinandergefunden haben, sind die Antworten oft ernüchternd einfach, banal. Eine häufige Antwort ist: »Wir sind dabeigeblieben.« Drangeblieben. Verletzlichkeit wagen ist belebend, weil wir ein Risiko eingehen, es ist ein Abenteuer in der Beziehung, das unsere Liebesbeziehung wachrüttelt, wachhält. »Ich schlage vor, dass die Gewöhnung, die oft, vielleicht immer, die romantische Liebe dumpf werden lässt, nicht zur Natur der Liebe gehört, sondern eine schützende Schwächung, ein Schutz gegen die Verletzlichkeit ist, die in der romantischen Liebe enthalten ist«, schrieb der Psychoanalytiker Stephen Mitchell. Wir können sicher nicht ständig verletzlich leben und lieben. Aber wir erhalten unser Liebe lebendig, wenn wir immer wieder Verletzlichkeit wagen.

Liebesbeziehungen sind seltsame Orte, an denen wir uns verletzlich zeigen müssen, damit sie uns erhalten bleiben. An denen wir aber auch auf eine Weise mit unserer Verletzlichkeit konfrontiert werden wie nirgendwo sonst. Liebesbeziehungen sind die Orte, an denen wir eben auch verletzt werden. Unsere Liebesbeziehungen sind davon abhängig, wie gut es uns gelingt, mit unseren alten Verletzungen, unseren unerledigten Gefühlen umzugehen und mit den neuen, die in unserem Leben entstehen. Wir müssen Verletzlichkeit wagen, weil wir ohnehin verletzt sind und verletzt werden. Verletzlichkeit ist ein Weg zu heilen. In der Psychotherapie zahlen wir dafür, uns zu öffnen, und sind bereit, uns dabei unterstützen zu lassen. In der Liebesbeziehung brauchen wir die gleiche Entscheidung. Uns sehen zu lassen, um zu erfahren, was wir selbst nicht an uns sehen. Verletzlichkeit ist eine so existenzielle Dimension, dass es verwundert, dass wir sie leugnen können. Verletzlich zu leben, ist eine Entscheidung für Beziehungen. Wir erkennen an, wie abhängig voneinander wir sind. Wie sehr wir uns verbunden fühlen. Verletzlichkeit berührt den Kern unseres Seins. Wenn wir sie erlauben.

Liebe braucht Liebe, weil Liebe ein Prozess ist. Weil sie niemals stillsteht. Weil lieben ein Verb ist. Weil uns die Möglichkeit gegeben ist zu lieben.

Schlimmstenfalls wird alles gut.

Thomas Bernhard

Experimente – Übungen, Aufgaben, Möglichkeiten zum Download

Ich glaube an die Kreativität von Paaren und daran, dass sie ihre Bindung aneinander stärken und ihre Gefühle für- und miteinander klären müssen, um die konkreten Probleme gemeinsam angehen und bewältigen zu können. Deshalb »Experimente«. In Kontakt kommen, ausprobieren, die gewohnten Muster verlassen, mal etwas anderes tun. Ich bin selbst nicht besonders gut darin, solche »Übungen« zu machen. Aber es hat mir immer geholfen, sie zu kennen und mich an ihnen zu orientieren.

Diese »Experimente« sind Anregungen und hoffentlich so formuliert, dass Sie ihnen folgen können, um Bewegung in Ihre Liebesbeziehung zu bringen, wo Erstarrung eingetreten ist. Experimente haben den Vorteil, dass sie uns ins Handeln bringen. Ganz gemäß der unschlagbaren Weisheit von Erich Kästner: »Es gibt nichts Gutes, außer man tut es!«

Das Problem an Experimenten ist, dass Paare sie nur machen werden, wenn sie einigermaßen gut in Verbindung miteinander sind. Vielleicht kann es Ihnen auch helfen, wenn Sie ein Experiment vorschlagen und Ihrem Partner so signalisieren, dass sie eine Lösung suchen. Es besteht aber immer die Gefahr, dass er Ihren Vorschlag allein deshalb ablehnt, weil er ihn nur als Teil Ihres Konflikts versteht und von Ihnen gerade gar nichts annehmen will.

Wenn Sie sich darauf einigen, ein Experiment auszuprobieren, ist das ja schon immer ein guter gemeinsamer, verbindender Schritt. Angenommen, Sie finden eines der Experimente sinnvoll und beschließen, es als Paar durchzuführen. Aber es kommt dann nicht zustande. Trotzdem war es nicht vergeblich, sondern es wird hilfreich, wenn Sie darüber sprechen, wieso es nicht zustande gekommen ist. Wenn jeder ehrlich sagt, was ihn daran gehindert hat, das Experiment durchzuführen oder es zu initiieren. Wovor hatten Sie Angst? Hatten Sie es vor und haben sich innerlich damit beschäftigt, aber es dann doch nicht in Handlung umgesetzt? Welche Gedanken oder Gefühle haben Sie gehindert? Oder haben Sie es schlichtweg verdrängt und vergessen? Teilen Sie einander mit, was in Ihnen vorgegangen ist. Welche Schlüsse können Sie daraus ziehen? Auch damit Sie beim nächsten Mal einen Schritt als Paar gehen können.

Experimente fühlen sich häufig »künstlich« an, und es wird oft von einem Partner das Argument vorgebracht, dass er keine künstliche Situation schaffen wolle, sondern es sich spontan ergeben solle.

Die Erfahrung zeigt aber, dass sich eine Veränderung meistens nicht einfach spontan ergibt. Und dass sich Paare dafür entscheiden müssen, einfach mal etwas Neues zu tun. Künstlich fühlt sich erst mal alles an, was nicht vertraut ist. Wo wir neues Beziehungsgelände betreten. Dinge tun, die uns nicht vertraut sind. Künstlich ist kein Argument.

Wenn Sie experimentieren, wollen Sie etwas klären. Sie haben Wünsche aneinander, Sie sind irritiert, verärgert, verletzt. Sprechen Sie dann nicht allgemein oder nur in Absichten von ihren Gefühlen. Sondern schildern Sie stets so konkret wie möglich das sichtbare Verhalten, auf das Sie reagieren oder das Sie sich wünschen.

Die detaillierten Anleitungen für die Experimente und Übungen finden Sie zum Download unter
www.penguin.de/holzberg-liebe

Danksagung

Claudia, du kleine, du große Liebe, du große kleine Liebe, Erstleserin, Lektorin, Gefährtin, meine Herausforderung und mein Halt, meine Inspiration, dir gilt mein größter Dank. Mit dir zu erfahren, dass wir gemeinsam durch ein ganzes Leben gehen können, ist der Schatz meines Lebens. Außer dir hat mich niemand so viel über das Lieben und zu lieben gelehrt wie ihr drei, Laura, Billy und Nick. Ihr seid in meinem Herzen, und unsere Geschichte ist noch nicht zu Ende, sie geht immer weiter, und ich bin für alle dankbar, durch die die Liebe unseren liebevoll-chaotischen Familienbund hat wachsen lassen. Pepe, Rina, Fabian, Howie.

Ich bin meiner Mutter Hannelore dankbar für ihre Art zu lieben, die mich unbewusst und bewusst immer geleitet und irritiert hat. Und meiner Schwester Petra, die immer ihre Sicht auf alles hat.

Danke an meine treuen Gefährten, Lebensbegleiter und besten Freunde, Henning Lorenz und Dirk Zeichner. Wie gut, dass es euch in meinem Leben gibt.

Ich bin auch immer wieder dankbar für meine nahen und fernen Wahlverwandten und die vielen Wirs, die wir bilden. Und dass ihr mir verbunden bleibt, auch wenn ich erst nach Wochen zurückrufe oder zwischen imaginären Buchseiten für Monate verschwinde. Ich kann euch nicht alle nennen, aber mein herzlicher Dank und meine Verbundenheit gelten stellvertretend Christine Hohwieler, Caty Hartung, Catarina Kurfess, Ralph Schwingel, Peter Gaymann, Viktoria Steinbiss, Marie Mannschatz, Ulrike Fischer, Stephan Heiland, Michele und Lothar Buchholz, Andrea Kuhnert, Andrea Pargätzi, Robert Meyer-Steinkamp, Ursula Nieman, Bernd Sonntag.

And especially Anna Korasaki und Kosmas Sidiropoulus for your friendship and our second home. Efcharistó polí!

Ohne die Paare und Klientinnen, die sich jeden Tag wieder in meiner Gegenwart an ihre verletzlichen Seiten wagen, wäre dieses Buch unvorstellbar. Mein Dank ist unendlich. Er gilt allen, die das Vertrauen aufbringen, sich mir anzuvertrauen, auch allen Supervisandinnen und Teilnehmerinnen an den Fort- und Weiterbildungen. Ich hoffe nur, dass sie alle letztlich wenigstens annähernd so viel in unserer Begegnung lernen wie ich von ihnen.

Dank auch an meine Kolleginnen und Freundinnen für Austausch und Inspiration in unseren Inter- und Supervisionen. Andrea Seiferth, Miriam Haagen, Ricarda Rudert, Kirsten von Sydow, Brigitte Gemeinhart, Elke Dietz, Ulrike Marwedel, Britta Maihofer, Nina Kemter. Und Robert Waeschle, der den Dackel dann doch zum Jagen getragen hat.

Ich danke den Redakteurinnen Nikola Haaks, Sonja Niemann und Brigitte Huber für ihre Korrekturen, Anregungen und die Möglichkeit, immer weiter über Paar und Liebe in der ›Brigitte‹ zu schreiben. Eine Herausforderung, die mich immer wieder erstaunt und wachhält.

Last, not least gilt mein Dank Stephanie Taverna, die vom Massagetisch auferstanden ist, um mich sanft zu diesem Projekt zu bewegen. Caroline Colsman für ihre unaufgeregte Begleitung und Antje Korsmeier dafür, meine schludrige Lockerheit so ausdauernd korrigiert zu haben, und allen, die an diesem Projekt mitgearbeitet haben und noch mitarbeiten werden.

Literaturverzeichnis

Ahlers, Christoph Joseph: Himmel auf Erden und Hölle im Kopf. Was Sexualität für uns bedeutet. Goldmann, München 2015.

Bartens, Werner: Wie Berührung hilft. Warum Frauen Wärmflaschen lieben und Männer mehr Tee trinken sollten. Knaur, München 2014.

Ders.: Partnerglück. Wie eine gesunde und dauerhafte Beziehung gelingt. Insel, Berlin 2017.

Ders.: Lob der langen Liebe. Wie sie gelingt und warum sie unersetzbar ist. Rowohlt Berlin, Berlin 2020.

Birnbaum, Anke: Rituale im Alltag von Paaren. Perspektiven für die psychologische Paarforschung. Asanger Verlag, Kröning 2012.

Bodenmann, Guy: Mit ganzem Herzen lieben. Commitment – wie Ihre Beziehung langfristig glücklich bleibt. Patmos, Ostfildern 2021.

Botton, Alain de: The School of Life. Penguin Books, London 2020.

Bowlby, John: Bindung. Reinhardt, München 2006.

Brown, Brené: Verletzlichkeit macht stark. Wie wir unsere Schutzmechanismen aufgeben und innerlich reich werden. Kailash, München 2013.

Dies.: Die Gaben der Unvollkommenheit. Leben aus vollem Herzen. Lass los, was du glaubst sein zu müssen, und umarme, was du bist. Kamphausen, Bielefeld 2016.

Dies.: Laufen lernt man nur durch Hinfallen. Wie wir zu echter innerer Stärke finden. Kailash, München 2016.

Brubacher, Lorrie: Stepping into Emotionally Focused Couple Therapy. Key Ingredients of Change. Routledge, New York 2018.

Buchholz, Michael (Hrsg.): Intimität. Über die Veränderung des Privaten. Beltz, Weinheim 1989.

Cammarata, Patricia: Raus aus der Mental Load Falle. Wie gerechte Arbeitsteilung in der Familie funktioniert. Beltz, Weinheim 2020.

Catherall, Don: Emotionale Sicherheit. Affektive Kommunikation in Paarbeziehung und Paartherapie. Carl-Auer Verlag, Heidelberg, 2022.

Chapman, Gary: Die fünf Sprachen der Liebe. Wie Kommunikation in der Partnerschaft gelingt. Francke, Marburg 2010.

Clement, Ulrich: Wenn Liebe fremdgeht. Vom richtigen Umgang mit Affären. Ullstein, Berlin 2010.

Ders.: Dynamik des Begehrens. Systemische Sexualtherapie in der Praxis. Carl-Auer Verlag, Heidelberg 2016.

Cohen, Albert: Die Schöne des Herren. dtv, München 1989.

Coleman, Joshua: Imperfect Harmony. Finding Happiness Singing With Others. St. Martin's Press, New York 2003.

Comte-Sponville, André: Sex. Eine kleine Philosophie. Diogenes, Zürich 2015.

Coontz, Stephanie: Marriage, a History. How Love Conquered Marriage, Penguin Books, New York 2006 (dt.: In schlechten wie in guten Tagen. Die Ehe – eine Liebesgeschichte, Lübbe, Bergisch Gladbach 2006).

De Waal, Frans: Mamas letzte Umarmung. Die Emotionen der Tiere und was sie über uns aussagen. Klett-Cotta, Stuttgart 2020.

Ders.: Der Unterschied. Was wir von Primaten über Gender lernen können. Klett-Cotta, Stuttgart 2022.

Doering, Stephan: Resonanz – Begegnung – Verstehen. Implizite Kommunikation in der therapeutischen Beziehung. Klett-Cotta, Stuttgart 2022.

Ecker, Diana: Sexualität und Partnerschaft im Lebenszyklus. Kösel, München 2005.

Feldman Barret, Lisa: Wie Gefühle entstehen. Rowohlt, Hamburg 2023.

Dies.: Siebeneinhalb Lektionen über das Gehirn. Rowohlt, Hamburg 2023

Felser, Georg: Bin ich so, wie du mich siehst? Die Psychologie der Partnerwahrnehmung. Beck, München 1999.

Fern, Jessica: Polysecure. Attachment, Trauma and Consensual Nonmonogamy. Thorntree Press, Portland 2020.

Fisher, Helen: Anatomie der Liebe. Warum Paare sich finden, sich binden und auseinandergehen. Droemer Knaur, München 1993.

Dies.: Why we love. H. Holt and Co., New York 2004 (dt.: Warum wir lieben. Die Chemie der Leidenschaft, Walter-Vlg, 2005).

Frank, Lone: Liebe. Vom höchsten der Gefühle. Kein & Aber, Zürich 2022.

Frankfurt, Harry G.: Gründe der Liebe. Suhrkamp, Frankfurt am Main 2005.

Fredrickson, Barbara: Die Macht der Liebe. Ein neuer Blick auf das größte Gefühl. Campus, Frankfurt am Main 2013.

Gillis, John: Mythos Familie. Auf der Suche nach der eigenen Lebensform. Beltz, Weinheim 1997.

Glass, Shirley: Die Psychologie der Untreue. Klett-Cotta, Stuttgart 2015.

Goldstein, Joseph: Ein Dharma. Buddhismus im Alltag, Goldmann Arkana, München 2004.

Gottman, John M.: The Science of Trust. Emotional Attunement for Couples. W.W. Norton & Company, New York/ London 2011.

Gottman, John M./ Silver, Nan: Die 7 Geheimnisse der glücklichen Ehe. Econ, München 2000.

Dies.: What makes love last? Simon and Schuster, New York 2012 (dt.: Die Vermessung der Liebe. Vertrauen und Betrug in Paarbeziehungen. Klett-Cotta, Stuttgart 2014).

Greenberg, Leslie / Goldman, Rhonda: Die Dynamik von Liebe und Macht. Emotionsfokussierte Paartherapie. Reinhardt Verlag, München 2010.

Grossmann, Karin/ Grossmann, Klaus: Bindungen. Klett-Cotta, Stuttgart 2012.

Han, Byung-Chul: Agonie des Eros. Matthes & Seitz, Berlin 2012.

Hassebrauck, Manfred / Küpper, Beate: Warum wir aufeinander fliegen. Die Gesetze der Partnerwahl. Rowohlt, Reinbek 2002.

Hendrix, Harville: So viel Liebe wie du brauchst. Econ, Düsseldorf 1992.

Holzberg, Oskar: Wer die Liebe sucht … Ellert & Richter Verlag, Hamburg 2006.

Ders.: Schlüsselsätze der Liebe. 50 kluge Gedanken, die Ihre Beziehung verbessern können. DuMont, Köln 2015.

Ders.: Neue Schlüsselsätze der Liebe. Was Beziehungen scheitern und was sie gelingen lässt. DuMont, Köln 2017.

Holzberg, Oskar/ Clasen-Holzberg, Claudia: Kursbuch Familie. Naumann und Göbel, Köln 2000.

Horx, Matthias: Future Love. Die Zukunft von Liebe, Sex und Familie. Deutsche Verlags-Anstalt, München 2017.

Huss, Andrea / Hoffman, Ulrich: Der Beziehungskompass. Was Wissenschaftler über das Geheimnis von Liebe und Partnerschaft herausgefunden haben. EMF-Verlag, Igling 2020.

Illouz, Eva: Der Konsum der Romantik. Liebe und die kulturellen Widersprüche des Kapitalismus. Campus, Frankfurt am Main 2003.

Dies.: Warum Liebe weh tut. Eine soziologische Erklärung. Suhrkamp, Frankfurt am Main 2011.

Jellouschek, Hans: Achtsamkeit in der Partnerschaft. Was dem Zusammenleben Tiefe gibt. Kreuz Verlag, Freiburg 2011.

Johnson, Susan: Praxis der Emotionsfokussierten Paartherapie. Junfermann, Paderborn 2009.

Dies.: Halt mich fest. Sieben Gespräche zu einem von Liebe erfüllten Leben. Junfermann, Paderborn 2011.

Dies.: Love Sense. The Revolutionary New Science of Romantic Relationships, Little, Brown Spark, New York 2013 (dt.: Liebe macht Sinn. Btb Verlag, München 2013).

Dies.: Bindungstheorie in der Praxis. Junfermann Verlag, Paderborn 2020

Johnson, Susan/ Bradley, Brent/ Furrow, James: The Emotionally Focused Casebook. Routledge, New York 2011.

Jullien, Francois: Vom Intimen. Fern der lärmenden Liebe. Verlag Turia + Kant, Wien 2014.

Kabat-Zinn, Jon: Gesund durch Meditation. Fischer Taschenbuch, Frankfurt am Main 2006.

Kahnemann, Daniel: Schnelles Denken, langsames Denken. Siedler Verlag, München 2012.

Kallos-Lilly, Veronica/ Fitzgerald, Jennifer: Wir beide. Das Arbeitsbuch zur Emotionsfokussierten Paartherapie. Junfermann, Paderborn 2016.

Kernberg, Otto: Liebesbeziehungen. Klett-Cotta, Stuttgart 1998.

Kipnis, Laura: Liebe. Eine Abrechnung. Campus, Frankfurt am Main 2004.

Kuntze, Holger: Lieben heißt wollen. Wie Beziehung gelingen kann, wenn wir Freiheit ganz neu denken. Kösel, München 2018.

Lück, Sabine: Vererbtes Schicksal. Wie wir belastende Familienmuster überwinden und unser wahres Potenzial befreien. Kailash, München 2023.

Luhmann, Niklas: Liebe als Passion. Suhrkamp, Frankfurt am Main 1994.

Ders.: Liebe. Suhrkamp, Frankfurt am Main 2008.

Lewis, Thomas/ Amini, Fari/ Lannon, Richard: A General Theory of Love. Vintage Book, New York 2001.

Mahlmann, Regina: Was verstehst du unter Liebe? Primus Verlag, Darmstadt 2003.

McGraw, Phillip: Relationship Rescue. A Seven-Step Strategy for Reconnecting with Your Partner. Hyperion, New York 2000.

Mannschatz, Marie: Meditation. Graefe und Unzer, München 2010.

Márquez, Gabriel García: Erinnerung an meine traurigen Huren. Kiepenheuer & Witsch, Köln 2004.

Mikulincer, Mario/ Shaver, Phillip: Attachment in Adulthood. Structure, Dynamics, and Change. Guildford Press, New York 2017.

Mitchell, Stephen: Can Love Last? Norton and Company, New York 2002.

Möller, Lukas: Die Wahrheit beginnt zu zweit. Das Paar im Gespräch. Rowohlt, Reinbek 2001.

Montagu, Ashley: Körperkontakt. Klett-Cotta, Stuttgart 1980.

Montreynaud, Florence: Love. Benedict Taschen, Köln 1998.

Neff, Kristin: Selbstmitgefühl. Wie wir uns mit unseren Schwächen versöhnen und uns selbst der beste Freund werden. Kailash, München 2012.

Neuburger, Robert: Mythos Paar. Was Paare verbindet. Walter, Zürich/ Düsseldorf 1999.

O'Hanlon Hudson, Patricia/ Hudson O' Hanlon, William: Liebesgeschichten neu erzählen. Carl-Auer, Heidelberg 1997.

Ott, Ulrich: Meditation für Skeptiker. Ein Neurowissenschaftler erklärt den Weg zum Selbst. O.W. Barth, München 2010.

Page, Susan: Jetzt mache ich uns glücklich. Liebevolle Lenkung in Partnerschaften. Fischer, Frankfurt am Main 2000.

Perel, Esther: Wild Life. Die Rückkehr der Erotik in die Liebe, Pendo, München/ Zürich 2006.

Porges, Stephen: Die Polyvagal-Theorie. G. P. Probst Verlag, Lichtenau 2017.

Rebillot, Paul: The call to Adventure. Harper, San Francisco 1993.

Real, Terrence: The New Rules of Marriage. What You Need to Know to Make Love Work. Ballantine Books, New York 2008.

Ders.: US. Getting Past You and Me to Build a More Loving Relationship. Rodale Books, New York, 2022.

Retzer, Arnold: Systemische Paartherapie. Klett-Cotta, Stuttgart 2004.

Ders.: Lob der Vernunftehe. Eine Streitschrift für mehr Realismus in der Liebe. S. Fischer, Frankfurt am Main 2009.

Richardson, Diana: Slow sex. Zeit finden für die Liebe. Integral, München 2011.

Dies.: Zeit für Liebe. Sex, Intimität und Extase in Beziehungen. Innenwelt Verlag, Köln 2015.

Riehl-Emde, Astrid: Liebe im Fokus der Paartherapie. Klett-Cotta, Stuttgart 2003.

Roesler, Christian: Paarprobleme und Paartherapie. Theorien, Methoden, Forschung – ein integratives Lehrbuch. Kohlhammer, Stuttgart 2018.

Roth, Gerhard/ Strüber, Nicole: Wie das Gehirn die Seele macht. Klett-Cotta, Stuttgart 2014.

Ryan, Cristopher/ Jetha, Cacilda: Sex at Dawn. HarperCollins, New York 2010.

Saunders, George: A Swim in a Pond in the Rain. Random House, New York 2021 (dt.: Bei Regen in einem Teich schwimmen, Luchterhand, München 2022).

Schmidt, Gunter: Das neue Der Die Das. Über die Modernisierung des Sexuellen. Psychosozial-Verlag, Gießen 2014.

Ders.: Das Verschwinden der Sexualmoral. Ingrid Klein Verlag, Hamburg 1996.

Schmidt, Gunter/ Matthiesen, Silja/ Dekker, Arne/ Starke, Kurt: Spätmoderne Beziehungswelten. VS Verlag für Sozialwissenschaften, Wiesbaden 2006.

Schnarch, David: Die Psychologie sexueller Leidenschaft. Klett-Cotta, Stuttgart 2006.

Schwarzer, Christiane: ICH + ICH = WIR. Ein guter Verlag, Berlin 2016.

Schwartz, Barry: Anleitung zur Unzufriedenheit. Warum weniger glücklicher macht. Econ, Berlin 2004.

Sennett, Richard: Verfall und Ende des öffentlichen Lebens. Die Tyrannei der Intimität. Fischer, Frankfurt am Main 1986.

Simon, Fritz/ Weber, Gunthard: Vom Navigieren beim Driften. Carl Auer, Heidelberg 2012.

Sigusch, Volkmar: Neosexualitäten. Über den kulturellen Wandel von Liebe und Perversion. Campus, Frankfurt am Main 2005.

Ders.: Das Sex-ABC. Notizen eines Sexualforschers. Campus, Frankfurt am Main 2016.

Specht, Jule: Suche kochenden Betthasen. Was wir aus wissenschaftlichen Studien für die Liebe lernen können. Rowohlt, Reinbek 2014.

Tatkin, Stan: Wired for Love. How Understanding Your Partner's Brain and Attachment Style Can Help You Diffuse Conflict. New Harbinger Publications, Oakland 2011.

Tokarczuk, Olga: Übungen im Fremdsein. Kampa, Zürich 2021.

Trawny, Peter: Philosophie der Liebe. S. Fischer, Frankfurt 2019.

Tronick, Edward/ Gold, Claudia: The Power of Discord, Scribe Publications, London 2020.

Verhaeghe, Paul: Liebe in Zeiten der Einsamkeit. Drei Essays über Begehren und Trieb. Turia + Kant, Wien 1998.

Von Sydow, Kirsten/ Seiferth, Andrea: Sexualität in Paarbeziehungen. Hogrefe, Göttingen 2015.

Von Tiedemann, Friederike: Wenn die Seele ruhig wird. DVD, Auditorium Netzwerk, Mühlheim 2017.

Weber, Roland: Paare in Therapie. Klett-Cotta, Stuttgart 2006.

Ders.: Wenn die Liebe Hilfe braucht. Das Partnerschaftsbuch. Klett-Cotta, Stuttgart 2007.

Welter-Enderlin, Rosemarie: Deine Liebe ist nicht meine Liebe. Herder, Freiburg 1996.

Wile, Daniel: Couples Therapy. A Nontraditional Approach. John Wiley, New York/ Toronto et al. 1993.

Willi, Jürg: Psychologie der Liebe. Persönliche Entwicklung durch Paarbeziehungen. Klett-Cotta, Stuttgart 2002.

Wirth, Hans-Jürgen: Gefühle machen Politik. Populismus, Ressentiments und die Chancen der Verletzlichkeit. Psychosozial-Verlag, Gießen 2022.

Anmerkungen

1 S. Guy Bodenmann: Mit ganzem Herzen lieben. Patmos, Ostfildern 2021, Anmerkung 158.

2 Stephanie Coontz: Marriage. A History. Penguin Books, New York 2006. Der Autor hat dieses Zitat, wie auch alle anderen Zitate aus englischsprachigen Büchern, selbst übersetzt.

3 Psychologie Heute, 6/2022.

4 Vgl. Still Face Experiment, youtube.com.

5 Sue Johnson/ Brent Bradley/ James Furrow: The Emotionally Focused Casebook. Routledge, New York 2011, S. 40.

6 Mario Mikulincer/ Phillip Shaver: Attachment in Adulthood. Guildford Press, New York 2017, S. 305.

7 Manfred Hassebrauck/ Beate Küpper: Warum wir aufeinander fliegen. Rowohlt, Reinbek 2002, S. 143.

8 Mikulincer/ Shaver: a.a.O., S. 346.

9 Mikulincer/ Shaver: a.a. O., S. 23.

10 Siehe Jessica Fern: Polysecure. Thorntree Press, Portland 2020.

11 Terence Real: US. Rodale Books, New York, 2022, S. 189.

12 Otto Kernberg: Liebesbeziehungen. Klett-Cotta, Stuttgart 1998, S. 99.

13 Siehe John M. Gottman: The Science of Trust. W.W. Norton & Company, New York, London 2011.

14 Edward Tronick/ Claudia Gold: The Power of Discord, Scribe Publications, London 2020, S. 38.

15 Ebd., S. 144.

16 Ebd., S. 213.

17 Leslie Greenberg/ Rhonda Goldman: Die Dynamik von Liebe und Macht. Reinhardt Verlag, München 2010, S. 143.

18 Christian Roesler: Paarprobleme und Paartherapie. Kohlhammer, Stuttgart 2018, S. 157.

19 Tronick/ Gold: a.a.O., S. 50.

20 Harvard Business School 2013, siehe Süddeutsche Zeitung, 15./16.10.2022, S. 12.
21 Siehe Friederike von Tiedemann: Wenn die Seele ruhig wird. DVD, Auditorium Netzwerk, Mühlheim 2017.
22 Süddeutsche Zeitung, a.a.O.
23 Siehe Stephan Doering: Resonanz – Begegnung – Verstehen, Klett-Cotta, Stuttgart, 2022, S. 112.
24 Rüdiger Vass: spektrum.de/Lexikon der Neurowissenschaft.
25 Lisa Feldman Barret: Seven and a Half Lessons About The Brain. Picador, London 2020, S. 67.
26 Tronick/ Gold: a.a.O., S. 141.
27 Psychologie Heute, 3/2023, S. 14-18.
28 Lisa Feldman Barret: How Emotions are made. Pan Books, London 2018, S. 74.
29 Feldman Barret, Seven and a Half Lessons About the Brain. Picador, London 2020, S. 93.
30 Ted Huston zitiert in: Sue Johnson: Love Sense. Little, Brown Spark, New York 2013, S. 157 und 187.
31 Werner Bartens: Lob der langen Liebe. Rowohlt Berlin, Berlin 2020, S. 252.
32 Siehe Roesler: a.a.O., S. 103.
33 Doering: a.a.O., S. 118.
34 https://doi.org/10.1016/j.evolhumbehav.2022.08.003.
35 André Comte-Sponville: Sex. Diogenes, Zürich 2015, S. 107 und 109.
36 Ebd., S. 136.
37 Bodenmann: a.a.O., S. 114.
38 Volkmar Sigusch: Neosexualitäten. Campus, Frankfurt am Main 2005, S. 171.
39 Diana Ecker: Sexualität und Partnerschaft im Lebenszyklus. Kösel, München 2005, S. 37ff.
40 Tronick/ Gold: a.a.O., S. 107.
41 Real: a.a.O., S. 282.
42 Roesler: a.a.O., S. 15.
43 Jessica Fern: a.a.O., S. 102
44 Der Spiegel, 31.8.2022, S. 48.
45 Lisa Feldman Barrett: a.a.O., S. 193; Ulrich Ott: Meditation für Skeptiker. O.W. Barth, München 2010; Tronick/ Gold: a.a.O., S. 208.

46 Andrea Huss/ Ulrich Hoffman: Der Beziehungskompass. EMF-Verlag, Igling 2020, S. 181.
47 Georg Felser: Bin ich so, wie du mich siehst? Beck, München 1999, S. 49
48 Ebd., S. 44.
49 Mary Catherine Bateson zitiert in: Patricia O'Hanlon Hudson/ William Hudson O' Hanlon: Liebesgeschichten neu erzählen. Carl-Auer, Heidelberg 1997, S. 81.
50 Tronick/ Gold: a.a.O., S. 154.
51 Robert Neuburger: Mythos Paar. Walter, Zürich/ Düsseldorf 1999, S. 43.
52 Der Spiegel, 10.3.2023, S. 106.
53 Roesler: a.a.O., S. 93.
54 Siehe Frans de Waal: Der Unterschied. Klett-Cotta, Stuttgart 2022, S. 70.
55 Tronick/ Gold: a.a.O., S. 80.
56 Doering: a.a.O., S. 162.

Register